王朝助動詞機能論

あなたなる場・枠構造・遠近法

渡瀬　茂　著

和泉書院

目　次

Ⅲ　時空と心理の遠近法

Ⅳ 作品の叙述の基調としての動詞終止形……二七三

緒　言

大学院の博士課程に進み、研究らしきことを始めたころにヘロドトスやトゥキュディデスの訳本を電車の行き帰りに読み、また呉茂一によるギリシア抒情詩の翻訳を読んだが、次の詩は当時のわたしのこころに残り、今に至るまで折に触れて反芻することとなっている。

テルモピュライなるスパルタ人の墓銘に
シモーニデース

行く人よ、
ラケダイモンの国びとに
ゆき伝へてよ、

この里に
御身らが　言《こと》のまにまに
われら死にきと。

（呉茂一「花冠」[1]より）

ペルシア戦争のおりにテルモピュライに仆れたレオニダス麾下のラケダイモン兵士三百（もちろん、かれらと運命をともにしたテスピアイ兵士の義侠も決して忘れてはならないのであるが）への墓銘である。古戦場に眠る兵士の魂がさすらい人に故郷の人々へ言づてるというものである。そしてその原文は以下のようなものである。

> ὦ ξεῖν', ἀγγέλλειν Λακεδαιμονίοις ὅτι τῇδε
> κείμεθα τοῖς κείνων ῥήμασι πειθόμενοι.

しかしこの原文は、わたしのような古典ギリシア語の門外漢には不審を抱かせるところがある。ἀγγέλλειν は呉による訳文の「ゆき伝へてよ」にあたるが、文法的には訳文から期待される、ἀγγέλλω「知らせる、告げる、報告する」の命令形ではなく、不定形となっている。インターネットを利用して英訳や独訳を見てみても、その訳語は命令となっていて、この ἀγγέλλειν は命令のニュアンスのことばと理解されているようだが、原文は命令形にはなっていない。ただし英訳のなかにはこの ἀγγέλλειν を（infinitive used as an imperative）= tell とするものがある。そこで松平千秋の『ギリシア語入門』を見ても、そのような用法についての言及は見いだせない。簡単に入手できるエクスプレスシリーズの『古典ギリシア語』にも、もちろんそのような説明はない[2]。

本書において泉井久之助の著述に教えを乞うことは多いが、ここでも泉井が印欧語の不定詞について論じていたことを思い出し、『一般言語学と史的言語学[3]』のうちの「印欧語におけるインフィニティヴの発達」を参照すると、次のような記述を見いだせる。

> インフィニティヴがかくの如くあらゆる文法的関係を離脱して動作の純粋なる概念のみを含むものとなつたとき、我々が何物かを要求する場合に要求せられるものの名をのみ叫んでも意志の伝達には差支へない如くに、或る動作の実現を要求する場合にも其中心概念を指示するところのインフィニティヴを表出するだけで事足りるのは明かである。古代と近代とを問はず、インフィニティヴが一面において命令形の一つであるのは自然の勢と思はれる。中には義務、命令を意味する助動詞が省かれたものとして所謂省略説を唱へる人もあるが、歴史的には別にかかる理由があるとも思はれない（Paul, Prinzipien, S. 135）。勿論純粋抽象性にまで発展した限りに於てであるから一面目的的意味が濃厚に残てゐた梵語のインフィニティヴ -tu-m はこれに与らないが、古

くはホメーロス（Il. 87–96 ἰέναι πάλιν……μὴ λιλαίεσθαι……μὴ δὲ ἡγεμονεύειν……ἀλλα《ママ》 πάλιν τραπάσθαι……τοὺς δὲ ἐάν）から稍稍新《ママ》しくは新約（μήτε ἀνὰ δύο χιτῶνας ἔχειν, Luc 9 3「二枚の衣を持つ勿れ」）に於いて、又近代語の一般的指令形としても現はれてゐる。但し拉丁語がこの用法を発達せしめなかつたのは特有の論理的厳密さから命令形とインフィニティヴを明確に区別したためであらう。また前後の関係を忘れて唯行為其もののみを叫ぶ人をして自らインフィニティヴを選ばしめるに至たのも自然である（exclamatory inf.）。何れも広く言語意識一般に通ずる観念であるから、或る点に於ては抽象一般者としてのインフィニティヴの標準をかうした所に置いて見るのも、興味あり又理由のある事柄である。故に日本語においても、動詞にして名詞たり得る連用形の外或る場合は却て終止形が現に動詞の一般的代表として、動詞意識の中心概念をなしてゐる理由の幾分を知る事も出来る。

この引用の最後で泉井はわが国語の動詞終止形に触れているが、そこで述べられるのは本書でも参照している橋本四郎の所説に通じるものがある。橋本は次のように言っている[4]。

現在の話し言葉において「君行く？」「さつさと歩く!!」「私も行くウ！」その他、形は終止形でありながら、疑問・反問・命令・願望・意志等の主体的表現を示し得る場合がある。しかし口で話す場合には、必ずそれに或種のイントネーションが伴はねばならないし、書きうつす場合には何等かの記号の助けを籍りるなり、前後の文脈を頼りとしてそれぞれの特定の主体的意味を伝達するなりしなければならない。即ちその特定の主体的表現は、その後に加へられた臨時的要素であるイントネーションが受持つてゐるのであつて語自体は客観的概念を示してゐるだけであらう。或いは、特にことわらずとも場面自体が特定の主観的表現を指向してゐる時、たとへば命令的場面である印刷物の校正の際、記号を用ゐないでトル・ソロヘルのやうに終止形を用ゐることがあるのは、やはり場合によりかかつて、語自体は概念のみを表出してゐるのであらう。これらはすべて、動詞自体は概念の表出のみで任務が完了するために、その基本形式たる終止形を用ゐるのであらう。

そういえば私たち教師はしばしば生徒学生に「早く行く！」「ツベコベ言わないで、すぐやる！」などと言って指示を出していたりする。ここのἀγγέλλεινはたしかに国語に訳しにくい印欧語不定形の名詞性をふまえて、「言づてを」などとすればいいのだろうか。原詩は不定形を用いて、その命令は抽象的で静的である。これに対して呉の訳では「ゆき伝へてよ」となっている。韻律の関係もあろうが、「ゆき」が加えられることによって、テルモピュライよりラケダイモンへの旅が想起され、その動作はより動的かつ時間的になっている。そして「伝える」はそのままで命令形とならず、命令は完了の助動詞「つ」が担っている。しかも命令形「てよ」は、学校文法で教わる完了や強意の意味とはうらはらに、丁寧な命令、いわば依頼を表すようである[5]。異国の鬼となった者の、故郷への情をよく示すのだと、若い頃の私は理解したのだろう。しかしそれは、呉の国語表現の罠にはまったのであって、原詩を理解することには距たりが大きかった。呉の表現は動的であり、時間的であり、情緒的である。

原詩のもう一つの動詞はκείμεθαである。κείμεθαはκεῖμαιの現在形複数一人称である。その語義は、古川晴風の『ギリシャ語辞典』[6]では最初に「置かれている、横たわっている、倒れている」が挙げられている。しかるに、この辞書ではκεῖμαιは語根の異なるτίθημιの受動態完了形として使われるとなっている。τίθημιの語義は「置く、据える」であるが、その受動態完了形としては同じ辞書にτέθειμαιが挙げられていながら、「これらの*pf.*形はほとんど用いられず、κεῖμαιによって代用される」となっている。したがって、κεῖμαιはτίθημιの受動態完了形といってもいいようである。このように一つの動詞の屈折が異なった二つの語根にわたるのは、英語の go と went や露語の идти と шел の関係にも見られる。そしてκεῖμαιがτίθημιの受動態完了形であるということは、過去の「（何者かが）置く」という動作がラケダイモン兵士たちに及び、その結果が遺存して「横たわっている」という現在の状態として現れているということである。完了時制は過去と現在との時空を関係づけるので、過去の出来事は現在と強く結びつけられている。これに対して呉の訳「われら死にき」には現在の状態についての表現は欠けている。過去に起こった「死ぬ」という動作について述べるだけであり、しかも「死ぬ」にはいわゆる過去の助動詞「き」が添えられている。本書で述べるように「き」は過去を現在からの断絶によってとらえ、その現象が現在に及ばないことを強調する。そこに喪失の深い情動が生まれることも可能とする。原詩が過去を現在と結びつけて、現在の状態をとらえるのに対し、呉の訳は過去を現在から切り離し、失われたものとしてとらえている。しかも原詩は「置く」「横たえる」と婉曲に述べるのに、呉は「死ぬ」と直截に述べる。ここでも原詩は静的である。これに対して呉の訳は情動性が強い。そしてその情動性には助動詞「き」が大きな役割を果たしている。

かつてわたしがこの墓銘をこころに留めたのはもちろん呉の優れた訳詩によってであった。しかし、その訳は原詩とはずいぶんと表現の異なった、いわば意訳の傾きの大きいものであった。そしてその訳は、国語の文語助動詞「つ」や「き」が働いていた。もちろん呉は近代人であるが、その教養は文語を深く理解するものだった。その呉がこの墓銘の中心となるスパルタ兵士の運命を「死にき」ととらえたときに、この訳詩は深い情動を呼び起こすものとなった。振り返ってみると、わたしのこころにこの訳詩が根を下ろしたのには、「き」の呼び起こす情動が関係している。わたしが受けた感銘には、この「てよ」や「き」が働いていたのではないかという疑いを、今になって感じる。わが国語の助動詞の機能がここでも働いていたということである。文学表現に助動詞の果たす役割は大きい。

国語の助動詞、ことに古典語の助動詞は、一方で世界の時空を主体的に測り、他方で人の心に働きかけて情動を引き起こす。まことに助動詞はわが国語のたましいである。この古典語の助動詞の機能を、本書ではいささかなりとも検討したい。とは言っても、いずれの章も、過去の研究に触発され、その説に依拠しながら論じている。Ⅰの章は竹岡正夫の「けり」の論に依拠している。Ⅱの章については、阪倉篤義の竹取物語の論の存在が大きい。Ⅲの章は、石田穣二の「源氏物語における聴覚的印象」を読んだことが出発点となっている。Ⅳの章においては、助動詞を欠くということでの動詞終止形について考えたが、動詞終止形の理解については、橋本四郎のような論があることはこころ強い。また細江逸記や泉井久之助から学ぶことも多い。とくに泉井については、高校生のころに『ヨーロッパの言語』と『ラテン広文典』に触れて以来、多くのことを学んだ。これらの先学に学びながら、王朝の文学作品の文章において、助動詞がどのように機能し、その表現を成り立たせるのかを考えようとするのが本書の意図である。先学の教えをいささかなりとも敷衍しようとしたが、ただの「衍」に終わっていないかと恐れるのみである。

注

（1）『花冠―呉茂一訳詩集』（紀伊國屋書店　一九七三）。なお呉茂一の西洋古典詩は繰り返し刊行され、現在では岩波文庫の『ギリシア・ローマ抒情詩選　花冠』で読むことが出来る。

（2）松平千秋『ギリシア語入門　改訂版』（岩波全書　一九六二初版）・荒木英世『ＣＤエクスプレス　古典ギリシア語』（白水社　二〇〇三）

（3）泉井久之助『一般言語学と史的言語学』（増進社　一九四七）

（4）橋本四郎「動詞の終止形―辞書・注釈書を中心とする考察―」（『国語国文』Ｓ二八・一二）

（5）田村忠士「中古仮名文学に現われた完了の助動詞「つ・ぬ」の命令表現―源氏物語の用例を中心に―」（『平安文学研究』六四）。田村は言う。「それは「ね」が対者の心情を無視し、行為の成立にのみ話者の意識があったのに対し、「てよ」は、対者の心情に訴えることによって行為の成立をはかるという、複雑な構造をもっていたことが大きな理由であろう。」

（6）古川晴風『ギリシャ語辞典』（大学書林　Ｈ一）

Ⅰ　助動詞「けり」とあなたなる場の時空

1 「けり」と「り」「たり」の完了性

たとえば、次のような二つの表現を考えてみよう。

○眼前にそびえたっている富士山の頂にはちょうど雪が降り積もっている。

○太古よりそびえたっている富士山の頂には常に雪が降り積もっている。

この二つの文に含まれている「そびえたっている」「降り積もっている」の表現内容には自ずから違いがある。前者が現在時点の事象を捉え、この現在時点に先立つ時空の事象に立ち入らないと考えられ、その事象は時間的に極めて狭く、時間的延長を持たないのに対して、後者の方はどのように考えても現在時点の狭い時間の事象とはみなせず、かえって極めて長い時間の幅を捉えていると考えられる。前者が、現在見ている山のみを事象として考えれば済むのに対して、後者では、竹取物語にしろ、自然史の教科書にしろ、眼前の富士山とは異なった、過去の時空の富士山を想起しなければならない。だから、「そびえたっている」「降り積もっている」の「〜ている」には、その同じ表現内容に、現在時点での事象の把握と、過去より現在へと延長された時間的過程の把握との異なった機能が見られるわけである。

だが、このような例から直ちに「〜ている」に二つの異なった意味を認めることは誤っている。本来、「〜ている」の語義は両者に共通する不完結と不変化という性格の上に求められるべきである。この二つの例文に実際に現れている違いは、「眼前に」と「太古より」あるいは「ちょうど」と「常に」という副詞句によって惹起されているのであって、決して「〜ている」に二種類の語義が存在するためではない。「〜ている」の語義はこの両者を含むところにあり、現代日本語ではこの両者を表現の上で区別できない（単独の動詞なら後者に「続ける」を付加して区別することもできるが、複合動詞の場合には不自然であろう）。

しかし、現代の日本語で区別できないこのような区別が他の言語体系でもまた区別できないというのではない。日本語においても、かつてはこの両者は区別が可能であったかと思われる。すなわち、前者が専ら「り」「たり」の現在性と具象性に結び付くのに対し、後者は「けり」の、所謂継続性・継承性に結びつく。実際にも、次のような例を想起できるだろう。

○なまよみの　甲斐の国　うち寄する　駿河の国と　こちごちの　国のみ中ゆ　出で立てる　富士の高嶺は……

（万葉集巻第三　三一九）

○……照る月の　光も見えず　白雲も　い行きはばかり　時じくそ　雪は降りける……

（同　三一七）

「出で立てる」が、「立つ」という動詞の結果の残存をとらえるとはいえ、現在の「立っている」状態を第一にとらえ、極めて現在的であるのに対して、「降りける」は「昔より今までずっと」の「降り積もり」「続けている」状態の継続をとらえ、事象は現在を含みながらも過去より現在に至る時間の幅を保持している。このような「り」「たり」と「けり」の違いを、原田芳起は[1]「「たり」は助詞「て」で状態化された動作を存在詞「あり」で受けて、現在（または歴史的現在）の時点でしかじかの状態が存在し存続することを示す。「けり」は、事象を過去（または根源）から現在（または歴史的現在）に及んで存続し現在することを示す。」という（原田は「たり」と述べつつ、そこに「り」の例も含めている）。さきに挙げた「出で立てる」と「雪は降りける」の違いはまさに原田の言うところに適合するだろう。しかも、原田はまた、「どちらも「あり」を内に包含する」という点に着目しつつ、「たり」と「けり」について「きわめて近いものがある」と言っている。実際に、この両者の実例を現代語に置き換えるとき、どちらも「〜ている」と訳せてしまうというところに両者の「近さ」は証しだてられているといえよう。

しかし、「けり」の実例のすべてが「り」「たり」と近い用法で用いられているわけではないことは、その原田が挙げる万葉集の例でも言えることであろう。同じ「たり」と「けり」を平安時代の、ことに散文の例から見ている私としても、この両者に「近さ」は感じるにしても、また歴然とした違いも感じざるを得ないのである。それは、文法的なレベルでも感じることであるが、さらに実際の叙述の上での機能としては、その違いは大きく増幅されている。たとえば栄花物語において、「けり」は叙述の主筋から外れた背景の叙述に使われるのに対して、「り」「たり」は主筋の叙述を、ことにその具象性・臨場性・視覚性を強調して行い、そこにはあまりにも明白な違いが見られるのである。そのような「り」「たり」と「けり」の違いは両者のどのような差に由来するのか、またその「近さ」はどのような共通点に由来するのか？

まずその共通点を考えよう。原田も指摘するように両者はともに存在詞「あり」を含んでいる。存在詞「あり」自体は時間超越的であり、決して現在のみとかかわるのではないが、この存在詞が助動詞に含まれるときにはこの助動詞に現在における状態という様相が付け加えられる（現代語の共通語において「ある」と「いる」として表れる、存在詞における無生と有生のちがいが、補助動詞として使われたときに状態性と動作性の違いとして機能するが、そのような区別は古典語にありえないことに注意しておいてよいだろう）。このために、「り」「たり」も「けり」も現在の状態をとらえることをその機能とするのであるが、それならば、「り」「たり」にしても「けり」にしても、所謂現在形なのかというと、決してそうではない。現在に於ける事象をそれ自体としてとらえる、西洋言語のテンスとしての現在形とはあきらかに異なっている。つまり、「り」「たり」も「けり」も、たしかに現在とかかわるのだが、それは現在の事象を時空の広がりから切り放して切り出しているのではない。かえって、現在の状態性は、現在につながる時空の事象とからめて捉えられている。原田の言葉に従えば、ことに「けり」は過去の事象の継続として現在の状態をとらえるのだが、「たり」もまた、現在につながりながらも現在に先立つ事象を「て」で受けて捉えつつ、その結果を現在の状態としてとらえるわけである。だから、「り」「たり」も「けり」も現在の表現ではあっても現在のみの表現ではなく、現在をとらえつつもそれに先立つ時空をとらえ、この二重に把握された時空を関連付けることに機能があるといえよう。

ところで、このように時空に対する二重の把握は西洋言語のアスペクトに特徴的に見られる現象である。おおよそ、「現在」が所謂現在（および未来）をとらえ、「過去」が過去の時空をとらえる（ときに、線的に事象をとらえる「imperfectum」と点的にとらえる「アオリスト」を対立させつつ）のに対して、「完了」が過去と現在を関係付けながら二重に時空を把握するのである。「完了」をその日本語の字義通りにとらえて、ある事象の終了を表現するとみなしても、そこには、事象の生起の時空と、その既生起の時空の二重の把握がなければ、「完了」の表現が成り立たないことは容易に気付くことができるであろう。

しかも、その「完了」の時空への二重把握は、その把握の二重の性格ゆえに、その表現内容に、現在と過去とのどちらの時空に重点がかかるのかのゆれが生じやすい。「完了」が過去の事象そのものよりも、現在における結果に表現の重点をおくとき、その時空は大きく現在にかたむいている。いっぽう、その時空を過去に傾けて行くときにはついに「過去」と（なかんずく「アオリスト」と）区別がつかなくなる。泉井久之助の最晩年の一連の論文(2)は印欧諸語の「完了」の推移を論じたが、そこに示されたインド、アジア、およびヨーロッパの諸言語の様相は、そのようなものであった。印欧祖語において、「完了」は事象の結果の表現として、現在に大きく傾いた表現であったという。これをさらに進めて、ヒッタイト語では「完了」は「現在」に吸収されてしまった。一方、ギリシア語では、「完了」は歴史時代に入ってから次第に過去の表現へと傾いて行き、ついに「アオリスト」に吸収されるにいたったらしい。ゲルマン諸語でも「完了」は「アオリスト」と合流した。その結果、ゲルマン諸語では「現在」と「過去」の単純な体系を形成したが、それを補うために複合時制により「完了」を形成したものの、この複合時制の「完了」もドイツ語ではまた「過去」へと変化する傾向を示し、特に南ドイツ語ではついに複合時制が「過去」を追放するにいたったという。ロシア語でも本来の過去形は消滅し、複合時制の「完了」が過去形の機能を果たしている。だからロシア語の過去形は人称ではなく性によって変化するのである。フランス語もまた似た現象を示すが、しかもなおこれらの複合時制「過去」が現在とのかかわりを捨てきっていないことは、バンヴェニストやヴァインリヒ(3)の論じるところにより知ることが出来る。そして印象的なのはラテン語である。そこでは現在性の勝った結果の表現と、過去性に徹したアオリストとしての表現が、共時的に一つの「完了」の形式のなかに共存しているのである。

このような「完了」をめぐる現在と過去とのはざまでのゆれは、日本語においてもその併行現象を、たとえば「たり」から「た」への変化に典型的に見ることができる。(4)原田の言うように「たり」は現在性の表現であった。なによりも現在の状態の表現に主眼があり、そのために過去の事象をとらえるのであった。ところが、現在ではこのような現在性の表現はわずかに連体修飾句などに遺存するに過ぎない。「た」は大きく過去性の表現に傾き、ついに（おそらく近代における西洋言語の影響のもとに）アオリストとして確立されるに至っている。「たり」から「た」に至るまでに、現在性は次第にその重みを減じ、ついに近代物語の言語として完全にその現在性を脱却したのである。このように、「た」は現在では、一面では現在の「いまここ」から切り放された時空の把握のために（たとえば物語文の叙述の基調の場合のように）アオリスト的な機能を発達させたが、他面、現在でも「いまここ」とそれに先立つ時空の二重の把握というかつての機能を残存させており、それは連体修飾句や従属節にしばしば表れてくるのである。「た」は、かつて「たり」がとらえていた領域を超えて出、王朝の助動詞が表現できなかったと思われる領域にまで進出した、しかもその背後に自らの出自の世界を引きずっていると言えるのである。

「けり」もまた、「完了」の表現を担う助動詞として、「たり」に先だって「たり」と似た経過を辿ったかに見える。原田の示唆するところによれば、「けり」もまた本来現在性の助動詞であった。しかしその現在は過去と強く関係付けられた現在であった。そこには二重の時空への関与という性格がある。この二重性は実際にこの助動詞に対する理解の二重性に反映している。学校文法で「けり」を「過去」ととらえるとき、そこには言うまでもなくこの助動詞の過去性への理解がある。しかし、一方その現在性に着目して「詠嘆」と言わねばならない。しかも「過去」の一方に現在の「詠嘆」を認めれば、そこには矛盾を感じざるを得ない。しかしこの矛盾は決して矛盾ではなく、二重性の当然の結果である。そして二重性のうち、過去性の表現が客体に即したものとして、対象の客観的な把握に傾くのに対して、現在性は主体の「いまここ」の強い表現に向い、主観的・情動的な主意の表現に傾くのであった（ここに、西洋言語の「完了」もまた情動性の強い表現であったという泉井の論を想起すべきであろう）。また、かつて「けり」の研究に期を画した竹岡正夫の論文「助動詞「けり」の本義と機能―源氏物語・紫式部日記・枕草子を資料として―」が現在の彼岸に着目したのに対し、現在に着目しつつ「迎え取り」と理解する反論があったのも[5]、そのどちらかが正しいと言うより、そのような議論自体に「けり」の二重性が表れていたと理解したい。しかも、竹岡がもっぱら文体的に陰影に富んだ平安朝の作品に依拠して論を立てたのに対し、その反論がしばしば万葉語や訓点語に依拠していることも通時的・共時的問題として示唆的である。時代は上代より平安朝へと下るのにともない、その言語世界も韻文より散文へと領域を広げて行った。そのいずれの対象を中心に論じるかという違いによって、「けり」の理解も現在性と過去性のいずれに重きを置くかが相違して来る。それはそのままこの助動詞の表現の主観性と客観性の相違に連動して来るだろう。しかし、「けり」の本質は、通時的・共時的に動揺しつつも、その両者のいずれを離れても、ありえなかったのである。

この「けり」の表現の性格を「き」と対照させて考えよう。「き」もまた、単に事象を過去のものとして扱うのではなく、その表現には主体の喪失の思いが色濃く投影され、過去の把握であるとともに現在の把握でもあるという二重性が、「き」を単なる過去の表現とみなすことをためらわせる。この二重性が「き」を叙述の基調として定着させることを妨げたのであり、その結果として王朝言語は過去の微象をもった形式を叙述の基調とすることができなかったのである。「き」もまた、現在とのかかわりにおける表現としての二重性と、それにともなっての主体の表出の強さという性格において「けり」と共通の性格を有するのだった。

しかし、その一方で「けり」と「き」には違いも存在するのは当然のことだろう。原田芳起は「「けり」は過去から現在の彷徨に添うて事象をとらえ、「き」は現在とは離れたときとして現在とは対立する」という。「けり」は既存の対象と主体の距離を確認し、その両者を視野に収めながら関係付け、しかも、その関係付けは「き」のように現在との断絶と喪失の相で捉えるのでなく、乖離したものを主体の力で結び付けるような相をとる。そのためにそこに主体の強い情意が表明されることもあるのである。しかも、「き」はこの乖離を断絶と喪失の相で捉えるために自ずから時間の位相に重心がかかるのに対して、「けり」はその時空は未分化でありときに時間に重点がかかり、またときに空間に重点がかかるのである。つまり、「けり」も「き」も過去と現在を二重にとらえるが、「き」が両者を対立するものと捉えるので「過去」はあくまでも「現在」と隔たったところにあり、結果として「き」は過去を現在と対照させ、現在からは失われた過去としてとらえるのに対し、「けり」は両者を結び合わせるので、「現在」の時空をも捉えることになるのである。そして、この「けり」の機能のうち、対象の主体との乖離の相に着目すればこれを「あなたなる場」ととらえることになり、主体の力に着目すれば「迎え取り」と捉えることになる。また、「き」の喪失の確認がかえってその行為の主体を直接の経験・見聞の持ち主に限定するかに見えるのに対して、「けり」の迎え取りの力は表現主体と直接に関係しない、いわゆる「間接体験」の伝聞の事象までもとらえることを可能にするのである。

注

（1）原田芳起「「けり」の変遷—活用を中心として—」（「月刊文法」二—七）

（2）泉井久之助「印欧語における英語の動詞 know と knew —その形と意味—」（「言語」S五六・三）・「英語の準完了的表現と完了形」（同　S五七・七）・「上代インド語の完了形と非人称表現」（同　S五七・八）・「印欧語の完了形とヒッタイト語の動詞体系」（同　S五八・八　遺稿）

（3）E・バンヴェニスト「フランス語動詞における時称の関係」（高塚洋太郎訳『一般言語学の諸問題』みすず書房　一九八三）・H・ヴァインリヒ『時制論—文学テキストの分析—』（脇阪豊ほか訳　紀伊国屋書店　一九八二）・堀井令以知「単純過去の命運」（「アカデミア（文学語学編）」二三）参照。

（4）金田一真澄『ロシア語時制論—歴史的現在とその周辺—』（三省堂　一九九四）によれば、スラブ語研究において、ヨーロッパ言語の「「状態性完了」が「動作性完了」そして更に「非完了過去」へと移行するという原則」が論じられているという。そして金田一は日本語の「たり」から「た」への変遷に併行現象が見られると指摘している。

（5）竹岡論文は「言語と文芸」三一号。その対論は同誌三四号の特集。春日和男「助動詞「けり」の二面性—竹岡説に思う—」・木之下正雄「「けり」について」・中西宇一「助動詞「けり」の意味について—竹岡正夫氏の説に対する反論として—」・根来司「助動詞「けり」の表現性」・原田芳起「助動詞「けり」の意味—竹岡氏の提説をめぐって—」・北条忠雄「成立から観たケリの本義—竹岡説の直接的批判にかえて—」。「迎え取り」の説は春日論文の所説である。

2　栄花物語の周辺的記事における「けり」の多用

補足的説明の「けり」

栄花物語の文体の中でも特異な特徴を示す現象の一つとして「けり」の用法をあげることができる。それは、この作品の文章、ことにその文末に「けり」が多用されるという現象である。つまり、（だいたいにおいて、文末の表現のうち、二分の一の文末に「けり」が用いられているものを、「けり」が多用される記事と考えて）岩波の大系本による記事の句切りに従って数えて、正篇一〇二三の記事の内七十九、約八パーセントに「けり」が多用されている。逆に言えば、他の九割以上の記事においては「けり」は使われることが多くないのであるから、「けり」の多用される記事はこの作品の中でも例外的な記事といえる。しかし、このような作品全体から見て例外的な現象にはそれなりの理由があるはずであり、その理由を探るためには、それらの記事の性格を見てゆかねばならないだろう。

そこで、「けり」の多用される記事はどのようなものなのかを見なければならないが、その前に、この作品の通常の文体がどのようなものなのかを確認しておく必要がある。その例として、巻第一より安和の変をあつかった記事を取り上げて見よう。

①かゝる程に、世中にいとけしからぬ事をぞいひ出でたるや。それは、源氏の左の大臣の、式部卿宮の御事をおぼして、みかどを傾け奉らんとおぼし構ふといふ事出で来て、世にいときゝにくゝのゝしる。……男君達の冠

などし給へるも、後れじ〳〵と惑ひ給へるも、敢えて寄せつけ奉らず。たゞあるが中の弟にて、童なる君《俊賢十一也》のとのゝ御懐はなれ給はぬぞ、泣きのゝしりて惑ひ給へば、事のよしを奏して、「さばれ、それは」と許させ給ふを、同じ御車にてだにあらず、馬にてぞおはする。十一二ばかりにぞおはしましける。たゞ今世の中に悲しくいみじきためしなり。人のなくなり給、例の事なり。これはいとゆゝしう心憂し。

②驚くべき噂が起こってきた。それは源氏の左大臣がその婿の為平親王を御位につけるために陛下に不軌を謀ったということである。……

随行を許されたいといっても、一人前になっている息子たちは父のそばへ寄ることすらも許されない。高明の最も愛していた十二三になる末の若様が泣いて、泣いてうろうろとしながら父の車を追って来た。

検非違使はそのことを奏上しておいて、末子だけの同行を許した。しかし同じ車にも乗せないのである。若様は馬に乗せられて行った。

人の死んだということはもろい命を持ったものに免れぬことであるとして静かに見ることもできるのであるが、こういう現実の憂目に逢っている人たちは見るに堪え難い気のするものである。

①は安和の変についてのこの作品の文章であるが、歴史叙述でありながら、過去や完了をあらわす表現がほとんど使われておらず、その結果として文末に多様な表現が見られる。これを現代語による歴史叙述と比較するために、与謝野晶子によるこの作品の現代語訳である②と比べてみよう。②は実際には忠実な口語訳ではないのだが、そのためにかえって原文の表現に引きずられることなく、自然な現代語の表現となっている。そして、その文末は「た」「である」「ない」の三種のいずれかで終っており、過去をあらわす「た」を中心とした単純な文末になっている。現代語では完了と非完了のアスペクトの体系が確立していると見られるが、その歴史叙述が「た」による過去・完了の表現を基調にした比較的単調な文体によるものであることが見てとれる。これに比べ、体系としてのテ

ンスもアスペクトも持たぬ王朝言語による①の場合には、過去の表現は基調となっていないし、しかも②に比べはるかに多様な文末の文体となっているのである。

もちろん、このような王朝の文体は、源氏物語をはじめとする、栄花物語以前の物語や日記の文体に影響されてできたものなのである。だから、このように過去の表現をともなわない文体はこれ以前の作品にいくらでも見られ、平安朝の散文作品の文章としてすこしも不思議のない文章だといえる。しかし、翻って考えてみて、歴史は過去の世界を扱うのだから過去の表現をともなって記されるのが当然ではないか、という期待を裏切るものであることだけは確認しておかねばならない。いわゆる過去の助動詞「けり」を基調とする、歌物語や説話文学の文章に見られるような文体を期待したいのに、実際はそのようにはなっていないのである

ところで、①の文章の多様な文末のなかで一箇所だけ、文末に「けり」が使われている箇所がある。「十一二ばかりにぞおはしましける」という一文だが、これを過去の表現としてとらえるべきなのか。しかし、実際にはここでの「けり」を積極的に過去であることの表現とみなすことはできない。安和の変の一連の事情を描いた文章のなかで、高明の子息の年齢に言及するこの文だけを過去のものとして明示しなければならない理由は見つからない。敢えて中学・高校での学校文法の分類で言うなら、過去よりは詠嘆の意味で理解すべきなのであろうか。あるいは、塚原鉄雄がかげろふ日記の「けり」について(1)述べた中で、「主観的な感慨としての補足説明」という理解を示しているが、この栄花物語の例にもその説明が当てはまるだろうか。たしかに、この年齢の記述はこの場面の悲劇をより強く印象付ける効果をはたしているにしても、ここになければこの記事が理解できないという記述ではない。また、「ぞ……ける」の係り結びになっていることも、この一文の主観性を証しだてている。栄花物語の標準的な文章では、他の記事にも「けり」は用いられているのだが、それはすべてこのような補足説明に用いられるものである。

しかし、これから問題にしようとしている記事の「けり」の場合には、このように補足的な記述と考えるわけにはゆかない。補足的な記述と考えるにはその数は多すぎるし、内容も主観的なものとは考えられないのである。

周辺記事の「けり」

では、どのような記事に「けり」は多く用いられているのか、それを以下に簡単にまとめてみよう。実際の例では、（以下の引用例にも見られるように）これらの要素の複数がからみあうこともあるのは言うまでもない。

A　回顧的文脈に用いられた例

B　周辺的内容の記事で用いられた例

一、空間的にこの作品が対象とする畿内の貴族社会からはずれる空間に位置する記事。畿外の出来事、および、仏教に関係する出来事。

二、身分的にこの作品が正当な登場人物とする階層からはずれた人物の記事。社会的階層の低い人物、および道長家と無関係の人物。

三、作品が描く対象の中心とする家系に対立する人物の記事。伊周関係の記事。

四、スキャンダラスな記事。花山院関係の記事を含む。

C　系譜・人物関係の記述に用いられた例

まず、Aの例として次の引用を見てみよう。

御法事は、正月にせさせ給べければ、夜を昼によろづ急がせ給。御仏は極楽浄土に繍《ヲ》仏にせさせ給。御経は金泥。正月廿八日なれば、いと近くなりぬと急ぎたち給。除目は二月にあるべき年なめり。殿の御前は御悩ありつれど、宮の御事なくば、いとたゞ今はかくおはしまさゞらまし。御堂の事どもをぞ、返す〴〵関白殿には申させ給ける。「女院、嘉陽院殿におはしまさせて、関白殿、土御門殿に住ませ給て、御堂を常に見、沙汰させさせ給、修理をせさせ給へ」とぞ申させ給ける。又、「一品宮の御事をなん思事なる。あなかしこ、おろかに誰も思きこえさすな。我遺言違ふな」とぞ返ゝ聞えさせ給ける。

（巻第三十）

正篇も最後のほうで、道長の没後にその法事を執り行おうとする記事である。その中で道長の生前の遺言が述べられているが、そこでは、「申させ給ける」「聞えさせ給ける」と「けり」が用いられている。これを記事の前半の法事の準備そのものの記述に比べてみると、「けり」の使用についての違いは明瞭である。現在直接に叙述の対象となっている道長没後の事柄に対して、それを遡る過去の出来事について「けり」が用いられているわけで、「けり」の有無がそのまま時間的な先後関係を示している。だから、この場合の「けり」はいわゆる過去の助動詞として、過去を回顧する機能において働いているのだとみなすことができるだろう。とはいえ、このような例は実際にはわずか数例に過ぎず、「けり」の多用のその他の例は、過去についての回顧という考え方では理解できない。

では、それらの例をどのように考えたらよいのだろうか。まず大きなグループをなすのが、なんらかの意味でこの作品の世界の中心からはずれた、周辺的な記事に「けり」が多用される場合である。この作品は九条家、ことに道長家を中心とする上流の貴族社会の世界、しかも京都の町の世界を叙述の主な対象としているが、その世界から外れる記事に「けり」の多用される現象が目立つ。例えば、畿外の出来事に「けり」が用いられる例を次に見ることが出来る。

この頃聞けば、逢坂のあなたに、関寺といふ所に、牛仏現れ給て、よろづの人参り見奉る。……「迦葉仏当入涅槃のだむなり。智者当得結縁せよ」とぞ見えたりければ、いとゞ人〳〵参りこむ程に、哥よむ人もあり。和泉、きゝしより牛に心をかけながらまだこそ越えね逢坂の関」。人〳〵あまた聞ゆれど、同じ事なれば書ゝず。日頃、この御かた書ゝせて、六月二日ぞ御眼入れんとしける程に、その日になりて、この御堂をこの仏見巡りありきて、もとの所に帰り来てやがて死にけり。これあはれにめでたき事也かし。御かたに眼入れける折ぞ果て給にける。聖いみじく泣きて、やがてそこに埋みて、念仏して七日〳〵に経・仏供養じけり。後にこの書きし御かたを、内にも宮にも拝ませ給ける。かゝる事こそありけれ。まことの迦葉仏この日ぞかくれ給ける。今はこの寺の彌勒供養ぜられ給。この聖もいそぎけり。草を誰も〳〵とりて参りける中に、参らぬ人などぞありければ、それは「罪深きにや」などぞ定めける。（巻第二十五）

まさに「逢坂のあなた」近江の関寺の牛仏の例であり、この引用は記事の一部に過ぎないが、相当に長大な記事がほとんど「けり」によって描かれているのである。ここでは、畿外のできごとであるという地理的な特徴によって「けり」が多用されたと考えらる。

もっとも、空間的要因といっても、地理的な要因のような客観的なものだけでなく、もっと主観的な要因の場合も見られる。次の例は道長の子息顕信の出家の記事であるが、そのうち、道長の知らないところで行われた出家そのものの事情は「けり」を添えて記述されている。

かゝる程に、殿の高松殿の二郎君《顕信》、右馬頭にておはしつる、十七八ばかりにやとぞ、いかにおぼしけるにか、夜中ばかりに、皮の聖の許におはして、「われ法師になし給へ。年頃の本意なり」との給ければ、聖、「大との、いと貴きものにせさせ給に、必ず勘当侍なん」と申して聞かざりければ、「いと心ぎたなき聖の心なりけり。殿びんなしと宣はせんにも、かばかりの身にては苦しうや覚えん。悪くもありけるかな。こゝになさずとも、かばかり思ひ立ちてとまるべきならず」と宣はせければ、「理なり」とうち泣きて、なし奉りにけり。聖の衣取り著させ給て、直衣・指貫・さるべき御衣など、皆聖に脱ぎ賜はせて、綿の御衣一つばかり奉りて、山に無動寺といふ所に、夜のうちにおはしにけり。皮の聖、あやしき法師一人をぞそへ奉りける。それを御供にて登り給ぬ。（巻第十）

世俗の貴族である道長の目のとどかない宗教的な空間で起こった事柄は「けり」によって記述されている。当時の貴族にとっての主観的な空間の距離がこの現象を起こしているのだと考えられる。上流の貴族の通常の生活の範囲から外れる世界は「けり」でとらえられたわけなのだ。一方このあとに続く、道長を中心とする一家の反応は「けり」を使わずに記述されているが、これは貴族の世俗的な出来事として扱われているからなのである。

このように、上流貴族の通常の生活から外れる世界を「けり」でとらえるのだから、中流以下の人々のことを扱った記事も「けり」によって記述されることになる。

さても此御事は、越前守平の親信と云人の子、いと数多有ける中に、右馬頭孝義といひて、哥うたひ、折ふしの陪従などに召さるゝ有けり、それが申出たる事也ければ、「公家の御ためにうしろやすき事申出でたり」とて、加階給はせたりければ、よろこびいひに父がもとにいきたりければ、親信朝臣「いづこにたがもとゝてこゝには来つるぞ。おほけなくつれ無も有かな。かうやうの事は、我らが程の子などのいひ出づべきにあらず。かゝることは、ゐびす・町女などこそいへ。あさましう心憂きことを云出て、人の御胸を焼きこがし嘆を負ふ、よきこと成や」とて、いとはしたなくのゝしりければ、あまへて出にけり。（巻第五）

この文章では、通常この作品の叙述の対象とならない受領階層の人物が伊周の配流にかかわって登場するが、ここでは親信も孝義も、親子ともに「けり」によってその言動は捉えられている。

もっとも、このような身分的な要因の判断もあくまでも主観的なものなので、単に中流の人々だからというだけで「けり」が添えられるわけではない。たとえば巻第八の敦成親王の誕生の一連の記事に登場する女房たちに「けり」は使われない。しかし、この一連の記事においても、道長家以外に属する女房に筆が及ぶと「けり」を添える例が見られる。

①かの弘徽殿の女御《義子》の御方《公季女》の女房なん……「猶清げなりかし」などあれば、御前に扇多く候中に、蓬萊作りたるを、筥の蓋にひろげて、日かげをめぐりてまろめ置きて、その中に螺鈿したる櫛どもを入れて、白い物などさべいさまに入れなして、公ざまに顔知らぬ人して、「中納言君の御局より、左京の君の御前に」といはせてさし置かせつれば、「かれ取り入れよ」などいふは、かの我女御殿より賜へるなりとおもふなりけり。又さ思はせんとたばかりたる事なれば、案にはかられにけり。薫物を立文にして書きたり、

多かりし豊の宮人さし分けてしるき日蔭をあはれとぞ見し」。かの局にはいみじう恥ぢけり。宰相もたゞなるよりは、心苦しうおぼしけり。（巻第八）

②「かの女御の御方に、左京馬といふ人なむ、いと馴れてまじりたる」と、宰相の中将、むかし見知りて語りたまふを、……大輔のおもとして書きつけさす。

おほかりし豊の宮人さしわきてしるき日かげをあはれとぞ見し

御前には、「おなじくは、をかしきさまにしなして、扇あどもあまたこそ」と、のたまはすれど、「おどろおどろしからむも、事のさまにあはざるべし。わざとつかはすにては、しのびやかにけしきばませたまふべきにもはべらず。これは、かかるわたくしごとにこそ」と聞こえさせて、顔しるかるまじき局の人して、「これ、中納言の君の御文、女御殿より。左京の君にたてまつらむ」と、高やかにさしおきつ。ひきとどめられたらむこそ見苦しけれと思ふに、走り来たり。女の声にて、「いづこより入り来つる」と問ふなりつるは、女御殿のと、うたがひなく思ふなるべし。（紫式部日記）

このうち①は、彰子がたの女房が公季の娘義子の女房に悪戯をしかけたこの作品の記事だが、そこでは、彰子がたの女房には「けり」は全く使われないのに、相手の女房の悪戯に対する反応の記述には「けり」が使われている。

さらには、この女房の主人である宰相実成についても、「心苦しうおぼしけり」と「けり」を添えて記されている。ここでは、客観的な社会階層ではなく、道長家にとって身内であるかどうかが「けり」の使用についての基準になっており、これはいうまでもなく、叙述の立脚点がそもそも道長の一家に同情的なこの作品の性格によっているからである。

ところで、巻第八の「はつはな」の巻は[2]、その叙述に紫式部日記が大量に利用されていることは周知の事実だが、この引用の①も紫式部日記によったものである。この①に対応する紫式部日記の文章の一部が②であるが、この①と②を比べると重要な違いが見られる。栄花物語の文章が紫式部日記に比べて簡略化されていることももちろんだが、相手方の反応が「女御殿のと、うたがひなく思ふなるべし」とだけ記されていて、「案にはかられにけり」や「恥ぢけり」に対応する記述がみられない。しかも②の文章の文末には「けり」は使われていない。①に使われている「けり」はすべて、史料となった紫式部日記にはなく、おそらくは栄花物語が書かれるに当たって補われたものと考えられる。これは、栄花物語の「けり」を、その史料となった本来の作品の文章から引き継いだものだ、という考えに対する反証となる。この作品は自身の論理によって「けり」を選び取っている。かりに史料の段階から引き継いだ「けり」が混ざっているとしても、それは無原則な導入ではなく、そこには作品の論理による選択があったと考えるべきなのだ。

このように、道長の身内かどうかが基準になるため、政治的に緊張した局面では上流の貴族に「けり」が用いられる例も見られる。引用の文章と同じ巻第八に伊周をはじめとする中関白家の動向が記されるときに、しばしば「けり」が用いられる。敦成親王の誕生という緊張した政治状況のなかで、道長家の反対勢力としての存在が際だつ伊周の一家は否定的に扱う、という意味で「けり」が用いられた。もっとも、伊周やその家族は、巻第五などでは中心的な登場人物として扱われるために「けり」は用いられないのだから、巻第八という、道長にとっても成功への正念場である様相を描いた巻の緊張が、伊周一家を「けり」で捉えるという現象を引き起こしたと考えられよう。

これに比べると、花山院は、「けり」でとらえられる更に特異な人物と言える。巻第二にその天皇時代と出家が描かれるところでは花山院に「けり」が用いられることはないが、それ以後、花山院が登場するところではしばしば「けり」が用いられている。たとえば巻第四の「花山院御修行中の和歌」のような例ならば、地理的要因の例と考えることもできる。熊野という空間的にも畿外に属する記事なのだから「けり」が用いられるのも当然といえる。ところが、花山院の場合、その後京に落ち着いてからも、その言動の叙述には「けり」が用いられる。さらに、その死後にまでその現象が及ぶが、その例をあげよう。

まことに御忌の程、この兵部命婦の養い宮を放ち奉りて、女宮達は片端より皆亡せ給にければ、よき人の御心はいと恐ろしき物にぞ思きこえさせける。「兵部命婦のをば『我知らず』と宣はせければ、おぼし放ちてけるなるべし」とぞいひつゝ泣き歎きける。（巻第八）

花山院の子どもたちの死の記事である。しかも、その内容は、花山院が生前の言葉どおりに子どもを連れていってしまったという奇怪な内容なのだから、この「けり」には、そのような題材に対する嫌悪感、あるいは否定的な感情が込められているのではないかと考えたくなる。実際にこの作品のなかに「けり」を添えて花山院が描かれるときには何かスキャンダルめいた内容が目立つ。その極端な例につぎのようなものがある。

かゝる程に、花山院この四君の御許に御文など奉り給、けしきだゝせ給けれど、……さるべき人二三人具し給て、この院《花山》の、鷹司殿より月いと明きに御馬にて帰らせ給けるを、「威しきこえん」とおぼし掟てけるものは、弓矢といふものしてとかくし給ひければ、御衣の袖より矢は通りにけり。さこそいみじうおゝしうおはします院なれど、事限おはしませば、いかでかは恐しとおぼさゞらん。いとわりなういみじとおぼしめして、院に帰

らせ給ひてものも覚えさせ給はでぞおはしましける。（巻第四）

ここでは、花山院に伊周兄弟という登場人物、しかも誤解とはいえ三角関係に飛び道具まで持ち出すのだから、その内容面のうさんくささは言うまでもない。スキャンダルとして面白くはあるが、それにしても話題にするのがはばかられる内容として、否定的に扱われるのは当然の題材である。そのような心理的拒否感の結果として、このような記事が「けり」によって捉えられるのは当然のことだ。

もっとも、スキャンダルが否定的に扱われるという点では、伊周や花山院のような、この作品の中心からはずれた登場人物だけにかぎられなかったようで、この作品の最も重要な、ときに主人公とさえいってしまいたくなる人物の道長でさえも、その話題がスキャンダルといえるものの場合には「けり」によって捉えられている。

……との、御前御目にとまりければ、物など宣はせける程に、御心ざしありておぼされければ、まことしうおぼし物せさせ給けるを、との、上は、「他人ならねば」とおぼし許してなん、過させ給ける。見る人ごとに、「則理の君は、あさましうめをこそ見ざりけれ。これを疎に思けるよ」などぞ言ひ思ひける。大納言君とぞつけさせ給へりける。（巻第八）

道長が源則理のさきの北の方と通じた話題だが、そこにわざわざ倫子の反応が記されていることじたい、この関係がスキャンダルであったことを証しだてている。道長を中心とする京都の上流の貴族社会から外れる題材に「けり」が用いられるとはいっても、それはあくまでも当時の人々の受け入れることのできる倫理観の範囲内のものでなければならず、そこからはずれる場合には、道長の場合であってさえ、「けり」によって捉えられたわけなのだ。

このようにして整理のBに属する例をまとめてきたが、ここで、その特徴をまとめると、京都の上流の貴族社会からなんらかのかたちで外れる題材、つまり、空間的に、社会階層の点で、道長家との関係で、そして倫理的な面で、題材として心理的に素直に受け入れることのはばかられる記事に、「けり」が多用されたのだといえるのである。

系譜記述の「けり」

さて、以上のように、Bに分類した内容面で周辺的な記事のほかに、Cとして分類した系譜記述、あるいはそれに類した人物関係の記述にも「けり」は多く使われている。誰それにどのような子どもがいるか、あるいは誰と誰が結婚しているか、兄弟のなかで誰だれはどのような性格かなどという記述である。一例を巻第三の道長と倫子の結婚の記事より、源雅信の子女の系譜の記述を引いてみよう。

　この大臣は、腹〲に男君達いとあまたさま〲にておはしけり。女君達もおはすべし。この御腹には、女君二所・男三人なんおはしける。弁や少将などにておはせし、法師になり給にけり。又おはするも、世の中をいとはかなきものにおぼして、ともすればあくがれ給を、いとうしろめたき事におぼされけり。

では、なぜ系譜記述の部分に「けり」が使われるのか、それを考えるには、この作品で系譜・人物関係の記述が果たす役割を考えて見なければならない。そして、系譜の記述(3)を考えるにあたって重要なことは、これら系譜の記述は決して栄花物語の本来の叙述の対象ではないということだ。系譜記述がしるされるのは、決して、系譜の記述そのものに価値があってのことではない。この作品の叙述の中心はあくまでも編年体の時間のうえに配列されている個々の記事なのであって、系譜の記述はこの編年体の記述を補助するための副次的な記述に過ぎないのだ。それぞれの記事に登場する人物たちは、それだけでは他の人物とどのような関係によって位置づけられているのかはわからない。それをまとまったかたちで読者に教えるために系譜の記述が必要となっている。登場人物たちがどのような人間関係になっているのかを明示することによって、個々の記事の理解を助けているのであり、系譜そのものの記述が目的ではない。だから、いうならば、系譜・人物関係の記述は背景であって、この背景の前で、いわば前景として個々の記事が語られている。

　また、このような系譜の記述は当然ながらまず作品の最初の部分に必要なのだから、この作品でも冒頭の部分には系譜・人物関係の記述が集中し、その結果として「けり」も多用されるという現象が起こっている。実際に、巻第一の冒頭の記事はその半ば以上が系譜の記述であり、そこでは「けり」が多く使われている。そして、これらの部分はまだ栄花物語の本筋の展開は始まっていず、その準備のために系譜が述べられているのだと考えられる。このような部分に「けり」が使われているのだから、「けり」は系譜の記述が背景であることを表しているといってよい。

　さて、以上のように、「けり」の多用される記事をA・B・Cの三つに分類して見てきたが、その三つに共通するのは、すべて、この作品の叙述の対象の中心となる部分からなんらかの意味ではずれているということだ。九条家、なかんずく道長の一家を中心とする京都の上流の貴族社会を描き、しかも編年体の時間に添って順次記事を並べて行くという、栄花物語の根幹となる秩序から、この三種類の部分はそれぞれにはずれている。Aのように時間秩序の点ではずれているか、Bのように内容面・題材面ではずれているか、あるいは、Cのように作品の構造に係わるところで副次的であるか、それぞれに異なってはいても、いずれも、この作品のなかで、いわば背景の部分なのであって、前景の記事を補う部分なのである。だから、このような記事に用いられた助動詞「けり」はとうてい過去の意味を表しているとは考えられない。時間を表すのではなく、前景と背景との距離を捉えているのであり、それも時には極めて心理的な距離のようにおもえる。「けり」の使用は実に、王朝の女性たちの心の構造に依拠している。Aの場合でさえ、その「過去」の時空は、西洋言語にいうところのテンスとは無縁で、一種の背景としての心理的な時空（泉井久之助のいうところの「気分」の表現）なのであろう。そこで、「けり」について、「あなたなる場」ととらえた竹岡正夫[4]の説が想起される。すなわち、竹岡の「あなたなる場」の説は歴史叙述においても有効なのであった。

注

（1）塚原鉄雄「蜻蛉日記の方法」（『一冊の講座蜻蛉日記』有精堂出版　S五六）

（2）今小路覚瑞『紫式部日記の研究　新訂版』（有精堂出版　S四五）など参照。また拙考「「はつはな」の巻の「むらさきささめき」の一節をめぐって―『栄花物語』の考察（四）―」（「研究と資料」五）参照。

（3）拙考「系譜記述の問題―『栄花物語』の考察（六）―」（「研究と資料」七）参照。

（4）竹岡正夫「助動詞「けり」の本義と機能―源氏物語・紫式部日記・枕草子を資料として―」（「言語と文芸」三一）。なお、「けり」について参照すべき論は多いが、竹岡論文に応えたかたちで特集された「言語と文芸」三四号の諸論文をまず参照すべきだろう。また、辻田昌三「物語る「けり」」（「島大国文」八）参照。また、泉井久之助『言語の構造』（紀伊国屋書店　一九六七）参照。

〔付記〕　栄花物語の引用は日本古典文学大系本、紫式部日記の引用は新潮日本古典集成本によった。

3　あなたなる場の近江

「けり」は王朝の実際の文章の上で、どのように働くのか？　ことに、(歌物語のように「けり」そのものを叙述の基調にするのではなく)動詞の終止形を叙述の基調にする散文文体で、「けり」はどのように機能するのだろうか？

別に述べるように、(1)王朝の散文の叙述の基調は動詞終止形に置かれている。それは、動詞終止形が時間的・空間的に「いまここ」の時空より中立的であって、中立的であるからこそ、さまざまな「気分」のともなわない、事象の事実のみを表現できるからであった。だから、動詞終止形は時間的にも空間的にも、無規定な表現なのであった。

そして、このような叙述の基調に対するとき、助動詞を添えた文末表現はすべて何らかの「気分」を表現するので、叙述の基調からはずれた付加部分となる。あるいは、叙述の本筋を担うにしても、そこに、あるいは具象性の、あるいは視覚性の、またときに心理的留保のニュアンスがつきまとうのである。それは、「けり」もまた例外ではない。たとえば、叙述に挟み込まれる「けり」止めの文は「主観的な感慨としての補足説明」であることが塚原鉄雄によって指摘されている。(2)

しかし、「けり」の用法は単に補足的な挿入にとどまらない。歌物語のように「けり」を叙述の基調にするのではない文体の文章において、なおかつ「けり」の多用される一まとまりの叙述がしばしば見られる、その栄花物語における例については前節に述べた。つまり、この作品は通常はその叙述の基調に「けり」を用いることはなく、「けり」はあくまでも叙述の上での補助的な用法にとどまるのであったが、その中で一部分に「けり」が集中的に使われていて、あたかも叙述の基調が「けり」にあるかのような様相を示している。ところが、これらの、「けり」

の多用されている記事を見て行くと、その内容には共通点がある。その内容はいくつかに分類できるのだが、いずれもこの作品の主筋の記事内容からはずれた、副次的な内容の記事なのであった。だから、栄花物語において、前景の主筋的な記事は、あくまでもこの時代の散文の叙述の基調の通例通りに、動詞終止形を基調としているのに対して、「けり」を基調とする部分は作品の叙述の背景なのであり、そこでは副次的な内容が語られているのであった。

ところで、このように、栄花物語において「けり」によって描かれるのが前景から隔たった背景の世界なのだと確認するとき、このような栄花物語の「けり」の機能の根元にある助動詞としての性格に思いを致すなら、そこで直ちに（さきにも触れた）竹岡正夫説が想起されることとなろう。竹岡の論文は、その発表の直後に対論も特集されたが、それも総じて竹岡説を否定するものではなかったと言え、その研究史上の意義はきわめて大きいが、そこでは「けり」は時間的な助動詞とはとらえられず、かえって空間的に「あなたなる場」ととらえられたのだった。しかも、物語の文脈における背景と前景の関係も「けり」の機能に即して論ぜられているのだから、栄花物語に見られる「けり」の現象もほとんど竹岡説で説明できるわけなのだ。ただし、竹岡論文において扱われた事例は文単位の現象であり、栄花物語の例のようにひとまとまりの記事全体が「けり」によって特徴付けられる例ではなかったのだが、栄花物語のように記事全体が「けり」によってとらえられて「あなたなる場」へと定位されることも、竹岡説によって説明が可能なのである。

しかも、このような現象は栄花物語だけに孤立した現象ではない。たとえば、この作品の文体の特徴を引き継ぐ後代の作品増鏡において同様の現象が見られることは、私も別の場で指摘した。(3) すなわち鎌倉時代を描いた歴史物語である増鏡において、作品本来の文体で叙述できるのは京都の貴族社会の動向に限られるのだが、しかも時代は歴史の世界を京の貴族たちの社会に限定することを許さない。鎌倉の武士たちをはじめとして、京都以外の世界を描かねばならず、そのために作品の通常の叙述以外の方法を取るのだが、その方法の一つが「けり」の多用なのであった。そして、増鏡の場合には作品本来の文体で叙述できない世界の拡大がついに文体の危機を招き、結果的に歴史物語というジャンルの終焉をもたらしたのだが、その現象の一つである「けり」の多用は、既に栄花物語にその端緒はあったのである。

しかし、「けり」の多用の例は、栄花物語より後代の作品に限らない。例えば源氏物語の場合にもその例は拾える。

かの西の京にとまりし若君をだに、行く方も知らず、ひとへにものを思ひつつみ、また、「いまさらにかひなきことによりて、わが名もらすな」と口かためたまひしを憚りきこえて、尋ねてもおとづれきこえざりしほどに、その御乳母の夫少弐になりて行きければ、下りにけり。かの若君の四つになる年ぞ筑紫へは行きける。母君の御行く方を知らむとよろづの神仏に申して、夜昼泣き恋ひて、さるべき所どころを尋ねきこえけれど、つひにえ聞き出でず。「さらばいかがはせむ。若君をだにこそは、御形見に見たてまつらめ。あやしき道に添へたてまつりて、遥かなるほどにおはせむことの悲しきこと。なほ、父君にほのめかさむ」と思ひけれど、さるべきたよりもなきうちに、「母君のおはしけむ方も知らず、尋ね問ひたまはば、いかが聞こえむ」「まだよくも見馴れたまはぬに、幼き人をとどめたてまつりたまはむもうしろめたかるべし」「知りながら、はた、率て下りねとゆるしたまふべきにもあらず」など、おのがじし語らひあはせて、いとうつくしう、ただ今から気高くきよらなる御さまを、ことなるしつらひなき舟にのせて漕ぎ出づるほどは、いとあはれになむおぼえける。幼き心地に母君を忘れず、をりをりに、「母の御もとへ行くか」と問ひたまふにつけて、涙絶ゆる時なく、むすめどもも思ひこがるるを、舟路ゆゆしとかつは諫めけり。おもしろき所どころを見つつ、「心若うおはせしものを、かかる道をも見せたてまつるものにもがな」「おはせましかば、我らは下らざらまし」と、京の方を思ひやらるるに、返る波もうらやましく心細きに、舟子どもの、荒々しき声にて、「うら悲しくも遠く来にけるかな」とうたふを聞くままに二人さし向かひて泣きけり。

舟人もたれを恋ふとか大島のうらかなしげに声の聞こゆる

来し方も行く方もしらぬ沖に出でてあはれいづくに君を恋ふらん

鄙の別れに、おのがじし心をやりて言ひける。

「玉鬘」の巻の冒頭からほんの少し入った部分であるが、ここでも「けり」は多用されている。この部分の七つの文の文末の内、六つまでは「けり」で終えられているのである。しかも、三つ目の文の文末「つひにえ聞き出でず」は果して終止形なのか、あるいは連用形かとも疑えるところであり、もしそうだとすれば、ここでは全ての文が「けり」で終えられていることにもなるのである。

内容的には玉鬘の九州への流浪の発端をなしているのであるが、栄花物語の「けり」の多用に関して挙げた特性のうち、二つがここでは当てはまる。まずその一として、描かれる世界が京の世界から外れていることにある。厳密に言えばまだ京にとどまっている時のことも書かれてはいようが、全体としては田舎への流浪の旅を対象としているのだから、地理的な要因が「けり」の多用をもたらしていると考えられよう。そして、その二は描かれている人々の階層である。玉鬘そのひとを別とすれば、源氏物語が主な登場人物としているのではない階層の人物たちがここでは主人公となっている。もちろん、これらの人物たちはここだけに登場するのではないが、たとえば「夕顔」にこの乳母の一家の人々がどのように扱われていたかを考えればよい。そこでは無名の人物たちとして夕顔の物語の背景となっていた。ところが、この玉鬘の流浪の物語では、この乳母の一家の人々は主人公というのではないにしても、「夕顔」の巻とちがって重要な役割を果たすのである。

つまり、この「玉鬘」前半は、この作品が主要人物として扱わない階層の人々の九州での体験が叙述の対象となっているのであり、だから、その叙述の導入部はこのように「けり」が多用されているのだった。
もっとも、「玉鬘」の前半の九州での出来事の叙述の全てに「けり」が多用されているのではない。しかし、この引用部分のあとに、これ程の「けり」の多用が見られなくなるからといって、その文体が源氏物語の通常の文体に戻るのではない。文体は竹取物語のような古い物語のそれに似た様相をしめすのであり、ことに大夫監が求婚のために乳母の宅を訪れたときの会話のやりとりの部分などに典型的にあらわれる。

○……祖母おとど出であふ。
○……」など、いとよげに言ひつづく。
○……」と言ふ。
○……」など誇りゐたり。
○……」など田舎びたることを言ひのがる。

このような会話のやりとりは、源氏物語の文体よりは竹取物語やうつほ物語の文体を想起させるのである。そして、このように九州でのできごとが語られたのち、玉鬘たちの九州脱出のいきさつは次のように描かれている。

……いみじきことを思ひ構へて出で立つ。姉妹たちも、年ごろ経ぬるよるべを棄てて、この御供に出で立つ。あてきといひしは、今は兵部の君といふぞ、添ひて夜逃げ出でて舟に乗りける。大夫監は、肥後に帰り行きて、四月二十日のほどに日取りて来むとするほどに、かくて逃ぐるなりけり。姉おもとは、類ひろくなりてえ出で立たず。かたみに別れ惜しみて、あひ見むことの難きを思ふに、年経つる古里とて、ことに見棄てがたきこともなし、ただ松浦の宮の前の渚と、かの姉おもとの別るるをなむ、かへりみせられて、悲しかりける。

ここでも、さほどではないにしても、「なりけり」語法を含めて「けり」が使われている。したがって、玉鬘の九州での物語は、「けり」を多用する文章が前後に枠となっていて、京都と九州の場面展開を果たしているのだが、このように前後に「けり」をともなう文章が枠となるのが竹取物語に特徴的な現象であることは、早くより「けり」に関して着目されていたはずである。だから、引用した二つの文章に囲まれた部分では内容が京都周辺から外れるとともに文体も前代のものに回帰しているのだが、その対象世界の移行は「けり」によってささえられたわけなのだ。ここでも、やや変形された形ではあるが、対象世界の地理的様相が「けり」の多用と結び付く現象が見られたわけである。

しかも、このような現象は物語だけではない。次に挙げるのは日記文学の例である。かげろふ日記下巻、天禄三年二月の部分、作者が養女を迎える話の部分である。

かくて、異腹のせうとも京にてほうしにてあり、ここにかくいひ出だしたる人、知りたりければ、それして呼び取らせて語らはするに、「何かは。いとよきことなりとなむ、おのれは思ふ。そも〳〵、『かしこにまぼりて物せむ、世の中いとはかなければ、今はかたちをも異になしてむ』とてなむ、さきの所に月ごろは物せらるゝ」などいひおきて、又の日といふばかりに、山越えに物したりければ、異腹にてこまかになどしもあらぬ人のふりはへたるを、あやしがる。「何事によりて」などありければ、とばかりありて、このことをいひ出だしたりければ、まづ、ともかくもあらで、いかに思ひけるにか、いといみじう泣き〳〵て、とかうためらひて、「ここにも、今は限りに思ふ身をばさるものにて、かかる所に、これをさへひきさげてあるを、いといみじと思へども、いかゞはせむとてありつるを、さらば、ともかくも、そこに思ひ定めて物し給へ」とありければ、又の日、帰りて、「さゝなむ」といふ。うべなきことにてもありけるかな。宿世やありけむ。いとあはれなるに、「さらば、かしこに、まづ御文を物せさせ給へ」と物すれば、いかゞはせむ。

かげろふ日記の「けり」については主観的な補足説明との見解も出されているが、ここでは、補足説明とはあつかえない叙述に「けり」が使われている。ことに、使いの人物が近江へ行っての様子を述べる部分には「けり」が多く使われている。内容そのものは、養女を迎えるにあたっての経緯の一部であり、けっして無くてもすむ補足的な説明ではない。ただし、作者が直接見聞できた空間の出来事ではない、近江でのできごとに関して「けり」が使われているわけである。ここでも、「けり」は京を離れた土地の叙述に多用されているのである。

しかも、この養女となる少女のことは、最初に作者に語った人の話を、

「殿のかよはせ給ひし源宰相兼忠とか聞こえし人の御むすめの腹にこそ、女君、いとうつくしげにて物し給ふなれ。同じうは、それをやは、さやうにも聞えさせ給はぬ。今は志賀の麓になむ、かのせうとの禅師の君といふにつきて物し給ふなる」

と、所謂伝聞推定の助動詞「なり」によって捉えているのであり、「けり」は時空の把握の位相について、時間ではなく空間を捉えるという点で「なり」と近い面を持っていていることが理解できるのである。勿論、同じように「いまここ」から離れた時空の事象をとらえるとはいえ、「なり」が隔たった二つの時空の結び付きの具体的様相を主にとらえるのに対して、「けり」は二つの時空の関係そのものを主体的にとらえる。そして、会話においては、話題の真実性の保証のために時空の関係の具体化がもとめられているのである。「けり」と比べて「なり」は、客観化に一歩踏み出している。しかも、この二つの助動詞は「いまここ」と対象の時空の距離を捉えることについては共通の性格のものだった。かげろふ日記の本来の時空から隔たった時空の話題は、地の文では「けり」で捉えられるのであった。

以上のように源氏物語の場合とかげろふ日記の場合に、「けり」の多用される部分を指摘したのであるが、これをそれぞれに切り放して、その現象を説明することはできる。源氏物語の場合には、その内容自体が古物語的なものの方に傾いたためにその文体も古雅なものとなったのであり、「けり」の多用もそれに由来すると説明することはできる。また、かげろふ日記の場合には、作者自身の体験・見聞を描くべき日記であるにもかかわらず、ここで

はその叙述の対象は作者の直接の見聞から離れていることをとらえて、「けり」の間接体験の把握という性格、伝聞の表現という性格が働いたのだという説明ができる。

しかし、その説明ではなお問題が残る。源氏物語の場合には、舞台が九州へと移るに従い、なぜ物語世界が前代の様相に回帰したのかが問われよう。そもそも、文体の限界が世界を規制したのではないのか。ここに問題は後代増鏡が経験する問題が先取りされている。かげろふ日記の場合には、間接体験の伝聞がなぜ「けり」によって捉えられるのかという根本的問題がそのまま残ってしまう。

結局、問題は王朝の散文の空間的限界に行き着く。王朝の散文は、その高い質にもかかわらず、（あるいは、それ故にこそ）その叙述できる世界は限られたものであった。芸術言語の質の高さはその通用の範囲と比例しないのみならず、しばしば反比例する。散文の文体はその世界の広がりを規制し、源氏物語「玉鬘」もかげろふ日記下巻も、その規制の壁に触れたのだといえよう。ただ、「けり」は王朝の散文のなかで生き生きと働いており、「あなたなる場」の事象を「迎え取る」ことができるので、このような場合にも機能し、王朝散文の世界よりはずれる領域をも叙述したのである。その領域は、地理的なものに限らないのは栄花物語に見た通りである。しかし、空間的にもこの王朝の散文の世界からはずれる領域は、言語が自然に把握していた。筑紫の地はもとよりそのような地であったのだから、栄花物語もそのような地の出来事にはほとんど関心をはらわない。しかしその栄花物語も近隣の近江でのできごとには関心を寄せている。関寺に牛仏が出現したことに大きな関心を寄せたのだが、そこでは叙述はやはり「けり」に支えられていたのである。しかも、近江の地を「けり」の捉えることにおいて、かげろふ日記も栄花物語も共通であった。ここに「けり」のすぐれて空間的な一面が現れている。この「けり」の機能のもとに、このような現象が見られるのは、近江の地もまた王朝の「あなたなる場」だからなのであった。

注

（1）本書Ⅳを参照。

（2）塚原鉄雄「蜻蛉日記の方法」（『一冊の講座蜻蛉日記』有精堂出版　S五六）

（3）拙稿「歴史物語の終焉―『増鏡』における文体の危機について―」（「日本文学」H三・六）

4　完了時制の伝聞性
――細江逸記の「き」と「けり」の論に寄せて――

筆者はかつて学習塾の講師を生業としていたが、そこで「けり」を片っ端から「たそうだ」と訳す生徒を教えたことがあった。それは高校の教員からそのように訳すように教わったということであったが、文脈によっては「そうだ」と訳すことがふさわしくない場合もあり、文脈によって「た」や「だなあ」（つまり過去や詠嘆）と訳し分けることとの必要性を教えた。その高校の教員は決して不勉強ということではなかったと思うが、少なくとも伊勢物語の「けり」などは「たそうだ」と訳すように指導していたようで、「むかし、男がいたそうだ。手に入れることできなかったそうである女を、何年も求婚し続けたそうだが、やっとのことで盗み出して、とても暗いなかをやってきたそうだ。……」と言った訳文になるのである。たしかに学習参考書や文法副読本にも「けり」の訳語として「た、たそうだ」と挙げるものもあったが、「けり」を悉く「たそうだ」で訳すのは伊勢物語のようなものの場合には誤りとは言い切れないにしても、訳文としては違和感を感じざるを得なかった。「けり」を伝聞のように訳するこのような扱いの背景に細江逸記の説があることは容易に想像できるが、塾の教師[(1)]としてはそのままにうっちゃり、その後「けり」について論じもしたが、「けり」についての細江の説については避けて通ってきたきらいがある。しかし、「けり」の機能を考えるについては「伝聞」について考えることは避けられず、細江の著述を読み直さざるを得ない。

『動詞時制の研究』第4章を読む

細江の「き」と「けり」についての有名な説は『動詞時制の研究』[2]の第4章に述べられている。細江の『動詞時制の研究』は続く『動詞叙法の研究』とあわせて、英語動詞について論じたものである。細江の基本的立場は、動詞の時制や叙法を、客観的な対象を客観的に捉えるという考え方から理解することに異を唱え、時制や叙法を言語主体の主体的・主観的な対象把握として理解しようとし、かれ自身のことばによれば「Tense は本来思想様式の区別を表すものであって、時の区別とはなんの関係もない」「要するに Tense と言い、Mood と言うのも決して別個の範ちゅうに属する存在ではない」ということを証そうとしたのであった。『動詞時制の研究』の第4章は "Past Tense" についてであるが、これを単純に過去の時間について述べるものと細江が考えていないことはいうまでもない。では、この章において細江がどのようなことを考え、またどのような議論の延長線上にわが国語の「き」と「けり」が言及されたのかを見る必要がある。以下に、この章の節ごとに細江の論を見て行きたい。

第4章は五つの節で構成されている。

16. "Perfect" および "Imperfect"
17. "Past Tense" = "Present Tense" と見られる場合の原理
18. Expanded Forms（ついでに他の tenses も含めて）—（1）理論
19. Expanded Forms —（2）実例の吟味
20. "Maziyi Shouhoudi" と "Maziyi Naqli"

以下には節を追って、その論述を見て行きたい。まず16節は英語の動詞の過去時制を取り上げるが、最初に英語の

"Past"には二種の用法があることを述べている。これを細江は「直断性の"Past"」と「低回性の"Past"」と呼んでいる。この二つの過去時制が英語の場合には同じ過去形で表現されるが、その用法として二つの異なったものがあるということに細江の主張の主眼がある。この二つの用法が他の言語では異なった時制の形式で表されるとしてラテン語をまず取り上げ、「低回性の"Past"」に類比されるものとしてラテン語の過去（不完了過去 imperfectum）を挙げ、「直断性の"Past"」への類比として完了（perfectum）を挙げている。ただしラテン語の完了には二つの用法があり、その一つは過去の動作現象が現在に及ぶという意味での完了であり、もう一つは細江がカエサルの用法[3]としての用法である。細江がカエサルを引くように、「直断性の"Past"」とはアオリストとしての用法を指しているとしての用法である。細江がカエサルを引くように、事実をまったく客観的に、主情を交えずに述べるということでの、アオリスト「vedi visi vici」を例とするように、事実をまったく客観的に、主情を交えずに述べるということでの、アオリストとしての用法である。しかしラテン語の完了はその結果が現在に遺存するかどうかを別にすれば過去の動作現象を完了したものとしてとらえているということで、不完了との対立はアスペクトそのものである。実際に細江もアスペクトの問題であることを明言している。細江はさらにロシア語の完了体と不完了体を類比対象としてあげる。細江は表のかたちで示しているが、そこではラテン語の完了・フランス語の単純過去および複合過去・英語の過去形および現在完了・ドイツ語の過去形および現在完了・ロシア語の完了体に対して、ラテン語の不完了過去・フランス語の半過去・英語の過去形および過去進行形・ドイツ語の過去形・ロシア語の不完了体を対立させている。細江は印欧語についての該博な知識をもとに、英語の過去時制に異なった二つのアスペクトが含まれていると考えている。周知のようにゲルマン語は印欧語のなかでは時制が単純化されているが、複雑なアスペクトの用法は単純な時制に伏在して機能していると細江は見ているようである。そしてその細江が強調するのは、アオリスト的な「直断性の"Past"」が「その表示する事件を簡単率直に陳述し、一気にこれを片づけてしまうもの」であるのに対し、「低回性の"Past"」は「ある事柄を述べるとともに、それをよくかみしめて味わうような気持ちを伴うもの」ということである。時制を時の区別と関係なく、思想様式の表現とみる細江の立場からして、もっとも強調されるのはこのような表現主体の対象へのとらえ方である。そして確認しておく必要があるのは、細江もラテン語の「scripsi」に対応するものとして「I wrote」とあわせて「I have written」を挙げながら、議論は過去にかかわる時制である不完了過去・アオリスト・完了のうちの不完了過去とアオリストを対照するかたちで進められ、完了については第3章で論じられながら、この章の議論からはずれていることである。これは細江の「けり」への言及を考えるにあたって重要なことであるから、後で検討しなければならない。

17節では、現在のことを言うのに過去の時制を用いる例が取り上げられている。細江のことばでは、「喜怒哀楽などの感情を表す言葉で、“Past Tense”が“Present Tense”同等と考えられる場合」ということになる。ここで取り上げられているのは、もっぱら話し言葉の例であるが、この場合の表現について細江は「低回性の“Past”」としている。細江は西洋の英語学者がこれらの場合の解釈に苦闘していることを述べているが、時制を時の表現ではなく思想の表現とする細江の理論ではこれらの場合の解釈はお手の物というわけである。また細江はこれと相似の現象が国語にも見られるとして、古典語に於ける「けり」に触れるとともに、現代語の例として「『そのくらいのことだと思った』・『道理で重いと思った』・『こりゃ驚いた』・『困ったなあ』」の例を挙げている。近年若者のマニュアル言葉として非難をあびる一連の言い回しの一つである「……でよろしかったでしょうか」についても、細江の考え方で言えば国語の、いや言語一般の自然な表現だったということになる。

18節と19節では、いわゆる現在進行形を取り上げている。ところで細江が過去の時制を「直断性の“Past”」と「低回性の“Past”」とに分けるときに、「直断性の“Past”」がラテン語の“Perfect”に類比されたが、それはラテン語の“Perfect”のうちでもアオリストとしての用法に相当するのであった。そして細江は「低回性の“Past”」をラテン語の“Imperfect”に類比するのであるが、“Imperfect”はいうまでもなく、その動詞がとらえる事象について、それを完結したひとまとまりのものとしてとらえるのではなくて、継続進行する事象の完結するかどうかは顧慮せずに、ただその事態が過去の一点において行われていたということを示す。"Perfect" が事象をその外側から客観的にとらえるのに対して、"Imperfect" はいわばその継続進行する事態の内側において事象を見るのであり、そこに見る側の主観的な思いが、細江の言葉によれば「喜怒哀楽」が込められることもあるということである。そして細江は Expanded Forms つまりいわゆる現在進行形を言語史的に考究しながら、その起こりを "Imperfect" の強調されたものとしているのである。

すなわち、細江は古英語を取り上げて現在進行形の起こりが元来は "bēon" または "wesen" に "-ende" 型の現在分詞を加えたものに遡ることを述べ、それが現在進行形の起源であると指摘する。"-ende" 型の現在分詞は現代英語では使われなくなっているが、現代ドイツ語や現代スウェーデン語では必ず学ぶものである。しかしそれは名詞への修飾語として用いられるものであって、古英語のように存在詞とともに用いられる用法はない。本稿の筆者もかつてドイツ語を学んで現在分詞が出てきたときに、当然のごとく "sein" に現在分詞を添えて進行形として用いることを期待したのだったが、そのような用法がないことを知って意外に思った。しかしドイツ語のような現在分詞のありかたが現代ゲルマン語としては一般なのであって、英語のありかたは現代語としては一般的ではなく、他のゲルマン語にも同様に存在したようだが[4]、英語のみがこれを発達させて、他のゲルマン語ではかえって衰退したようである。ともあれ細江はこれを不完了過去の強調された形式と見て、「私の信ずるところによればこの語形の本質は依然として Imperfect の有する低回性をいっそう強く表示する点にあるので……」と述べている。そして細江はこの18節において詠嘆の「けり」を取り上げて、進行形の情意性との共通を述べている。

さて20節であるが、ここでまず細江は "Past Tense" の本義をはじめて総括的に述べている。すなわち細江はこれを「『回想叙述』の語形」と指摘する。そして細江は、「そして過去界の事柄を回想するものについて見てもすでに詳述したように『直断性』のPerfectと『低回性』のImperfectとが意義上明らかに対立しているが、なおこれと相交錯して……2個の異なった場合があることを忘れてはならない」と言って、英語の過去形について、「現代の英語ではこの両者の間には語形上なんらの区別を立てない」にもかかわらず、その回想の性格について、「『経験回想』」と「『非経験回想』」の二つの用法があると言い、またこの両者は『目睹回想』と『伝承回想』だとも言っている。そしてその説明として、過去時制と接続法（"Subjunctive Mood" すなわち英文法にいう仮定法で、一般にいう接続法）との相似の関係に論を及ぼす。すなわち "Subjunctive Mood" の語形が過去時制の語形と共通することを指摘した上で、次のように言う。

いったい、"Present Tense" は『直感直叙』の語形であって、かつそれは事実、またはわれわれが自己の経験によって如実に思考する事柄の認識を存立の基礎としているのに反し、"Past Tense" は『回想叙述』の語形であって自己の直接の経験でないものをも表わしうるのみならず、いわゆる "Subjunctive Mood" はすべてわれわれの直接経験でない『想』の発表用具であるからこの二者の結合はよく事実に反する仮定を表わすと解釈する。

すなわち、細江は間接経験の表現と事実と異なる仮定の表現を一括して、直感直叙の現在時制に対立するものと考えている。過去の表現と接続法的な表現に語形の相似が見られるのは普遍的な現象で、現にわが国語、なかんづく筆者の母語の表現として、「今、春やったらよかったのに」「あした起きたら電話してや」などは違和感のあるものではない。

細江の論はこのあと、トルコ語におよびさらにわが国語の「き」と「けり」に及ぶのであるが、その後にはふたたびゲルマン語にもどり、ドイツ語や古英語の例を引きながら論じて、第4章の最後を、

こうしてTense、Moodの両者は一面上に並べられ、いわゆる "Past Tense" といわゆる "Subjunctive Mood"

とは『回想』の一点でその生命の源泉をともにするものであるゆえんがますます明りょうとなる。われわれはかりにも時の区分の中にTense の意義を求めてはならない。

と締めくくっている。その点では第4章の20節も一貫した細江の主張の一環であったと言え、直接・間接の経験に触れたのは、細江自身が「ついでに私はわが国語を熱愛するから、しばらくわが国語について私の所信を述べることを許されたい」というように、いささか脱線気味であったという印象が拭えない。細江の論を読むと回想と仮定の相似は理解でき、過去時制が間接経験の表現となるのは理解できるが、過去時制が間接経験と直接経験の表現へと対立的に分立する根拠はよくわからない。

ともあれ、細江はトルコ語の事例に着目して、その事例を演繹的に国語の「き」と「けり」に援用するのであるから、トルコ語についての言及の部分を見なければならない。

例をあげると英語で同じく"He lived"というのでも、言者がその事実を目睹して確信している場合であればトルコ人は"Maziyi Shouhoudi"を用いて

o yashadi

と言い、ただ他からの伝聞にすぎないときは、"Maziyi Naqli"を用いて

o yashami《ママ》sh

と言う。英人と同じく"He wrote"という場合でもトルコ人は、

o yazdi=He wrote　(in my presence).

o yazmish=He wrote　(it is said).

のように区別する。前者は"Maziyi Shouhoudi"で私はまた『目睹回想』と言い、後者は"Maziyi Naqli"で私はまた『伝承回想』と名づける。

これを見ると、トルコ語においては過去時制の表現について、目睹と伝承ないし直接体験と間接体験の区別があり、それは細江の言う直断性と低回性の違いとは異なったものであると理解できる。これを細江は「き」と「けり」の区別に併行するものと述べているのだから、わが国語に関して定説化している議論の論拠として国語の理解への影響は絶大であり、それだけにこの細江のトルコ語への言及についてはもう少し調べる必要があろう。

完了と伝聞

そこで手近にある『言語学大辞典　第2巻』[5]の「トルコ語」の項を見てみると、動詞の接辞に関して次のように述べられている。

c）時制・アスペクト成分　　この成分は、3種類に分類される。

……

B）動詞語幹に接続し、人称語尾（IまたはⅡ）をとるもの。

-dI, tI（過去）（Ⅰ）

gel-di「来た」

-mIş（完了、伝聞過去）（Ⅱ）

gel-miş「来たらしい」

-(I)yor（継続）（Ⅱ）

gel-iyor「来るところだ」

-Er, -Ir, -r（現在）（Ⅱ）

gel-ír「来る」

-(y)EcEk, -(y)EcEğ（未来）（Ⅱ）

gel-ecék「来るだろう」

-mElI（必要）（Ⅱ）

gel-melí「来るべきだ」

……

C）形容詞、名詞等が動詞語幹以外の成分に接続し、人称語尾（ⅠまたはⅡ）をとるもの。

-(y)dI, -tI, idi（過去）（Ⅰ）

hastá-ydı, hasta idi「病気だった」

-(y)mIş, imiş（推量）（Ⅱ）

hastá-ymış, hasta imiş

「病気らしい、病気だったらしい」

ここで大文字の「I」で表記されているのは、母音調和によって交換される母音「ü/i/u/ı」を表している。さてこれを見ると細江が直接体験と間接体験を表すとしている「dI」と「mIş」の違いは、「過去」と「完了、伝聞過去」の違いということになる。すなわち細江が目睹と伝聞との回想の質についての区別としていたところに、ここで「完了」とあることは気にかかる。細江の言うことと矛盾はないと理解できるが、時制についての規定が加わり、dI の過去に対して、mIş が完了と伝聞過去を併せ表現するとなっていることである。過去と伝聞過去の区別ととらえれば、細江の述べるところとさほど異ならないようではあるが、これを過去と完了との区別ととれば、まさに時制の問題ということになる。

そこで、トルコ語の文法についてもう少し詳しく知りたいが、筆者はトルコ語を学んだことがないので、現在購入可能なトルコ語文法としてまとまった書籍である勝田茂の『トルコ語文法読本』[6] を参照してみることとする（引用にあたっては付加的な注記は省略した）。まず dI 語尾（該書では「I」は「i^4」と表示されている）について見ると、

第11課　-di^4 過去形

……

(2)〈用法・用例〉

話者が過去の一時点においてある動作や状態を確認したり意識した場合の過去。この意味において次章の第12課の-$miş^4$過去形と根本的に異なる。もしくは歴史的事実を表す場合にも用いられる。要するに、ごく一般的に用いられる過去形と考えてよい。

1. — Ben okula seni gördün, fakat derste görmedim.
私は学校で君を見た、しかし授業では見なかった。
Sen derstén mi kaçtın?
君は授業をサボったのかい？

2. — Ben okuka geldim, fakat derse geç kaldım.
私は学校へ来ました、しかし授業に遅れました。

3. — Ali de okula geldi mi?　— Hayır, o gélmedi.
アリも学校に来たかい？　いいえ、彼は来なかった。

4. 29 ekim 1923'te Türkie'de Cumhuriyet ilân edildi.
1923年10月29日、トルコにおいて共和制が宣言された。

……

とある。ここでの説明を読むと、dI による過去の表現が mIş によるものと異なるということはわかるが、dI の表すものが細江のいうような伝聞回想に対立する目睹回想であるとは理解できない。例文を見ても、たしかに「私 ben」を主語にして、直接の体験を述べる場合もある一方で、「君 sen」を主語にして、その行動について疑問文で尋ねている場合も dI が用いられている。質問する主体から見れば、自分自身が見聞していない相手の行動について推量的に問うているのだから、これを目睹回想とするには難がある。また、ことに特徴的なのは「歴史的事実を表す場合にも用いられる」ということであって、とうてい直接の体験とは言えない事柄を dI が示すことが知り得る。勝田はこれを「ごく一般的に用いられる過去形」と述べているが、細江のいう直断性の過去と近く、つまりアオリストとまでは言い切れないにしても、きわめてアオリスト的であるとはいえそうである。

一方、mIş については以下のように説明されている。

第12課　-miş^{4}過去形

……

(2)〈用法・用例〉

話者がある動作や状態を過去の一時点ではなく、あとになってはじめて確認したり意識した場合の過去で、「知らぬ間に~した、ついうっかり~した、やはり~だったのか」ぐらいのニュアンスをもつ。あるいは、伝聞「~したそうだ」、完了「~している」、経験「~したことがある」などを表わす。

1. Dün akşam çok içmişim.

昨晩はたくさん酒を飲んでしまった。〈無意識の過去〉

2. Babası İstanbul'a gitmiş.

彼の父はイスタンブルへ行ったらしい。〈伝聞〉

3. Elbette siz de duymuşsunuzdur.

きっとあなた（方）もお聞きになったことがあるでしょう。〈経験〉

4. Aşağ ıdakı cümlelerde bazı kelimeler eksik yazılmış.

下の文ではいくつかの単語が不足して書かれています。〈完了〉

こちらにはたしかに細江のいうように、「伝聞」の用法が挙げられているが、ほかにも「無意識の過去」「経験」「完了」が挙げられているので、単に伝聞の過去を述べるのではなく、もっと複雑な意味を本義としているらしいことがわかる。そして、これらを通じて共通するのは表現主体の現在と対象とのあいだの距離である。無意識の過去が意識によみがえる距離、時空のかなたの事柄がいまここの時空に至る伝聞の距離、過去の経験が現在に確認される距離である。そしてアオリストが現在と切り離して過去をとらえるのに対して、完了は過去と現在の二つの時空の距離を結び、過去が現在におよぼすところを示すのはいうまでもない。ここに述べられた用法は完了の助動詞である「けり」に通じるものがあるのはたしかに細江のいうとおりであろうが、またその用法は伝聞回想にとどまりそうもない。このmIşが時制の表現であるとすれば、完了の用法をもつことは重要である。

そこで『言語学大辞典 術語編』[7]の「伝聞法」の項を参照すると、以下のような記述を見ることができる。

一方、カフカースのグルジア語の動詞には、話し手が知らないうちにある行為が起こり、その結果に気づくことを示す形がある。グルジア語の文法ではこれを「完了（perfect）」または「結果形（resultative）」とよんでいる（Б. Т. Руденко, *Грамматика Грузинского Языка*, 1940, p.242）。ある事をやったかという問に対し、

1) ara（いや）, ar（否定）*ga-v*（1・単・主）*-aket*（する）*-e*（アオリスト）

は、「いや、私はまだしてなかった」という答えになるが、この場合の「しなかった」は意図をもってしな

かったことを伝えるもので、形はアオリストである。これは無標の経験法の形である。これに対し、

2) ara, žer（まだ）ar *ga-mi*（1・単・与）*-keteb-i*（する）*-a*（3・単・主）

というと、「いや、私はまだしてなかった」の意で、意図してしなかったのではなく、ついそういう結果になってしまったことを示す。これも一種の伝聞法で、過去の行為を話し手が意識して経験してはいなかったことを告げるのが特徴である。グルジア語の「完了」はその伝聞法的特徴から過去の物語を述べるときに用いられる。

3) ert（1）dye（時）*-s*（与）ak（ここに）ad-amian（人）*-s*（与）*u*（3・単・与）*-cxovr-i*（住む）*-a*（3・単・主）「ある時、ここに1人の人が住んでいた」（Руденко, p.243）

またこの形は、ずっと知らないでいたある事態に急に気がついたときにも使われる。

4) es（この）ḳaci（男）kurdi（泥棒）*.qopil*（.qopna「ある」の完了形）*-a*（3・単・主）「この男は泥棒だったのだ」（Руденко, p.242）

……グルジア語のこの「完了」の用法に似た用法を示すものが日本語にもあった。すなわち、文語の助動詞ケリがそうである。

説明にややわかりにくいところがあるが、要するにグルジア語の完了表現に伝聞の用法があることを述べている。そしてその完了がアオリストと対立的であることは時制に関してしばしば見られる現象である。さらにその用法に「ずっと知らないでいたある事態に急に気がついたとき」にも用いられるということも注目される。それはトルコ語の mIş にも見られる用法であり、また「けり」にも見られる用法であった。この項目の著者は「グルジア語のこの「完了」の用法に似た用法を示すものが日本語にもあった」と述べるのも納得できるのである。そしてここでも完了時制と伝聞の用法（この項目の著者は「法」であると見なしている）の親しい関係は見て取れるのである。

このような完了と伝聞の関係について、その根拠にまで踏み込んで論じたのは泉井久之助である。泉井は晩年に印欧語の完了形を論じて、それは様々の言語の問題を深く教えてくれる。その一連の論文の一つ「上代インド語の完了形と非人称表現[8]」で、リグ・ヴェーダにおいて完了形が伝聞を表す例を取り上げている。

> ただリグ・ヴェーダにおける完了形の使用には、ホメーロスにおける場合とは異なって、使用上の特殊な言語的慣用または制限があって、ただ純粋に文法的にのみその使用が規制されていたのではなかった。
>
> その制限の著しい一つは、その表現の話者（speaker, le sujet parlant）が自らその現場に居合わすことなく、従って直接に関与またはみずから実見しなかった事実・事件における行為についての表現には、主として「完了形が用いられる」ということであった。……
>
> 一般に話者が、スピーカーが、現場に居合わすことなく、従ってみずからは非関与・非実見であった事件・事態における他者の行為を第三者として表現するときの動詞形を特に完了形とすべしと定めることは、話者と現場の行為者との間に容易に超えがたい距離が話者の心理においてすでに設けられていることを、完了形の使用によって明らかに示すことである。この距離は通例、神と人との間において最も大きい。従って神典・聖歌としてのリグ・ヴェーダにおいて、神々によって遂行された行為に関して、人としての第三者は、おのずから言語慣習的に完了形によってそれを表現することになる。

ここで泉井は「言語慣習」ということばで表現し、文法的な規制とは一線を画して述べている。泉井の論はしばしば文法を論じて文学に踏み込むが、ここでも文学的な表現として、特に神についてのリグ・ヴェーダの叙述に触れて、表現者の心理における「容易に超えがたい距離」に論を及ぼしている。完了時制が伝聞の用法を持つことには心理的な根拠があると言えるのである。

「けり」の伝聞性

細江は20節において目睹回想と伝聞回想を述べたが、その論はこの第4章の主題であったPast時制の論述とは関係づけられず、かえって仮定法＝接続法に関連づけながら論じていた。しかし泉井の論をはじめとするいくつかの言語についての記述を読むと、伝聞は時制と深く関係するのではないかと疑える。細江は、

この区別はドイツ語にもある程度あって、

Sie *waren* gestern in der Oper.（=You *were* in the Opera yesterday）

Sie *sind* gestern in der Oper *gewesen*.（=You *have been* in the Opera yesterday）

という例がWetzelの*Die Deutsche Sprach*, p.153およびCurmeの*A Grammar of the German Language*, p.213にも出ている。前者は“Maziyi Shouhoudi”に属し、Wetzelはこれに“als der Sprechende da war und den Angeredeten sah”（=when the speaker was there and saw addressee）と説明し、後者は“Maziyi Naqli”に相当し、氏は“so hört der Sprechende von anderen”（=so heard the speaker from others）と注釈を加えている。

と述べて実例を挙げながら[9]、その論は完了へと及ばなかった。ここに引用された、あなたが昨日オペラ劇場にいたことについての例文は、前者は過去であるのに対して後者は完了であるが、このような例を挙げながら細江が完了と伝聞について論じなかったのは、わが深く畏敬する学者であっただけに惜しいことであった（ちなみに、現代国語では両者とも「あなたは昨日オペラ劇場にいましたね」と訳せるが、後者の伝聞性を強調しようとすれば「あなたは昨日オペラ劇場にいたんですね」と訳せよう。「のだ」の確認によって間接性が表現できるということの一つの例となるだろう）。

細江が英語の“Past Tense”つまり過去時制を論じるにあたって、現在完了にその論が及んでいない。現在完了

については第3章の“Present Perfect”において論じているが、その本義について細江は、

……私はここにいわゆる“Present Perfect”は『確認確述』の語形であると言おうと思う。すなわちその描出する事件そのものが客観的な時間のうちの過去界に属するものであろうとも、あるいはまた現在界に入るものであろうとも、ないしは過去界から現在界にわたりなんらかの連係を有するものであろうとも、それは根源的にはなんの問題でもない。ただその陳述される事件が、言者の発言する際その知覚意識内に強力な印象を与えているとき、それを明りょう確実に表示するのがこの語形の本義である。

と述べているのは、印欧語の完了が過去と現在の双方に関係するとされることにかかわる規定であるとともに、なおそれを時間的なものに限定しないのは、細江の元来の考え方からすれば当然ではあるが、古典の助動詞を学ぶものにとっては「けり」の本義の問題を思い起こす規定であった。しかし、細江は本質的に時制を時間に関するものとしない考え方から、第4章においては不完了過去とアオリストのみを論じ、“Present Perfect”すなわち完了についてはかえって“Present Tense”と対比しながら論じ、不完了過去やアオリストとは関連させていない。したがってラテン語の完了時制についても“Perfect”と称しながらも、その二つの意味のうちのアオリストにのみしたがい、第4章で細江が体験の直接性と間接性を論じたときにあくまでも“Past Tense”の範囲内で論じたことから、伝聞性を完了と結びつけて論じるという視点は生じなかった。それはつまり細江がつまるところ英語学者であったということであり、そのためにアオリスト・完了・不完了過去のうち、英語の過去時制の用法に属するアオリストと不完了過去の用法については対照し関連づけながら、過去時制とは別の現在完了時制の用法としての完了については対照しなかった。しかし、細江自身が例として挙げるドイツ語の例に見るように、あるいはトルコ語やグルジア語、上代インド語、そしてわが古典語に見るように、完了時制は伝聞性を帯びるのであった。

そもそも言語における伝聞表現とは対象と表現主体との間に距離が存在すること、そしてその距離の存在を確認

することであるが、その距離の存在を主体的に確認することが伝聞表現の本来の機能であり、客観的に他者から聞いたり、他者の文書で読んだりしたかどうかはその本質ではない。一方完了は過去と現在の架け橋であり、またこれを時間表現に限らない時空の表現だととらえれば、竹岡正夫がいうように「あなたなる場」の把握であり、春日和男の言うように「迎え取り」である。対象と表現主体の距離の表現であるということでは、伝聞と完了とはその本質においてきわめて近い。すなわち過去の時空との時間的・空間的距離を踏まえて、その時空をいまここの時空と結びつけようとする力こそが完了の本義である。この関係性をとらえれば完了であるが、その結びつきの由来に関心を向ければ伝聞・伝承ということになろう。したがって完了の助動詞に伝聞性を見いだした細江の古典語への語感は決して誤ってはいなかった。しかしこれを自らのトルコ語の知識を援用しながら理解しようとし、「伝承」といい、あるいは「非経験回想」といったがために、細江の主意があくまでも時制を思想の問題として考えようとすることにあったにもかかわらず、そこに表現される情報の質が間接的か直接的かという問題に実体化され、誤解を招くことになってしまったのである。

なお、「き」についても附言するなら、「き」は過去と現在を断絶的かつ対照的にとらえ、その事態の変転喪失をとらえるのだから、[11]もとよりアオリストとは性格を異にする。過去と現在をある種の関係によってとらえるということでは完了的であるともいえるが、そこには変転喪失をとらえる主体の働きが強く機能し、Tenseというよりはより Mood に傾いた表現であったろう。時制よりも叙法に傾くがゆえに、そこには深い情動を生起する契機を有していた。しかし「けり」は完了表現として、泉井が「超えがたい距離」というような対象の不確実性を、その距離を超えて結びつけようとするために、対象自体は間接的な印象によってとらえられるのに対して、「き」は変転喪失において過去の対象をとらえようとし、その変転喪失を示すためには「き」がとらえる対象はかえって直接的な印象でなければならない。そこに「き」による対象の把握が「目睹」「経験」すなわち「直接」の体験による対象の把握であることが必要になる。すなわち、「き」は過去と現在を断絶によってとらえるために、かえって逆説的に直接的に把握される対象をとらえることとなるのであった。「けり」の本義が完了であるがゆえに対象の把握については間接的であったのと対照的に、「き」は変転喪失の意味のゆえに、その対象の把握は直接的であった。

細江逸記は古い時代の学者であるから、現代人よりもはるかに古典語に親しみ、その語感は鋭いものであったろう。その細江の「き」と「けり」に関する論議には、感覚的に相当の根拠があったことは間違いない。しかし、その論議はその語感にトルコ語の文法の知識を類比させることによってなりたっていた。しかしそのトルコ語の文法的な理解について疑いが残る。そして細江の、「き」と「けり」についてのトルコ語からの類比による文法的理解には、少なからぬ例外が指摘される。しかしその例外も、時制を思想様式と見る細江の論議からはずれて、あたかも客観的事実の表現であるかのようにとらえることに由来し、その責任を細江に問うこと自体に問題を感じざるをえない。細江の論の根拠となった語感が「き」「けり」の本義からどのように生じるのかということを問い直すことなしに、「き」「けり」の用法を論じることには慎重であらねばならない。

注

（1）高校生を教えていたころの副読本・参考書のたぐいは、その後の幾度もの引っ越しであらかた行方不明になっているが、たまたま手元に残っているものを見ると、上原猛編『新修解明国文法　口語編　付文語文法』（浜島書店　S五五）では、「けり」の意味は「過去・詠嘆」、訳語は「たということだ・だった」となっており、谷山茂・猪野謙二・村井康彦・本多伊平代表『新修国語総覧　四訂増補』（京都書房　一九八八）では意味として「（A）過去〔タ・タソウダ〕（B）詠嘆〔タノダナア・タコトヨ〕」とし、参考の欄に「「き」は過去に直接体験したことを回想し、「けり」は過去の伝聞した事実を回想する。」としている。さらに、最近の受験参考書を参照しようと、書店で大手の塾・予備校講師の著述を若干購入して見てみると、以下のようになっている。

望月光『望月古典文法講義の実況中継（上）』（語学春秋社　二〇〇五）

「き」と「けり」の用法については、いろんな言い方があるんですよ。でもまあ、一番わかりやすいのは、「き」のほうは過去は過去でも、〝直接体験の過去〟。「けり」のほうは過去は過去でも、〝間接体験の過去〟です。どういうことかというと、「き」は〝自分がやった経験〟。「けり」は〝他人の経験〟ということです。……

◎「き」↓直接経験の過去（経験過去）「～タ」

◎「けり」↓間接経験の過去（伝聞過去）「～タ・～タソウダ」

『佐藤敏弘の古文文法が面白いほどわかる　スペシャルレクチャー』（中経出版　二〇〇七）

【意味】「き」………①［経験］過去（～タ）

「けり」……②［伝聞］過去（～タ）②詠嘆（～ヨ・ナア）

富井健二『富井の古典文法をはじめからていねいに』（株式会社ナガセ　二〇〇二）

で、意味なんですが、［き］と［けり］では、同じ「過去」でも少し違うんです。［き］は「直接過去」、［けり］は「間接過去（伝聞過去）」といいます。……

①［き］…直接過去（…た）

京より下りし時に、みな人、子どもなかりき。（土左日記）

（私が）京から土佐に下った時には、誰も皆、子どもがいなかった。）……

②［けり］…間接過去（伝聞過去）（…た・…たそうだ）

今は昔、竹取の翁といふものありけり。（竹取物語）

（今ではもう昔のことだが、竹取の翁というものがいたそうだ。）

以上を見るかぎり、細江説は今も高校生・受験生に対して教えられ、ほぼ定説化していると言えよう。

（2）『動詞時制の研究　訂正新版』（篠崎書林　S五七四版）。なお、『動詞叙法の研究　新版』（篠崎書林　S四八）の第4章においても、同趣旨のことが述べられている。

（3）泉井久之助は言う。「過去形はある過程が過去において一定時間のあいだ、存続または反覆していたことを示すのであるが、完了形は、（a）そういう過程が今はもう終わったこと、そしてその終った結果の状態が現在に存続することを示す（現在完了）ほかに、（b）いわば非（人）情的に、そういう過程が、かつて単なる一切りの事件として起ったこと、あったことがあるのを示す（いわゆる《物語り的完了》）こともできる……〔（b）はまたおよそギリシャ語のアオリスト（不限態）にあたる。〕」（『ラテン広文典』白水社　一九五二初版）。

（4）手元にあった桜井和市の『改訂ドイツ広文典』（第三書房　一九六八改訂初版）には次のようにある。

181　現在分詞の用法

1．補語となって述語または目的語を説明する。

1)文の述語をなす sein, werden, scheinen などの補語となる。ただしこれに用いられる現在分詞は形容詞化したものに限られている。……

［注］一般の現在分詞をこれに用いると、たとえば Der Herbst ist kommend.となるが、これは英語の進行形にあたる形で、ドイツ語では滅びてしまった。Der Herbst kommt.のように言わなければならない。

なお、ゲルマン語における進行形の問題および英語の進行形の発達については今井澄子の「場所に存在することの表現から進行相表現へ—英語進行形の文法化」（『日本認知言語学会論文集7』二〇〇七・九）および「How Progressive Meaning was Expressed in Old English: A Comparison with the German Simple Form」（Colloquia25　04）・「The Present Progressives in the European Parliament Proceedings:Grammaticalization of Progressive in the Modern Germanic Languages and English」（Colloquia26　05）・「A Shift from 'Stative' to 'Dynamic' Cognition of Expanded Form:Re-interpretation in the Respect of Cognitive Linguistics」（Colloquia27　06）を参照されたい。

（5）『言語学大辞典　第2巻』（三省堂　一九八九）

（6）『トルコ語文法読本』（大学書林　S六一初版）

（7）『言語学大辞典　第6巻　術語編』（三省堂　一九九六）

（8）「上代インド語の完了形と非人称表現」（「言語」S五七・八）

（9）ドイツ語における現在完了の伝聞性については、注（4）書に次のように述べられている。

144　現在完了

つぎに述べる過去は完了したできごとを時間的継続のなかに捉えるのに反し、現在完了はこれを時間的継続から切り離し、それの結果、意味などを現在との関連においてはんだんする場合に用いられる時称である。……

6．現在完了は過去のできごと、ことに新しい身辺のできごとを、時間的関連から切り離し、それだけを取り出し、それだけのこととして報告的に表現する。これと同時に、話し手がその事件の目撃者でなかったことを示す傾向がある。これに反し過去時称を用いると、これは時間的関連において描く時称なので、「そこにいたとき」というように、話し手がその場にいあわせたことを暗示するものと解釈される。

(10)　泉井久之助はいう。「印欧語的な完了形が持つ本来の意味的機能の重点は、行為の完了そのものよりも、むしろ行為の完了に由来する後遺的な持続状態の表現であった。従ってそれは、時階的には過去的であるより、むしろ現在的であることが多い。この性格を持つ本来の完了形が一般の過去形として働くようになったのは、その表現機能の重点を、単に「行為完了」の一点だけの表現に移行させるに至っていたことをあらわしている。この移行は英語にかぎらず、他の多くの近代印欧諸言語にも見出される。しかしそれらの内容は、原印欧語の古体的な完了形が持つ意味的内容ではもうなくなっていた。」(「英語の準完了的表現と完了形」〈「言語」S五七・七〉)。ここに述べられた完了時制の運命は、わが国語の「たり」に通じるものである。

(11)　本書Ⅱの2を参照されたい。

Ⅱ

「き」「けり」と物語の枠構造

1　枠構造の「けり」と大和物語の文体

王朝の散文作品をその文章における「けり」の使用の様相から見るとき、大きく二つに分けることができる。

その一は、「けり」を叙述の基調としないものである。この場合、勿論「けり」を使わないわけではないのだが、しかしそれは作品の文章の一部にとどまる。元来、古典日本語は近代的な体系としてのテンス・アスペクトは持っていなかったのであり[1]、テンスは存在せず、アスペクトも現代日本語のアスペクトと異なって、ムード（「気分」）と分かちがたく結び付いたものであったから、「けり」のような助動詞は叙述の基調として機能できないのであった。だからそこでは、西洋言語ならアオリスト的時制が果たすべき叙述の基調を動詞の終止形が担っていた[2]。そして、「けり」のような助動詞は補助的役割を果たすに過ぎなかったのである。

一方、これと異なった文体的様相を示す作品として、（作品の文章の全てとは言わないにしても）その多くの部分が「けり」によって支えられているものがある。実際の王朝のかな散文の作品としては動詞終止形を基調とするものがほとんどを占めているのであり、「けり」を基調とするものは、僅かに伊勢物語や大和物語、平中物語といった歌物語を挙げることが出来るに過ぎない。そこで、なぜこれら一部の作品では「けり」が叙述の基調となっているのかということが問題となるわけである。現象として、これらの作品に「けり」が多用されていることが確認できたとしても、その現象の根拠は一向に明らかになっていないのであり、本節ではその現象の依って来るところを、「けり」の文法的解析を通して論じてみるのである。対象としては、歌物語の性格を端的に示すとみられる大和物語を扱ってゆく[3]。

枠物語の「けり」

さて、まずこの作品における「けり」の機能を見たいのだが、ただちにこの作品の「けり」を対象として論じようとしても、必ずしも今までに明らかにされている以上のことを加えられるわけではない。そこで、迂回路として、時代的に近い作品である竹取物語の「けり」を見てみよう。

竹取物語の「けり」については、夙にその文体の問題として阪倉篤義によって論じられている。(4)阪倉は竹取物語における「けり」の分布を調べた結果として、全体に平均的に用いられているのではなく、特徴的な偏りがあることを見いだしている。そして、その様相について次のように述べている。「全体的に見てその特徴は、「けり」止めの文を以て括られた幾つかの単位に分れ、それら総てを更に大きく、物語の初端および結末の「けり」止めの文が締括る、という形をとるところにある」と。つまり、この作品の部分は、それ自体が「けり」を用いないで叙述する文章を「けり」による文章が枠として取り囲み、さらに作品全体も「けり」を基調とする文章の枠によって取り囲まれているというのである。阪倉によって「枠入りの叙述形式」と呼ばれる形態を竹取物語は示すのであり、その枠の部分で「けり」は重要な機能を果たしているのである。しかも、この機能が竹取物語に限らないことは、阪倉が「進んで源氏に至つても、冒頭や段落の切れ目毎には、やはりこの「……けり」を用ゐて、この約束に従はうとしてゐる」と述べていることでもわかる。では、なぜ「けり」はこのような機能を果たすのであろうか。

この問題を考える時に、外国語における同様の現象が示唆を与えてくれる。外国語における現象を安易に日本語に適用できないことは言うまでもないが、ここでは問題が諸言語の違いを越えた普遍的な領域に属しているのである。つまり、H・ヴァインリヒの『時制論』(5)の中でこのような「枠入りの叙述形式」に触れられている。ヴァインリヒは言う。「つまり歴史叙述の構造は枠物語 Rahmenerzählung である。説明の枠が物語をふちどっている。」「枠物語の構造は歴史叙述にのみ見られるのではない。それは周知のように、昔の物語文学、とくに短編小説のような作品の場合に特徴的であり、また文学作品以外でも、語りが一般的な説明の発話の場に入り込んでいるところでは、常に見受けられる」と。そして、ヴァインリヒはゲーテの「若いヴェルターの悩み」やカフカの「審判」を例に挙げているのだが、そこではドイツ語の過去形がもっぱら物語を叙述するのに対し、その前後に現在完了形の叙述が枠となって取り囲んでいるのだった。叙述の枠と、それに取り囲まれる部分の差異は「時制」によって特徴付けられるのであった。

彼の論はこの「時制」を大きく二つに、つまり語りの時制 erzählendes Tempus と説明の時制 besprechendes Tempus に分けることにある。そしてこの二つの「時制」の絡み合いに「テクスト」の構成を見ようとするのであった。そしてドイツ語の過去形は語りの時制に属し、現在完了形は説明の時制に属すると分類されている。だから、かれの言うところの枠物語は、語りの時制によって叙述された物語の本体を、説明の時制によって叙述された枠の部分が取り囲むことになるわけである。

ところで、ヴァインリヒにさきだって、このような「時制」の二分の現象とそれぞれの時制の機能の違いに気付いていた言語学者にエミール・バンヴェニストがいる。彼は「フランス語動詞における時称の関係」(6)と題された論文のなかで、フランス語の動詞の「時制」に異なった機能を果たす二つの種類が存在することをはっきりと指摘している。ヴァインリヒの語りの時制に対応するのはバンヴェニストでは歴史 histoire の言表行為であり、説明の時制に対応するのは話 discours の言表行為である。彼は、それぞれの面において代表的な時制として、歴史の面については無限定過去（アオリスト。所謂単純過去）を挙げ、話の面では完了（所謂複合過去）を挙げている。そして、それぞれの言表行為が機能をはたす根拠を次のように述べているのである。

歴史の面については、バンヴェニストは次のように言う。「歴史家は」と始める。ただしここでいう歴史ないし歴史家が歴史叙述の場合に限らないことは、実際の例としてバルザックの小説も引かれていることからわかることである。「歴史家は決してわたしともあなたとも、ここでともいまとも言わない。」と。一方、話の面については、完了形の機能に即して以下のように述べている。「完了は過去の出来事とその回想の行なわれる現在との間に、生きたつながりをうち立てる。それは人が事実を目撃者として、関係者として詳述するときの時称である」と。つまり、アオリストと完了がそれぞれ歴史と話の表現において異なった機能を果たすのは、いま叙述が行われている現在との関係の違いに基づくのである。歴史の言表行為が現在との関係を過去の出来事から断ち切って叙述するのに対し、話の言表行為は過去の出来事を現在と関係付けながら叙述する。そして通常、歴史叙述や小説の叙述の中心をなすのは現在との関係を切り放されたアオリストなのであり、完了形は叙述にかかわるとしてもあくまでも補助的な役割を果たすに過ぎないのである。

同様のことはヴァインリヒも述べている。(7) ドイツ語現在完了形についての言及である。「われわれが現在完了で過去の事柄を説明するというのは、いわば過去を「語る」ことによって、われわれの存在と行動から切り離し閉じこめてしまうのではなく、「説明する」ことによって、過去をわれわれの存在と行動のために開いたままにしておくことなのである。」と。そして、この語りの時制と説明の時制の違いを枠物語の機構と結び合わせれば、次のような構造が浮かび上がってくるだろう。即ち、現在から切り離された物語の世界を、現在と深くかかわる説明の枠が取り囲んでいる。バンヴェニストいうところの「出来事自身がみずから物語るかのよう」な文体を、「話し手と聞き手を想定」する文体が枠づけているのである。そこには、対立する文体による二元的な構造が見られるわけである。(8)

実際、このような叙述の機構のもとで読者は、現在とかかわる説明の叙述によって物語の内部へと移動してゆき、物語の内部にはいった後は現在との関係は問題とならず、また最後に説明の叙述の回路を通して現在へと戻って来る。そして、このような叙述の機構はまさに竹取物語のものでもあった。だから、竹取物語は日本語という限定を越えた普遍的な機構に従っていると考えてよいのである。この作品はヴァインリヒの言うところの枠物語の形態を示しているのであり、従って、枠の部分とそれに取り囲まれた部分とは本質的に異なった文体として対立しているわけである。そしてこの対立は阪倉の、築島裕の漢文訓読語の研究を援用しつつの考察によれば、「訓読文的性格の文章による叙述を、それとは異質な、物語る様式の文を以て括つてゐる」(9)という性格のものなのであった。しかも、このような枠の構造は王朝の他の作品にも見られる。例えば源氏物語「帚木三帖」の、「帚木」巻頭と「夕顔」巻末の構造はまさに枠物語の形式になっている。枠物語の構造は通時的にも共時的にも広い一般性・普遍性を以て機能する形式なのであった。

過去と現在のかけはし

このように竹取物語をヴァインリヒの所論に照らし合わせ、王朝日本語を西洋言語に類比させるとき、「けり」は説明の文体の基調として、西洋言語の完了の時制に比せられることになるのである。ところが助動詞「けり」は通常、過去の助動詞として扱われ完了の助動詞に分類されることはない。そして、いま類比の対象としている西洋言語において、ヴァインリヒは英語・ドイツ語の過去を説明の時制ではなく語りの時制に分類しているし、フランス語の単純過去を語りの時制に分類したことも、バンヴェニストの分類と相応している。完了の時制と対立しつつ、過去の時制が語りの時制の中心をなすのであり、過去の助動詞「けり」が説明の時制に組み込まれることになる竹取物語への適用は、あきらかに矛盾した結果を招来していると見られる。これでは、やはり西洋言語に依拠したヴァインリヒやバンヴェニストの論を我が王朝言語と類比させることは安易な所行であったと言わざるをえないのではないか――。

しかし、「けり」についての注意深い研究はこの助動詞の意味を単純に「過去」とすることができないことを示している。実際、この助動詞を学校で教えるときに、「過去」の意味とともに「詠嘆」の意味を教えねばならないことに、この助動詞の簡単でない性格はあらわれている。「詠嘆」が表現するものはまさに過去の感情ではなく、現在のものではないか。このように矛盾した意味を統一的に解釈できる本来の意味はなになのか。

例えば、原田芳起[10]は「ある事象の過程がすでに完了して、その状態が現在することを表現するにいたる。継続態とか存在態とかいう範疇に属する。助動詞的な「けり」の古義はこれであろう」と。問題となっているのは単に過去なのではなく、過去と現在との関わりなのである。西洋言語にいうところのテンスではなく、アスペクトがかかわっているのである。だから、北条忠雄[11]は原田と同じ観点から「けり」を論じて「一種の動作態（aspect）を表わすもの」と言っている。また、春日和男[12]は「過去を現在に迎え取る」といい、同じことを竹岡正夫[13]の言葉に即して「あなたなる場での事象を現場に迎え取る」と言っている。これに対応するものを、例えばドイツ語に求めるならば、過去ではなく現在完了となるはずである。確かに王朝言語の「けり」の場合には、原田らが論じた「古義」からは時間が経過しているのだが、それでも語義から「現在」とのかかわりが消え失せていないことは、現に「詠嘆」の意味がつきまとうことに表れていよう。

だから、このような「けり」の性格に従って、阪倉は竹取物語を論じた文脈の上で、次のように言っている。「一体、この「けり」という助動詞は、過去というよりは、むしろ完了の助動詞的であって、「き」が、過去の事象を、それとして主観的に回想する態度を表わすに対して、いわばそれをある程度客観視して、常に現在との関聯において見る態度を示すものと言うことが出来る。そこから、一種、説明的な叙述の態度が、この「けり」には認められるのである」と。(14)ここに、「現在との関聯」といい「完了」といっていることを、さきに見たバンヴェニストのフランス語の完了についての言及と比較すれば、その一致は大きい。しかも「説明的な叙述の態度」と言うのは、ヴァインリヒの説明の時制との暗合に驚かされるのである。まさに、「けり」が説明的な文体の基調として物語の枠となりえるのは、その完了の語義に由来するからだったのである。過去を現在へと結び合わせる完了の助動詞としての「けり」の機能によってのことだったのである。

大和物語の「たり」と「けり」

このように、「けり」が完了の性格の色濃い助動詞として、実際の文章の上で説明的な機能をはたすことばであり、物語の中心をなす部分の文体とは対立する性格のものであるのだとしたら、大和物語のように、叙述の基調を「けり」に依拠している文体とはどのようなものなのであろうか。竹取物語にはじまり、源氏物語で頂点に達する、動詞終止形を叙述の基調とする、王朝物語の主流となる文体とは対極的な文体を、なぜ大和物語は採るのであろうか。従来はこれを口頭語的な性格と説明していたのだが、それでは、なぜこの作品が口頭語的な文体を採るのかの説明をしなければならない。この作品の文章は口頭語的なものであったとしても、口頭語そのものではない。これを書記された物語としての文体に整理することなく、口頭語の性格をそのまま引き継いで文章に定着させたのであれば、それ自体の理由が問われねばならない。

ならば、このような文体によって、この作品は何を描こうとしたのだろうか？　言うまでもなく、この作品のほとんどの段落は和歌とその詠歌事情が記されている。問題はなさそうに見えるわけだが、その叙述の目的を文体と関連付けて解釈するのは易しくはない。まず和歌そのものを描こうとしたのであり、詠歌事情は和歌を理解するための補足なのか？　それとも、歌人たちの詠歌という歴史事実の記録が目的で、和歌もその一部に過ぎないのか？　あるいは、そのいずれでもない別の目的があったのか？　いずれにしても、過去の世界を確定されたものとして客観的に描くのでないことは確かだ。そのようなことが目的なら、「けり」を使って説明的な叙述を繰り広げる必要はない。「けり」を用いたということは、作品の世界を叙述の「いま」「ここ」と関連付けながら説明したということである。対象世界の時空と叙述の「いまここ」の時空は深く結び合わされている。そして対象の世界が「いまここ」からの主観的な判断に常にさらされるということなのだ。

では、その二つの時空の結合はどのような構造になっているのか？　歌物語というジャンルの質もめぐって、問題は容易ではないが、この問題を考えてゆくために、まず作品の実際の文章を見てみよう。この作品の時空の構造が端的に表れているものとして、次のような文章を取り上げる。

比叡の山に、明覚といふ山法師の、山ごもりにてありけるに、宿徳にてましましける大徳の、はやう死にけるが室に、松の木の枯れたるを見て、

ぬしもなき宿に枯れたる松見れば千代すぎにける心地こそすれ

とよみたりければ、かの室にとまりたりける弟子ども、あはれがりけり。この明覚は、としこが兄なりけり。

（二十五段）

比較的短い段を選んだのだが、ここでもその叙述の基調が「けり」にあることは、言うまでもない。注意したいのは和歌を引用する記述の「よみたりければ」である。これは、現代語に口語訳するときには、「よみければ」と「たり」を欠く場合と同じように「詠んだので」と訳すことになるので、「よみたりければ」も「よみければ」も意味的にほとんど変わりがないという考え方もあるようだが、やはり現実に「たり」が使われている意義を考えてみなければならない。なぜなら、このように「たり」「り」を使って和歌を引用する例は、ここだけの特殊例ではな

く、この作品にしばしば見られるものであり、この作品の本質にもかかわる表現だと考えられるからである。この作品の構造がこの「たりけり」「りけり」の形式に端的に表れていると考えられるからなのである。以下に、同様の例をいくつか列挙しておこう。

○この物急ぎたまひける人のもとにおこせたりける。（三段）
○……となむいへりけるを、……（同）
○……とてなむやりたまへりければ……（同）
○その家の前をわたりければ、よみたりける。（十段）
○さて、よみたまへりける。（十一段）
○……とよみて奉りたりければ……（十五段）
○……といへりければ……（十七段）

最初の二十段ほどから順次抜きだしたのであり、作品のほんの一部であるが、そこだけで七例を数える。作品全体では八十四例にのぼるのであり、決してこの作品において特殊な形式ではないことがわかるだろう。これを、他の引用形式と比べて見よう。「言ひけり」のように「けり」だけを付けた形式。「たり」「り」だけを付けた形式。それに「……とありけり」と存在詞「あり」によって引用する形式。以上を和歌に前接する場合と後接する場合に分けて提示する。

	前接	後接	計
けり	五九	三七	九六
たり	一	五	六
り	三	三	六
たりけり	三一	二七	五八
りけり	五	二一	二六
ありけり	一	三六	三七
あり	○	二	二

　では、そもそも「たり」（また同様の意味を表す「り」も含めて）の意味はどのようなものなのか？　――そのことを考えるためには、同じ段の「松の木の枯れたるを」を見てみればよい。捉えられているのは、松の木の枯れているという状態であ

る。枯れるという現象があって、その結果としての現在の状態を指している。「完了」のうちでも、しばしば「結果相」といわれる意味であり、過去と現在とのかかわり合いのうち、専ら現在に重心がかかった表現である。これを西洋言語の用語にあてはめるなら、「たり」は perfect を表すのであり、一方「けり」は perfective を表すといえようか。[15]「けり」は過去の事象を現在と関係付けながらも事象そのものにより深く関心を向けるのに対して、「たり」は事象の結果としての現在の状態に関心を向けるのである。「松の木の枯れける」といったときには、関心の中心は枯れるという現象にあるのであって、現在の「いまここ」の時空もこの現象の関連性のなかにあることを表現しているのであって、その結果としての枯れた松が現在するかどうかは必ずしも問題にならない。これに対して「枯れたる」の場合には枯れるという現象の結果としての枯れた松が現在していることが不可欠である。「枯れける」の中心が枯れるという動詞にあるのに対し、「枯れたる」の方は枯れた松に、即ち関心の中心は名詞にあるわけなのだ。例えば、竹取物語に、

その山のそばひらをめぐれば、世の中になき花の木ども立てり。金・銀・瑠璃色の水、山より流れいでたり。それには、色々の玉の橋わたせり。そのあたりに照り輝く木ども立てり。

とある場合に、その叙述の中心をなすのは、さまざまな木や川や橋である。だから、「流れ」ているという現象は始めも終りも考えられない超時的なものと読めるし、「橋わたせり」も、その橋を渡したのがいつ誰によってなのかということも全く問題にならない。「たり」によって物の具体的な状態が描かれるのであり、その叙述は比喩的に言うならば絵画的ともいえるものである。だから、少し時代の下った作品では、根来司[16]が問題にしたように枕草子の特徴的な言葉であったし、同じ時代に、和歌集の詞書に屏風歌が取り上げられるときにも「たり」は使われるのであった。つまり、「たり」によって叙述されるときには、その叙述の中心は動詞によってとらえられた現象ではなく、その結果としての状態なのであり、さらには、その状態の中心となっている「もの」なのであった。

では、このような「たり」「り」を付けて、和歌に添えて「詠みたり」「詠めり」などと言う場合に、その「たり」「り」はどのような機能を果たすのか。この場合にも上述のような「けり」「り」の意味をあてはめてみれば、次のように解釈することになる。「詠むという過去の現象の結果としてこれこれの状態が存在するのだ」と。そして、「これこれの状態」とは、眼前に記されている和歌に他ならない。これを、糸井通浩は的確に次のように述べている。「「よめる」とは、現に今眼前におかれている「歌」が、かってこれこれの事情のもとに「よまれてある」という、現に「歌」がこうしてあることを説明する表現であったと考えられる(17)」と。だから、この「詠めり」のような表現は（普通「詠んだ」のように訳されているにもかかわらず）現代の言葉で訳すことは不可能なのである。

糸井の言うように「詠みたり」「詠めり」が眼前に和歌を提示する機能を果たすのだとして、大和物語の本文にあるように「けり」を付けて、「詠みたりけり」とする場合にはどのように理解すればよいのだろうか。勿論、「けり」が付いているのだから、単に「詠みたり」とある場合のように眼前に和歌を提示しているわけではない。「詠みたり」によって和歌は眼前のものとして定位されたのだが、「詠みたりけり」はそのように「もの」として定位された和歌が、かつてあったことを示すのである。つまり、和歌はそれ自体が場面の中心をなす「もの」として「いまここ」の叙述の場を離れた時空に定位されるのである。しかも、離れた時空に定位されるのは「詠みけり」の場合のように詠むという行動なのではない。この「いまここ」の時空から隔たったところでの「詠む」という行為を示すのではないのだ。「詠みけり」の場合にはそこに示された和歌はあくまでも「詠む」という行為を補う修飾語に過ぎず、捉えられている中心は詠歌行為なのである。ここでは、和歌は詠歌行為の記述に従属している。ところが、「詠みたりけり」の場合には、「たり」＝「てあり」に含まれる「あり」の存在詞としての機能が強く働き、その力によって、情況の把握の中心は「詠む」という行為ではなく、その結果としての和歌に移るのである。同じように、原田芳起いうところの「現実のかなた」の事象として、過去の事象として定位され説明されるにしても、

「詠みけり」が「詠む」という「こと」に即して捉えるのに対し、「詠みたりけり」は和歌という「もの」に即して捉えるのであった。かくかくしかじかの和歌が、叙述の「いまここ」の時空のかなたにおいて、詠まれて在った、ということを表現しているのである。そして、この場合には、和歌は詠歌行為の記述から自立しているのである（しかも、これもしばしば使われている「……とありけり」の形式[18]は「たりけり」の形式よりも和歌の自立という点で、さらに積極的なのだから、この作品の和歌の自立という性格は極めて強いものだったといえよう）。

ところが、ここに和歌という形式がはらむパラドックスがある。あたりまえのことだが、過去の出来事を語ったり説明したりしようとする場合に、その言葉は出来事そのものではない。しかし、これこれの和歌についての記述のなかで、そこに記された和歌はかつての出来事のなかの和歌と一致する。かつてこういう事情のもとに詠まれた和歌が、すなわち今ここに示されている和歌なのだ。同じ一つの和歌が過去の出来事に属すると同時に現在の記述にも属するということが起こるのである。ここに、和歌の超時間的性格の由来がある。現在に立脚しながら過去を振り返る、時間的な性格をまぬかれない物語の叙述の中にあって、和歌は超時間的な性格を示す。物語の散文の叙述は、現在の言葉によって過去の事象を捉えるのに、その中に引かれた和歌は過去のものであると同時に現在のものなのだ。殊に、「詠みたりけり」のような形式で引用され、和歌が「詠む」のような動詞に従属せず、自立してその場の記述の中心となっている場合にはこのような性格は明確になっている。

ところで先にも見たように、和歌とかかわらない通常の散文の叙述の場合には、描かれる過去の時空と叙述する現在の表現主体とのあいだの関係には二つの可能性が存在する。過去と現在を結び付け、表現主体が自らを過去の事象と関連させて叙述する説明の文体がその一つの可能性である。そして、過去を現在から断ち切り、表現主体は姿を隠し、バンヴェニストの言葉を借りるならば「だれ一人話すものはいない」「出来事自身がみずから物語るかのよう」な語りの文体がもう一つの可能性である。基本的に、どちらの方法を選ぶかということが、表現主体にまかされているといってよい。

ところが、このような二つの選択の可能性は、超時間的な和歌が作品の叙述の中心となっているときには既に最初から失われているのである。和歌が現在と過去との二つの時空にかかわり、一首の和歌が過去に詠まれた和歌であると同時に現在眼前に提示されている和歌でもあるという性格が、否応なしに現在と過去とを結び付けている。だから、表現主体は過去の事象とかかわると同時に眼前の和歌にもかかわることになり、しかも和歌という回路はいやおうなしにこの表現主体を過去に関係付けてしまうことになる。そして、すでに和歌という回路によって表現主体は過去の事象と関係付けられてしまっているのだから、自らを過去の事象から断ち切ることはできないのである。このようにして、和歌を媒介として大和物語の表現主体は過去の事象に積極的にかかわり、対象を説明しようとしているのである。これが「たりけり」による和歌の引用の形式が示す大和物語の叙述の構造だったのである。

歌物語における説明の文体

そもそも、大和物語に与えられた課題は和歌とその詠歌事情を述べることであった。ただ、和歌とそれをめぐる出来事を述べる場合に、そのどちらに比重をかけるかによって異なった三つの方法があっただろう。

一つは、「たり」を用いないで「詠む」ということを述べる場合である。例えば「詠みけり」というようにして和歌を引くのだが、その場合には（さきに述べたように）記述の中心は「詠む」という行動にあり、和歌はそれを補う修飾語となるので、あくまでも和歌を中心とする場合にはふさわしくない。中心になっているのは詠歌行為の記述である。ただこの場合も、和歌それ自体は表現主体の眼前に現前していることは変わりない。そしてこの和歌が過去と現在を関係付けてしまうことは避けられないのである。だから、詠歌行為を叙述するにしても、その過去の事象を現在と関連させながら叙述することになる。簡単に言えば、和歌がここにある以上、その説明をしなければならないのである。そして説明するためには「けり」による文体を採ることになる。

二つ目は「詠める」の形式である。古今和歌集の詞書に多用された形式である。これについては糸井通浩が詳しく研究しているように[19]、あくまでも和歌を現在に提示することに目的があり、和歌を過去の時空に定位させることはしない。だからあくまでも現在の時空のなかでの和歌が問題なのであり、過去の出来事も完全に現在に従属されているのである。過去の時空をそれ自体として形象化させることはしない。まことに和歌集にふさわしい形式であった。

そして、三つ目は「たりけり」「りけり」の形式なのである。この形式は、本考で見てきたように、和歌を叙述の中心に据えることにより、作品のなかで重要な位置を与える。そしてこの和歌を過去の時空に定位させるとともに、眼前のものとして現在の時空においても捉え、この現在と過去との関係をふまえて説明しようとするのである。これが大和物語の叙述形式の少なからぬ分量を占めていたのである。そして、この「詠みたりけり」の形式を更に徹底化した「とありけり」の形式まで含むならば、この作品の半ばは、和歌を叙述の中心に据える形式だったといえよう。

以上三つの形式のうち、実際にこの作品に多用されたのは「詠みけり」の形式と「詠みたりけり」、それに「とありけり」の形式であり、この三つの形式で引用の形式のほとんどを占めてしまう。このうち、詠歌行為の記述に主眼をおく「詠みけり」の形式と、和歌に主眼をおくそれ以外の形式とが数量的にほぼ匹敵することに、和歌とその詠歌行為に関心を相半ばするこの作品の性格が表れている。そして個々の場合にどちらに関心の比重をかけるにしても、和歌によって過去は現在と結ばれ、詠歌事情の記述は説明の形式に依らざるをえなかった。文末に「けり」を添えることは避けられなかったのである。

十世紀における物語の文体史において、「けり」を用いて過去と現在の相関を表現したり、あるいは「き」を用いて過去と現在の断絶を積極的に表現するのでなく、これらの助動詞を用いることのない形式が叙述の基調となっていった。過去と現在との関係に言及しないでその関係を中立化し、叙述の対象の世界を叙述の「いまここ」との関係について無限定のものとして表現する方法が、竹取物語以降の王朝散文の文体の主流となっていったのである。竹取物語の文章のうち、「けり」による枠の内側の世界はまさにそのような文体の世界であった。そこでは動詞の終止形が叙述の基調となる。しかし、このような文体を採るためには、作品世界を叙述主体の「いまここ」の世界から分離して、それ自体で自立した世界としなければならない。過去の時空を現在から切り離さなければならなかった。

ところが、歌物語の場合にはここにある眼前の和歌をめぐって叙述することになる。（これは、口頭の歌語りの場合でも同じことである。）現在の和歌が中心なのであるから、その和歌をめぐる事象が過去のものであっても、それを現在から切り離してしまうことはできない（もし過去の事象を現在から切り離してしまうなら、その時には和歌は作品に占めるべき位置を失ってしまう）。そこで、歌物語の叙述は現在の和歌と過去の事象との関連を確かめながら進められることになる。だから、歌物語の叙述は「いまここ」の立場を明確にした「説明」とならざるを得ない。和歌を叙述の中心に据えた以上、作品は過去と現在の両方の時空にかかわらざるをえず、それを可能にするのは説明の文体であり、完了の助動詞だった。ここに、大和物語のような作品が「けり」を叙述の基調とする所以があったのである。

注

（1）日本語助動詞とテンス・アスペクトの問題については、泉井久之助『一般言語学と史的言語学』（増進社　一九四七）「二　言語」参照。山田孝雄を援用しつつ、日本語助動詞の近代的時称体系との違いを論じている。概して言えば、国学以来の国語学の流れは近代的なテンス・アスペクトを自明のものとするのではなかったようである。一方、近年の日本語学は近代的なテンス・アスペクトを前提としての研究を進めてきた（たとえば金田一春彦編『日本語動詞のアスペクト』〈むぎ書房　一九七六〉所収論文参照）といえるが、その流れのうえに王朝言語に取り組んだ成果として鈴木泰『古代日本語動詞のテンス・アスペクト―源氏物語の分析―』（ひつじ書房　一九九二）がある。これを「画期的」と評価する意見（金水敏「文法（史的研究）」展望〈「国語学」一七七〉）もあるが、近代日本語の研究、ひいては西洋近代言語の文法概念を王朝言語に当てはめようとしたものと言える。その方法の特徴は時空間を主観から切り放した客観的なものとして扱おうとすることにあるが、主体の主観性と対象の客観性が複雑にからみ、アスペクトとムードが一体となっている王朝の助動詞を処理することは難しい。王朝言語のような近代化されていない言語の扱いについては、あきらかに前代の研究者たちのほうが優れていたのであり、たとえば、古今の言語に通じた泉井久之助などはその例であった。また、今では「き」と「けり」の相違に関してのみ名を覚えられているかに見える細江逸記も、テンス・アスペクト・ムードの一体を説いた優れた英語学者であった（『動詞時制の研究　訂正新版』篠崎書林　S四八・『動詞叙法の研究　新版』篠崎書林　S四八）。それに比して、例えば最近の藤井貞和「表現としての日本語―文法的時間の挑発―」（「批評空間」一九九四Ⅱ2）は、言語そのものに対する理解が根底的でないため、その議論は明晰さを欠くものとなっている。「けり」の研究に関しても、竹岡正夫ら昭和三十年代の研究は客観面と主観面を一体として扱う方向にあったといえる。近年の研究は客観面を主観面から切り放して扱おうとして、かえって「けり」の本質から遠ざかっていると言わざるをえない。吉田茂晃「「けり」の時制面と主観面―万葉集を中心として―」（「国語学」一五七）なども「けり」の客観面と主観面を区分しながら、その統一には至っていないのである。ことは言語観に由来し、また哲学的基礎にかかわると見えるが、前代より現代へと総じて衰退に向かっている。

（2）　本書Ⅳの1参照。

（3）　歌物語の中でも対象として扱われることの多い伊勢物語は既に「けり」を基調としない文体への移行が見られるという。糸井通浩「「けり」の文体論的試論―古今集詞書と伊勢物語の文章―」（「王朝」四）を参照。歌物語の文末表現については山口仲美『平安文学の文体の研究』第四部第二章（明治書院　S五九）参照。また、小田切文洋「大和物語試論―叙述の性格と物語化の手法」（「日大文理学部（三島）研究年報」二八）・同「大和物語の表現方法―第一部と第二部を対比して」（同三二）参照。

（4）阪倉篤義「日本古典文学大系「竹取物語」解説」（S三二　岩波書店）・「竹取物語における「文体」の問題」（「国語国文」S三一・一一）・「『竹取物語』の構成と文章」（『文章と表現』角川書店　一九七五）。なお、竹取物語の「けり」については室伏信助「竹取物語の文体形成」（「日本文学」一九九〇・五）にも触れられている。また、池上嘉彦「日本語の語りのテクストにおける時制の転換について」（「語り〈文化のナラトロジー〉　記号研究　№6」日本記号学会　一九八六）にも、枠構造を論じて竹取物語の「けり」に触れるところがある。ただし、いずれも竹取物語の「けり」の問題についての把握は阪倉をこえるところはない。

（5）H・ヴァインリヒ『時制論―文学テキストの分析―』第Ⅲ章3（脇阪豊ほか訳　紀伊國屋書店　一九八二）

（6）E・バンヴェニスト『一般言語学の諸問題』（岸本通夫監訳　みすず書房　一九八三）所収。当該論文は高塚洋太郎訳。また、堀井令以知「単純過去の命運」（「アカデミア（文学言語編）」一二三）参照。

（7）注（5）に同じ。

（8）ヴァインリヒによる枠物語の文体構造の発想が「語り」と「説明」の二元構造になっていることに注意し、近年の王朝文学の研究における一元構造的発想との違いに注目していただきたい。一時期活発に議論された、草子地論を契機としての物語の構造論は、草子地的な叙述にあらわれた語り手を作品の叙述全体に及ぶものと扱い、そこから透かしみることの出来る構造を作品の叙述の全体の構造と見ていただろう。そこでは入れ子型の複雑な、ときにn次に及ぶ構造が考えられたのだが、しかも作品の一部をなすにすぎない叙述が作品の全体の構造を示すと見る見方は一元論的発想のものであった。そして、草子地的な叙述のなかで「けり」はさほど重要な役割を担っていたわけではないにしても、このような一元的な作品構造の理解に上に位置づけられていたわけである。ところが、ヴァインリヒの枠物語の構造は「語り」の時制と「説明」の時制の徹底的対立の上に構想されているのだから、その発想は全く二元論的な、バロック的なものであった。しかも、ヴァインリヒの"Erzährung"を「語り」と訳したことも関連して、入れ子型構造論で「語り」の重要要素とされた草子地的叙述が、ヴァインリヒでは「かたり」の対立概念である「説明」に分類されるというパラドックスも生じるのである。「語り」という訳語が使われているために見逃しやすいのだが、ヴァインリヒの枠物語論が入れ子型構造論と異質のものであることは確認しておかねばならない。高橋亨『源氏物語の対位法』（東京大学出版会　一九八二）Ｖ9「物語の〈語り〉と〈書く〉こと」・土方洋一「語り手が語らなかったこと―源氏物語始発部における語りの構造―」（「日本文学」一九八八・一）など参照。なお、三谷邦明（『物語文学の方法Ⅰ』第一部第五章　有精堂出版　一九八九）は語り手を物語全体にわたるものではないとする点において二元論的であるかにも見えるが、その実、話者の遍在を説くのであるから、やはり一元論的であったといえよう。

（9）阪倉篤義「竹取物語における「文体」の問題」（「国語国文」Ｓ三一・一一）
（10）原田芳起「助動詞「けり」の意味―竹岡氏の提説をめぐって―」（「言語と文芸」三四）
（11）北条忠雄「成立から観たケリの本義―竹岡説の直接的批判にかえて―」（「言語と文芸」三四）
（12）春日和男「助動詞「けり」の二面性―竹岡説に思う―」（「言語と文芸」三四）
（13）竹岡正夫「助動詞「けり」の本義と機能―源氏物語・紫式部日記・枕草子を資料として―」（「言語と文芸」三一）
（14）注（4）に同じ。
（15）perfect と perfective については、Ｂ・コムリー『アスペクト』序章03（山田小枝訳　むぎ書房　一九八八）参照。また、山田小枝「Aspect と Aktionsart（2）」（「ノートルダム清心女子大紀要」一五）参照。
（16）根来司『平安女流文学の文章の研究続編』Ⅱの第一（笠間書院　Ｓ四八）・同『源氏物語枕草子の国語学的研究』第一編三（Ｓ五二　有精堂出版）
（17）注（3）糸井論文。
（18）糸井通浩「初期物語の文章―二、三の問題―「語り」の志向するもの―」（「古代文学」四）
（19）注（17）に同じ。また、同じく糸井の「勅撰和歌集の詞書―「よめる」「よみ侍りける」の表現価値―」（Ｓ六二・一〇）も参照。

〔付記〕　本文は大和物語、竹取物語ともに日本古典文学全集版によった。

2　「き」の情動性と枕草子における枠構造の萌芽

ここで考えるべき課題は古典語のテンス・アスペクトについてであるが、テンスに関して言えば、このテンスを「過去・現在・未来」の時間の三元による動詞の文法的体系とすれば、そのようなものがわが国語に、古典時代にも現在にもあるようには思えない。なにもわが国語に限らず、三元的なテンスが明確であると思われがちな英語の場合にも、それに異論を唱えつづけた細江逸記のような学者の存在を思い起こさずにはいられない[1]。

アスペクトに関しては、これは一筋縄でいかないので、不勉強の身としてはとりあえず『言語学大事典』の術語編[2]を見てみると、

> 現在国際的になりつつある術語「アスペクト」の日本での伝統的術語「体」はロシア語のвидの訳語であるが、ロシア語をはじめとするスラヴ諸語のвид、vidなる語は、一般的な用語で、かつ多義的であるため、スラヴ諸語においても「動詞の体（露глагольный вид　チェコ slovesný vid）」のように「動詞の」という語をつけて限定していることが多い。そして、この「体」はスラヴ語に関してだけ用いられ、その他の言語では「アスペクト」が用いられるのが慣例のようである。この場合、日本語では「相」という訳語がふさわしいが、この「相」は後述のアクツィオンスアルトの意味でも使われるので術語としては不適格なところがある。しかし、アスペクトという現象が豊かにかつ多様に現れるのはスラヴ諸語においてであり、アスペクト論の中心にスラヴ語の「体」があることは間違いない。

とある。実際、現代の国語に関して論じられる場合に「アスペクト」と言っているのは、アクツィオンスアルトを

扱っていることが多いと感じられる。『言語学大事典』の「アスペクト」の項はアクツィオンスアルトについても触れているが、アスペクトに関してもっぱらスラヴ語を扱っているのは、その術語としての淵源を踏まえてのことである。

そのスラヴ語のアスペクトであるが、ロシア語では動詞のもっとも根本的な分類範疇として、完了体と不完了体が対立し、それは必ずしも時間表現とだけは言えない根本的な分類として動詞体系全体を貫き、ロシア語学習者を七転八倒させる。そのような完了と不完了の根本的対立はラテン語にも見られ、西洋言語ではありふれた現象のようだが、わが国語にはそのような文法的範疇があるようには見えず、はたして国語に関してアスペクトを論じることができるのかどうかさえ、迷わざるを得ない。国語においてはテンスよりもアスペクト、そしてアスペクトよりもムードがより本源的であろうという指摘を夙に泉井久之助が行っている(3)。国語に関しては、その古い時代の様相に即して、さまざまな文法形式で現れる中動と能動の対立を論じた細江逸記の議論(4)が印象的で、この中動と能動の対立における中動相の重要性は現代の国語でも変わりないと思われる。国語においては、時間やアスペクトよりも中動と能動の対立がより本質的であるのではないかと思える。

というわけで、以下には「テンス」や「アスペクト」の概念を離れて、「き」に即して古人の言語、なかんずく王朝の言語の時間表現を考えて見たい。

「き」の時間的構造

泉井久之助は晩年の一連の、印欧語の完了形を扱った論考のなかで、英語の完了形のしめす情動性について述べ(5)、ほとんど文学研究の趣を示していた。時制の近代化・客観化が激しいと思われがちなヨーロッパ言語においても、時間の表現が心の動きの表現と強く絡みあうことを泉井は示していた。文法の研究が文学の研究になりえることを教えられる論考であった。

翻って国語の文法を見るに、学校文法では「き」は「けり」とともに過去の助動詞とされる。「過去」は一見西洋文法のテンスに対応し、客観的な時間を表現しているかに見える。しかしその一方で、「き」は回想の助動詞ともされる。これは「けり」が過去の助動詞とされる一方で、詠嘆を表すとされることと似ていて、「過去」を表すというだけではすまないものを「き」が持っているからである。「けり」が深い情動を表すことができるのと同様に、「き」もまた情動の表現として働く。

「き」について考えるときに気になり続けていることばに、「われもまたアルカディアにありき」というものがある。「ET IN ARCADIA EGO」(6)を文語で訳すに当たって、死者の立場に立って生者への教訓となす墓碑銘として、死者が述べることばは、そのはかなく過ぎ去った人生を「き」によってとらえ、そこには詠嘆の想いが深く刻まれる。その情動は、泰西絵画に不案内であっても感じることができる。この墓碑銘を国語に訳すにあたって近代人が「き」を用いたのも、「き」の時間的構造をふまえたものであり、したがってこの「き」の用法に違和感はない。

また、土左日記に記される、諺らしい「死にし子顔よかりき」にも、深い喪失の想いを感じることができるだろう。この諺は西田幾多郎の「我が子の死」も引いているが、ここでも「き」は強い情動性を帯びている。

あるいは、

昨日こそ早苗とりしかいつのまに稲葉そよぎて秋風の吹く

（題しらず　読人しらず　古今和歌集巻第四　一七二番歌　以下、古今和歌集の引用は古典文学全集本による）

に示される驚きの感情もまた、「き」について考えるにあたって想起される。「昨日こそ」のうたの情動性は、もちろん「き」だけが担うのではなかろうが、それでも「き」がこの歌の驚きの感情にどのように関与するのかは考える必要がある。時間の経過にかかわる嘆きや驚きの表現として、古典語から近代文語文まで、「き」はしばしば用いられている。「き」は情動性の強い助動詞であったと見えるのである

ただし「き」は、このように情動にかかわる表現として使われる一方で、次のような用法もある。いずれも栄花物語（7）の最初のほうの巻であるが、いくつかの例を見ていこう。

尚侍の御有様こそ、猶めでたういみじき御事なれど、たゞ今あはれなる事は、この内侍のかみの御はらからの高光少将と聞えつるは、童名はまちをさの君と聞えし‖（は）、九条どの、いみじう思ひきこえ給へりし‖君、（中）宮《安子》の御事などもあはれにおぼされて、月の隈もなう澄みのぼりてめでたきを見給て、

かくばかり経難く見ゆる世の中にうらやましくも澄める月かな」と詠み給ひて、その暁に出で給て、法師になり給にけり。　（巻第一）

多武峰の少将として知られる藤原高光の出家について述べた記事の一部である。村上天皇の尚侍登子の記事に続き、同じ天皇の后であった安子の死を契機として高光が発心出家した記事である。栄花物語は編年体の秩序によって記事が配列されるが、その叙述の基調の時空を作品は「たゞ今」ととらえている。ここでは京の貴族の生活圏から離れる記事であるから、「けり」によってその空間は捉えられているが、本来は動詞終止形を基調とする時空によって描かれるものである。そのなかで、「き」によって捉えられているのは、一つは幼名のことであり、もう一つは亡き父師輔によって愛されたということである。いずれも「たゞ今」の時空から見れば明らかに過去に属している。

かゝる程に、堀河殿御心地いとゞ重りて、頼しげなきよしを世に申す。さいつ頃内に参らせ給て、東三条の大将をばなくなし奉り給てき‖。今一度とて内に参らせ給て、よろづを奏し固めて出でさせ給にけり。……小野宮の頼忠の大臣に世は譲るべき由一日奏し給しか‖ば、そのまゝにとみかどおぼしめして、同じ月の十一日、関白の宣旨蒙り給て、世の中皆うつりぬ。　（巻第二）

この例は藤原兼通の薨去を述べる記事の一部である。兼通の危篤から死、そして死後の後継者の任命を述べる一連の叙述が、記事の中で時間軸に沿って進行するが、そのなかで、「さいつ頃」「一日《ひとひ》」という、叙述の基調より見た過去の事象が「き」によって述べられている。

　堀川の大臣おはせし‖時、今の東宮の御妹の女二宮参らせ給へりしか‖ば、いみじううつくしうもて興じ給ひし‖を、参らせ給て程もなく、内（など）焼けにしか‖ば、火の宮と世人思ひたりし‖程に、いとはかなうせ給にし‖になん。　（同）

天元四年の円融天皇の動向を述べる記事に加えるかたちで、兼通生前の尊子内親王の事柄を回顧的に述べている。詮子の処遇についての兼家の思いを述べたのに続いて、過去のことを振り返って、いわば補注のように加えられた記述である。編年体の秩序からはずれて過去に立ち戻って叙述するにあたって、「き」を基調とした叙述によって述べているのである。

　これらの例は栄花物語でも、正編のはじめのほうの巻から引いたが、続編からも一例を引いておこう。

　若宮の御乳母の候ふはさる物にて、やむ事なからん人をがなとおぼしめして召し出づ。……さき〴〵もたゞ人の妻などは参りき‖。上達部の女も、宮仕などして候ひ給は、やがて仕まつり給。かく君達の妻などの参る事はまたなかりつる事也。末になるまゝにはかくのみある世なめり。　（巻第三十八）

実仁親王の乳母についての記事であるが、乳母として身分の高い人を召し出したことについての批評の文章である。「末」となったいまではこのようなことが行われるが、以前はなかったというのである。そのなかで、「き」を用いて「さき〴〵」も身分の低い者の妻は召し出されたと言っている。これは身分の高い者の妻でも召し出されるようになった状況との対比から記されている。

　これらの例では、編年体の秩序が時間を前進させようとする、その時間のあり方が一時的に反転され、叙述の基調の「いまここ」の時空からは過去に属する事柄を参照するために、「き」は機能を果たしている。このような「き」の時間構造の本質について、糸井通浩(8)が和歌を詳細に調査したうえで、

助動詞「き」は、現在時の状態が、主体によってそれ以前（過去時）とは確かに異質であると認識されたこと、そういうそれ以前のことを過去時のこととして現在時のことと断絶的関係で把握しようとしていることを示す助動詞であった。

と規定している意義は大きい。なお、糸井は現在を「創作の現在」と「表現の現在」に分け、文学的表現における「表現の現在」を重視して、「き」の本質は物語などにも及ぶとしている。

さて、これら栄花物語の例では、時間に関して「き」が働いているが、そこに情動性を見ることはできない。これらの例を見ると、「き」が本来的に情動の表現であると考えることには疑問が感じられる。これは「けり」の場合の「詠嘆」の扱い方に通じるものがある。しかし「詠嘆」が、「けり」本来の時空の構造に由来するのと同様に、「き」も「回想」と称され、情動を呼び起こすことがあるのは、その時空の構造に根拠があるはずである。

「き」は一応過去の時空をとらえると言ってよさそうだが、それは叙述の「いまここ」の時空と明確に関連づけられたのものであった。いわば、「き」は過去をとらえるのだが、それは「いまここ」の時空と対比対照されてのものであった。つまり「き」は基準となる時空を前提とし、基準との対照での過去である。その点で「き」は完了的であった。「き」は過去をとらえるとはいっても、現在との関連を断ち切って、アオリスト的に過去を表すのではなく、したがって物語の基調をなすことはできない。それに比べれば現代語の「た」は、その機能のすべてを「過去の助動詞」として理解することは受け入れられないが、アオリスト的に過去をとらえる機能が存在し、口語の物語文では叙述の基調として大いに働いている。「た」と「き」を比べると、その違いは大きい。

「つ」と「き」との相似と相異

ところで、さきに挙げた栄花物語の用例のなかに、「き」とは別に時間にかかわる助動詞があった。

この内侍のかみの御はらからの高光少将と聞えつるは
かく君達の妻などの参る事はまたなかりつる事也

これらの「つ」は学校文法でいうところの完了の助動詞であるが、ここでの「つ」を完了の意味で理解することは難しい。従来、「つ」は「ぬ」と一組にして論じられることが多く、私もそのように論じたことがある。[9] 一方で「き」は「けり」と比較しながら論じられることが多い。しかし、「つ」と「き」が近い関係にあることを早くに述べたのが富士谷成章のあゆひ抄である。[10] 成章は両者について、

に、
〔何き〕と〔何つ〕似たる勢あり。わきまへ知らずはあるべからず。大旨にいふ火湯の通うがごとし。『古今』
君が名もわが名もたてじ。難波なるみつとも言ふな。逢ひきとも言はじ。（古、恋三、六四九）
かく互にも詠むべきやうにも詠み、また、
武隈の松は二木を、都人、いかがと問はば、みきと答へむ。（後拾遺、雑四、一〇四二）
稲荷山社の数を人問はばつれなき人をみつと答へむ（拾遺、雑恋、一二一一）
もとより松には「みき」と言ふべく、やしろには「みつ」と言ふべきはさらなれど、この二歌につきても、通はすべからぬことわりあり。『古今』の歌またしかり。〔き〕は遠くて勢ゆるく、〔つ〕は近くて勢強し。○『後拾遺』に「春ごとの子日は多く過ぎつれど、かかる二葉の松は見ざりつ」、この末句「見ざりき」とある本

もあり。げに本句より誦しくだすに、両説おのおの得たるところあり。これまた、火湯の通ふがごとし。多くの子日をかぞへては〔き〕ともよむべく、かかる二葉と向かひては〔つ〕とも言ふべし。脚結のことわりはかくのごとし。歌のさまを詳しく思へば〔ざりつ〕はいささかまさりてきこゆ。

と言っている。成章は和歌の研究から「脚結」へと進んでいったということで、ここでも歌に用いられた「つ」と「き」との相似を指摘している。その一方で両者の相異については「遠くて勢いゆるく」「近くて勢い強し」と述べている。この遠近になぞらえての指摘はかならずしも何を指しているのかは明確でないが、これを時間的構造に触れたものと考えれば、「いまここ」の時空から対象の時空への時間的隔たりを指すと考えられる。つまり、「つ」が、「いまここ」の時空との隔たりは認めながらも、その距離を短くとらえてなるべく眼前のものとして述べようとするのに対し、「き」は「いまここ」の時空との時間的な隔たりの大きさを認め、その距離を強調しながら述べようとすると見える。これを端的に言えば、「き」が「回想」を述べるのに対し、「つ」は「報告」を述べるのだと言える。

王朝の物語は動詞の終止形を叙述の基調とするが、そのなかで同一の助動詞が集中して見られる現象がまま見られる。「けり」や「たり・り」「めり」でもそのような現象は見られるが、「つ」についても集中的な使用がある。それはまださほど時間の隔たっていない事柄を報告するという場合である。そのような場合の一つを引用しよう。これは浮舟の巻の、薫の随身が匂宮の使いの出入りに気づき、薫に報告する場面である。

随身気色ばみつる、あやしと思しければ、御前など下りて灯ともすほどに、随身召し寄す。「申しつるは何ごとぞ」と問ひたまふ。「今朝、かの宇治に、出雲権守時方朝臣のもとにはべる男の、紫の薄様にて桜につけたる文を、西の妻戸に寄りて、女房にとらせはべりつる見たまへつけて、しかじか問ひはべりつれば、言違へつつ、そらごとのやうに申しはべりつるを、いかに申すぞとて、童べして見せはべりつれば、兵部卿宮に参りはべりて、式部少輔道定朝臣になむ、その返り事はとらせはべりける」と申す。君、あやしと思して、「その返り事は、いかやうにしてか出だしつる」、「それは見たまへず。異方より出だしはべりにける。下人の申しはべりつるは、赤き色紙のいときよらなる、となむ申しはべりつる」と聞こゆ。思しあはするに、違ふことなし、さまで見せつらむを、かどかどしと思せど、人々近ければ、くはしくものたまはず。

ここでの報告者の随身は、なるべく早く報告しようという姿勢で、その緊張は成章が「強く」というのに通じると言えるかもしれない。これに対し、「き」の集中も見られる。

「……一日、前駆追ひて渡る車のはべりしをのぞきて、童べの急ぎて、『右近の君こそ、まづ物見たまへ。中将殿こそこれより渡りたまひぬれ』と言へば、またよろしき大人出で来て、『あなかま』と手かくものから、『いかでさは知るぞ。いで見む』とて這ひわたる、打橋だつものを道にてなむ通ひはべる、急ぎ来るものは、衣の裾を物にひきかけて、よろぼひ倒れて橋よりも落ちぬべければ、『いで、この葛城の神こど、さがしうしおきたれ』とむつかりて、物のぞきの心もさめぬめりき。『君は御直衣姿にて、御随身どももありし。なにがし、くれがし』と数へしは、頭中将の随身、その小舎人童をなんしるしに言ひはべりし」など聞こゆれば、……

これは夕顔の巻のうち、惟光が源氏に夕顔の宿の様子を述べることばであるが、「つ」ではなく「き」を基調としている。さきの浮舟の例と比べてなにが違って「き」を基調とするのかは、「一日」の語を見ればわかろう。浮舟の例が目撃と報告のあいだの時間を短いものとして、緊要の事件として報告しているのに対し、惟光の報告はやや時日も経過し、病人もかかえる惟光がことのついでに報告したという趣である。(11) 目撃と報告のあいだの時間にも違いがあり、またそれは報告者の意気込みの違いをも反映している。なお、この本文の校訂者は「君は御直衣姿にて、御随身どももありし」の部分を女の童の右近への報告の一部としているが、「き」と「つ」の違いを考えればもし童のことばならば「ありし」ではなく「ありつ」でなければならず、これは惟光自身の報告と見るべきである。

他の言語に見られるという現象になずらえて、「つ」はその日のうちの出来事を述べるが「き」は前日以前の出来事を述べるのだというような議論(12)も、行おうとする向きもあるかもしれないが、問題は数を数えて何日ということにあるのではない。要は「つ」と「き」を比べて、「つ」は時間的な隔たりをなるべく小さく表現しながら用いられるのに対して、「き」は時間的な隔たりを大きいものとして表現するのだということである。このように「つ」と「き」の違いを理解するなら、栄花物語の「つ」の例も、「このあいだまで高光少将と申し上げた方は」「最近まで君達の妻は乳母に召し出されなかった」ということで、「き」がとらえる過去と「いまここ」との間に位置する時空をとらえるのだということになる。

距離・断絶・喪失

以上のような「き」の理解をふまえて、和歌の用例を見てみよう。

袖ひぢてむすびし‖水のこほれるを春立つけふの風やとくらむ

（春たちける日よめる　紀貫之　古今和歌集巻第一　二番歌）

立春の「けふ」を基準として、袖をぬらして水をすくった過去が「き」によってとらえられ、さらに存続の助動詞「り」が加わることによって、三つの時がとらえられているが、「き」が「いまここ」の時空との対比の機能を果たしていることは明確に見て取れる。ここでは寒暖の変転が述べられている。

また、さきに挙げた「昨日こそ早苗とりしか」の場合も、秋風の吹く現在と、「きのふ」が対比されている。「きのふ」が実は昨日ではないことはいうまでもない。そのあいだの時間はあっというまに過ぎ去ってしまったが、この時間を挟んだ「早苗」の季節と「秋風」の季節が対比されて、その隔たりへの驚きが表現されている。このうた

に続く、

秋風の吹きにし日より久方の天の河原にたたぬ日はなし　（古今和歌集巻第四　一七三番歌）

の場合には七夕のうた――というよりも七夕を待ち望むうたであるが、七夕を待ち望む「いまここ」の時空から、立秋の過去を対比的にとらえ、そのあいだの時間を待ち遠しく長いものとして述べている。太陰太陽暦であるからその日数は不定であるが、それにしても決して長い時間ではなかろうに、それを待ち遠しいものとして述べるにあたって、「き」は役割を果たしている。

もちろん、「き」が対比する「いまここ」については明示的に述べない場合もある。しかし、多くの場合「き」によって過去と対比される「いまここ」はなんらかの方法によって記述される。栄花物語の例も古今和歌集の例も、「き」によって対比される「いまここ」の記述を見ることが出来るのであった。ヨーロッパ言語の imperfectum とまったく異なることはいうまでもないが、アオリスト的な過去とも、「き」は異なったものであった。そして栄花物語に見出せなかった情動性は、以上の古今和歌集の和歌では見いだすことができるだろう。「き」に本来的に情動性が備わっているわけではないが、「いまここ」の時空を基準とする性格によって、情動性を導くことができるのである。

過去の現象の結果が現在にも存在する場合に「り・たり」が用いられ、また過去の現象が現在にまで関わる場合には「けり」が用いられる。このような助動詞と並び用いられるのであるから、「き」が表現する過去は現在と時間的な隔たりが大きいのみならず、その対象が「いまここ」の時空とのあいだに変転を経た断絶の関係にあり、また喪失の表現であるというのは自然の勢いである。この点は糸井の言うとおりである。そして、この断絶・喪失は情動の表現となる。古今和歌集歌の例を見たが、このような現象は散文でも見られる。そのような例を挙げよう。

内裏より御使あり。三位の位贈りたまふよし、勅使来て、その宣命読むなん、悲しきことなりける。女御とだに言はせずなりぬるがあかず口惜しう思さるれば、いま一階の位をだにと贈らせたまふなりけり。これにつけても、憎みたまふ人々多かり。もの思ひ知りたまふは、さま容貌などのめでたかりし‖こと、心ばせのなだらかにめやすく憎みがたかりし‖ことなど、今ぞ思し出づる。さまあしき御もてなしゆゑにこそ、すげなうそねみたまひしか‖、人柄のあはれに情ありし‖御心を、上の女房なども恋ひしのびあへり。「なくてぞ」とは、かかるをりにやと見えたり。

桐壺の巻の母更衣の葬送の記事である。「内裏より御使あり」の「あり」に示されるような、時間中立的な動詞終止形を基調とする文脈であるが、そのなかで「もの思ひ知りたまふ」妃や上の女房が更衣の生前を思い出すところで、その更衣は「き」によって描かれている。物語の中立的な「いまここ」より見ての過去を述べるために「き」が使われていて、「き」の時間的構造のありかたに沿った表現となっている。その「き」は過去との時間的距離をとらえ、過去と「いまここ」とのあいだの変化や断絶を強調するから、おのずからそこに喪失の情動が表れ、文学的な表現を果たすことになる。さきにも述べたように、「き」そのものが情動性を主意としているわけではないが、場面を主情的なものにするにあたって、「き」は重要な役割を果たしているのであって、それは「き」が「いまここ」の時空と過去の時空との距離を確認しながら、その両者を対照的にとらえるという時間的な構造に根拠を置くのである。完了的な文法形式がその本質によって深い情動性に結びつく、その例をここにも見ることができる。だから「き」を用いたときにつねに情動性が表れるわけではないが、また大きな情動を表現することもあり、それは「き」の本来の時間的構造に由来するのであった。

なお、この引用文の「なくてぞ」は古来引歌が指摘される。その歌は、

ある時はありのすさびに憎かりき‖なくてぞ人は恋ひしかりける　（源氏釈）

というものであり、この歌にも喪失の情動を述べる「き」を見いだすことができる。「き」によって過去の「あり」

と現在の「なし」が鋭く対照されているのである。

枕草子の「き」と枠構造の萌芽

枕草子の日記的章段では、その末尾にしばしば「き」が用いられる。例として、作者と橘則光との交流を描く段を取り上げるが、さきにこの段の次のような文章を見ておこう。

　左衛門尉則光が来て、物語などするに、昨日宰相の中将にまゐりたまひて、「いもうとのあらむ所、さりとも知らぬやうあらじ。言へ」といみじう問ひたまひし‖に、さらに知らぬよしを申しし‖に、あやにくに強ひたまひし‖事など言ひて、……

（新編日本古典文学全集本の八十段）

この部分は、則光の会話文と地の文の境目がはっきりしないが、作者と則光が会っている「いまここ」の時空から見て過去のことを則光が作者に報告しているのであるから、「き」の使用法としてさきに述べた用法の範囲から出ない。

一方、その末尾は次のような文章である。

　かう語らひ、かたみのうしろ見などするに、中に何ともなくて、すこし仲あしうなりたるころ、文おこせたり。「便なき事など侍りとも、なほ契りきこえし‖方は忘れたまはで、よそにてはさぞとは見たまへとなむ思ふ」と言ひたり。常に言ふ事は、「おのれをおぼさむ人は、歌をなむよみて得さすまじき。すべてあたかたきとなむ思ふ。今は限りありて、絶えむと思はむ時に、さる事は言へ」など言ひしか‖ば、この返り事に、

　　くづれよるいもせの山の中なればさらに吉野の川とだに見じ

と言ひやりし‖も、まことに見ずやなりにけむ、返しもせずなりにき‖。

さて、かうぶり得て、遠江の介といひしかば、にくくてこそやみにしか。

章段の叙述は動詞終止形を基調としながらも他の助動詞などが機能して、則光と作者の交渉を描く文章が続くが、その時間的構造は源氏物語や栄花物語とも共通するものである。その叙述の内容は時間中立的に述べられ、読み手は二人の交渉を「いまここ」の時空のものとして読み、作者がこの文章を綴った時空との隔たりは問題とされていない。この引用の部分で則光からの手紙の引用が「たり」によって述べられているのは、王朝言語ではしばしば見られる現象であるが、これは「中」のこととされ、「いまここ」であったはずの時空がかえって「中」より以前のものとなっている。そして、この手紙の引用のあとに、急に叙述の基調が「き」となって、章段を終えている。したがって引用文の後半では則光との交流のあった時空と作者がこの文章を記した時点とのあいだの時間的隔たりは、「き」によって強く意識させられる。しかも二人の親しい交流の時期から時間を隔てて、ついに二人の交流は絶えた。そこには、ついに人生の同志となり了せなかった男への情動を見ることができる。この部分に至るまでの、いささか滑稽味を含んだ叙述が一転して、「き」を用いることによって断絶と喪失の深い情動が表現されている。抑え、隠されていた情動が溢れ出していると言ってもよい。それは、日記的章段の叙述の大部分は、実は抑制されたものであるということでもある。

枕草子にはこのように、日記的章段の末尾に「き」が用いられる例は、新編日本古典文学全集本の九段・三十三段・四十七段・七十八段等々のように多い。「関白殿、黒戸より」の一二四段も、変則的であるがこの例に入れることができよう。このような例を見ると、末尾のみで不完全ではあるが、あたかも「き」が枠構造の枠をなしているかのようにも見える。「き」による枠構造は今昔物語集に見られ(13)、また軍記物語にも見ることができる。枕草子の場合はそのような「き」の枠構造と同じに扱えないことはいうまでもない。枕草子は過去の事象を「いまここ」の時空に据えて述べる。過去の事象を過去のものとして述べない。しかし末尾の「き」によって、それまで述べたものが過去のものであることを、深い情動によって確認する。この確認が定式化されれば枠構造の枠となりえよう。ここに「き」による枠構造の萌芽を見ることができる。「き」の情動性の果たす役割は広い。

注

(1) 細江逸記『動詞時制の研究　訂正新版』(篠崎書林　S四八)・『動詞叙法の研究　新版』(篠崎書林　S四八)

(2) 『言語学大事典　第6巻　術語編』(三省堂　一九九六)「アスペクト」の項のうち、「アスペクトという術語」。なお、高津春繁は端的に「Aspect はスラヴ語の vid の訳であって」と言っている(「ギリシア語のアスペクト」〈「言語研究」二二・二三　S二八〉)。

(3) 泉井久之助は言う。「時の先後を過去、現在、未来の三段に分つことを原理として立てられた時称の区分は、実は比較的新しい整理の結果であつて、少くとも印欧語、ことにセム語については、かへつて「態」(アスペクト)区分の方がより原本的であつたことは、殊にあきらかにあらはれる。アスペクトはより直観的であり情感的である。時称は理知的であり恣意的である。アスペクトは直接的であり想像的であり、時称は間接的でありまた抽象的である。」「「法」―アスペクト―時称の系列は、それぞれ一応独立しながらも、実は一箇不断の連続体である。近代のいかに時称的に整理された言語にあつても、現実の使用においてはその時称の分割には常に剰余はあり、時としては時称の原則に背馳した用法を許さなくてはならないことがあるのは、われわれに日常親しい事実である。アスペクトにおいても同様である。ここにも「法」的なものが浸透する可能性がある。」(『一般言語学と史的言語学』増進堂　一九四七)・「私は日本語動詞のいわゆる時称にも実はこうした気分的性格が強いのではないかと思っている。時称よりもアスペクト、更に「法」の観念がかえって実は支配的なのではないかと思う。」(『言語の構造』紀伊國屋書店　一九六七)

(4) 細江逸記「我が国語の動詞の相(Voice)を論じ、動詞の活用形式の分岐するに至りし原理の一端に及ぶ」(『岡倉先生記念論文集』岡倉先生還暦祝賀会　S三)

(5) 泉井久之助「英語の準完了的表現と完了形」(「言語」S五七・七)、なお「印欧語における英語の動詞 know と knew ―その形と意味―」(同　S五六・三)・「上代インド語の完了形と非人称表現」(同　S五七・八)・「印欧語の

完了形とヒッタイト語の動詞体系」（同　S五八・八）

（6）この墓碑銘は十六・七世紀イタリアの画家 Bartolommeo Schidone に発し、フランスの画家 Nicolas Poussin の「アルカディアの牧人たち」が版画化されて流通するにおよんで人口に膾炙したようである。

（7）梅沢本を底本とする本文を引用することには問題もあろうが、日本古典文学大系本による。なお久保木秀夫「『栄花物語』梅沢本と西本願寺本　付、足利将軍家の蔵書」（『研究と資料』第六十輯）を参照。

（8）糸井通浩「古代和歌における助動詞「き」の表現性」（『愛媛大学法文学部論集』一三）

（9）本書IIIの1。なお、報告の「つ」についても述べているので、参照されたい。

（10）中田祝夫・竹岡正夫『あゆひ抄新注』（風間書房　S三五）による。また、竹岡正夫『富士谷成章の学説についての研究』第二編（風間書房　S四六）を参照。

（11）阿部秋生校訂『完本源氏物語』（小学館　一九九二）

（12）『言語学大事典　術語編』の「時称」の項のうち、「世界の言語にみられる時称の範疇」を参照。

（13）本書IIの4。

3　今昔物語集の枠構造における「けり」

王朝のかな散文の文学において、その叙述の基調は動詞終止形であった[1]。叙述の文末を動詞終止形で収め、また文中にあっても動詞にことさら助動詞など他の語を添えない形式が基調となっていたのである。もちろん、叙述はこの形式を基調とするとはいっても、すべてが動詞終止形で統一されているわけではなく、その間には疑問表現・推量表現や完了の助動詞などがそれぞれの機能を果たしていたのであるが、それらは補助的な表現であって、叙述の基調が動詞終止形であることにはかわりなかった。また、例外的に歌物語はその叙述の基調を助動詞「けり」によっていたが、それは歌物語の和歌をめぐる特殊の性格に依るものであって、王朝の文体の標準的なものにはなりえなかった（この歌物語の文体については、本節においても触れることがあろう）。したがって、本章の課題である助動詞「けり」もまた、補助的な表現として重大な機能を果たしていたのではあるが、叙述の基調とは離れたところで働いていたのである。

一方、王朝かな散文と併行する漢文訓読語の世界でも事情は基本的に異ならない[2]。そこでも、叙述の基調は動詞終止形であり、「けり」は地の文ではほとんどあらわれない特殊な助動詞であったことは周知の事実である。平安中期、かな文学の最盛期であり、また漢文訓読の世界も活発であった時代に、「けり」の散文叙述のうえでの働きは総じて補助的なものであったといえるのである。

ところが、目を中世に転じると、そこには助動詞「けり」に関して平安時代とはまったく異なった様相が見いだせる。散文文章のなかにおびただしい「けり」が使用され、「けり」が叙述の基調になっているといえる文章を見ることができる。たとえば、つぎのような文章を、延慶本平家物語第五本の二十三より引いてみよう〈北原保雄・小川栄一編『延慶本平家物語本文篇』〈勉誠社　一九九〇〉による〉。

本三位中将重衡ハ生田森ノ大将軍ニテオハシケルガ、国々ノ駈武者ナリケレドモ、其勢数千余騎計モヤ有ケム、城中落ニケレバ、皆係へダテラレテ四方へ落失ヌ。少シ恥ヲモ知、名ヲモ惜程ノ者ハ皆被討ニケリ。走付ノ奴原ハ或ハ海へ入、或ハ山ニ籠。其モ生ハ少シ、死ルハ多ゾ有ケル。中将其日ハ褐衣ノ直垂ニ、白糸ニテ村千鳥ヲヌイタルニ、紫スソゴノ鎧ニ、童子鹿毛トテ、兄ノ大臣殿ヨリ得タリケル馬ニ被乗タリ。花ヤカニ優ニゾ被見ケル。中将若ノ事有バ乗替ニセムトテ、年来秘蔵シテ被持タリケル、夜目ナシツキゲト云馬ニ、一所ニテ死ト契深カリケル、後藤兵衛尉盛長ト云侍ヲ乗セテ、身ヲ放タズ近ク打セケリ。御方ニハヲシヘダテラレヌ、助船モコギ出ニケレバ、西ヲ指テゾ歩セケル。経嶋ヲ打過テ湊川ヲ打渡リ、カルモ川、小馬林ヲ弓手ニ見ナシ、蓮ノ池ヲバメテニナシテ、イタヤド、阪磨関ヲ打過テ、明石ノ浦ヲ渚ニ付テ被落タリ。

一の谷の合戦で重衡が捕虜となる叙述の冒頭であるが、このあとも、盛長の逃走から、重衡が梶原景時に捕らえられる記述、そして盛長の後日談にいたるまで、このように「けり」を多用した叙述がつづいてゆく。ここでは助動詞「けり」が基調となって長大な散文の記述が行われていると見てよいだろう。王朝のかな散文とも、また漢文訓読文体とも異なった文体が形成されているのを見ることができるのである。しかも、「けり」による文体がこの作品でもここだけの特殊例でないことを考えれば、鎌倉時代にあっては「けり」による叙述が基調となっていたと見ることができる。平安時代の日本語散文の文体における「けり」の機能とは相当に異なった様相を見ることができるわけである。

ところが、王朝かな散文の盛期と中世をつなぐ時期に成立した今昔物語集[3]に次のような文章を見ることができる〈なお、今昔物語集の引用は日本古典文学大系今昔物語集〈山田孝雄・山田忠雄・山田英雄・山田俊雄校注〉によるが、宣命書きは再現しないこととする)。

鎮西人、打双六擬　敵被打下女等語第廿三

今昔、鎮西□ノ国ニ住ケル人、合聟也ケル者ト双六ヲ打ケリ。其人極テ心猛クシテ、弓箭ヲ以テ身ノ荘トシテ過ケル兵也、合聟ハ只有者也ケリ。

双六ハ本ヨリ論戦ヒヲ以テ宗トスル事トスル、此等簺論ヲシケル間ニ、遂ニ戦ニ成ケリ。此武者ナル者、合聟ガ髻ヲ取テ打臥テ、前ニ差タル一トヒヲ抜ムトスルニ、幭ニ鞘ニ付タル緒ヲ結付タリケル刀ニテ、片手ヲ其結ヲ解ムトシケル程ニ、敵、其刀ノ欛ニヒシト取付タリケレバ、武者立テ力有者也ケレドモ、否不抜得シテ、ヒチクリケルニ、喬ナル遣戸ニ、包丁刀ノ被指タリケルヲ見付テ、髻ヲ取乍ラ、其ヘ引持行ケルヲ、髻被取タル者、「遣戸ノ許ヘダニ行ナバ、我ハ被突致ナムトス。今ハ限也ケリ」ト思テ、念ジテ不行ト辞ケルニ、其家ハ此髻トラレタル者家ニテ、下ニ下女共数シテ、酒造ル粉ト云物ヲ舂喤ケルニ、音ノ有限リ叫テ、「我ヲ助ケヨ」ト云ケレバ、其家ニ男ハ一人モ无リケレバ、此粉舂ノ女共、此ノ音ヲ聞テ、杵ト云物ヲ提テ、有限リ走リ上テ見ケレバ、主ノ髻ヲ被取テ、致サムト為ヲ見テ、女共、「穴悲ヤ、早ウ、殿ノ致奉ル也ケリ」ト云テ、杵ヲ以テ、其髻取タル敵ヲ集テ打ケレバ、先、頭ヲ強ク被打テ、仰様ニ倒ケルヲ、ヤガテ圧テ打ケレバ、被打致ニケリ。其時ニ家主ハ起上テ引放レニケリ。

然テ、定メテ沙汰有ケム。然レドモ其後ノ事ハ不知。

敵ハ可値者ニモ无カリケレドモ、云甲斐无ク女ドモニ被打致ニケレバ、聞人奇異キ事也トゾ云ヒ繚ケルトナム語リ伝ヘタルトヤ。

これは適宜に巻第二十六より引いたものであるが、ここでも「けり」は多用され、ほぼ叙述の基調になっているとみてよいだろう。文末に着目して、その様相を整理すると次のようになる。

①助動詞「けり」終止形　②助動詞「けり」終止形　③助動詞「けり」終止形
④助動詞「けり」終止形　⑤助動詞「けり」終止形　⑥助動詞「けむ」終止形
⑦助動詞「ず」終止形　⑧助詞「や」

このうち、⑥〜⑧は章段末の付加的な部分だから別にすれば、この説話に述べられた事件の叙述の中心をなす部分は文末が助動詞「けり」でまとめられていることになる。このうち④の文は事件の中核を述べる長大な叙述であるが、文末にとどまらず、その叙述の中間にも多くの「けり」が用いられている。この説話の文体を「けり」を基調としたものと考えることに問題はあるまい。

しかもこのような「けり」を多用する文体は今昔物語集に多くみられ、けっしてこの例が特殊なものではない。しかしまた、今昔物語集の全ての説話がこのような文体で記されているわけではなく、動詞終止形を基調とした文体で叙述された説話も多い。今昔物語集全体におけり「けり」の様相は複雑である。(4)今昔物語集における「けり」の使われ方には、一見、古代的なものと中世的なものとが混在するかにも見えるところがある。本節においては、この今昔物語集の「けり」の性格と機能を考察することによって平安時代後期における日本語文体の様相を考え、さらに王朝的な文体から中世の文体への変容を跡付けたい。

天竺震旦部の枠構造

一

かつて阪倉篤義は竹取物語の「けり」を論じて、その枠構造にはたす役割を論じた。(5)この阪倉の研究は「けり」

の王朝散文における機能の一端を闡明するのみならず、「けり」の本質を「完了」に見るという点でも、この助動詞に関する研究の最重要のものの一つであることは疑いない。

　阪倉の明らかにした、枠構造における「けり」の重要な機能を念頭において、今昔物語集天竺部および震旦部を見るならば、そこに示された「けり」の様相はほとんどが簡単に説明される。そもそも、今昔物語集の天竺部・震旦部では「けり」の多用が（後に述べるような若干の例外を別として）ほとんど見られないのだが、その多くは説話の枠構造に関連して現れる。天竺部・震旦部の文章[6]は漢文訓読文体に由来する動詞終止形を基調とするのだが、「なりけり」語法など、その基調の間に出現する孤立した「けり」の使用を別にすれば、「けり」は概ね枠構造のなかで機能するのである[7]。

　その一例を、適宜に掲出しよう。作品の劈頭、巻第一の第一段である。

　　釈迦如来、人界宿給語第一

今昔、釈迦如来、未ダ仏ニ不成給ザリケル時ハ釈迦菩薩ト申テ兜率天ノ内院ト云所ニゾ住給ケル。而ニ閻浮提ニ下生シナムト思シケル時ニ、五衰ヲ現ハシ給フ。其五衰ト云ハ、一ニハ天人ハ眼瞬ク事无ニ眼瞬ロク。二ニハ天人ノ頭ノ上ノ花鬘ハ萎事无ニ萎ヌ。三ニハ天人ノ衣ニハ塵居ル事无ニ塵・垢ヲ受ツ。四ニハ天人ハ汗アユル事无ニ脇下ヨリ汗出キヌ。五ニハ天人ハ我ガ本ノ座ヲ不替ザルニ本ノ座ヲ不求シテ当ル所ニ居ヌ。

其ノ時ニ、諸ノ天人、菩薩此相ヲ現シ給ウ見テ、恠テ菩薩ニ申シテ云ク、「我等、今日此ノ相ヲ現シ給ヲ見テ身動キ心迷。願クハ我等ガ為ニ此ノ故ヲ宣ベ給ヘ」ト。菩薩、諸天ニ答テ宣ハク、「当ニ知ベシ、諸ノ行ハ皆不常ズト云事ヲ。我今、不久シテ此ノ天ノ宮ヲ捨テ閻浮提ニ生ナムズ」ト。此ヲ聞テ諸ノ天人歎ク事不愚ズ。此テ菩薩、「閻浮提ノ中ニ生レムニ誰ヲカ父トシ誰ヲカ母トセム」ト思シテ見給フニ、「迦毗羅衛国ノ浄飯王ヲ父トシ摩耶夫人ヲ母トセムニ足レリ」ト思ヒ定給ツ。

癸丑ノ歳ノ七月八日、摩耶夫人ノ胎ニ宿リ給フ。夫人夜寝給タル夢ニ、「菩薩六牙ノ白象ニ乗テ虚空ノ中ヨリ来テ、夫人右ノ脇ヨリ身ノ中ヘ入給ヌ。顕ハニ透徹テ瑠璃ノ壺ノ中ニ物ヲ入タルガ如也」。夫人、驚覚テ浄飯王ノ御許ニ行テ此ノ夢ヲ語リ給フ。王、夢ヲ聞給テ夫人ニ語テ宣ク、「我モ又如此ノ夢ヲ見ツ。自、此事ヲ計フ事不能ジ」ト宣テ、忽ニ善相婆羅門ト云人ヲ請ジテ、妙ニ香シキ花・種々ノ飲食ヲ以テ婆羅門ヲ供養シテ夫人ノ夢想ヲ問給フニ、婆羅門、大王ニ申テ云ク、「夫人ノ懐ミ給ヘル所ノ太子、諸ノ善ク妙ナル相御ス。委ク不可説ズ、今当ニ王ノ為ニ略シテ可説シ。此ノ夫人ノ胎ノ中ノ御子ハ必ズ光ヲ現ゼル釈迦ノ種族也。胎ヲ出給ハム時、大ニ光明ヲ放タム。梵天・帝釈及ビ諸天皆恭敬セム。此ノ相ハ必ズ是レ仏ニ成ベキ瑞相ヲ現ゼル也。若シ出家ニ非ハ転輪聖王トシテ四天下ニ七宝ヲ満テ千ノ子ヲ具足セムトス」。

其ノ時ニ、大王、此ノ婆羅門ノ詞ヲ聞給テ、喜ビ給フ事无限クシテ諸ノ金銀及ビ象馬・車乗等ノ宝ヲ以テ此ノ婆羅門ニ与ヘ給フ、又夫人モ諸ノ宝ヲ施シ給フ。婆羅門、大王及ビ夫人ノ施シ給フ所ノ宝ヲ受畢テ帰去ニケリトナム語リ伝ヘタルトヤ。

「けり」の用法をはっきり見て取れるように、長大な章段をすべて引用したが、この文章は先に引用した巻二十六の第二十三とはずいぶん異なったものである。さきの例に倣って、その文末を整理してみよう。

①助動詞「けり」連体形　②動詞「給ふ」終止形　③動詞「瞬ろく」終止形
④助動詞「ぬ」終止形　⑤助動詞「つ」終止形　⑥助動詞「ぬ」終止形
⑦助動詞「ぬ」終止形　⑧格助詞「と」　⑨格助詞「と」
⑩助動詞「ず」終止形　⑪助動詞「つ」終止形　⑫動詞「給ふ」終止形
⑬会話文引用　⑭動詞「給ふ」終止形　⑮会話文引用
⑯動詞「給ふ」終止形　⑰終助詞「や」

この文章では、叙述は動詞「給ふ」終止形を基調としながらも完了の助動詞など他の様々な表現を交え、「けり」は叙述の基調にはなっていない。とはいっても「けり」は使われていないわけではなく、冒頭の二文に「成り給はざりける」「住み給ひける」「思しける時に」と三例、そして末尾の文に「帰り去りにけり」と、併せて四例用いられているが、この四例が説話の冒頭と末尾に現れることは重要である。今昔物語集の各説話が「今は昔」と「語り伝えたるとや」の大枠によってまとめられていることは言うまでもないが、この例では、その大枠の内側に、さらに「けり」文体の記述が枠となって、説話の叙述の中心の部分を取り囲んでいるという構造になっているのである。

このような「けり」の機能を踏まえれば次のような例を考えることもできるだろう。すなわち、巻第十の第三「高祖罰項羽始漢代為帝王」の末尾は「此レヲ聞ク人、皆、高祖ハ赤龍ノ子也ケリト云フ事ヲ知ニケリ」というかたちで中絶し、鈴鹿本の場合でいえばその後に六行分の空白を有するのであるが、(8)末尾の「けり」に着目するなら、この説話の展開は既に終わっていて、あとに残すのはわずかな結語であって、実際に必要とされたスペースは六行分より少ないものであったろう。

もっとも、天竺震旦部のすべての説話が、この例のように「けり」の枠で調えられているわけではなくて、まったく「けり」の枠を持たないものもあり、また冒頭部あるいは終末部に「けり」を持たない章段も少なくない。(9)その点から見れば、この「けり」の枠はそれ自体で独立して、この作品で枠の機能を果たしているというよりは、「今は昔」「語り伝へたるとや」の枠を補い、その表現を強化しているといってよいだろう。

「今は昔」をどのように解釈すべきかについては議論もあるのだが、(10)説話が書き記され、あるいは語り伝えられている現在と、事件の過去との間をなんらかの形で捉えているのだとは言えよう。「語る伝へたる」の場合も、「たり」の捉える現在と題材の過去とのあいだを「語り伝える」というかたちで捉えている。いずれも、過去と現在の関係を把握している。

一方「けり」は、阪倉篤義の言うように、「完了」の助動詞であり、「完了」とはすなわち過去と現在の関係性にほかならない。この「完了」の性格を考えるなら、今昔物語集の枠構造の「けり」が、「今は昔」「語り伝へたるとや」の枠が捉えたものを、別のかたちで捉え、再度確認しているのだということになる。従って、天竺震旦部の枠構造は二重のものではなく、「今は昔」「語り伝へたるとや」の枠が全体の章段をまとめる唯一のものであり、「けり」はその枠を強化するのであり、今昔物語集の「けり」の本来の本質はこの枠構造強化の機能にあったのである。「けり」は漢文文献に由来する世界を「今ここ」に据えて、定位させるために力を発揮したのである。

二

ところが、震旦部巻第十に次のような例がある。

唐玄宗后上陽人、空老語第六

今昔、震旦ノ唐ノ玄宗ノ代ニ、后・女御、員、数御ケルニ、或ハ寵愛シ給モ有リ、或ハ天皇ニ見エ奉ル事无ケレドモ、皆、宮ノ内ニゾ候ケル。

而ル間、或ル公卿ノ娘□並无ク形チ美麗ニ有様微妙キ有ケルヲ天皇聞給テ、勲ニ召。父母否不惜ズシテ、娘ノ年□テ奉テケリ。其ノ参リノ有様厳キ事无限シ。其ノ国ノ習トシテ女御ニ参ヌル人ハ、亦、罷リ出ル事无カリケレバ、父母別ル事ヲ歎キ悲ビケリ。

然テ、其ノ女御ハ天皇ノ御マス同内ニモ非ヌ、離レテ別ナル所ニゾ候ヒ給ケル。其ノ所ノ名ヲバ上陽宮トゾ云ケル。其ニ、何ナル事カ有ケム、其ノ女御参給ケルヨリ後、天皇召ス事モ无ク、御使ダニ不通ザリケレバ、只ツク〳〵ト宮ノ内ニ長メ居給ヘリケルニ、暫ハ今ヤ今ヤト思ヒ給ケルニ、年月只過ニ過テ、微妙カリシ形モ漸ク衰ヘ、美麗也シ有様モ悉ク替ニケリ。家ノ人ハ、参リ給ヒシ当初ミハ、「我ガ君、内ニ参リ給ナバ、我等ハ必ズ恩ヲ可蒙キ者也」ト思ケルニ、本意无ク思ケル事无限シ。

此ク、天皇ノ召シ人ハ何ガトダニ思シ不出ヌ事ハ、他ノ女御達ノ此ノ女御ノ形ノ美麗並ビ无ケレバ、可劣キニ依テ、謀ヲ成シテ押籠タリケルニヤ、亦、国広クシテ政滋ケレバ、天皇モ思シ忘ニケルヲ、驚カシ奏スル人ノ无カリケルニヤ、世ノ人極ク恠ビ思ケリ。

此テ、天皇ニ面ヲモ不向ズシテ歎キ給ケルニ、幽ナル宮ノ内ニシテ数ノ年ヲ積リテ、年月ニ副テ十五夜ノ月ヲ見ル毎ニ計フレバ、我ガ年ハ若干ニ成ニケリ。春ノ日遅シテ不暮ズ、秋ノ夜長クシテ難晩シ。而ル間、紅ノ顔有シ匂ニ非ズ、柳ノ髪ハ黒キ筋モ无シ。然レバ、疎キ人ニハ不見エジト耻ヂ給ケリ。然テ、十六歳ニテ参リ給ヒシニ、既ニ六十ニ成リ給ニケリ。

其ノ時ニ、天皇、「然ル事有シゾカシ」ト思シ出テ、悔ヒ給フ事无限カリケリ。然バ、「何デカ不見デハ止マム」トテ召ケレドモ、耻テ参リ不給ハズシテ止ニケリ。此レヲ上陽人ト云フ。

物ノ心知タラム人ハ、此レヲ見テ、心モ付カジトテ此ナム語リ伝ヘタルトヤ。

この章段の文章は一見してもその全体を通して「けり」の多用されていることがわかる。これも文末を整理してみると次のようになる。

①助動詞「けり」連体形　②動詞「召す」終止形　③助動詞「けり」終止形
④形容詞「限りなし」終止形　⑤助動詞「けり」終止形　⑥助動詞「けり」連体形
⑦助動詞「けり」連体形　⑧助動詞「けり」終止形　⑨形容詞「限りなし」終止形
⑩助動詞「けり」終止形　⑪助動詞「けり」終止形　⑫形容詞「かたし」終止形
⑬形容詞「なし」終止形　⑭助動詞「けり」終止形　⑮助動詞「けり」終止形
⑯助動詞「けり」終止形　⑰助動詞「けり」終止形　⑱動詞「云ふ」終止形

⑲終助詞「や」

若干の動詞・形容詞終止形をまじえているが、概ね文末も「けり」でまとめられていて、この文章の叙述は「けり」を基調としていると言えよう。これはさきに引用した巻第一の文章とは異なった文体で記述されているのであり、さきの文体を天竺震旦部の文体の標準とするならば、この巻第十の文体はまったく例外的なものということになる。このような例外が存在する理由を考えねばならないのだが、その理由を今昔物語集が用いた資料の文体に遡らせて説明しようとする立場は無効である。同じ時代に中国の故事という共通性のある題材を扱った説話に異なった文体が並存すること自体はそのような説明では何も解きあかしたことにならないからである。かりに異なった文体の並存が資料に遡るとしても、本考の関心が今昔物語集という一作品でなく、平安時代末期の言語の様相にある以上、問題はなんら解決されたことにはならないのである。「けり」を枠構造および少数の確認・強調の表現でのみ使う文体のなかに、なぜ「けり」を叙述の基調にする文体が混ざっているのか。そのことを考えなければならない。

三

天竺震旦部において、「けり」が叙述の基調をなす例外的な章段は巻第十に集中し、引用した上陽人の他に、次のような章段を見ることができる。

漢武帝、以張騫令見天河水上語第四
漢前帝后王照君、行胡国語第五
唐玄宗后楊貴妃、依皇寵被殺語第七
震旦呉招孝、見流詩恋其主語第八

震旦国王、愚斬玉造手語第廿九
漢武帝、蘇武遣胡塞語第三十

二箇所に集中・連続して存在するのであるから、あるいはなんらかの同一出典に依っているのかとも思える現象だが、実際に引用の章段を除けばすべて俊頼髄脳に同一題材の説話が存在するのである。ここでは短い「漢武帝、蘇武遣胡塞語第三十」を例に、対照して掲出しよう。

今昔物語集

今昔、漢代ニ、蘇武ト云フ人有ケリ。天皇、□依テ此ノ人ヲ胡塞ト云フ所ニ遣タリケルニ、久ク返リ不得ズシテ、年来、其ノ所ニ有ケルガ程ニ、亦、衛律ト云フ人、其ノ所ニ行タリケルニ、衛律、行キ着クマニ、其ノ所ノ人ニ先ヅ「蘇武ハ有ヤ否ヤ」ト問ケレバ、其ノ所ノ人、蘇武ハ有ケルヲ隠サムガ為ニ、謀ヲ成シテ、「蘇武、早ウ失テ年久ク成ヌ」ト答ケルヲ、衛律、「隠シテ虚言ヲ云フゾ」ト心得テ、「蘇武、不死ズシテ未ダ有ル也。此ノ秋雁ノ足ニ文ヲ結付テ蘇武ガ書ヲ天皇ニ奉ケレバ、雁、王城ニ飛ビ来テ、其ノ書ヲ天皇ニ奉タリキ。天皇、其ノ書ヲ御覧ジテ、蘇武于今有リト云フ事ヲ思シ食タリ。此レ、謀也」ト云ケレバ、其ノ所ノ人、謀ニテ有ケレバ、「隠シテ益无シ」ト思テ、「実ニハ未ダ不死ズシテ有リ」ト云テ、蘇武ヲ衛律ニ会セタリケリ。雁ノ足ニ文結付タル事ハ衛律ガ謀ノ言ナレドモ、此レニ依テ蘇武出来レバ、世ノ人、此レヲ聞テ、衛律ヲゾ讃メ感ジケル。

然レバ、虚言ナレドモ事ニ随テ可云キ也ケリ。衛律ガ謀ノ言バ賢カリケリトナム語リ伝ヘタルトヤ。

俊頼髄脳

秋風に初雁がねきこゆなるたぞ玉づさをかけてきつらむ

この歌は、漢武帝と申しける帝の御時に、胡塞といへる所に、蘇武といへる人を、遣はしたりけるが、え帰らで、年来ありけるを、衛律といひける人の、またゆきて「蘇武はありや」と問ひければあるを隠して、「その人は、年久しくなりぬ」といひければ、そらごとを隠していふぞと、心を得て、「蘇武は、死なざるなり。この秋、雁のあしに、文を書きて、たてまつれり。その文を御覧じて、蘇武いまにあり、とはしろしめしたり」と、はかり事をなしていひければ、しか、さるにては、やくなしと思ひて、「まことにはあり」といひて、あはせけるといへり。それによそへて雁の歌は詠むなり。

説話の文章の流れそのものは骨格も同一で、両者に深い関係を見ることができる。しかし、文章の細部について言えば両者は一致せず、両者の関係をいろいろ考えることはできようが、俊頼髄脳を今昔物語集が引き写したというような単純な関係でないことだけはあきらかである。にもかかわらず、今野達のいうように(11)、両者はともに「けり」を基調とする文体をとっているのであり、この関係は両作品に共通する他の説話にも言えることなのである。

また、同じく巻第十の第九は、全体としては「けり」を基調とした章段ではないが、興味深い現象が見られる(引用にあたって段落番号を付することにする)。

臣下孔子、道行値童子問申語第九

①今昔、震旦ノ周ノ代ニ、魯ノ孔丘ト云フ人有ケリ。父ハ叔梁ト云フ、母ハ顔ノ氏也。此ノ孔丘ヲ世ニ孔子ト云フ、此レ也。身ノ長九尺六寸也、心賢クシテ悟リ深シ。

②幼稚ノ時ニハ老子ニ随テ文籍ヲ習フニ、不悟得ズト云フ事无シ。長大ノ後ニハ、身ノ才広クシテ、弟子、其ノ数多シ。然レバ、公ニ仕ヘテハ政ヲ直シ、私ニ行テハ人ヲ教フ。惣ベテ事トシテ不愚ラズ。此ニ依テ、国ノ人、皆、首ヲ傾ケ貴ブ事无限シ。

③而ル間、孔子、車ニ乗テ道ヲ行キ給フニ、其ノ道ニ七歳許ノ童三人有テ戯レ遊ブ。其ノ中ニ一人ノ童不戯遊ズシテ、道ニ当テ土ヲ以テ城ノ形ヲ造レリ。其ノ時ニ、孔子、其ノ側ニ来リ給テ、童ニ語テ云ク、「汝等、速ニ

道ヲ避テ我ガ車ヲ可過シ」ト。童咲テ云ク、「未ダ不聞ズ、車ヲ避ル城ヲバ。但シ、城ヲ去ル車ヲバ聞ク」ト。然レバ、孔子、車ヲ去テ、城ノ外ヨリ過ギ給ヒヌ。

④孔子、童ニ問テ云ク、「汝ガ姓名何ゾ」ト。童答テ云ク、「姓ハ長也。我レ、年八歳ナルガ故ニ字无キ也」ト。孔子ノ云ク、「汝ヂ、知レリヤ。何レノ樹ニカ枝无キ。何レノ牛ニカ犢无キ。何レノ馬ニカ駒无キ。何レノ夫ニカ婦无キ。何レノ女ニカ夫无キ。何レノ山ニカ石无キ。何レノ川ニカ魚无キ。何レノ人ニカ字无キヤ」ト。童答テ云ク、「枯木ニハ枝无シ。土牛ニハ犢无シ。木馬ニハ駒シ。仙人ニハ婦无シ。王女ニハ夫无シ。大山ニハ石无シ。井ノ水ニハ魚无シ。空城ニハ吏无シ。小児ニハ字无シ」ト。孔子、此レヲ聞テ「此ノ童、只ノ者ニハ非ザリケリ」ト思テ、過ギ給ヒヌ。

⑤亦、孔子、道ヲ行キ給フニ、七八歳許ノ二人ノ童、道ニ値ヒヌ。共子ニ問テ云ク、一人ノ童ノ云ク、「日ノ始メテ出ヅル時ハ日近シ。日中ニ至テハ日遠シ」ト。一人ノ童ノ云ク、「日ノ始メテ出ヅル時ハ日遠シ。日中ニ至テハ日近シ」ト。先ノ童、亦、返シテ云ク、「日ノ出ル時ハ熱クシテ湯ヲ探ガ如シ。日中ニ至ヌレバ涼シ」ト。後ノ童、亦、返テ云ク、「日ノ出ヅル時ハ涼シ。日中ニ至リヌレバ熱クシテ湯ヲ探ルガ如シ。豈ニ、日ノ出ヅル時ハ近ク日中ハ遠シト云ハムヤ」ト。如此ク二人シテ諍テ、問フト云ヘドモ、孔子裁リ給フ事不能。

⑥其ノ時ニ、二人ノ小児咲テ云ク、「孔子ハ悟リ広クシテ不知ヌ事不在サズトコソ知リ奉ルニ、極メテ悚ニコソ在シケレ」ト。孔子、此レヲ聞キ給テ、此ノ二人ノ童ヲ感ジテ、只者ニハ非ヌ者也ケリトナム讃メ給ヒケル。昔ハ小児モ如此キ賢カリケル也。

⑦只、孔子、諸ノ弟子共ヲ引具シテ道ヲ行キ給ケルニ、道辺ナル垣ヨリ馬ノ頭ヲ指出テ有ケルヲ見給テ、孔子、「此ニ牛ノ頭ヲ指出タル」ト宣ヒケレバ、弟子共「正シク馬ヲ牛ト宣フ、怪キ事也」ト思ヒケレドモ、様有ラムト思テ、終道ヲ各ノ心得ムト思ヒケルニ、顔回ト云フ第一ノ御弟子、一里ヲ行テ心得ケル様、「日読ノ午ト

云フ字ヲ、頭ヲ指出シテ書タルヲ、牛ト云フ字ニテ有レバ、此ノ馬ノ頭ヲ指出タレバ、人ノ心ヲ試ムトテ『牛』ト宣ケル也ケリ」ト思テ、師ニ問ヒ申シケレバ、「然カ也」トゾ答ヘ給ケル。次々ノ御弟子共、次第ニ十六町ヲ行ゾ心得ケル。

⑧然レバ、人ノ心ノ疾キ遅キ顕也。孔子ハ此ゾ智リ広ク在シケレバ、世ノ人、皆、首ヲ傾ケ貴ビ敬ケリトナム語リ伝ヘタルトヤ。

この説話のうち、第⑦段落のみが「けり」を基調とした文体で書かれていて、説話全体のうちで異質の部分になっていると見える。もし、この説話から第七段落を除外し、第六段落末尾の「孔子、此レヲ聞キ給テ、此ノ二人ノ童ヲ感ジテ、只者ニハ非ヌ者也ケリトナム讃メ給ヒケル。」の部分を結語の部分に直接すると、冒頭の「今昔、震旦ノ周ノ代ニ、魯ノ孔丘ト云フ人有ケリ。」と対応して、「けり」を用いた枠構造の典型例が見て取れるのである。この引用文全体を見ても、「けり」の性格から言って第七段落は異質の部分だといえる。しかも、この第⑦段落は、その内容及び叙述の似通った説話が俊頼髄脳に見えるのである。

垣ごしに馬を牛とはいはねども人の心のほどをみるかな

この歌は、四条中納言の、小式部の内侍のがりつかはしける歌なり。その心は、孔子の、弟子どもを具して、道をおはしけるに、垣より、馬、かしらをさしいでてありけるを見て、「牛よ」とのたまひければ、弟子ども、あやしと思ひて、あるやうあらむと思ひて、道すがら、心を見むと思ひけるに、顔回といひける第一の弟子の、一里を行きて、心得たりけるやう、「日よみの午といへる文字の、かしらさしいだして書きたるをば、牛といふ文字になれば、人の心を見むとて、のたまふなりけり」と思ひて、問ひ申しければ、「しか、さなり」とぞ、答へ給ひける。つぎつぎの弟子どもは、次第に、十六町を行きつつぞ、心得ける。されば、それならねども、人心をば見ると、詠まれたり。

今昔物語集の第⑦段落と俊頼髄脳とのこのような関係も、さきの蘇武の引用の場合の関係に等しい。このような例の集積を見るならば、今昔物語集と俊頼髄脳の両作品の「けり」の多用は偶然の一致とは思えないのである。

では、俊頼髄脳における「けり」の多用はどのような性格のものなのであろうか。ということを考えるときに着目すべきなのは和歌の存在である。引用の蘇武や孔子の場合もそうなのであるが、俊頼髄脳の説話がそれ自体の提示を目的にされているのではなく、あくまでも和歌の本文・本説として引かれているのは言うまでもない。平安後期から中世にかけての歌書において和歌がしばしば本説によって理解されるのは周知の事であるが、今昔物語集と題材の共通するこれらの説話もまた同然の機能を果たしているのである。つまり、説話は和歌の説明として記されているのである。

四

和歌とその説明の文章の関係については大和物語に即して論じたことがあるのだが[12]、和歌を散文が過去の物語によって説明しようとするときに、和歌の本質的超時間性のために説明の文章は過去と現在の両方に関係した表現を採らねばならなかった。つまり、和歌の超時間的な性格ゆえに、現在論じられている和歌は過去のものであると同時に現在のものである。この和歌の現在性のために、その説明は過去の物語に依拠するとしても、それを現在に関連付けられたものとして提示しなければならない。物語それ自体が目的とされる場合に、過去を現在から切り放したアオリスト的な表現がもとめられるのとはことなった文体が必要とされるのである。そして、そのような文体のために働くのが、完了の助動詞「けり」なのである。

大和物語は十世紀の作品なのだが、そこに見られた「けり」の機能が十世紀と十一世紀の境目の散文でも健在だった例は枕草子に見られる。次のような例は歌物語の世界に近いものであろう。

村上の先帝の御時に、雪のいみじう降りたりけるを様器に盛らせ給ひて、梅の花をさして、月のいとあかきに、「これに歌よめ。いかが言ふべき」と兵衛の蔵人に賜はせたりければ、「雪月花の時」と奏したりけるをこそいみじうめでさせ給ひけれ。「歌などよむは世の常なり。かく折にあひたることなむ言ひがたき」とぞ、仰せられける

同じ人を御供にて、殿上に人さぶらはざりけるほど、たたずませ給ひけるに、火櫃に煙の立ちければ、「かれはなにぞと見よ」と仰せられければ、見て帰りまゐりて、

わたつうみのおきにこがるるもの見ればあまの釣りしてかへるなりけり

と奏しけるこそをかしけれ。蛙の飛び入りて焼くるなりけり。

この段の後半は全く歌語りとなっているし、前半も「雪月花の時」の言葉が和歌の代わりをしているうえに、その場そのものが和歌の場に通じることは現に文中にも示唆されているところである。歌語りが文章化されるときに「けり」がその文体の基調をなすという現象はここでも見られる。また、次の例は今昔物語集の説話との関連で興味深いものである。

社は、布留の社。生田の社。旅の御社。はなふちの社。杉の御社はしるしやあらむとをかし。ことのままの明神、いとたのもし。さのみ聞きけむとや言はれ給はむと思ふぞいとほしき。

蟻通の明神、貫之が馬のわづらひけるに、この明神のやませ給ふとて、歌よみて奉りけむいとをかし。この蟻通とつけけるは、まことにやありけむ、昔おはしましける帝のただ若き人をのみ思し召して、四十になりぬるをば失はせ給ひければ、人の国の遠きに行き隠れなどして、さらに都のうちにさる者のなかりけるに、中将なりける人のいみじう時の人にて、心などもかしこかりけるが、七十近き親二人を持たるに、かう四十をだに制することに、まいておそろしと怖ぢ騒ぐに、いみじう孝なる人にて、「遠き所に住ませじ、一日に一度見で

はえあるまじ」とて、みそかに家のうちの土を掘りて、そのうちに屋を立てて、籠め据ゑていきつつ見る。人にも公にも失せ隠れにたるよしを知らせてあり。

　などか家に入りゐたらむ人をば知らでもおはせよかし。うたてありける世にこそ。この親は上達部などにはあらぬにやありけむ、中将などを子にて持たりけるは。心いとかしこうよろづのこと知りたりければ、この中将も若けれどいと聞えありいたりかしこくして、時の人に思すなりけり。

　唐土の帝、この国の帝をいかではかりて、この国うち取らむとて、常に試みごとをしあらがひごとをしておそり給ひけるに、つやつやとまろにうつくしげに削りたる木の二尺ばかりあるを、「これが本末いづかた」と問ひに奉れたるに、すべて知るべきやうなければ、帝思しわづらひたるに、いとほしくて親のもとに行きて、「かうかうのことなむある」と言へば、「ただはやからむ川に、立ちながら横さまに投げ入れて、返りて流れむ方を末としるしてつかはせ」と教ふ。まゐりてわが知り顔に、「さて試み侍らむ」とて、人と具して投げ入れたるに、さきにして行く方にしるしをつけてつかはしたれば、まことにさなりけり。

　また二ばかりなるくちなはのただ同じ長さなるを、「これはいづれか男女」とて奉れり。またさらに人え見知らず。例の中将来て問へば、「二つを並べて、尾の方にほそきすばえをしてさし寄せむに、尾はたらかざらむを女と知れ」と言ひける。やがてそれは内裏のうちにてさしけるに、まことに一つは動かず一つは動かしければ、またさるしるしつけてつかはしけり。

　ほど久しくて、七わたにわだかまりたる玉の、中は通りて左右に口あきたるが小さきを奉りて、「これに緒通して賜はらむ。この国にみなし侍ることなり」とて奉りたるに、「いみじからむものの上手不用なり」と、そこらの上達部、殿上人、世にありとある人言ふに、また行きて、「かくなむ」と言へば、「大きなる蟻をとらへて、二つばかりが腰にほそき糸をつけて、またそれに今すこしふときをつけて、あなたの口に蜜を塗りて見よ」と言ひければ、さ申して蟻を入れたるに、蜜の香をかぎて、まことにいととくあなたの口よりいでにけり。さて、その糸の貫かれたるをつかはしてけるのちになむ、「なほ日の本の国はかしこかりけり」とて、後にさることもせざりける。

この中将をいみじき人に思し召して、「なにわざをし、いかなる司位をか賜ふべき」と仰せられければ、「さらに司もかうぶりも賜はらじ。ただ老いたる父母の隠れ失せて侍る、たづねて都に住ますることを許させ給へ」と申しければ、「いみじうやすきこと」とて許されければ、よろづの人の親これを聞きてよろこぶことといみじかりけり。中将は上達部大臣になさせ給ひてなむありける。

さて、その人の神になりたるにやあらむ、その神の御もとに詣でたりける人に、夜あらはれての給へりける、

七わたにまがれる玉の緒を貫きて蟻通しとは知らずやあるらむ

との給へりける、と人の語りし。

この説話は今昔物語集（震旦部巻第五「七十余人流遣他国国語第卅二」）や打聞抄にも見られるものであるが、これら説話集に記載されているものが「けり」を枠構造など一部に使うに過ぎないのに比べ、枕草子の場合は「けり」を多用し、ほとんど「けり」を叙述の基調にしていると言ってもよい様相を示している。しかも、今昔物語集や打聞抄のものが全くの翻訳説話であるのに対して、枕草子の場合は和歌を含む和歌説話として記されている。今昔物語集などの例と枕草子の例は題材は共通のものを使いながらも、「けり」の使用と和歌への姿勢の二つの面で大きく異なっており、しかもこの二つの相違は、大和物語の場合などと関連付けるなら、無関係の現象ではない。この枕草子の例にも、和歌をめぐる散文における「けり」の重要性が見て取れるのである。

このような和歌に付随する散文と「けり」の深い関係という性格は歌物語・随筆・歌書のジャンルを超えての現象だと考えるなら、俊頼髄脳が和歌の説明として説話を記すときには「けり」文体を用いるのも当然なのだという

ことになる。実際にこの作品では和歌に関する説話はもとより、より短くて単に和歌の成立事情を述べるに過ぎない左注的記述にも「けり」は多用されている。俊頼髄脳の「けり」がこのような性格に由来するのだとし、これに今昔物語集と俊頼髄脳の関係を併せて考えるなら、今昔物語集の「けり」文体はその題材を依拠した歌書の文体の名残が遺存しているのだと見られよう。今昔物語集は本質的に和歌に関心を寄せず、和歌は失われてしまっても、和歌によって求められた「けり」文体はそのまま今昔物語集に取り入れられ、天竺震旦部のうちの文体的に例外的な説話として、その異質さを際だたせているのである。

ならば、さきの引用の上陽人の説話も、その文体はなんらかの歌書に由来するのだと考えたくなる。実際、この上陽人の説話は唐物語中にもずいぶんと簡略化されたかたちでだが、和歌をともなって、和歌説話として記載されているのである。

おそらく、今昔物語集は俊頼髄脳そのものではないが、俊頼髄脳と共通の説話を含んだ歌書か和歌説話集を見たのであろう。[13]そしてまた、おそらくはその書物には上陽人の説話も含まれていたのであろう。そしてその書物は和歌を中心とする作品として、その文体は「けり」を多用するものであった。その文体の名残が今昔物語集震旦部に遺存し、特徴的な一群を形作っているのであろう。これら、「けり」の例外的な集中は、十世紀以来の散文の「けり」と和歌との深い関わりの反映なのである。そしてこれらの例は、天竺部・震旦部にあって相応の理由を有しての例外なのであった。

本朝部の様相

今昔物語集の天竺部・震旦部では「けり」の機能は主に枠構造で果たすものであった。漢文訓読文体として、枠内では叙述は動詞終止形を基調としながら、他の表現もまじえ、「けり」はその中で僅かな役割を果たすに過ぎない。枠構造の枠においては「けり」は極めて重要な役割を果たすが、数量的には少数の「けり」がその章段を統括しているのであった。いくつかの例外的な、「けり」の多用される章段もあったが、概して言えば、天竺震旦部の「けり」は枠構造の機能に留まると言えた。そしてその機能は完了の助動詞としてのそれに留まり、説明[14]の姿勢を保ち、古代的性格を示していたのである。

本朝部に至っても、そのはじめの巻々ではその様相に変化がないかに見える。しかし、本朝部ではしだいに、天竺震旦部にみられなかったような、「けり」の多用される章段があらわれ、後半の巻々では「けり」の多用される章段が多く見られるのである。

巻第十一	仏法	少数	巻第十二	仏法	ごく少数
巻第十三	仏法	ごく少数	巻第十四	仏法	ごく少数
巻第十五	仏法	約三分の一程度	巻第十六	仏法	少数
巻第十七	仏法	ごく少数	巻第十九	仏法	約半数
巻第二十	仏法	少数	巻第二十二		すべて
巻第二十三		ほとんど	巻第二十四	世俗	ほとんど
巻第二十五	世俗	約半数	巻第二十六	宿報	ほとんど
巻第二十七	霊鬼	ほとんど	巻第二十八	世俗	ほとんど
巻第二十九	悪行	ほとんど	巻第三十	雑事	ほとんど
巻第三十一	雑事	ほとんど			

このように見ると、若干の例外を除けば、概して「けり」の多く使われる例が仏法部では少なく、世俗部では圧倒

的に多数の巻に「けり」が多用されているといえる。この作品における漢文訓読文体と和文体の併存に併行する現象とも見えるが、和文体であることではただちに「けり」の多用を説明できない。

これだけを見ると、あるいは今昔物語集編者が意図的に仏法部と世俗部で「けり」を使い分けたかに見られなくもない。しかし、世俗部において「けり」の用いられない章段もあるし、また仏法部で「けり」を多用する章段もあるのだから、一概に仏法部と世俗部の文体の相違とのみみなすわけにはゆかない。仏法部で多数の「けり」を用いない章段の中に「けり」文体の説話が混じり、また世俗部で「けり」文体の章段が続く中に「けり」の少ない章段が見られるなど、同じような題材でも「けり」の多用に関して相違が見られる。その実例を巻第十五の往生説話に見てみよう。

この巻の説話はそのほとんどが日本往生極楽記および大日本法華験記によっているのだから、そのどちらにもよらない若干の説話を別にすれば、漢文訓読文体を主とし、「けり」文体によらないという状況を予測したくなるところが実際には次のように「けり」に関して対立する例が存在し、状況は簡単ではない。

今昔物語集

加賀国僧尋寂、往生語第廿九

今昔、比叡ノ山ノ□摂円ト云フ僧有ケリ。要事有テ、北陸ノ道方ニ行ケルニ、加賀国□ノ郡ニ行キ至テ、日暮ニケレバ、人ノ家ニ宿ヌ。其ノ家ノ主ノ女、殊ニ善心有ケレバ、此ノ宿レル摂円ヲ懃ニ帰依シテ、食物ヲ備ヘテ労ケリ。而ル間、夜ニ入テ、家ノ主、外ヨリ来レリ。摂円、此レヲ見レバ僧也。摂円ガ宿レルヲ見テ、喜ブ事无限シ。摂円、家主ノ僧ノ言ヲ聞クニ、此ク妻子ヲ具シテ世ヲ経ト云ヘドモ、事ニ触レテ物打云フ様、殊ニ道心有ト思ユ。

夜中過程ニ聞ケバ、家主ノ僧起ヌ。湯ヲ浴テ、別ニ置タル浄キ衣ヲ取テ着ル、持仏堂ニ入ヌ。念珠押シ攤テ、仏ヲ礼拝シテ、法花経ヲ誦ス。一部ヲ誦シ畢テ、罪障ヲ懺悔シテ、次ニ弥陀ノ念仏ヲ唱ヘテ、廻向シテ持仏堂ヨリ出ヌ。

而ル間、夜暁ヌレバ、摂円ガ居タル所ニ来テ、語テ云ク、「弟子尋寂、年来、法花経ヲ読誦シ、弥陀ノ念仏ヲ唱ヘテ、仏道ヲ願フト云ヘドモ、世難棄キニ依テ、此ク妻子ヲ具シタリ。然レドモ残ノ命幾ニ非ザルガ故ニ、偏ニ菩提ヲ期ス。而ニ、我レ、今明、命終ナレト。幸ニ、君此ニ来リ給リ。此ニ暫ク坐シテ我ガ入滅ニ値給ヘ」ト。摂円、此ヲ聞テ、僧ノ言ヲ難信シト云ヘドモ、随テ留ヌ。

其ノ日ヨリ始メテ、摂円家主ノ尋寂、共ニ三七日ノ間、六時ニ懺法ヲ行フ。亦、尋寂、摂円ニ語テ云ク、「我レ、今夜、極楽ニ可往生シ」ト云テ、沐浴シテ、衣ヲ着テ持仏堂ニ入ヌ、手ニ香炉ヲ取テ法花経ヲ誦シ、念仏ヲ唱ヘテ西ニ向テ端坐シテ入滅シヌ。摂円、此レヲ見テ、涙ヲ流シテ、泣々ク礼拝シテ悲ビ貴ブ。其ノ里ノ人ノ夢ニ「彼ノ尋寂ガ家ノ上ニ当テ、紫雲聳ク。空微妙ノ音楽ノ音有テ、尋寂、蓮花ノ台ニ居テ、空ニ昇テ去ヌ」ト見テナム、泣々ク告ケル。

其ノ後、摂円、本山ニ返テ、普ク人ニ語ケレバ、此レヲ聞ク人、皆不貴ズト云事无カリケリ。

此ヲ思フニ、実ニ、尋寂、身ニ病無クシテ、兼テ其ノ期ヲ知テ、摂円ニ告テ、共ニ善根ヲ修シテ入滅ス。況ヤ、亦、夢ノ告、可疑キニ非ズ。

此ヲ聞カム人、皆、心ヲ苉シテ、往生極楽ヲ可願シトナム語リ伝ヘタルトヤ。

大日本法華験記

第九十加賀国尋寂法師

沙門摂円。比叡山住僧。依有要事。住北陰道。到加賀国。夜宿人宅。其家女主特有善心。宿此沙門。備膳進食。間其疲極。到初夜時。有家主来向。是則沙門。歓喜無限。家主僧雖而有道心。過夜半已而起。沐浴清浄。入持仏堂。発願誦法花経一部已後。種々懺悔。念仏廻向。
又晨朝語客僧言。弟子尋寂。頃年受持法花。修習仏道。難棄世路。雖具妻子。猶期菩提。而当取滅。残日不幾。暫住此所。可会入滅。客僧依語止住此家。々主僧同心修行。遥三七日。修六時懺法。誦法華経。如説精進。過三七日。家主語客僧言。当知今夜往生極楽。重沐浴已。着清浄衣。手執香炉。正念端坐。誦法華経。向西入滅。郷里人々夢見。紫雲聳家。音楽満空。尋寂聖人坐蓮華台。昇空而去。沙門摂円見希有事。還於本山而摂此事。康保年中矣。

今昔物語集

比叡山西塔僧仁慶、往生語第十一

今昔、比叡ノ山ノ西塔ニ仁慶ト云フ僧有ケリ。俗姓ハ□ノ氏、越前国ノ人也。幼ニシテ山ニ登テ、出家シテ、仁鏡阿闍梨ト云フ人ヲ師トシテ、顕蜜ノ法文ヲ受ケ学テ、師ニ仕ヘテ、年来、山ニ有ケル間ニ、暇ノ隙、法花経ヲ読誦シ、真言ノ行法ヲ修シテ、漸ク長大ニ成ル程ニ、本山ヲ離レテ、京ニ出テ住ム間ニ、人有テ、請テ経ヲ令読テ貴メバ、其レニ付テ京ニ有ルニ、或ル時ニハ仏道ヲ修行セムガ為ニ京ヲ出テ所々ノ霊験ノ所ニ流浪ス、或ル時ニハ国ノ司ニ付テ遠キ国々ニ行テゾ有ケル。如此クシテ世ヲ渡ルト云ヘドモ、必ズ毎日ニ法花経一部ヲ読誦シテ不鈌ザリケリ、自ノ為ノ功徳トシケリ。

而ル間、遂ニ、京ニ留テ大宮ト□トニゾ住テ有ケリ。漸ク年積テ老ニ臨メレバ、世ノ中ヲ哀レニ无端ク思テ、殊ニ道心□ケレ、聊ニ房ノ具ナドノ有ケルヲ投ゲ棄テ、両界ノ曼陀羅ヲ書奉リ、阿弥陀仏ノ像ヲ造リ奉リ、法花経ヲ写シ奉テ、四恩法界ノ為ニ供養シツ。其ノ後、幾ノ程ヲ不経ズシテ、仁慶、身ニ病ヲ受テ、日来、悩ミ煩フ間、自ラ、法花経ヲ誦シテ断ツ事无シ。亦、他ノ僧ヲ請ジテ、法花経ヲ令読誦テ、心ヲ至シテ此レヲ聞ク。如此クシテ日来有ル間、遂ニ失ヌレバ、葬シテケリ。

其ノ後、隣ナル人ノ夢ニ「大宮ノ大路ニ五色ノ雲空ヨリ下ル、微妙ノ音楽ノ音有リ。其ノ時ニ、仁慶、頭ヲ剃リ、法服ヲ着シテ、香炉ヲ取テ西ニ向テ立テリ。空ノ中ヨリ蓮花台下ル、仁慶、其レニ乗テ、空ニ昇テ遥ニ西ヲ指テ去ル。而ル間、人有テ云ク、『此ハ、仁慶持経者ノ極楽ニ往生スル也』ト云フ」ト見テ、仁慶ガ房ニ此ノ事ヲ告ケリ。房ノ弟子、此レヲ聞テ、貴ビ悲ビケリ。亦、七々日ノ法事畢、其ノ夜、或ル人、夢ニ、前ノ夢ノ如ク、只同ジ様ニ見テ、告ケリ。

此レヲ聞ク人、皆、仁慶ハ、必ズ極楽ニ往生セル人也ト云テゾ貴ビケルトナム語リ伝ヘタルトヤ。

大日本法華験記

第五十二仁慶法師

沙門仁慶。叡山西塔住僧仁鏡阿闍梨弟子也。越前国人。幼少年始登比叡山。登壇受戒已後。随順師命。相副奉仕。余暇読誦妙法華経。初後全誦。後習真言。修行教法。臨盛年時。離去本山。下住華洛。及趣遠国。或為修行。或随国司。如是奔波遥歴世路。毎日誦一部。為自行功徳。臨知命期。殊発道心。捨衣鉢等。図絵両界曼荼羅。刻彫阿弥陀仏。書写妙法華経。為四恩法界供養恭敬。其後不経幾日月請病患。多日辛苦。忍病悩苦痛。自読法華。請結縁衆僧。令読法華。勤修念仏。終以入滅矣。傍人夢見。大宮大路五色雲従空聳下。音楽異香遍在空中。時人云。是仁慶持経者往生迎接相也。時仁慶剃頭。着大袈裟。威儀具足。手執香呂。向西而立。従雲中出下蓮華台。仁慶持経者坐彼蓮台。移昇雲中。指西方遥去云云。又四十九日法事之夜。又人夢見。大底同前夢矣。

ともに同じ書物によったと見られる往生説話であり、題材に相当大きな違いがあると思えないのに、尋寂の説話と仁慶の説話は「けり」の用い方に違いがある。尋寂の説話では「けり」は枠構造の枠として機能しているのであって、その用法は天竺震旦部の場合と同じである。漢文原典に依拠しているのだから、大日本法華験記によった他の説話にもこのようなあり方が期待されるのだが、仁慶の説話では枠構造をこえて、枠内の叙述の部分にも「けり」が使われている。このような違いが何に由来するかは、次のようないくつかの場合が想定できるであろう。

①大日本法華験記と今昔物語集の間に複数の介在文献を考え、その文献の文体の違いが反映されていると考える。

②大日本法華験記と今昔物語集の間に説法の場を考え、講師の違いなど、その場での説法の条件の違いが反映されていると考える。これは、後で取り上げる法華修法一百座聞書抄の例が参考になる。

③大日本法華験記から今昔物語集に直接取り入れられたと考え、この現象を恣意的なものと考える。

以上の想定のうち、実際に可能性の高いのは案外③ではないかと思われるが、その場合にも、天竺部や震旦部で「けり」の用法に一貫した方針を貫いて来た編者がなぜこの本朝部に至って恣意的になったのか（あるいは、なり得たのか）を説明しなければならない。②の場合ならば、説法の聞書をなぜそのまま作品の中に取り込めたのかが問われねばならない。いずれの場合にも、「けり」をめぐる異なった二つの文体の並立をこの背後に考えなければならないのである。本質的に説明のための助動詞である「けり」は叙述の基調にはなれず、それにかわって枠構造の枠で機能を果たすと言うのは、「けり」のいわば「古代的」な機能であった。「けり」がこのような機能を果たす文体は今昔物語集以前にも見られたものであり、また天竺震旦部でも見られたのだった。この作品の天竺部・震旦部だけを見ていると、かかる「古代的」な「けり」の働きによる枠構造は健在に見えるが、実際には一方で「けり」が枠構造の枠からはみだして叙述の内部へと浸透してゆく文体が併行して可能となっていて、それだけ「けり」の「古代的」な様相は危機に瀕していた。なぜ仏法部でも巻第十五にその様相が少なからず見られるのかは後で考えるとして、この巻に「けり」をめぐる二つの文体の並存と、そして天竺震旦部に見られるような「けり」の安定した機能が危機にある様相が見られることは確認できよう。

以上の例では異なった文体が同じ巻の、本来なら共通性の多い説話に表れている由来そのものは不明とするしかなく、今昔物語集が異なった文体の資料を併用したとは確認できなかったが、次の例は今昔物語集あるいはその前段階で、「けり」を多用する文献と異なった文体の文献とが併せて資料とされたことを窺わせる例である。巻第十一は本朝仏法部の最初の巻で、その題材もそれにふさわしく、仏法の伝来や寺院の創建に関する説話でまとめられている。だから、題材的にもさほど質の異なるものを含んでいるわけではないのであり、しいて言えば「優婆塞、誦持呪駈鬼神語第三」がその題材を巻中の他の説話と異にするかと思えるが、この説話には「けり」の多用などの文体的特徴は見られない。巻の大部分の説話はその「けり」の用いられ方は天竺震旦部と共通しているが、その中で、次の巻のみは様相が異なっている。

道慈亘唐伝三論帰来、神叡在朝試語第五

玄昉僧正、亘唐伝法相語第六

智証大師、亘唐伝顕蜜法帰来語第十二

淡海公、始造山階寺語第十四

弘法大師、始建高野山語第廿五

天智天皇、建志賀寺語第廿九

これらは、あるいは全体を「けり」文体で叙述し、あるいはその一部に「けり」を多用する文体が見られるなどするのだが、同じ巻の他の章段と比較してこれらが異なった文体で記されなければならない理由はことに見いだせない。とすれば、これら文体の相違はこの作品の執筆・編纂の段階で生じたものとは考えにくく、今昔物語集が資料とした文献にすでにあった相違を反映しているのかと思える。ことに、「弘法大師、始建高野山語第廿五」の例は、(15)一部の部分のみ「けり」を多用するのであるが、これを打聞抄の同じ題材の説話と比較したとき、その感を強くする。

今昔物語集

弘法大師、始建高野山語第廿五

今昔、弘法大師、真言教諸ノ所ニ弘メ置給テ、年漸ク老ニ臨給フ程ニ、数ノ弟子ニ、皆、所々ノ寺々ヲ譲リ給テ後、「我ガ唐ニシテ擲ゲシ所ノ三鈷落タラム所ヲ尋ム」ト思テ、弘仁七年ト云フ年ノ六月ニ、王城ヲ出テ尋ヌルニ、大和国、宇智ノ郡ニ至テ一人ノ猟ノ人ニ会ヌ。

其形、面赤クシテ長八尺計也、青キ色ノ小袖ヲ着セリ、骨高ク筋太シ。弓箭ヲ以テ身帯セリ。大小二ノ黒キ犬ヲ具セリ。即チ、此人、大師ヲ見テ、過ギ通ルニ云ク、「何ゾノ聖人ノ行キ給フゾ」ト。大師ノ宣ハク、「我レ、唐ニシテ三鈷ヲ擲テ、『禅定ノ霊穴ニ落ヨ』ト誓ヒキ。今、其所ヲ求メ行ク也」ト。猟者ノ云ク、「我レハ是、南山ノ犬飼也。我レ、其所ヲ知レリ、速ニ可教奉シ」ト云テ、犬ヲ放テ令走ル間、犬失ヌ。

大師、其ヨリ紀伊ノ国ノ堺大河ノ辺ニ宿シヌ。此ニ一人ノ山人ニ会ヌ。大師、此事ヲ問給フニ、「此ヨリ南ニ平原ノ沢有リ。是、其所也」。明ル朝ニ、山人、大師ニ相具シテ行ク間、蜜ニ語テ云ク、「我レ、此山ノ王也、速ニ此ノ領地ヲ可奉シ」ト。山ノ中ニ百町計入ヌ。山ノ中ハ直シク鉢ヲ臥タル如クニテ、廻ニ峯八立テ登レリ、檜ノ云ム方无ク大ナル、竹ノ様ニテ生並タリ。其中ニ一ノ檜ノ中ニ大ナル竹胯有リ、此ノ三鈷被打立タリ。是ヲ見ルニ、喜ビ悲ブ事无限シ。「是、禅定ノ霊崛也」ト知ヌ。「此ノ山人ハ誰人ゾ」ト問給ヘバ、「丹生ノ明神トナム申ス」。今ノ天野ノ宮、是也。「犬飼ヲバ高野ノ明神トナム申ス」ト云テ、失ヌ。大師、返給テ、諸ノ職皆辞シテ、御弟子ニ所々ヲ付ク。東寺ヲバ実恵僧都ニ付ク、神護寺ヲバ真済僧正ニ付ク、真言院ヲバ真雅僧正ニ付、高雄ヲ棄テ南山ニ移リ入給ヌ。堂塔・房舎ヲ其員造ル。其中ニ、高サ十六丈ノ大塔ヲ造テ、丈六ノ五仏ヲ安置シテ、御願トシテ名ヅケツ、金剛峯寺トス。亦、入定ノ所ヲ造テ、承和二年ト云フ年ノ三月廿一日ノ寅時ニ、結跏趺座シテ、大日ノ定印ヲ結テ、内ニシテ入定、年六十二。御弟子等、遺言ニ依テ弥勒宝号ヲ唱フ。

其後、久ク有テ、此ノ入定ノ峒ヲ開テ、御髪剃リ、御衣ヲ着セ替奉ケルヲ、其事絶テ久ク无カリケルヲ、般若寺ノ観賢僧正ト云フ人、権ノ長者ニテ有ケル時、大師ニハ曾孫弟子ニゾ当ケル、彼ノ山ニ詣テ入定ノ峒ヲ開タリケレバ、霧立テ暗夜ノ如クニテ、露不見リケレバ、暫ク有テ霧ノ閑マルヲ見レバ、早ク、御衣ノ朽タルガ、風ノ入テ吹ケバ、塵ニ成テ被吹立テ見ユル也ケリ。塵閑マリケレバ、大師ハ見エ給ケル。御髪ハ一尺計生テ在マシケレバ、僧正自ラ、水ヲ浴ビ浄キ衣ヲ着テ入テゾ、新キ剃刀ヲ以テ御髪ヲ剃奉ケル。水精ノ御念珠ノ緒ノ朽ニケレバ、御前ニ落散タルヲ拾ヒ集メテ、緒ヲ直ク揷テ御手ニ懸奉テケリ。御衣、清浄ニ調ヘ儲テ着奉テ出ヌ。僧正、自ラ、室ヲ出ヅトテ、今始テ別レ奉ラム様ニ不覚泣キ悲レテ、其後ハ恐レ奉テ室ヲ開ク人无シ。但シ、人ノ詣ヅル時ハ、上ケル堂ノ戸自然ラ少開キ、山ニ鳴ル音有リ、或ル時ニハ金打ツ音有リ、様々ニ奇キ事有ル也。鳥ノ音ソラ希ナル山中也ト云ヘドモ、露、恐シキ思ヒ无シ。

坂ノ下ニ、丹生・高野ノ二ノ明神ハ、鳥居ヲ並テ在ス、誓ノ如ク此ノ山ヲ守ル。奇異ナル所也トテ、于今、人参ル事不絶エ、女永ク不登ラ。

高野ノ弘法大師ト申ス、是也トナム語リ伝ヘタルトヤ。

打聞抄

大師投五古給事

昔弘法大師唐渡給真言恵果阿闍梨ニ習給タリケル五古ヲ唐岸ニ立給テ日本方ニ向テ我定ニ入テ弥勒ノ御世マテ有ヘキ所ニ此五古落ト云テ投給ケレハ飛雲中ニ入

此国帰坐テ王ニ伝得仏法真言ノ事□ト申給テ東寺真言宗弘メナト持テ年漸々老給程ニ我投五古□落タラム所尋ト思テ所々ノ山ニ見給ト无紀伊国ノ伊都郷タカノ、山ニヲハシタレハ年老□ヲキナ白毛馬ニ乗テ山ノモトニヲハシテ鷹ヲツカヒ往テ犬飼具タリ此鷹養大師ヲ問奉ルナソノ聖人ノカクテハ往給ソト云ハ唐ニテ入定スヘキ所ニ此五古ハ落トテ投シ所求往ナリトイラヘ給鷹養ノ云ク其所ハヲノレコソ知タレトヲノレカ馬尻ニ立テイマセヲシヘタテマツラムト云ハイトウレシキ事ナリト云テ馬尻ニ立テ往山中ニ百丁許入ヌ山中ノ中ハ平クタチヲ臥タル様ニテメクリニ峯タチノホレリ檜イハム方ナク大ナル竹林ノ様ニ生並タリ一本檜中大ル方マタニ五古ウチ立テタリ喜悲事限无此ヲ定ノ所トハ知ヌ此鷹養ノヲキナ聖人此ニ住給ハヲノレハ守リ奉ル身トアルヘシト云ハ大師鷹養ノヲキナニソコハタレトカ申ト問給ハニフノ明神ト□ム申スト云テ二人ナカラカイケツヤウニ失大師帰テ弟子共具テ寺造定ノ所モ造テ窟ヲ開ツ、御髪ヲソリ御装ヲキせ返奉ナトシケル絶久サル事モせテ般若僧正ノ宗長者ニテヲハシケルヲリ此大師ニハヒヰコ弟子ニナムアタリ給ヒケルカヤウニ参給テ此窟ヲ開給タリケレハ霧ノ立テツ、ヤミニテ物モ見エサリケレハシハシ許有テ霧ノ居ルヲ見ハ御装ノクチタリケルニ風ノ入テ吹キケレハチリニ成テ吹立ラレタルカ霧トハ見ル也ケリ塵シツマリテ後ニ大師ハ見エ給ケル御髪ハ一尺許生テ御坐ケレハ水沐浄衣ヲ着ナム御髪ハ新カフソリシテ剃奉リ給ヒケル水精念珠ノクチテ絶ニケレハ御前ニ散タリケルヲ取リ聚テ緒ウルハシウスケテ御手ニ繫奉給ヘリケリ御装ナムイミシク浄シマウケテ着奉給テ窟ホリフタキ給トテナム今始テ別レム様ニ不覚ニ泣給ケル其ヨリ後ハ怖奉テ開ル人无シ只シ人ノ参タルヲリハ上ケルタウノ戸スコシ開山ニ物ナルヲリハ鐘ヲ打音ナト種々アヤシキ事有鳥ノ音□不ヌ山ナリツユ物怖カラス坂一二丁許下テニフノタカノ、二ノ明神ハ鳥居ヲ並テナムヲハスメルケフナル所トテ于今人参女人ハ不登

打聞抄のこの説話の冒頭の部分は、今昔物語集では「弘法大師、渡唐伝真言教帰来語第九」に相当する部分がある。それを含め、この両作品の叙述を対照して見ると、前半の大師が高野山に入る部分の全体の流れは共通するにしても、個々の叙述は直接の関係が考えられないほどに異なっているといえよう。それに比べて後半の大師入定[16]に関する部分は明らかに相似していて直接の関係も考えたくなるほどである。しかしこれも、今昔物語集が観賢僧正に敬

語を使わないのに対して打聞抄が敬語を使っていることを考えれば、単純な引き写しの関係とは見なせない。しかも、両作品とも大師入定の部分のみに「けり」が多用されていて、他の部分にほとんど、あるいは全く見られないことなどから考えれば、大師入定の部分は前半から一定の独立性を有して扱われていたのであり、しかも（直接か間接かはともかく）両作品の資料となった文献にすでに「けり」は多用されていたと言えよう。さきに取り上げた震旦部巻第十の第九の例との現象の相似を考えあわせるなら、元来は後半のみ独立した説話であったとさえ言えよう。「けり」を用いない文体による高野山創建の説話と「けり」文体による入定説話が結び付いて形成されていたのが、この今昔物語集の説話の資料の姿だったのであろう。

しかも、両作品の叙述は観賢僧正の敬語に関してそれぞれに異なった、しかし一貫した方針を貫いていることに見られるように、その表現に関して意識的であった。たんに先行文献を引き写すだけではない整理がいずれかの段階で行われたはずである。にもかかわらず「けり」が両作品に一貫して多用されているのは、この説話部分の独立性、そして（後で考えなければならないのだが）「けり」を要求する何物かが存在しているのである。

したがって、今昔物語集を打聞抄と併せ考えるなら、そこには「けり」文体による入定説話の独立した存在から、高野山創建説話との併合と、複数の段階が透けて見えることになる。そしてこのことを通して、今昔物語集に先だって「けり」を多用する説話の存在していたことがうかがえるのである。

このように見て来るなら、この作品における「けり」の多用される章段や部分と、「けり」の用いられない章段・部分との関係が、作品以前の資料の問題に還元できる場合も多そうである。作品は必ずしも作品自体の論理で「けり」の使用を決めていたわけではない。必ずしも題材に差があるようにも思えない章段の間で「けり」の多用に関して相違が見られるのも、資料の問題に還元できる場合が少なくないのだろう。

しかし、このように考えても文体史の問題は全く解決されない。ただ明らかになるのは、この作品に先だって

（つまり十一世紀の終りごろに）、同じ様な題材を扱うときに二つの文体が存在したということなのである。いや、漢文訓読文体のほかに、和歌に依存しない「けり」文体が可能となっていたということなのだ。しかし、「けり」を多用しないより古い文体のほかに、「けり」を多用する文体が現れた理由は明かではない。——では、そのような文体はいかにして可能となったのか？

完了表現の運命

一

今昔物語集の「けり」は、以上のように、天竺震旦部では枠構造で働くものをのぞいては、断片的な用例しか見られなかった。本朝仏法部では「けり」を多用する説話もまま見られるのであった。ところが本朝世俗部では「けり」を基調とする説話が圧倒的に多数を占め、「けり」を用いない説話はかえって少数となる。この現象の所以は何に由来するのであろうか。

「けり」が元来は口頭語としての性格の強いものであったのだから、今昔物語集における「けり」の由来もその典拠の性格に依るのだとも考えられる。今昔物語集の依ったものが（直接そうであったのか、あるいは間接的にであったのかはともかく）、文章化された説話が典拠であったのか、あるいは口承の説話が典拠であったのかの違いが、この作品での「けり」の様相に反映されていると考えるのである。実際、天竺震旦部の説話はその典拠は基本的に漢文文献であったろう。一方、本朝世俗部の典拠が天竺震旦部とずいぶん異なったものであったことは推測できる。実際、世俗部の説話の多くは口承のものであったのだろう。その中でも将門記と陸奥話記に由来すると思われる巻第二十五の第一と第十三に「けり」が用いられないのもこのような推測を裏付ける。また枕草子の次のような例も、口承の場での「けり」の使用の実例となる。

古今の草子を御前に置かせ給ひて、歌どもの本を仰せられて、「これが末いかに」と問はせ給ふに、すべて夜昼心にかかりておぼゆるもあるが、けぎよう申しいでられぬはいかなるぞ。宰相の君ぞ十ばかり、それもおぼゆるは。まいて五つ六つなどはただおぼえぬよしをぞ啓すべけれど、「さやはけにくく、仰せごとはえなうもてなすべき」とわび、くちをしがるもをかし。知ると申す人なきをば、やがてみなよみ続けて夾算せさせ給ふを「これは知りたることぞかし。などかうつたなうはあるぞ」と言ひ嘆く。中にも、古今あまた書き写しなどする人は、みなもおぼえぬべきことぞかし。「村上の御時に宣耀殿の女御と聞えけるは、小一条の左の大臣殿の御女におはしけると、たれかは知り奉らざらむ。まだ姫君と聞えけるとき、父大臣の教へ聞え給ひけることは、一つには御手を習ひ給へ。次には琴の御ことを人よりことに弾きまさらむと思せ。さては古今の歌二十巻をみなうかべさせ給ふを、御学問にはせさせ給へとなむ聞え給ひけると聞し召しおきて、御物忌なりける日、古今を持て渡らせ給ひて、その月、なにの折、その人のよみたる歌はいかにと問ひ聞えさせ給ふを、かうなりけりと心得給ふもをかしきものの、ひがおぼえもし、忘れたる所もあらば、いみじかるべきことと、わりなう思し乱れぬべし。その方におぼめかしからぬ人、二三人ばかり召しいでて、碁石して数置かせ給ふとて、強ひ聞えさせ給ひけむほどなど、いかにめでたうをかしかりけむ。御前にさぶらひけむ人さへこそうらやましけれ。せめて申させ給へば、さかしう、やがて末まではあらねどもすべてつゆたがふことなかりけり。いかでなほすこしひがごと見つけてをやまむと、ねたきまでに思し召しけるに十巻にもなりぬ。さらに不用なりけりとて、御草子に夾算さして御殿籠りぬるもまためでたしかし。いと久しうありて起きさせ給へるに、なほのこと、勝ち負けなくてやませ給はむいとわろしとて、しもの十巻を、明日にならばことをぞ見給ひあはするとて、今日定めてむと大殿油まゐりて、夜更くるまでよませ給ひける。されどつひに負け聞えさせ給はずなりにけり。帰り渡らせ給ひて、かかることなど殿に申しに奉られたりにければ、いみじう思し騒ぎて、御誦経などあまたさせ給ひて、そなたに向きてなむ念じ暮らし給ひける、すきずきしうあはれなることなり」など語りいでさせ給ふを、うへも聞し召しめでさせ給ふ。「われは三巻四巻だにえはてじ」と仰せらる。「昔はえせ者などもみなをかしうこそありけれ、このごろはかやうなることは聞ゆる」など御前にさぶらふ人々、うへの女房こなた許されたるなどまゐりて、口々言ひいでなどしたるほどは、まことにつゆ思ふことなくめでたくぞおぼゆる。

これは皇后定子の語る村上朝の逸話であるが、その内容は今昔世俗部の説話と通ずるところもある。この枕草子の記述が実際の説話の語られる言葉遣いを反映しているとすれば、そのような場での「けり」の様相も知れるわけである。枕草子の会話文が実際に語られた言葉遣いをそのまま引き写しているわけではないかもしれないが、それでも実際に会話の場での「けり」の多用の一端は見て取れると考えたい。そして、われわれから見ればかならずしも「けり」を用いる必要のない箇所に「けり」が挿入されて来る、その心理的根拠があってこの引用文の「けり」が用いられているのだとしたら、そこに口頭言語での「けり」の機能が現れているわけである。そして、この例をさきに引用した枕草子の例と照らし併せるなら、それらの例もまた、説話の口承のスタイルを垣間見せているのかもしれないと思わせる。今昔物語集の「けり」の多用もまた、この枕草子の例に類似した口承の証なのだろうか。

しかし、このように考えたとしても問題は解決されたわけではない。第一に、そのような口承の説話が書記言語化されるときに、なぜ「けり」がそのまま残されたのかが問題となるだろう。また、口承の場で説話が語られるときに、なぜ「けり」が多用されるのかは一向に明かでない。まして、次のような法華修法一百座聞書抄の例を見るときには、「けり」の問題は単に口頭言語の反映と見て事足れりとはできない。

法華修法一百座聞書抄は「聞書」と称されるように、実際の仏教の講説の場の言語を相当に忠実に反映しているのかと思われるので、その中から次のような、本覚思想の一端を垣間見ることのできる感動的な説話の例を見てみよう。

　ワカ山王院ノ大師ノ削ヲキタマヘル文ヲヒソカニヒラキミサフラヒシカハ不空三蔵ハ卅七尊住心城ト申文ヲ行住座臥ニ誦シ一切有情ニトナヘテナムキカセ給ヒケル三蔵ノヒトリ弟子ノ愚痴ナルアリケリ三蔵ノノトカニオハシケルヒマニ申ケリ日コロモウケタマハラマホシク候事ハ我大師ノ行住座臥ニ卅七尊住心城ノ文ヲトナヘサセ給ヲアフキテ信シ候ヘキ事ナレト又オホツカナク候事ナレハイカテカトヒアキラメ申シ候ハサラムイカテコノ凡夫ノ身ノ中ノケカラハシキニ卅七尊ハマシマスヘキマシテ鳥ケタモノ、ウチニハ一体ノ仏タニ住セシメ給ヲヤトイフニ三蔵仏ノノタマヘル事ハムナシカラス汝タトヒヲトリテオモフニ冬ハカレタルヤウナル木草ノ春ニナレハ花ノサキミノナリハイツクニカソノ枝ノ内木ノ中ヲワリテミムニ花ノオモシロクミノメテタキヤハアルサレト春ノ雨ニアヒテヤウ〳〵ソノウルヒニアヒヌレハオモヒ〳〵ニ花ノサキトコロ〳〵ニミノナルカコトクワカ信心ノイタルトキニハ三十七尊アラハレタマハストイフコトナシトノタマウニ弟子サレハ仏説ヲ信セヌニハ候ハスタ、凡夫ノツタナクハヘルコトハカクハウケタマハレトモナヲ、ホツカナク候ナリ草木ハ花サキミナリハヘレト又冬ニナレハ花モチリハモカレヌレハ仏ノ境界ハサヤハ侍ヘキ又此文ヲウケクマハリテ人ノ身ノウチヲハエミ侍ラスヲノツカラ小鳥ナトノシニテ侍ヲワリテミタマフレトクサクケカラハシクノミ侍テ仏ノスミタマウヘシトモミエヌナリシカレハ大師御ムネノ内ニ卅七尊ヲワシマスラムヲミセタマハサラムカキリハナヲ、ホツカナクナム侍ヘキトイフニ三蔵ノ弟子ノ愚痴ナル事ヲアハレヒ弟子ハワカ心ノイタラヌ事ヲカナシミテナムタヲナカスニ三蔵ノイハク汝キケ衆生ノ身ノ中ニ仏性アラストイフハ人ノ身ノムネノアヒタニ八分ノニクタムアリ男ハカミニムカヒ女ハシモサマニムカヘルヲヲコナフトキニ八分ノニクタムワレテ八葉ノ蓮花トナリソノウヘニ卅七尊ハ住シタマフナリ仏ハツネニ衆生ノ身ノ中ノ卅七尊ヲミタマウ衆生ハ罪業キタナクシテワカミノ内ノ仏性ヲミヌナリタトヘハキヨキミツニハ月ノスミテカヘリニコレル水ニハソノカケノクラキカコトシ汝ナヲコノ事ヲ信セスサラハワカムネニスミタマウ卅七尊ヲミスヘシ持仏堂ニイリテシハラクアリテカネウタムヲリキタリテミヨトテ三昧ニイリヌ弟子カネノコエヲキヽテユキテミレハ三蔵ノムネノ左右ニヒラケテ八葉ノ蓮花ノウヘニ卅七尊コト〳〵ク光ヲハナチテヰタマエルヲミテ弟子五体ヲチニナケテヲカミタテマツリテソレヨリナム深ク信シテサトリヲヒラキテケルハフセチ大師ハワカ山王院大師ニマシマス大師一巻ノ文ヲ山王院ノ大師ニタテマツルトテノタマヒケルハコレハ不空三蔵ノ蜜語記ナリ金剛薩埵ヲ証人トシテ一事ノコスコトナクサツケタテマツリツトナムノタマヒケル件蜜語記ニ比事ノレル所也修摂其心ト申心ハカヤフニヲホシヌルヘキニヤ候ラム

ここでは説話は「我が山王院の大師の書き置き給へる文をひそかに見さぶらひしかば」と口語的な書き出しで始まりながら、「けり」は明確な枠構造を形作るのみで、叙述の中心部分には使われていない。愚痴の僧が三蔵に問うまでの記述と、悟りを開いて後の記述が枠として「けり」によって記されているのに対して、説話の中心となる本覚三十七尊の逸話の部分は「けり」を添えずに叙述されているのである。これが本来の講説の場の口頭言語を相当に忠実に再現して筆記しているのであれば、口頭の講説の場であっても、題材によっては「けり」の多用は見られなかったということになろう。たしかにこの法華修法一百座聞書抄に含まれる説話は今昔物語集であれば天竺震旦部にふくまれるような題材である。しかしそうであれば、口頭と書記とを問わず、「けり」の多用の如何はその題材によっているということになり、「けり」の多用を口承に帰するわけには行かなくなる。

　また、この現象が元来法華修法一百座聞書抄が口承の場の言語を忠実に再現しているわけではないとすれば、そもそも説話を筆記するための文体の質が問われることになる。本来その講説の場では「けり」を基調としたスタイルで語られていたのを、書記言語化するときに「けり」を枠としてのみ使用する文体に改められたのだとしたら、今昔物語集の場合もはたしてどの程度口頭言語を再現しているのかが疑わしくなる。

一方、これと逆の例が今昔物語集巻第二十二の場合である。この巻第二十二は（おそらく）世俗部の劈頭として、鎌足より時平に至る藤原氏の歴史を語るが、ことにその前半はそのすべてが口承の説話によったとは思えない。藤原賜姓より北家など四家の成立は、たとえそれが口頭で語られる場があったとしても、本質的には書記言語による歴史叙述である。そのような巻二十二の各章段が「けり」を多用する文体によって記述されていることにも、「けり」を単に口承の反映と見ることへの疑いを喚起されるのである。「けり」の本質に即して、資料の問題に還元せずに、「けり」の使用の根拠を考えねばならないのである。

二

「けり」が漢文訓読文をふくめた日本散文において、より口頭言語的な助動詞として現れたということも念頭において、今昔物語集説話における、あるいは平安時代の説話における「けり」の機能を考えなければならない。「けり」自体は竹岡正夫らによって、「あなたなる場」の対象にかかわる助動詞であること、またそれを「今ここ」へ「迎え取る」助動詞であることが確かめられている。だから、叙述をその事実性において淡々と述べるときには「けり」は求められず、語り手の立場を軸にして説明するときに「けり」が求められる。このことについては既に論じた。ならば、「けり」が求められたときに、その「けり」はどのような働きをするのか。その一端を印象づけてくれる用例が法華修法一百座聞書抄に見られる。香雲坊阿闍梨の講説であるが、香雲坊の講説のなかでも異例の「けり」の使い方がされていて、この聞書のなかでは例外的な叙述である。

四日　同人

昔シスイノ世ニレウシノ侍ケルカ鹿ヲイコロシテ侍ケルハラノウチヨリハラミテ侍ケル子ノヤニアタリテヲチテ侍ケルヲ母ノ宍シナム事ヲワスレテタチカヘリネフリ侍ケルヲ見テ道心ヲオコシテヰテ侍ケル家ヲ寺ニナシテしのタメニ法花経ヲナムヨマセ侍ケル其ノ寺ノ名ヲ法花寺トナムナツケテ侍ケルコノ事ヲ聞クモノチカキモトホキモ随喜シテアツマリテ経ヲヨミ侍ケレハ二三千人トノ、シリアヒテ其ノ事トモキコエサリケレハ願主ヒシリノ思ヤウヒトタヒニノ、シリアヒタルヨリハ十二時ニ番ヲヲリテ不断ニヨマセムトオモヒテヨムホトニワカキ沙弥一人キタリテ此不断経ヲイラムトイヒケレハ経ハヨミタリヤト、フニアヤシキ事ハ経モマタヨマストイヒケレハサラハ経ヲコソナラハメトテ経ヲオシヘケレト更ニエタモタスシテタ、首題ノ名字ハカリヲナムヨミエテ侍ケルコノ願主ノヒシリノイフヤウ人シケカラム時ニハエマシラシアカツキノ時ソ人スクナキ其時ニタ、首題ノ名字ハカリニテモトナヘタテマツレトイヒケルニシタカヒテ月コロアカツキノカネツクホトヨリ夜ノアクルマテ南无一乗妙法蓮花経トノミトナヘタテマツリテナムネタリケル此僧ノ思ヤウ我イカナル先ノ生ノ罪ニヨリテ人ノオホクヲヨミタテマツル経ヲエタモタスシテ人エモマシラスシテアカツキニノミカクイヒヰタラムハツカツキコトナリト思テ高キイハホノウヘニイタリテ身ヲナケテケリ地獄ニヰテイカサレテ獄卒此僧ヲカナヘニウチイレツ　馬頭牛頭ナヲ此法師ヨクツキイレムトテ鉄ノツエヲサ、クルホトニカナヘノハタニアタリヌカナヘノヒ、キヲ聞テ此僧ノ思ヤウ此ハ法花寺ノアカツキノカネノ声ト思テ我懈怠シニケリトオトロキテ南无妙法蓮花経ト声アケテイヒツ地獄ノカナヘニハカニワレテ鉄ノ湯カヘリテ清涼ノ池トナリヌ我モ人モ皆ハチスノ花ノウヘニヰタリ時ニ獄卒アキレアヤシミテ此ノ事ヲトフテ閻摩王ニ奏ス閻摩王此僧シカ〳〵トコタフルヲ聞テ閻摩王大キニヨロコヒテフシオカミテ云更ニカヘリテ弥ヨ法花ノ首題ノ名字ヲトナヘヨト云トミルニイキカヘリヌ見ハタカキトコロヨリオチテフセリ此事ヲウレシクタウトク思エテハヒノホリテ人々ニカミノクタリノ事ヲカタルニ人ノコレヲ聞テワラヒアサケリテハツカシキマ、ニハソラユメヲコソ□ミレトワラヒケレハ此法師ノイフヤウソコタチノコノ事モチヰ給ハヌ無極コトハリナリ但シチカヒヲオコサムニソノシルシヲ見テモチヰラルヘキナリ我年シ来コ此ノ経ノ一偈一句ヲエヨミタテマツラスネカハクハ此事実ナラハ仏ヲ三度メクリタテマツラムニハ此経皆併ラソラニオホエタテマツラムトチカヒテ廻ルニ即チ皆経ヲヨミタテマツリケル然者法花経ハタ、首題ノ名字ヲヨミタテマツルニ不可思儀ノ喜ニ御ス経ナリ何況ヤ

この例では「けり」が多用され、地獄の描写の場面を除いては「けり」が叙述の中心となっているのだが、この引用例で特に目につくのは「侍り」[17]と「けり」が一組になった用例が十に及ぶということである。「侍り」が使用され、「けり」が多用された理由自体は分からないのだが、あるいは高貴の人物の臨席というようなことでもあったのだろうか。いずれにしてもこの例には語り手の異常とも言える姿勢が透けて見えるようであり、その姿勢は「侍り」と「けり」の両方に現れているように思える。

「侍り」は学校文法で丁寧の敬語動詞とされるが、実際には現代での「です」「ます」などと異なり、話者の聞き手に対する非常なへりくだりの姿勢が表現される。その点では話者の言語の場への強烈な意識が表明されることばである。一方、「けり」もまた、対象と話者の関係を聞き手に提示するという点で、場への意識の表出を伴う助動詞である。そこに「侍り」と「けり」の共通点が見出せ、またそこに「侍り」と「けり」が重ねて使用される由来がある。「あなた」の場の題材をこの今ここの場へと運び出し、それを恐縮しながら聞き手へ提示するという姿勢が「侍りけり」には示されるわけでる。そしてこの姿勢のうち、「恐縮しながら」ということを除けば、すなわち「けり」の示す姿勢に他ならない。だから、枠構造に「けり」が用いられるときにはその構造の冒頭で話者の題材と聞き手に対する姿勢が明示され、また末尾でもそれが再確認されるということになる。その間では「けり」は用いられず、多く動詞終止形が基調となるが、それは題材がそれ自体として、聞き手のことも話者のことも顧慮せずに提示されるからであり、そこに日本語文体における動詞終止形の意義がある。しかし、「けり」の力が弱まると

ともに題材も動詞終止形で語られるのが難しいものとなれば、「けり」による枠が肥厚し、更には説話の中心部分の記述へも「けり」は浸透してゆくことになる。そしてその結果、枠には「けり」を補うことばが求められることにもなり、口頭言語であれば「侍り」がその役割を果たすことにもなる。だからさきの香雲坊の講説の引用の例では「侍りけり」の用例はそのほとんどが説話の冒頭に集中し、不完全ながら枠構造を思わせる様相を示しているのである。

「侍り」が書記言語に馴染まない性格の語であるために、「侍りけり」の形は説話の文体としても説話集では用いられないが、説話の記述における「けり」の多用の由来はこの例から推測できる。「けり」自体の弱化と題材の拡張が枠構造の枠における説明の強化を求め、その強化のために枠そのものが拡大してゆく。そして枠そのものの拡大とはつまり、説話の冒頭及び末尾から「けり」が中心部へと増加してゆくということである。実際にも、今昔物語集には「けり」が多用されながら叙述の中央の一部分のみに「けり」を欠く章段は少なくない。「けり」の多用は枠の拡張に由来するのである。

三

では、「けり」枠の拡張を求める題材とはどのようなものなのだろうか。「けり」はなぜ今昔物語集に多用の現象を現出しなければならなかったのか。実は、天竺部から本朝部へ、仏法部から世俗部へ「けり」が増えるという現象自体に、「けり」の増加の理由が題材の問題であるということが示されている。

さきに述べたのであるが、[18]王朝散文はその対象とすることのできる世界にはおのずから時間・空間の限界があって、そこから出て、本来の世界の外を描こうとするのに「けり」の力の助けを必要とした。漢文訓読語はまた仏典や漢籍の世界について限界があったろう。いずれの場合も言語にはおのずからその世界の限界があったのであり、言語は時間・空間に関して何でも際限なく記述できるというのではなかった。王朝首都の言語と南都仏教世界の言語はその点で共通の性格を持っていたろう。今昔物語集の場合もその原初の言語は漢文訓読語に由来したとすれば、その題材もおのずから仏典や漢籍に限定されるはずだったろう。そのような題材を叙述するために枠構造の「けり」は働いたし、題材が仏典や漢籍に由来するものに限られているあいだは、「けり」は枠としてのみ働くのだった。

しかし、王朝散文の世界でもなく、仏教漢文説話の世界でもない、あらたな題材に立ち向かっていく時には、書記言語においても、口頭言語におけるのと同様に、言語の「いまここ」と対象との距離を確認しつつ叙述することがもとめられた。手慣れた題材の場合にはそのような確認は必要とせず、「いまここ」と切り放したアオリスト的な叙述を行えばよいのだが、題材が新たな領域＝辺境に入ってゆくときには「けり」による説明が求められたのである。今昔物語集は巻が進むのに従って、まさにそのような世界に、新たな世界に分け入っていったと見える。あるいは卑近な日常の世界へ、あるいは闘争と殺人の世界へ、あるいは怪奇の世界へと、過去の日本語が題材としなかった世界を記述しようとした。今昔物語集説話の魅力はまさにそこにあり、だからこの作品の元来の根幹である天竺震旦部はかえって読まれることがすくないという現象も招いている。

この作品はまさに多彩な題材を扱ったのであり、その言語が一様でないのはその帰結として当然であった。「けり」が見せる異なった振る舞い、枠構造上の枠としての機能と、叙述の基調としての機能の相違は、対象世界の変貌に従った言語の変容の一環であった。

しかも、さきほども触れたように、「けり」が叙述の基調へと変容してゆくについては「けり」自体の変化があったろう。「けり」が完了表現として辿られねばならなかった運命があったのである。そもそも完了の表現が現在に重点を置いた結果相の表現から現象の完了の表現へ、さらに過去に重点をおいた表現へと推移し、ついにアオリストへと至るのは普遍的現象[19]であって、現に「けり」についで「たり」の辿った運命にその典型を見ることができる。「たり」は元来、結果相の表現として出発したのであり、王朝言語における「存続」の意味はまさに結果相の表現にほかならない。この「たり」が「た」へと移って現代語ではアオリストの意味さえ持つに至る一千年の歩みはまさに完了の表現の歩むべき道を辿ったのである。「けり」もまた同様の道を歩み、平安時代を通じて完了の現在的性格を失い、過去の表現へと重点を移していったのだろう。ただし、「けり」は近代言語に遺存せず、その運命の終末は概して中世書記言語のかげに隠れてしまった。ただ、延慶本平家物語に見られるような「けり」の様相の背後には、その完了的意味の弱化・喪失が窺える。今昔物語集はまさに「けり」のそのような歩みの異なった相を一作品に凝縮し、見せているのである。王朝言語や漢文訓読語に見られる古代的な「けり」から軍記や説話の中世的な「けり」へ、その変容をこの作品は巻を追って示した。その延長上にはアオリスト化した「けり」の姿を見ることもできる。そしてそこでは、「き」が新たに枠構造で機能する。

注

（1）本書Ⅳの1参照。

（2）漢文訓読語の文体についてはことに、春日政治「西大寺本金光明最勝王経古点の国語学的研究」（斯道文庫　一九四二・一二）を参照されたい。「けり」が叙述の基調をなすようなことはなく、「けり」が漢文訓読語では極めて限れた役割しか果たさないことが確かめられている。また、大坪併治「説話の叙述形式として見た助動詞キ・ケリ―訓点資料を中心に―」（『国語学』一一一）参照。

（3）そのことばについては馬淵和夫の「『今昔物語集』における言語の研究」（『古典の窓』大修館書店　一九九六）などの研究をことに参照。

（4）今昔物語集の「けり」については、大坪併治・野田美津子「説話の叙述形式として見た助動詞キ・ケリ―今昔物語を中心に―」（「大谷女子大国文」八）に詳しい。また高橋敬一「『今昔』（流布本）における「ケル終止文」について」（「活水論文集」三二）。「けり」一般については本書Ⅱの1に挙げた文献を参照されたい。
（5）阪倉篤義「『竹取物語』の構成と文章」（『文章と表現』角川書店　一九七五）
（6）今昔物語集の文章・文体については注（3）論文に列挙された文献を参照。また山口佳紀『古代日本文体史論考』（有精堂出版　一九九三）第四章など参照。
（7）今昔物語集における枠構造の「けり」については注（4）大坪・野田論文に詳しい。
（8）日本古典文学大系本頭注。また、京都大学学術出版会刊『鈴鹿本今昔物語集』参照。鈴鹿本についてはことに、馬淵和夫「今昔物語集伝本考」（「国語国文」S二六・四）・同「『今昔物語集』の原姿」（『古典の窓』所収）参照。
（9）注（4）大坪・野田論文参照。
（10）「今昔」およびその「けり」との関係については春日和男「「今昔」考―説話の時制と文体―」「「今昔考」補説―「昔」と「今は昔」」（『存在詞に関する研究』風間書房　S四三）・同「古代説話構文の原理」（『説話の語文―古代説話文の研究―』桜楓社　S五〇）・山口佳紀「説話文献の文体史的研究」（『古代日本文体史論考』所収）など参照。
（11）今野達「今昔物語集の成立に関する諸問題―俊頼髄脳との関連を糸口に―」（「国文学解釈と研究」S三八・一）。また出雲路修「説話叙述の変容」（『説話論集　第一集』清文堂出版　一九九一）参照。
（12）本書Ⅱの1参照。
（13）小峯和明「唐物語の表現形成」（和漢比較文学叢書『中古文学と漢文学Ⅱ』汲古書院　S六二）参照。
（14）本書Ⅱの1参照。
（15）黒部通善「今昔物語集震旦部考―中国仏法伝来説話と打聞集―」（『打聞集　研究と本文』笠間書店　S四六）参照。
（16）松本昭『弘法大師入定説話の研究』（六興出版　S五七）に詳説されている。ぜひ参照されたい。
（17）春日和男「「侍り」と「候ふ」の分布より見た「法華修法一百座聞書抄」の文体」（『説話の語文―古代説話文の研究―』所収）にその様相は詳しい。
（18）本書Ⅰの3参照。

(19) この問題の一例として、石田修一「類型学的に見たスラブ語過去時制とブルガリア語パーフェクトの動向」(『大阪外語大学学報』七六―一一・一二) が興味深い。

〔付記〕引用本文は日本古典文学大系今昔物語集、日本思想大系法華験記、『打聞集　研究と本文』、勉誠社文庫法華修法一百座聞書抄・『新校本枕草子』(根来司編著)、日本古典文学全集『歌論集』所収俊頼髄脳によった。

今昔物語集の「けり」使用状況表

今昔物語集における「けり」の使用の様相を、次のような分類で集計した。各章段での使用を、どの程度をもって「多用」というのかは充分に客観的ではないが、巻ごとの傾向は知り得よう。

◎＝章段の大部分で「けり」の多用されるもの
○＝◎に準じて「けり」の多く用いられるもの、あるいは、「けり」の多用される部分を一部に含むもの
△＝枠構造の首尾ともに「けり」の使用されるもの
▽＝枠構造の首尾いずれかに「けり」の使用されるもの
□＝右のいずれにも該当しないもの
(　)＝右のうち、章段の後半を欠くものの数字

巻	◎	○	△	▽	□
1	0	0	5	28	3
2	0	0	13	25	3
3	0	0	2	23	10
4	0	0	8	18	15(1)
5	0	0	20	12	0
6	0	0	24	15	9
7	0	0	20	18(1)	2
9	0	0	29	16	1
10	6	3	28(1)	3	0
11	2	4	7	16(2)	4
12	0	2	18	15	5
13	1	1	34	7	1
14	0	2	32	7	4
15	7	11	35	1	0
16	2	6	23	6(1)	2
17	0	3	33	12	2(1)
19	18	10	10	3(1)	0
20	4	4	32	4	0
22	8	0	0	0	0
23	10	3	1	0	0
24	40	9	6	0	0
25	2	6	4	0	0
26	9	10	4	0	0
27	30	11	4	0	0
28	20	14	10	0	0
29	26	10	3	0	0
30	13	1	0	0	0
31	23	9	4	0	0

4 今昔物語集の枠構造における「き」

わが古典文法の助動詞のうち、いわゆる過去の助動詞の二つ、「き」と「けり」の違いを考えるとき、細江逸記の名は必ず言及される。「き」の「目睹回想」に対して「けり」の「伝承回想」というようにこの二つの助動詞の機能を対立させて考えるというのであり、この区別については、賛否は別にして古典言語に関心を抱くほどの者なら知らぬ者はないといってよいが、そのじつ細江が何者であったかは触れられることがほとんどない。かれの「き」と「けり」についての言及はどのような文脈においてなされたのか、はたしてどれほどのことが一般に知られているのだろうか。細江がヨーロッパ言語に通じた博識の英語学者であったということは、「き」と「けり」についてその名が言及されるときにも、触れられることが少ない。古典言語の教養が自明のものであった明治人として、英語を論じる過程でたまたま日本語に及んだという文脈はほとんど触れられていなかったとおもうし、その状況は現在もさほど変わっていないのではないか。もっとも私自身はといえば、これもなんとなく古い時代の国語学者というふうに思っていたのが最初で、立派なことがいえたものではないのだが。

実際には橋本萬太郎[1]が、

むかし、細江逸記という篤学の英語学者がいて、「【英語の】動詞の Tense をば時の区別を表はすものと説くことの迷妄なる」ことから、「欧米の言語学者乃至文法家すらが未だ……解脱し得ない」現状をうれえて著作に腐心されながら、世にあまりうけいれられなかったことを、暗になげかれていたが（『動詞時制の研究』、東京、泰文堂、昭和七年二月）著者が、文字どうり艱難辛苦されただけに、「所謂 Priorität の問題のごときは私の眼中には無い。斯学の灯台だけに樹立せらる、ならば私の望は則ち足る」と言っておられていても、なにか、痛ましい気がする。

と言っているように言語学の分野でもあまり受け入れられなかったようであるが（あるいは皮肉なことに、国語国文学のほうでかえって「き」と「けり」の論の故に名を知られているのかもしれない）、その一貫して言おうとしていたことは、「動詞の Tense は本来思想様式の区別を表わすものであって、時の区別とはなんの関係もないものであること」「要するに Tense と言い、Mood と言うのも決して別個の範ちゅうに属する存在ではないこと(2)」であった。つまり、言語の時制とは、ことばがとらえる対象の問題なのではなく、対象をとらえる言語主体の姿勢の問題なのだということなのであった。細江が「「き」は『目睹回想』で自分が親しく経験した事柄を語るもの、「けり」は『伝承回想』で他からの伝聞を告げるのに用いられたもの」というのも、「き」を用いて書かれてある事柄は作者が見聞したものである、と言ったことを言いたかったものだと考えるなら、それは細江が主張していた言語観からはずれるものだと言わねばならない。この「き」と「けり」への言及自体は、その後にドイツ語や古英語の接続法の議論が続くことに明らかなように、動詞時制が示す主体の「確実性」への保証の問題に関わっての論なのであって、「き」が対象にたいして主体の確実性への保証を以て述べるのにたいし、「けり」はその「確実性」を留保して述べるのだという点に細江の主意はあったと見たい。「けり」と英語 Past Tense の「低回性」の関係については細江が明確に述べているが、「き」は「直断性」の表現と言うことにもなろうか。いずれにしても、作者が見たはずのないことを「き」で語っている、などという例はなんら細江への反証にならないのである。

しかし、細江がより「確実性」の強い表現と見た「き」の場合にしても、その確実性の保証はあくまでも相対的なもので、王朝言語の場合に動詞終止形のアオリスト的な性格に比べれば主観的で相対的なものであることは逃れられないであろう。この性格の違いを念頭に置いて、物語の叙述枠のうえで「き」と動詞終止形がどのような機能を分担するかを予想してみると、より客観的で、確実性の相対化を行わない動詞終止形が枠内の叙述を担い、「き」が主観的・主情的な表現として、枠の機能を果たすという構造が予見できる。細江の考えるように「き」が「けり」に比べて、より「確実性」の強い助動詞であるとしても、それでも「き」は叙述の「今ここ」との関係を断ち切った、アオリスト的なアスペクトを表すものではない。たしかに「けり」があなたなる場の一つとしての「過去」を現在と強く結びつけるのに対して、「き」は過去を現在と断ち切られたものとして捉え、断絶の相において過去を現在から把握する。そこに過去を現在との継続において捉える「けり」との大きな違いがあるのだが、それでも過去を現在との関連において捉えるという点で「き」は完了をあらわすのである。そこにアオリスト的な表現とは異なった情意が存在するのであり、またこの性格において、「き」は枠構造の枠として機能できるのである。

実際に、大坪併治の「説話の形式として見た助動詞キ・ケリ—訓点資料を中心に—」によれば、仏典の訓点語の文章において物語枠が使われるときには、「き」が枠の役割を果たすのであって、一方枠内の叙述の基調は動詞終止形が担うのであった。つまり、大坪は次のように言う。(3)

「是ノ如ク（如キコトヲ）我レ聞キタマヘキ」に始まり、説話は過去の出来事として取り扱はれ、地文の文末にはキを読み添へる。中途は、原形（活用語で、キ・ケリの他、推量・完了の助動詞を伴はないものをいふ。）や完了形（活用語で完了の助動詞を伴ふものをいふ。）を用ゐることが多いが、終りは再びキで結ぶのが常である。これは、平安時代を通じて変らない。

大坪の論文によるかぎり、すべての訓点語の説話・物語において「き」の枠を持つわけではないようだが、助動詞の枠を求めるときには「き」が使われるのだと考えてよいのだろう。一方、和文による作品の枠構造については（その文章に漢文訓読語的な表現も含むとはいえ）竹取物語の「けり」枠の例が代表的であろう。(4) 訓点語において枠構造に使われないどころか、地の文にほとんど使われることのない「けり」が竹取物語に枠として使われていることは重要である。この訓点語と和文の様相を押さえておいて、今昔物語集に目を向けてみよう。

今昔物語集の文体はおおまかに、天竺震旦部・本朝仏法部・本朝世俗部に違いがあり、天竺震旦部は漢文訓読語の性格が強く、本朝世俗部は和文脈の性格が勝っている。(5) そして仏法部は基本的に漢文訓読語的でありながら、和文脈の文体の性格も併せ見せるということになろうか。細部ではなおこの概略に沿わない面も見せるが、概ねのところ右のような様相を示している。このうち、ことに天竺震旦部ではその文体は（さまざまな語彙を通しての研究が等しく結論づけているように）漢文訓読語的なものであるのだから、説話の枠にも訓点語におけるように「き」を期待したくなるのである。

ところが、実際には天竺震旦部で枠構造において働く助動詞は専ら「けり」であった。(6) その様相については前節で述べたのだが、本来訓点語では地の文に使われないのが原則の「けり」が今昔物語集では重要な役割を果たしていたのであり、その中でも「けり」の枠構造における役割は作品の最初の説話から一貫したものだった。そして、「き」は枠構造において「けり」のような重要な役割を果たしてはいない。しかし、また「き」が枠構造で全く使われていないのではなく、数は少ないながら、用いられている。本節においてはこの今昔物語集の枠構造の「き」を問題としたいのである。

「き」の様相

この作品の地の文で使われる「き」は数も限られていて、またその役割も幾つかの種類に限られている。「けり」の使用がこの作品の中でおびただしい数を数えるのにたいし、「き」は用例数もごく少ないし、その用法も次の四種類に限られるのである。

①連体修飾句において使われる場合
②説話に描かれた叙述の時点より遡る時点での事柄を捉え、いわば「大過去」「遠過去」を表す場合
③逆接の条件節で用いられる場合
④枠構造の枠として使われる場合

このうち、問題としている④の場合であるが、その数は次のようになる。

巻第一	一例	巻第二	一例	巻第三	一例	巻第五	三例
巻第十四	一例	巻第十九	二例	巻第二十	一例	巻第二十三	二例
巻第二十四	五例	巻第二十五	二例	巻第二十六	三例	巻第二十七	七例
巻第二十八	九例	巻第二十九	二例	巻第三十一	四例		

すべてで四十四例であるから、今昔物語集全体の説話の数から見れば、やはりごく少数だと言ってよいだろう。これらの中には、

然レバ僧迦羅、其ノ国ノ王トシテ二万ノ軍ヲ引具シテゾ住ケル。本ノ栖ヨリモ楽クテゾ有ケル。其ヨリ僧迦羅ガ孫、今ニ其ノ国ニ有リ。羅刹ハ永ク絶ニキ。然レバ其ノ国ヲバ僧迦羅国ト云フ也トナム語リ伝ヘタルトヤ。（巻第五第一）

というように、「けり」と「き」が併せ用いられて枠を構成する場合もあるし、

然レバ此ノ事ヲ悔ヒ悲ムデ仏ニ向奉テ、礼拝恭敬シテ懺悔セシカバ罪ヲ免ル、果報ヲ得タリトナム語リ伝ヘタルトヤ。（巻第二第三十八）

のように、枠の部分に「けり」が見られない場合もある。各部分の用例数で言えば、天竺震旦部に六例、本朝仏法部に四例、そして本朝世俗部に三十四例ということになる。このうち、天竺震旦部および本朝仏法部の例について

は、典拠となった文章に使われていた「き」が「けり」に変換されるのを逃れて、遺存しているのだという説明で理解できるかもしれない。今昔物語集の「けり」枠の多さから考えて、この作品は典拠をそのまま引き写したとは考えられず、ことに仏典に依拠した説話章段の場合は、枠の「き」を「けり」に変換する作業が行われたと考えるべきだろうが、その作業も完璧ではなく、そのために「き」が遺存したのだと考えることができようか。

では、本朝世俗部の場合も同様に考えてよいかといえば、それは否定せざるをえない。まず、その数の違い自体が、作業の欠陥という解答を否定するだろう。世俗部における三十四例という数は単なる遺漏という説明で納得できるには多すぎるのである。

しかしそれ以前に、三十四の遺漏を残すほど多量の章段において、その典拠となった説話の文章が「き」枠を用いていたということ自体が考えられない。その多くが漢文ではなく和文であったろうと思われる世俗部の典拠に「き」枠が用いられていたとしたら、「き」は後期平安朝の散文における有力な形式でなければならないが、そのような言語の様相を示す徴証は見られない。

ならば、今昔物語集説話の枠における「き」は、この作品において与えられたものなのか。圧倒的に「けり」枠が力を発揮している今昔物語集において、わざわざ「き」の枠が書き記されたなどということが考えられるのだろうか。

「白井の君」の説話

次のような実例を見てみよう。巻第二十七の第二十七。

白井君銀提、入井被取語第廿七

今ハ昔、世ニ白井ノ君ト云フ僧有キ。此ノ近クゾ失ニシ。其レ、本ハ高辻東ノ洞院ニ住シカドモ、後ニモ烏丸ヨリハ東、六角ヨリハ北ニ烏丸面ニ六角堂ノ後合セニゾ住シ。

其ノ房ニ井ヲ堀ケルニ、土ヲ投上タリケル音ノ、石ニ障テ金ノ様ニ聞エケルヲ聞付テ、白井ノ君、此レヲ恠ムデ寄テ見ケレバ、銀ノ鋺ニテ有ケルヲ、取テ置テケリ。其ノ後ニ異銀ナド加ヘテ小ヤカナル提ニ打セテゾ持タリケル。

而ル間、備後ノ守、藤原ノ良貞ト云フ人ニ、此ノ白井ノ君ハ事ノ縁有テ親カリシ者ニテ、其ノ備後ノ守ノ娘共、彼ノ白井ガ房ニ行テ、髪洗ヒ湯浴ケル日、其ノ備後ノ守ノ半物ノ、此ノ銀ノ提ヲ持テ、彼ノ鋺堀出シタル井ニ行テ、其ノ提ヲ井ノ筒ニ居ヘテ、水汲ム女ニ水ヲ入サセケル程ニ、取□シテ此ノ提ヲ井ニ落シ入レテケリ。其ノ落シ入ルヲバヤガテ白井ノ君モ見ケレバ、即チ人ヲ呼テ「彼レ取上ヨ」ト云テ、井ニ下シテ見セケルニ、現ニ不見エザリケレバ「沈ニケルナメリ」ト思テ、人ヲ数井ニ下シテ捜セケルニ无カリケレバ、驚キ恠ムデ、忽ニ人ヲ集メテ水ヲ汲干シテ見ケレドモ无シ。遂ニ失畢ニケリ。

此レヲ人ノ云ケルハ、「本ノ鋺ノ主ノ、霊ニテ取返シテケルナメリ」トゾ云ケル。然レバ由无キ鋺ヲ見付テ、異銀サヘヲ加ヘテ被取ニケル事コソ損ナレ。

此レヲ思フニ、定メテ霊ノ取返シタルト思フガ極テ怖シキ也。此ナム語リ伝ヘタルトヤ。

この章段の構造を見るに、「き」が物語の枠を構成していることは言うまでもないのだが、その枠の内側の叙述が「けり」を基調としていることが目に付く。そして、末尾では「たり」が枠の中で機能している。「き」と「たり」の枠が「けり」による叙述本体を取り囲んでいるという構造が見えるのである。これは、動詞終止形を基調とする叙述を「けり」の枠が取り囲んでいるという竹取物語や今昔物語集天竺震旦部などの枠構造と違っているし、また訓点語の、動詞終止形を叙述の基調とし、それを「き」の枠が取り囲むという構造とも異なっている。ことに、和文の枠構造で枠として機能する「けり」がここでは叙述の基調となっていることは大きな相違点であるし、訓点語との比較で言えば、同じように「き」が枠として働くといっても、その内部の叙述に大きな違いがある以上、「き」の働きも単純に同じものだと言う判断はできない。

では、この「白井の君」の説話の枠構造の特色はどのような点にあるのか。まず末尾の枠の「たり」から考えよう。ここでの二例の「たり」のうち、「此なむ語り伝へたるとや」の「たり」は今昔物語集説話の大部分に見られる定型的な表現であり、述べられた説話が語り伝えられて、現在いまここにあるのだということを述べている。「たり」は平安朝の完了の助動詞の中でも最も現在に比重のかかった助動詞であり、現在の結果相を述べる表現として、時制としては現在の助動詞である、その性格がここでは機能している。他方、「定めて霊の取返したると思ふが極て怖しき也」の「たり」は、問題の銀提が霊に取り返された結果として、この説話が記されているいまも井戸の底に眠っているのだという現在性を強く表現して、その恐怖を如実なものとしている。これが「霊の取返したる」では恐怖の現在は感じられない。おそらく完了表現のなかでも最も遅れて登場し、最も現在性の強い助動詞としての「たり」の面目が、この枠構造の中での働きに見て取れるのである。

一方、冒頭枠の「き」はどうかというと、これも説話を現在と強く結び続けていると言えるだろう。「き」によって直ちに、この説話の情報源が白井の君を直接知る者だったと結論づけたり、まして今昔物語集作者を白井の君に何らかの関係で直接結びつけたりすることがいささか早まった考え方であるのは言うまでもないが、細江逸記の言うように、ここでの「き」が強い確実性の表現になっていることは間違いない。「此の近くぞ失にし」の言も、少なくともこの説話の典拠が対象の事件に近いことを表現しているし（だからと言って事件が事実であることなど保証はされないのだが）、白井の君の住居についての詳述も相俟って、この説話の冒頭枠は説話の叙述の内容を叙述主体の「いまここ」と強く関係付ける機能を果たしている。同じような傾向は、

○彼ノ惟規ガ孫ニ盛房ト云者ノ伝ヘ聞テ語リシ〓也。（巻第二十四第五十七）
○土佐ノ国ノ南ノ沖ニ、妹兄ノ嶋トテ有トゾ人語リシ〓。（巻第二十六第十）
○正シク頼信ガ語シヲ聞テ、此ク語リ伝ヘタルトヤ。（巻第二十七第十二）

のような例にも見られ、これらは伝承の情報源に言及することによってその情報の真実性、細江の言う「確実性」を確保しようとしている。ただし、この冒頭枠が「たり」ではなく「き」で記述されるのは、冒頭で読者に紹介される白井の君が故人であり、住居もまた現在とは断絶した現象だからであり、銀提の失踪が現在まで継続するのとは事情が異なっていて、当然のことなのである。

「けり」の変容と「き」

それにしても、「き」の枠が「けり」の叙述を取り囲むというのは不思議なことである。物語の枠はより主観的で過去と現在を結びつける時制が形作り、より客観的で過去を現在から切り離す時制による叙述を取り囲むというのが本来の形式である。だから「き」にしろ「けり」にしろ完了の助動詞として枠を構成し、その枠がアオリスト的な動詞終止形を基調とする叙述を取り囲むというのはまことに理解しやすい形式なのである。仏典の訓点語も竹取物語も今昔物語集天竺震旦部も、その点では共通している。

「き」は確かにしばしば「目睹回想」の機能を果たすとされるように、より確実性の強い対象を捉え、その点では過去は現在と厳しく対比されて提示される。その点で「き」はアオリスト的な過去とはほど遠く、強固に完了の助動詞なのであって、枠構造の枠となることができる。「けり」はたしかに確実性の低い対象をとらえ、だからこそ竹岡正夫のいうように「あなたなる場」をとらえるのだが、その分だけ対象を現在の「いまここ」に結びつける作用は強く、この結びつける作用の故に主情的にもなる。だから「けり」はその完了性において「き」に劣るどころか、かえってその過去と現在を結びつける力は強い。これが「けり」の平安朝の前期、少なくとも十世紀までに示す姿なのであり、だからこそ訓点語の地の文では「けり」は使われず、また竹取物語において「けり」は叙述の内部ではなく枠において機能したのである。そのような「けり」の性格から考えれば、「き」や「たり」の枠に取り囲まれて、「けり」が叙述の基調になるというのは、理解しがたいのである。

すなわち、「けり」の平安朝前期の姿をもってしては、今昔物語集世俗部の様相は説明できないのであるから、「けり」自体の性格に変化があったと考えねばならない。今昔物語集の前半で動詞終止形の基調に対する枠として機能できたことにより、「けり」にいまだ完了性が伴っていたことは否定しようがない。しかしそれは前世紀の文語形式の遺制であって、「けり」が例えば竹取物語の時代とその性格を変えていない証にはならない。文語的遺制として散文の枠での機能や、また和歌における詠嘆の意味を保持したとしても、口語としてはその性格に変化を来していたという推測を否定できない。「けり」は口語においては中世半ばには消え去り、文語においては現在まで残ったが、その文語の歴史において、平安末期から中世にかけてかえってその数量は増える。「けり」を基調とする叙述が可能になったのであり、今昔物語集世俗部（あるいはその典拠となった和文説話）はその早い例であろう。しかも、その増加は、それまでに助動詞が加えられなかった場所に「けり」が加えられると言うようにしてであった。そのような増加は、「けり」が本来の強固な完了性と主情性を保持したままで、以前には「けり」を求めなかったような箇所にその完了性と主情性を加えたのだとは考えられない。それは、連体形が終止形に取って代わった過程と似た面がある。元来は強調表現であった連体形終止が終止形を駆逐するには、連体形終止の効果の劣化が伴ったのと同じような過程を、「けり」も辿ったのである。

「けり」がその完了性を弱化させ、ことに「現在」を捉える性格を次第に失っていったのだとしたら、完了の表現が普遍的に辿る運命を「けり」も辿ったのだということになる。それは「けり」がそのなかに含む「あり」の意味の希薄化なのである。「けり」は基本的に「過去」と「現在」の関係(微妙な問題に目をつぶり、「あなたなる場」と「いまここ」の関係と言ってもよいだろう)を継続の相でとらえ、ことに古い時代にはその「現在」における顕現を捉えたとして、その「けり」を後から追った「たり」の辿った閲歴を考えて見れば、「けり」の見失われた末路も想像できる。「たり」は過去の現在における顕現を結果の相において把握する、きわめて現在に比重のかかった完了表現として出発し、語尾を失いながらも現在に生き残り、それどころか現代語において最も雄弁な助動詞として現代物語言語の中核をになっている。そしてこの現在の「た」は、誤って「過去の助動詞」だの「過去形」だのと言われるほどに現在性を失ったかに見え、実際に物語ではアオリストとして機能しながらも、なおも実は完了の助動詞であることをやめず、完了表現の辿るべき運命をあからさまに見せている。

つまり「けり」は今昔物語集の時代にあって、過去の時代にこの助動詞が持っていた濃厚な現在性を次第に失いつつあったのであり、(現代の「た」ほどではないかもしれないが)現在を根幹とする古代的な「けり」と現在性の減衰した中世的な「けり」の両面を併せ持ち、両方の性格の絶妙なバランスの上に立っていたと考えたい。あるいは、前者はより文語的な表現であり、後者はより口語的な表現であったかもしれない。だとすれば、より口語的な題材に近付いた本朝世俗部に現在性の減衰した「けり」が大量に見られるのはもっともなことなのである。

では、このように「けり」が古代的なものから中世的なものへと変容しつつあったこの時に、「き」はどのような運命に置かれていたのか。「き」も実は衰退に向かいつつあったのではないかと思われないでもないのだが、少なくとも「けり」が経験したような現在性の減衰を(「けり」ほどには)経験することはなかった。元来「けり」が現在と過去を継続において関係付けて結びつけるのとは違い、「き」は過去と現在を対立させて、その間を断ち切り、断絶の相において関係付け、回想するのだから、現在性の喪失は言葉の表現そのものの崩壊に向かう。過去と現在を継続において結びつける完了表現が結果相からアオリストまで柔軟に変貌できるのは、現代語の「た」を考えても理解できるが、「き」にはそのような柔軟性がない。「けり」が現在性を失いつつあったときに、「き」の現在性は保持されていた。

さて、枠構造の枠として説話の文章に持ち込まれた「けり」が叙述の本体へ浸透し、叙述の基調となってゆくなら、その結果として今昔物語集説話の枠として機能するのは「今は昔」と「語り伝へたるとや」の形式だけとなる。実際に、今昔物語集以後の和文説話集にこの形式はしばしば踏襲されることになる。しかし、今昔物語集説話の世界はその定型を補う助動詞が枠において機能することを求めた。ただし、枠において機能するためには過去と現在をなんらかの形で結びつける必要がある。「けり」が現在性を失いつつあるのを補うのだから、「けり」は論外である。「たり」は「けり」より強く現在的であり、実際に（さきに白井の君の説話に見たように）枠として機能している。しかし、「たり」は過去を現在へ順接的に結びつけ強固であるから、すべての場合には機能できない。そこに「き」が物語の枠として用いられる所以がある。「たり」が過去を現在へと結合させるのに対し、「き」は過去と現在を断ち切り、しかも両者は過去と現在を関係付け、枠として機能する可能性を今昔物語集本朝世俗部に開かれたのである。

人物紹介の機能

以上のように、今昔物語集において「き」が枠として機能する所以を考えたのだが、それでも「き」による枠はこの作品にあっては安定し、完成された形式にはなっていない。それは数量にも表れているのであり、あくまでも作品全体に形式として定着したものではないが、それは「き」の枠が「けり」の矛盾した性格によって派出したものに過ぎないからである。だから、実際には「き」が説話章段の首尾ともに表れて完全な枠を形成するような例は、巻第二十八の第二十六の、

安房守文室清忠、落冠被咲語第廿六

今昔、安房ノ守文室ノ清忠ト云フ者有キ‖。外記ノ労ニテ、安房ノ守ニ成タル也。

其レガ外記ニテ有シ‖間ダ、面ハシタリ顔ニテ気慓気ニテ、長ク去張テナム有シ‖。亦出羽ノ守大江ノ時棟ト云フ者有キ‖。其レモ同時ニ外記也シ‖時、腰屈テ鳴付テナム有シ‖。

而ル間、除目ノ時ニ、陣ノ定メニ陣ノ御座ニ被召テ、清忠・時棟並テ箱文ヲ給ハル間、時棟笏ヲ以テ、手ヲ廻シテ指スニ、清忠ガ冠ニ当テ打落シツ。上達部達此レヲ見テ、咲ヒ喤リ給フ事无限シ。其ノ時ニ、清忠迷テ土ニ落タル冠ヲ取テ指入レテ、箱文モ不給ハラ《ママ》ムシテ、逃テ去ニケリ|。時棟ハ奇異気ナル顔シテ□テゾ立テリケル|。

其ノ比ノ世ノ咲ヒ物ニハ此ノ事ヲナムシケル|。思フニ、実何カニ奇異カリケム。

清忠モ時棟モ遙ニ年老ルマデナム有シカ‖バ、此ナム語リ伝ヘタルト也。

を唯一の例として、他には見られないのであった。実際の例としては

○此ノ天皇ノ御時ニ、去ヌル承平年中ニ平ノ将門ガ謀反ノ事出来テ、世ノ无極キ大事ニテ有シ|ニ、程无ク亦此ノ純友被罰テ、此ル大事共ノ打次キ有ヲナム世ノ人云繚ケル|トナム語リ伝ヘタルトヤ。（巻第二十五第二）

○……時道喜テ、其ノ男ヲ将上テ、其ノ由ヲ申シ上タリシカ‖バ、「時道、大夫ノ尉ニ可当シ」ト世ニ云ヒ　シカ‖ドモ、其ノ賞モ无クテ止ニキ‖。何ナル事ニカ有ケム、「必ズ賞可有シ」ト仰セ被下タリシカ‖ドモ。遂ニ時道冠ヲ得テ、左衛門ノ大夫トテナム有シ‖。世ノ人皆謗リ申シヽ‖事ナメリ。

此レヲ思フニ、女也トモ尚寝所ナドハ拈テ可有キ也。泛ニ臥タリシカ‖バ此ク質ニモ被取タル也トゾ人云ケルト

ナム語リ伝ヘタルトヤ。　（巻第二十九第八）

のように、説話の末尾を締めくくる部分で「き」が機能する場合もあるが、一方で、冒頭部分に登場人物を紹介するなかで「き」が使われる場合も世俗部の、殊に後半に目に付く。

○今昔、駿河前司橘季通ト云人有キ‖。　（巻第二十三第十六）

○今昔、甲斐国大井ノ光遠ト云左ノ相撲人有キ‖。　（巻第二十三第二十四）

○今昔、児共摩行シ‖観硯聖人ト云者有キ‖。　（巻第二十六第十八）

○今昔、大蔵ノ丞ヨリ冠リ給ハリテ、藤原ノ清廉ト云フ者有キ‖、大蔵ノ大夫トナム云シ‖。　（巻第二十八第三十一）

のほか、

○今昔、内舎人ヨリ大蔵ノ丞ニ成テ、後ニハ冠給ハリテ、大蔵ノ大夫トテ、紀ノ助延ト云フ者有キ‖。若カリケル時ヨリ、米ヲ人ニ借シテ、本ノ員ニ増テ返シ得ケレバ、年月ヲ経ルマ、ニ、其ノ員多ク積リテ、四五万石ニ成テナム有ケレバ、世ノ人、此ノ助延ヲ万石ノ大夫トナム付タリシ‖。　（巻第二十八第三十三）

のような例もある。人物を紹介することに主眼があると思われ、一つの定式をなしているとも見えるが、この人物の紹介は単に登場人物の名を読者に知らせるだけの働きをしているのではなく、説話・物語の世界を開く役割を果たしているのである。

もちろん、このように作品の世界を人物紹介で始めるのは今昔物語集が最初ではなく、例えば竹取物語が竹取の翁の紹介から始め、また伊勢物語は「おとこ」の存在を提示することによってほとんどの章段を始めたのだった。しかし、そこで使われた助動詞は「けり」であって、「き」を使う今昔物語集とは形式を異にしていた。そしてこの「き」の用法は今昔物語集だけでなく、他の説話集にも同様の例は散見される。例えば法華修法一百座聞書抄にも、

○昔シ仏法ニ信ヲイタサス破戒ナルモノアリキ‖

○舎衛国ニ居者アリキ‖

のような例が説話冒頭に見られる。説話形式の主流というのではないが、説話が採りうる形式の一つだったといえる。しかも、このような「き」による人物紹介によって説話物語の世界を開いてゆく方法は説話集にとどまらず、中世軍記にも同様の例が見られるのである。

「き」の中世へ

新編日本古典文学大系本保元物語（底本半井本）の冒頭は次のように始められている、その文体に注意したい。

近曾、帝王御座キ‖。御名ヲバ、鳥羽ノ禅定法皇トゾ申ス。天照太神四十六世ノ御末、神武天皇ヨリ七十四代ノ御門ナリ。堀河ノ天皇ノ第一ノ皇子、御母ハ贈皇太后宮トテ、閑院ノ太政大臣仁義三世孫、大納言実季ノ御娘、康和五年正月十六日ニ御誕生、同年秋八月十七日、皇太子ニ立セ給。嘉承二年七月十九日、堀河天皇カクレサセ給シカバ‖、則五歳ニテ践祚、御在位十六ケ月ノ間、海内シヅカニシテ天下ヲダヤカナリキ‖。風雨時ニシタガヒ、寒暑ヲリヲアヤマタズ。御歳廿一ニシテ、保安四年正月廿八日、御位ヲノガレテ、第一ノ親王ニ譲奉ラセ給ヒケリ|。第一ノ親王ト申スハ、配流ノ後、讃岐院是也。大治四年七月七日、白河院カクレサセ給テヨリ以来、天下ノ事ヲ知食ス。忠アル者ヲバ賞シ給、聖代聖皇ノ先規ニモタガハズ。罪アル者ヲバ宥給、大慈大悲ノ本誓ニモ叶ヘリ。サレバニヤ、恩光ニテラサレ、徳沢ニウルヲヒテ、国富ミ、民安カリキ‖。

最初の一文が「き」で捉えられているのをはじめ、この作品冒頭の段落は概ね「き」を基調とした文章で記されている。保元物語は「き」によって作品世界が開かれているわけである。そして、ここで述べられているのは天皇を中心とする皇位と帝室の動向である。内容は歴史の概略の記述であり、抽象的な叙述が「き」によって捉えられているわけであるから、このような歴史の記述が散文作品の世界を開くという構造の性格が「き」の機能と結びついている。歴史の時代にふさわしく、歴史の記述が物語の枠となりえるのは、それ自体が王朝の物語とはずいぶん異なったあり様であるが、このような概括的な歴史の記述に「き」が用いられるというのは、一般に「目睹回想」ないし「直接体験」を表すとされている「き」の性格から考えれば矛盾したことである。これらの「き」が歴史の記述をどの程度の客観性をもって果たしているのかはよく分からないのであるが、少なくともすでに「回想」の情意はかなり失われているのだとは言えるのかもしれない。大坪併治(7)によれば平安時代の漢文史書訓読文では「き」は地の文でめったに使われなかったようだが、だとしたら、これら中世散文の「き」の用法は何に由来するのだろうか。いずれにしても、作品の世界を開く冒頭に「き」が使われてるということは確認しておきたい。

一方、物語の中において具象的な叙述を繰り広げる場合にはどのような文章が用いられるのか、その例として大庭景能が源為朝の矢に射られる有名な場面を引用しよう。

カネ巻ニ漆一ハケ、夜部指タルガ、能モ乾ヌニ、手前六寸、口六寸、ナイバ八寸、大カリマタヲネヂスゲテ、ミネニモ能程ハヲゾ付タリケレバ、小キ手鉾ヲ二打違ヘタルガ様ナル物也ケリ。ハズヨリ下モ、ナカラヨリ上ミ十五束、ネタゲニ、鏑ノウヘエカラト引懸テ、腰ノ骨射切トヒヤウド放タリケレバ、長鳴シテ御所中ヲヒゞケ、五六段計ニ引ヘタル景能ガ膝ノ節ヲ片手切ニ射切テ、鐙ノ力皮、水緒皮、馬ノ折骨二ツ射切テ、馬ノ腹ヲアナタヘ通テ、鏑ハコナタニクダケテケル。馬ハ一足モ不引、ドヲド倒。主モ下リ立トシケルガ、足折テタヽレザリケル処ニ、内ヨリ「頸取」トテ、敵寄合ケレバ、大庭三郎、生年廿五ニ成ケリ、兄ガ馬ニ敷レテ伏タルヲ見テ、走寄リ、馬ヲバ押ノケテ、兄ヲ引立テケレバ、片膝折レタリケリ。肩ニ引懸テ、門ヨリ外ニ出テ、川原ヲ下ニ五六町コソ引タリケレ。川原ニ下而見返リタレバ、敵モ追モコザリケリ。下人独モ見エ合ズ。

ここでは戦いの情景が具象的に記され、為朝の矢の説明も、また景能が矢に射られて弟景親に救われる（後の二人の運命から考えると妙に感動的な）情景も、その描写は極めて具体的であるが、その叙述は「けり」を基調とする文章で記されている。ここでは叙述の基調をなす助動詞は「き」ではないのであり、「き」と「けり」はこの作品において、ともに重要な役割を果たしながらも、その役割は分担されていたと言えるのである。

このような「き」と「けり」の様相は延慶本平家物語の場合にも見出せる。その冒頭を引用しよう。

祇園精舎ノ鐘ノ声、諸行無常ノ響アリ。沙羅双樹ノ花ノ色、盛者必衰ノ理ヲ顕ス。驕レル人モ不久《ラ》。春ノ夜ノ夢尚長シ。猛キ者モ終ニ滅ヌ。偏ヘニ風ノ前ノ塵ト不留《ドマラ》。遠ク訪異朝者、秦ノ趙高、漢ノ王莽、梁ノ周異、唐ノ禄山、是等ハ皆旧主先皇ノ務ニモ不従、民間ノ愁、世ノ乱ヲ不知《ラ》シカバ、不《シテ》久《ラ》シテ滅ニキ。近ク尋《レ》我朝《ヲ》者、承平ノ将門、天慶ニ純友、康和ノ義親、平治ニ信頼、驕ル心モ、猛キ事モ、取々ニコソ有ケレドモ、遂ニ滅ニキ。縦ヒ、人事ハ詐ト云トモ、天道詐リガタキ者哉。王麗ナル猶如此、況人臣、従者争カ慎マザルベキ。間近ク、大政大臣平清盛入道、法名浄海ト申シケル人ノ、有様伝承コソ、心モ詞モ及バレネ。

彼ノ先祖ヲ尋ヌレバ、桓武天皇第五皇子、一品式部卿葛原親王、九代ノ後胤、讃岐守正盛孫、刑部卿忠盛朝臣嫡男也。彼ノ親王ノ御子、高見ノ王、無官無位ニシテ、失給ニケリ。其御子、高望ノ親王ノ御時、寛平二年、五月十二日ニ、初テ平ノ朝臣ノ姓ヲ賜テ、上総介ニ成給シヨリ以来、忽ニ王氏ヲ出テ、人臣ニ列ル。其子、鎮守府将軍良望、後ニハ常陸大掾国香ト改ム。国香ヨリ貞盛、維衡、正度、正衡、正盛ニ至ルマデ、六代、諸国ノ受領タリト云ヘドモ、未ダ、殿上ノ仙籍ヲ不聴。（一本の一）

この部分では文末に「き」「けり」や動詞終止形がともに見られるが、この三つはともにこの作品の文体として重要な役割を果たすと見える。その点から言えば、ここでは多様な文体が混在しているとも言えようが、なお子細に見れば、まず最初に仏教教理が述べられたあとに「き」による叙述が置かれ、それがやがて「けり」へと引き継がれると見える。先ほどの保元物語の冒頭の例ほどではないにしても、「き」はここでも機能しているのである。

しかし、延慶本平家物語の場合には作品冒頭だけでなく、叙述内部の章段の単位でも、その章段の冒頭が「き」で始められ、やがて「けり」を基調とした叙述へと引き継がれていくという枠構造が見られる。いささか長大だが、第一本の四「清盛繁昌之事」の最初の部分を引こう。

清盛嫡男タリシカバ其跡ヲ継グ。保元々年、左大臣代ヲ乱給シ時、安芸守トシテ御方ニテ勲功アリシカバ、幡磨守ニ移テ、同年ノ冬大宰大弐ニ成ニキ。平治元年右衛門督謀叛之時、又御方ニテ凶徒ヲ討平ゲシニ依テ、勲功一ニ非ズ、恩賞是重カルベシトテ、次年正三位ニ叙ス。是ヲダニモユ、シキ事ニ思シニ、其後昇進龍ノ雲ニ昇ルヨリモ速カナリ。打継、宰相、衛府督、検非違使別当、中納言ニ成テ、丞相ノ位ニ至リ、左右ヲ不経、内大臣ヨリ大政大臣ニ上ル。兵杖ヲ賜テ、大将ニアラネドモ、随身ヲ召具テ、牛車輦車ノ宣旨ヲ蒙テ、乗ナガラ宮中ヲ出入ル。偏ヘニ執政ノ人ノ如シ。サレバ史記ノ月令ノ文ヲ引御シテ、寛平法皇ノ御遺誡ニモ、「大政大臣ハ一人ノ師範トシテ、四海ニ儀形セリ。国ヲ治メ、道ヲ論ジ、陰陽ヲ柔ゲ、其人無クハ即闕ヨ」ト云ヘリ。是ヲ則闕ノ官ト名付テ、其人ニ非ズハ可贖一官ニテハ無レドモ、一天掌ノ内ニアル上ハ子細ニ不及。

相国ノカク繁昌スル事、偏ヘニ熊野権現ノ御利生也。其故ハ、清盛当初靫負佐タリシ時、伊勢路ヨリ熊野へ参ケルニ、乗タル船ノ中へ目驚程ノ大ナル鱸飛入タリケルヲ、先達是ヲ見テ驚怪テ、即巫文ヲシテミルニ、「是ハタメシナキホドノ御悦ナリ。是ハ権現ノ御利生也。忩ギ養給ベシ」ト勘申ケレバ、清盛宣ケルハ、「唐国ノ周西伯留ト云ケル人ノ船ニコソ、白魚躍リ入タリケルトハ伝聞ケ。此事イカヾ有ベカルラム。乍去先達計ヒ申サル、上ハ、半権現ノ示給ナリ。尤吉事ニテゾ有ラム」ト宣テ、サバカリ十戒ヲ持、六情根ヲ懺悔シ、精進潔斎シタル道ニテ、彼魚ヲ調美シテ、家子郎等、手振、強力ニ至マデ、一人モ不漏《ラサ》養ケリ。

この例では最初に「き」を以て清盛の紹介が行われたあとに、動詞終止形を基調とした文章で清盛の官位累進が語られる。この範囲内でも「き」による文章の枠とその他の文章による内容という形がほの見えるが、この段落自体が長大な枠を形成し、その内部に鱸の説話など清盛の栄華の物語が語られるという構造になっているとも言えるのである。「き」によって清盛という世界が開かれていることだけは確かだろう。

同様の例は他にもある。

白河院御在位ノ時、六条右大臣顕房ノ御娘ヲ、京極大殿猶子ニシマヒラセサセ給テ入内有シカバ、皇后宮賢子ノ中宮ト申シキ。其腹ニ皇子御誕生アラマホシク被思食テ、三井寺実蔵房阿闍梨頼豪ト聞シ有験ノ僧ヲ召テ、皇子誕生ヲ祈申サセ給フ。「御願成就セバ勧賞ハ乞ニヨルベシ」ト、被仰下タリケレバ、頼豪「畏テ承ヌ」トテ、肝胆ヲ摧テ祈念申シケル程ニ、カヒ〴〵シク中宮御懐妊アテ、承保元年十二月十六日、思食スサマニ王子御誕生アリシカバ、主上殊ニ叡感アテ、頼豪ヲ召テ、「王子誕生ノ勧賞ニハ何事ヲ申請ムゾ」ト仰ノ有ケレバ、頼豪、「別ノ所望候ワズ。三井寺ニ戒壇ヲ建テ、年来ノ本意ヲ遂候ワム」ト申ケレバ、主上仰ノ有ケルハ、……

（二本の十二）

ここでは主人公頼豪ではなく、事件の発端となった皇子の誕生が「き」で語られるのだが、ここでも「き」が説話を開いていることは同様である。そして、頼豪が登場してからの説話本体の叙述は「けり」を基調とした文章で続けられてゆく。途中、「皇子誕生有き」「崩御なりき」と、皇室に関する記事に「き」の使われるのは、先ほども述べた「き」と歴史の関係を想起させるが、叙述の中心になるのは、「けり」の基調なのである。

また、文覚上人の出家のいきさつを記す説話的な章段も、同様の「き」から「けり」への基調の移行が見られる。

抑文学ガ道念ノ由緒ヲ尋レバ、女故トゾ聞ヘシ。在俗ノ時ハ、渡辺ノ遠藤武者盛遠トテ、上西門院ノ武者所ニテ、久《ク》仕《テ》龍顔《ニ》、施《シ》飲羽之威《ヲ》、専《ラ》侍《テ》鳳闕《ニ》、振《ヒ》射鵰之名誉キ。然ヲ此内ヲ罷出テ後、渡辺橋供養之時、希代ノ勝事ナリケレバ、江口、神崎、柱本、向、住吉、天王寺、明石、福原、室、高砂、淀ヤ、河尻、難波方、金屋、片野、石清水、ウドノ、山崎、鳥羽ノ里、各ノ歩ヲ運ツヽ、

「霞ノ裏ニ珠ヲカケ、長柄ノ橋ノ如クニテ、不朽」トゾ祈ケル。

説法半時ニ及テ、ニガワラノ船一艘ゾ下リケル。下人、冠者原ニ至ルマデ、サワ〳〵トシテゾ見ヘケル。中ニアジロ輿、二張アリ。……

（二末の二）

以上のように、延慶本平家物語においても、「き」は概括的歴史を記述し、人物を紹介し、また物語の世界を開く機能を有していた。そしてこの「き」による文体は、物語の叙述の本体における「けり」文体と対立していた。従って、保元物語でも延慶本平家物語でも、「き」と「けり」は概括的な歴史記述と具象的な物語描写とを分け持ち、しかも「き」は作品冒頭の枠の中で機能し、「けり」は物語本体の描写に機能しているといえる。そして、枠における「き」と本体における「けり」という対照は今昔物語集世俗部のいくつかの説話に共通するものだった。軍記については本考の主要な対象ではなく、たまたま気付いたことを記したに過ぎず、この共通点が直接の文体史の流れを形成するものだとは簡単に言えないだろうが、世俗部の「き」に中世の文章の文体を予告するものがあったとすれば、今昔物語集の天竺震旦部から、本朝仏法部、そして本朝世俗部の文体の推移は、そのまま文体の平安から中世への流れを示していた。今昔物語集本朝世俗部の枠構造の「き」は、古代文学の枠構造に由来するのではなく、中世文学の枠構造のさきがけをなすのである。

注

（1）橋本萬太郎『現代博言学』第二章（大修館書店　S五六）

（2）細江逸記『動詞時制の研究　訂正新版』結語（篠崎書林　S四八）

（3）大坪併治「説話の叙述形式として見た助動詞キ・ケリ―訓点資料を中心に―」（「国語学」一一一）

（4）阪倉篤義「『竹取物語』の構成と文章」（『文章と表現』角川書店　一九七五）参照。

（5）馬淵和夫「『今昔物語集』における言語の研究」（『古典の窓』大修館書店　一九九六）参照。

（6）本書Ⅱの3参照。なお、今昔物語集の「き」「けり」については、大坪併治・野田美津子「説話の叙述形式として見た助動詞キ・ケリ—今昔物語を中心に—」（『大谷女子大国文』八）・桜井光昭「回想の助動詞の用法」（『国語学』二三）を参照。

（7）注（3）論文参照。

〔付記〕今昔物語集本文の引用は、日本古典文学全集本（山田孝雄・山田忠雄・山田英雄・山田俊雄校注）によったが、宣命書きは再現しなかった。また、新編日本古典文学大系保元物語（栃木孝惟校注）、勉誠社刊延慶本平家物語本文篇（北原保雄・小川栄一編）によった。

今昔物語集の「き」枠一覧

今昔物語集のうち、枠に「き」の用いられた章段の一覧である。見落としもあろうが、だいたいの傾向を知ることはできよう。▽は説話の冒頭枠に「き」を含むもの、△は説話の末尾枠に「き」を含むものである。なお、説話の番号は日本古典文学大系本による。

巻	説話番号	
一	三〇	△
二	三八	△
三	一一	▽
五	一	△
	三	△
	一九	△
一四	三九	△
一九	一七	△
	三六	△
二〇	四四	△
二三	一六	▽
	二四	▽
二四	二二	▽
	三〇	▽
	四六	△
	五二	▽
	五七	△
二五	二	△
	一二	▽
二六	四	▽
	一〇	△
	一八	▽
二七	一二	△
	一六	▽
	一九	▽
	二一	▽
	二六	△
	一二	▽
二六	四	▽
	一〇	△
	一八	▽
二七	一二	△
	一六	▽
	一九	▽
	二一	▽
	二六	△
	二七	▽
	二九	▽
二八	一	△
	二〇	▽
	二六	△▽
	三一	▽
	三二	▽
	三三	▽
	三四	▽
	三六	▽
	四三	▽
二九	八	△
	一二	▽
三一	五	▽
	七	▽
	一〇	▽
	三〇	△

5　法華修法一百座聞書抄の「侍りけり」と「候ひき」

法華修法一百座聞書抄の「侍り」と「候ふ」については既に春日和男の「「侍り」と「候ふ」の分布より見た「法華修法一百座聞書抄」の文体」(1)の中で詳しく論じられている。この作品(「作品」と言っても実際のこの法華修法一百座聞書抄の伝本の状況を考え、また「聞書」というように、説法の聞書という性格を考えても、これを文学の「作品」と呼ぶことが適当かと言えば、ためらわざるを得ないが、ここでは取りあえず「作品」とよんでおく。同様に「冒頭」「末尾」とよぶが、これも便宜的なものであるのは言うまでもない)の前半と後半で「侍り」の用いられかたに大きな違いがあることが中心として述べられているのだが、その他にも、次のようなことが指摘されている。

「候ふ」の使用は、内親王天(殿)下に直接奏上する場合に多くあらはれ、「侍り」には、そのやうな偏向が顕著でない。そして主として説話叙述乃至説話内の対話の部分にあらはれる。つまり、概していへば「候ふ」は「侍り」に比して、各説法乃至法話の終末部分に多く見られるといふことである。

この言及は、この作品における「侍り」と「候ふ」の文体的機能の違いについて多くのことを示唆する。法話の場における説話物語の語り口と仏教教理の平易な説明の語り口の違いがこれらの現象から見て取れるし、さらに生き生きとした説法の場の各話者の語り口の個性まで垣間見ることもできるかも知れないのである。

譬喩と教理

法華修法一百座聞書抄の文章は基本的に二つの部分に分けることができ、その文体も二つの部分で異なっている。その一方は説話の部分であり、そこでは専ら翻訳説話を中心とした物語が語られる。この作品を説話集と見るならその核心と見えるのだが、実はこの部分は譬喩の部分であり、説法の中心部分に対する付加的な部分に過ぎないとも言える。他方は説明の部分であるのだが、ここで仏教の教理が説明され、その説明は勿論一般の民衆（施主内親王といえど、この民衆の一人であることに違いはない）に向けて平易に述べられているとはいえ、教学に則った理論的なものであるに違いはない。そして、この両者において、「候ふ」「侍り」の使用の様相は異なっているのである。

教理などを説明した部分として典型的なのは作品の末尾、閏七月十一日の覚厳得業の説法である。ウ三五五より破損したウ四二一までの六十七行だが、この六十七行の部分に「候ふ」の使用例は二十一に及び、作中の「候ふ」の用例九十九の五分の一強を占める。これは作品の九二八という行数のうち、覚厳得業の法話がわずか七・二％に過ぎないことを考えれば、この作中においても「候ふ」の用例が極めて多いといえるが、このような現象は覚厳得業の説法の話題の特徴に起因する。覚厳の説法はその後半なにがしかの部分が破損して欠損しているためもあって、説話の部分はわずか十行に過ぎず、しかもこの部分には「候ふ」は使われていない。覚厳の説法の大部分は阿弥陀仏の誓願を中心とした阿弥陀信仰の説明となっているのであり、二十一例の「候ふ」はその説明に使われている。「候ふ」が説明的な部分に多く使われると言う性格をこの例に見ることができるのであり、「候ふ」と「侍り」の差が単に新旧の違いにとどまらず、あるいは新旧の違いに由来するのかも知れないが、実際にはこの作品において、教理説明と譬喩としての説話という異なった要素への係わりの違いに対応していることの一端を見ることができる。

この覚厳得業やその前の閏七月八日及び九日の新成房の説法は説話の部分が概して短く、教理の説明を詳しく行っており、したがって「候ふ」の用例もこの部分で多くなっている。春日が述べるように法華修法一百座聞書抄では後半に行くほど「侍り」は少なく、ことに末尾の部分では「候ふ」しか見られないのだが、覚厳や新成房の説法が説話よりも教理説明に大きな比重を置くものであったことが、少なくともその原因の一つとなっている。

ただし、「候ふ」と説明的な部分との係わりはこの例のような詳しい教理説明の部分に限らない。施主内親王の功徳を述べたり、説話部分を受けて、その教訓を語る部分もまた、その分量は短いものであっても、その性格は説明的なものであり、従ってそのような部分では「候ふ」が用いられることになる。そして実際にこの作品に記された毎日の説法の多くではこれらの説明的な部分が説話に対する枠となっている。「語り」の文体による物語本体を「説明」の文体による枠が囲むという形式は書記言語による物語では普遍的なものであるが、この聞書の場合にも同様の形式を取るのが普通であったと言える。ただし、この作品においては決して説話部分は中心をなすのではなく、たとえ文学史的に「説話集」と認識されるにしても、その実態はあくまでも説法の記録なのだから、覚厳や新成房の場合のように教理を述べる部分が説法の中心になることも不思議なことではない。したがって詳しい教理が説明された箇所で集中的に「候ふ」が用いられるのは当然であるが、説話を中心とした説法でもその前後の枠の部分では「候ふ」が使われているということになる。

ところで、以上のように枠の部分では「侍り」と「候ふ」のうち、「候ふ」が専ら用いられるのであったが、その例外もないわけではない。枠の部分に「侍り」が用いられた例として、次のようなものを揚げることができる。

○マシテ生死ノ大海タトヒ悪業ノナミタカクトモ般若ノ船ニノリテ観世音菩薩ニカチヲサ、セタテマツリテ菩提ノカノキシニワタラムコトハホトアルヘキ事ニモアラスナムハヘルヘキ　（三月二日　香雲房）

○法花経ノ六万九千ノ文字ハ皆金色ノ仏ニマシマスト申コトハツネノコトハ又タヒ〳〵キコシメストモアシカル

ヘキコトニモハヘラス　功徳度々キコシメスカマサルコトニテ侍ヘキナリ　（三月三日　香雲房）

○父母ノ御セウトシモヲホサ、リケムカクコソ侍ケレ　（三月二十六日　大補得業）

この三つの例のうち、二つまでが香雲房のものであることは、春日の論においても彼が「侍り」を多く用いる講師として注目されていたことからも理解しやすいことであるが、その香雲房にしても、枠の部分では「候ふ」も併せて使っているのだから、やはり説明的部分では「候ふ」の役割が大きかったと言えよう。

香雲房の語り口

では、「侍り」はどのような場合に多く使われるのかというと、教理説明の部分や説話の枠を除いた部分、つまり説話の地の文や会話文ということになるのだが、ことに地の文では特徴的な使い方をされている。「侍り」がこの作品の前の方に多く使われているのは春日の指摘するところだが、その数字を押し上げているのは、四箇所の集中的な使用である。すなわち、香雲房の三箇所と実教房の一カ所であるが、その四箇所における「侍り」の総計四十四という数字は、この作品の「侍り」の総数七十二の半分以上を占め、「侍り」が集中的に用いられる傾向のあることを知ることができる。「候ふ」もまた集中的に用いられることがあり、それは仏教教理に関する部分であった。「侍り」の場合は当然ながら説話の部分に多用されるのだが、それは次のような部分である。

三月四日　香雲房　冒頭部分の地の文
三月八日　香雲房　地の文・会話文
三月九日　香雲房　会話文
三月十二日　実教房　会話文

会話文の例の多いことがわかるが、必ずしもすべてが会話文なのではない。三月八日の例では(2)次に挙げるように、会話文と地の文を通じて「侍り」は多用されている。

マチカキ此国事ニハ候トモ延喜ノ御時《キ》ナムトニヤ候ケム空也ヒシリトイフイトヤムコトナキ人侍ケリ雲林院ニスム侍ケルコロ七月ハカリ京ノ方ニスヘキコト侍テアサカケニ大宮ノヲ、チヲ南サマニ罷ケルニ大カキノホトニ例ノ人ナムト、ハオホエヌ人ノサムサヲイミシクナケキタルケシキニテ侍ケレハヒシリアヤシミテタチトマリテイカナル人ニカオハスラムヨクアツキホトニイミシウサムサヲウレイタルスカタノミエタマフハト、ヒケレハ此人ノイフヤウ我ヲ空也ヒシリトハマウスニヤ侍ラム日来モイカテカマウスヘカラムト思フタマヘツルニイトウレシクモ侍カナヲノレハ松ノヲノ明神トナムイハレ侍ヲノレカ身ニハ人々マウテキテ法施ヲタフニ般若衣オノツカラ侍法花ノ衣ノハヘラテ亡相《マウ》天道ノアラシハケシク悪業罪障霜《シモ》ノアツク侍テカクサムクタエカタク侍ヲ法花ノ法施ノ衣ハタマハセテムヤトノタマフニヒシリイトオソロシクアハレニテサウケ給ヌ但《タヽシ》ミヤシロニマイリテ法施タテマツラムホトモヒサシク侍ヘキヲイトカタシケナキ事ニ侍トコノヲノレカシタニキテ侍コソテハキタナクアカツキテ侍レトコノ卅余年ヲキフシタチヰニ法花経ヲ夜《ル》ヒルヨミシメテ侍ヘルナリコレヲタテマツラム申シケレハヨロコヒテトリテキタマヒテ今コノ法花ノ衣ヲキ侍ヘルヨリ悪霜《シモ》キエ罪障ノアラシフキヤミテイトアタ、カニナリニテ侍ヘリコレヨリ後仏道ナリ給ハムマテ必マモリタテマツラムトテヒシリヲオカミテナムサリ給ニケル

ところで、この例は法華修法一百座聞書抄の説話の中でも、天竺・震旦説話でないという点で特異である。空也と松葉明神にかかわる説話で、仏教的世界に神祇のかかわる題材であり、しかも日本という、説法の行われているまさにこの場所が舞台であるという点で例外的なのである。しかもその舞台が身近なものであるだけに、松尾明神が姿を現に現すという現象も怪奇の趣を感じさせ、それが空也上人の「おそろしくあはれに」感じたという記述に

反映しているのだろう。そのような題材の性格が地の文にも、また会話文にも「侍り」が用いられという現象を導いたのだと考えたい。なぜこのような現象が起こるのかは後に述べるが、「侍り」と説話の題材の関係を考えねばならない。

三月十二日の説話はその舞台を中国に置き、題材自体は震旦だねのもので特に不審はないようでもあるが、その内容はやはりエキセントリックなものである。そもそもここに述べられている「三十七尊住心城ノ文」は天台本覚思想に深く関わる本覚の讃の一節であり、この説話は中古天台の仏教の思潮の高揚の一こまに深く関係した内容となっている。しかも、「山王院の大師」を敢えて「痴愚の僧」として登場させ、この痴愚の僧に小鳥の死骸の解剖までもさせている。さきに全文を引用したが、その一部を再度引用する。

……弟子サレハ仏説ヲ信セヌニハ候ハスタ、凡夫ノツタナクハヘルコトハカクハウケタマハレトモナヲ、ホッカナク候ナリ草木ハ花サキミナリハヘレト又冬ニナレハ花モチリハモカレヌレハ仏ノ境界ハサヤハ侍ヘキ又此文ヲウケクマハリテ人ノ身ノウチヲハエミ侍ラスヲノツカラ小鳥ナトノシニテ侍ヲワリテミタマフレトクサクケカラハシクノミ侍テ仏ノスミタマウヘシトモミエヌナリシカレハ大師御ムネノ内ニ卅七尊ヲワシマスラムヲミセタマハサラムカキリハナヲ、ホツカナクナム侍ヘキトイフニ……

小鳥の胸の内に本当に三十七尊の存在を確認しようと言うかれの行動は愚かにも激しいものであり、この激しさに不空三蔵の表す奇跡が導かれ、そこにこの説話の感動が現出する。この激しい行動を僧自身が報告するときに「候ふ」「侍り」が多用されているのである。

このような話題の特異性ということは、三月九日の例にもあてはまるかもしれない。三月九日の例は餓鬼道の苦しみを描いているのだが[3]、その苦しみは餓鬼自身の口から語られる会話文で記されるので、そこに「侍り」が多用されることは当然とも言える。ただしその描写は詳細、また執拗であり、現代人が感じる以上の恐ろしさを当時の人々は感じたのであろう。

また、同じ香雲房の三月四日の説法の冒頭も特異なものである。この部分についてはさきにも扱ったのだが、ここに再び引用しよう。

　昔シスイノ世ニレウシノ侍ケルカ鹿ヲイコロシテ侍ケルハラノウチヨリハラミテ侍ケル子ノヤニアタリテヲチテ侍ケルヲ母ノ宍シナム事ヲワスレテタチカヘリネフリ侍ケルヲ見テ道心ヲオコシテキテ侍ケル家ヲ寺ニナシテしのタメニ法花経ヲナムヨマセ侍ケル其ノ寺ノ名ヲ法花寺トナムナツケテ侍ケルコノ事ヲ聞クモノチカキモトホキモ随喜シテアツマリテ経ヲヨミ侍ケレハ二三千人トノ、シリアヒテ其ノ事トモキコエサリケレハ……

ここでも、その冒頭の話題は当時の人々にとってショッキングなものだったろう。母鹿とともに殺される胎内の仔鹿という題材、しかも傷ついた母鹿は自分の死も忘れ、仔鹿を舐めるという場面は聴衆のこころを揺さぶったに違いない。この説話の中心はこの猟師の建てた寺に住んだ一人の僧の蘇生譚であって、この部分は説話全体からすれば必ずしも必要のない部分だが、それでもその話題の衝撃力からして、削るわけにはゆかなかったのだろう。そしてこの部分を語るために、「侍り」は必要だった。

ところで、この部分で「侍り」が「けり」とともに使われていることは重要である[4]。私がさきにこの部分を論じたのも「侍り」と「けり」の結合に着目したからであったが、実際に法華修法一百座聞書抄では「侍り」と「けり」が結びついて使われる例はまま見られる。これもさきに述べたことなのだが、「侍り」と「けり」はともに言語主体の「いまここ」での姿勢を確認し、「けり」が題材を「いまここ」に持ち来るのに対し、「侍り」はそれを聴衆に提示するという機能の違いはあるにしても、この両者は言語の場を意識し、対象化する役割を果たすことばである。そして場の意識化を必要としたのはその説話の題材であったと考えたい。そしてその題材を聴衆に提示するための配慮の具体化が「侍り」や「けり」であったと考えたい。残虐の話題はその対照性のゆえにかえって聴衆を信仰に導く役割を果たしただろうが、それでもその話題は聴衆への配慮を欠いては提示できない。また空也の説話の場合は本朝説話という特殊性があったのだが、この特殊性は親しみを感じさせるどころか、かえってその具象性のために気味悪さや恐れを感じさせるものであったのだろう。ここでも聴衆への配慮は必要とされたのだ。そこに「侍り」の多用される所以があった。

ところで、「侍り」と関連して「けり」に着目するなら、同じ香雲房の三月九日の説法の前半は注目すべきだろう。

阿弥経ハタ、阿弥仏ノ名号ヲアルイハ耳ニフレ或ハクチニトナフルニミナ極楽ニ往生スルヨシヲトケル経也ムカシきうし《キウシ》国ノカタワラニヒトツノシマアリケリ人ノ家ワツカニ五百家許ナムアリケルタ、アミ人ノスムシマナリケリヒトリノ人海ノホトリヲミケルニレイノイオニモニヌ魚ノカスモシラスオホクハマツラニイテキタリケレハサトノ人々アツマリテアミシテトリツクシテトリケレトサラニエトリエサリケリイカ、シタリケム魚ヒトツトラレタリケルモノヨロコヒテトリアクルホトニスヘラカシテニカシテオモヒモアヘス阿弥陀仏トイハレタリケルヲキ、テコノ魚ノワカ、タニカヘリキケレハモシコノイヒツルコトヲキカムトヲモウカトテ又阿弥陀仏トイヒケレハコト魚モアツマリケリ阿弥―〳〵ト申テオホクノ魚ヲトリツカタハラノ人々ニコノヨシヲイフニアミツリニテエトラサリツル魚タ、阿弥陀仏ニスクハレテノミトラレケレハソノシマノオトコ女ヲヒタルワカキ魚トラムタメニ三年ハカリカホトヨルヒル念仏ヲシケルハミナ極楽ヘマイリニケリシマノウチニヒトリモノコラス往生シケレハ往生ノシマトナムイヒ魚ヲハ阿弥陀仏トナムナツケ、ルイロクツヲスクヒテモノ、イノチヲコロサムカタメニ阿弥陀仏トトナフルニミナ往生シニケリイカニイカニイハムヤ心ヲイタシテ孝養報恩ノタメニ阿弥陀経供養シ後世菩提ノタメニ念仏セシメタマハムヲヤ

ここでは「けり」が多用され、説話は「けり」を基調として語られている。ここでも話題は殺生に関連し、生き物

を殺すということの残酷さと無関係ではない。しかも「阿弥陀仏」と唱えながら殺生に耽った人々がなお救われるということにこの説話の感動があるのであり、そのためにこそ説話は悲惨なものでなければならない。現代人が読むよりよほど残虐に聞こえたであろうこの説話に「けり」の多用されることとの意義は大きい。

このように見てくるなら、この「侍り」あるいは「けり」の多用は、一連の法話の初期の日々の雰囲気に依っているといえる。説話を中心とし、しかもその説話は模範的な仏典説話からはずれ、またその逸脱を意識して提示されている。そこには僧侶ではない、つまり教理に関しては専門知識のない人々が集っていたのだろう。その人々を感動させ、信仰に導くための手法の一環として、「侍り」と「けり」の多用は機能したのだと見たい。そして、このような説法を行う技量を持った講師が香雲房であり、あるいは実教房であったのだ。

「侍り」と「けり」

このように見てくるならば、法華修法一百座聞書抄において、その表現が丁寧語に関して違いを見せるのは、その最初のほうの部分と最後の部分の語り口の違いに由来しているということになる。端的に言えば説話を中心とする香雲房や実教房と、教理の説明に力を入れる新成房・覚厳得業の語り口の違いに大きく関わっての現象であったということになる。この作品の「侍り」と「候ふ」の出現状況について、その所以を講師の個人的用語の差に求めることは、すでに春日が行っている。その差を、講師の年齢の違いにもとめ、年齢の高い者より若い者へと担当を配列したことがこのような現象として表れたのだというのは、私もその通りだろうと思う。香雲房が説話枠にも「侍り」を用いたことなどはその現れかと思う。しかし、より古い語である「侍り」を老人が使い、新しい語の「候ふ」を若い講師が使ったのだというだけでは十分の説明に思えない。説話を中心として説法を構成し、仏教教理に踏み込まない香雲房の語り口には、老齢というよりは老練を感じる。実例として、譬喩としての説話を用いて聴衆を引き付ける香雲房の説法は、覚厳の説法よりは格段に分かり易く、面白かったのではないか。しかも香雲房は時に、例えば三月四日の説法のように、前置きを置かずいきなり説話に入り、しかもその冒頭にショッキングな話題を持ってくるようなことをしたようである。そこに彼の説法の語り口の特徴を見ることができる。同様のことは実教房についても、香雲房ほどではないにしても言えるだろう。かれらの説話を生かした語り口が「侍り」や「けり」の多用を引き起こしたといえる。一方、覚厳得業のような語り口は一定の知的説明を欲する人々には好まれるかもしれないが、一般の人々には難解なものであったろう。学業熱心とも言い難い若者を教える私のような教師はその感を深く持つ。

では、なぜ説話と「侍り」が結びつくのか。——例えば先に引いた実教房の説法の痴愚の弟子の会話の部分に「侍り」とともに「候ふ」が併行して使用されたように、「侍り」と「候ふ」は本質的に共通性の多い語である。しかし、「侍り」はより古い語として「候ふ」に駆逐されていった。そして駆逐されていったということは、「侍り」が本来の意味を保ったままで使われなくなったということではないはずである。そこには「侍り」の持っていた言語主体と聞き手との関係の緊張をとらえる力の劣化があったにちがいない。語彙はしばしば、石が丸くなるようにして本来の力を失ってゆく。しかも客観的な意味の語彙よりも主観的価値評価を含んだ語彙のほうがその運命をたどりやすく、待遇表現はその最たるものである。「侍り」は本来の強烈な謙りの意味をうしない、やがて語彙として消えてしまうが、その末期において説話を語るのに格好の語であった。説話・物語を語る場合に、主体の立場を強く表現する言語は好まれない。それどころか、文章語においては主体の存在を全く滅却して表現することさえ求められる。法華修法一百座聞書抄の場合はその説話の場が口頭の言語の場であったために、文章語とは状況は自ずから異なり、現に多量の「侍り」「候ふ」が用いられているのだが、それでも主体を強く提示する「候ふ」は説話を語るのには適していなかったろう。そこで「侍り」が用いられることになったわけである。

この「侍り」の様相は「けり」と通じるものがある。「けり」もまたこの時代に本来の完了の意味を、すなわち対象に対する言語主体の姿勢をとらえる力を失っていった。そしてその結果として具象的に語る説話の叙述の基調となったのであった。それは「侍り」にとっても「けり」にとっても「あり」の力を減衰させた結果であった。だからこそ、さきに例を挙げたように「侍り」と「けり」を結びつけた表現が見られるのであった。

そして「侍り」のあとは「候ふ」が襲い、「けり」の物語での機能は、古いことばでありながら主体性の把握の力を減衰させなかった「き」が引き継ぐことになった。その結果として、「候ふ」の用例が法華修法一百座聞書抄の後半に増えるのと併行して「き」も後半で用例を増している。閏七月八日の新成房の説法に「き」の集中的な使用を見るのも、そのような現象の一つであろう。逆説的に言い方かもしれないが、難解で親しみにくい教理を述べるからこそ、対象と現在を強く結びつけようとする「候ふ」と「き」が使われることになったわけである。また「侍り」と「けり」が結び付いたのと同様にして「候ふ」は「き」と結びつき、「又或ヤムコトナキ人師ノシルシオキテ候シモノヲ見候シカハステニ往生シ御タル由ヲナム見タテマツリ候シカハ……」のような実例を見るのである。

「けり」と「き」に関しては私は既に今昔物語集に即して論じた。「侍り」や「候ふ」は待遇表現だから通常の書記言語ではほとんど地の文には現れない。法華修法一百座聞書抄はその点で珍しい例であり、そこには「けり」「き」と「侍り」「候ふ」の併行現象が見出せた。主体の現在を強く表出した助動詞・補助動詞が主体の表出を減衰させる過程の一こまを見ることができたのである。

注

（1）　春日和男『説話の語文―古代説話文の研究―』（桜楓社　S五〇）所収。また來田隆「法華百座聞書抄の敬語法」

（『法華百座聞書抄総索引』（武蔵野書院　S五〇）参照。ただし、「侍り」を古い語彙と見る春日や來田の結論は、香雲房などの言語により強い中世語の現れを見る小林芳規「国語史資料としての法華百座聞書抄」（『法華百座聞書抄総索引』所収）の説に矛盾する点があるのではなかろうか。

（2）犬飼隆「松尾明神の落魄—法華百座聞書抄の待遇表現より—」（「学習院短大国語国文論集」八）・同「説話のことば」（同　一三）・森正人「説話の意味と機能—百座法談聞書抄考—」（「國學院雑誌」H三・一）参照。なお、この作品の説話全般については、山内洋一郎「法華百座聞書抄の説話」（『法華百座聞書抄総索引』所収）に詳しい。

（3）黒部通善「法華百座聞書抄における説話の方法—仏教説話の生成と変容について—」（「愛知医科大学基礎科学科紀要」三）はこの部分について「残酷描写の稀薄化」を言うが、描写の質への配慮という点で「侍り」の多用と連動する現象であろう。

（4）この作品の「けり」については、坂詰力治「法華百座聞書抄における助動詞について」（『法華百座聞書抄総索引』所収）に詳しい。坂詰は言う、「「ケリ」は、教理を聴者（読者）にわかりやすく説くために、具体的に例示した説話部において多く使われ、説話の事柄・出来事に聴者（読者）を導き入れ、説話物的な安定した表現、すなわち、説話の枠作りをなす重要な機能を担っている」。

〔付記〕本文は勉誠社文庫法華修法一百座聞書抄によった。

Ⅲ　時空と心理の遠近法

1　源氏物語における臨場的場面の「つ」と「ぬ」

中学生や高校生に古典を教え、文法にふれるときに「つ」と「ぬ」の違いについて述べることはほとんどない。学校文法では、この二つの助動詞はともに「完了の助動詞」と扱われ、しかも、「り」「たり」とは別にしてペアにして扱うのが通例である。もちろん、教員の個人的関心に従って、この二つの助動詞の違いに触れるのは勝手ではあるが、古典読解の入門段階にある生徒たちにとりあえずの読解力を付けようという目的のためには、得策とはいえまい。「つ」も「ぬ」も「……シマウ」「……シマッタ」「……タ」のどれかで訳しておけと処置し、その他の微妙なニュアンスは読書百遍おのずから身につくのを待つよりない[1]。圧倒的多数の生徒たちが、「……シマッタ」の口語訳を覚える段階でつまずく（言い換えれば、日常生活の語感が古典的教養とこれほどにかけ離れた）現状にあって、余計な混乱を避けるためには、「つ」「ぬ」は一まとめに扱わざるをえない。

しかし、実際に教えていてどうしても「完了」の標準的な口語訳では処理できない事態に出会う。「つ」が連体修飾する場合の訳として、「……タ」や「……シマッタ」では困る例にしばしば出会うのである。たとえば、「帚木」の一文「……いと小さやかなれば、かき抱きて障子のもとに出でたまふにぞ、求めつる中将だつ人来あひたる」の「求めつる中将」。光源氏の最初の恋の冒険の場面として、あまりにも印象の鮮明な箇所であるが、この「求めつる中将」の口語訳は「探してしまった中将」でおかしいことは勿論、「探した中将」でも変であろう。ここはやはり「探していた中将」でなければ現代語訳としては不自然である。「求む」という動作はけっして完了の相をとらえられてはいないのであり、ただ、過去における動作の進行がとらえられているに過ぎない。「さがす」という行動が完了したのかというと、そのようなことは全く文脈の上で問題になってはいないのである。源氏が空蟬の様子をうかがっていた一局面だけが問題になっているので、あたかも過去の継続であるかのように訳すことになる。「つる」を「……シテイタ」と訳さねばならないことが確かにあるのである。「ありつる」を「サッキノ」と訳す慣用句もふくめて、「つ」の口語訳の特殊例として教えなければならない。そして、「ぬる」の場合には決してこのようには訳さないのだから、いやおうなしに「つ」と「ぬ」の違いの一端にふれることになる。

ところが、この（高校生用の文法参考書にも記述されない）特殊例が作品によっては頻々と現れるのだが、その出現の条件は必ずしも文法的な水準だけでは処理しきれないようである。文学作品における文章表現の文脈に依存してこのような口語訳が求められると思われるのである。つまり、その違いは文法的な水準に由来すると考えてよかろうが、「つ」と「ぬ」の違いは文章表現の水準で増幅され、その一端がこの連体修飾の「つる」だと考えられるわけなのだ。

実際、文法的水準では、何の違いもない筈の語が、文章表現上の水準では多様な姿をしめすのは通例だと言っても過言ではない。たとえば、王朝の物語の文体の二つの主流をなす(2)「けり」を基調とする文体としない文体では、「けり」をはじめとする助動詞の働きは当然異なったものとなる。ことに、「けり」を基調としない文体では、それぞれの助動詞が多彩な機能をしめすのだから、「ぬ」と「つ」も、その機能の違いを際だたせるのである。ここでは、源氏物語の「帚木」より、源氏と空蟬の物語の叙述を引例の中心として、具象的な場面叙述のなかでの「つ」と「ぬ」との機能の一端を――しかし、この作品の生き生きとした臨場性と時間的展開を保証する機能を見て行きたい。

報告の機能

「帚木」より、まず次の様な文章を引いてみよう。源氏が耳を澄ませると、空蝉と小君の会話が聞こえてくる。

……ありつる子の声にて、「ものけたまはる。いづくにおはしますぞ」とかれたる声のをかしきにて言へば、「ここにぞ臥したる。客人《まらうと》は寝たまひぬるか。いかに近からむと思ひつるを、されどけ遠かりけり」と言ふ。寝たりける声のしどけなさ、いとよく似通ひたれば、姉妹《いもうと》と聞きたまひつ。「廂にぞ大殿籠りぬる。音に聞きつる御ありさまを見たてまつりつる、げにこそめでたかりけれ」とみそかに言ふ。「昼ならましかば、のぞきて見たてまつりてまし」とねぶたげに言ひて顔ひき入れつる声す。

これだけの文章でも、その助動詞の使い方には現代語の及びもつかない豊かさが見られる。たとえば、「けり」。源氏物語の「けり」はほとんどの場合、所謂過去の意味では使われないのだが、[3]この場合の「けり」も同様である。「されどけ遠かりけり」も「げにこそめでたかりけれ」も、その「けり」は西洋言語に言うところのテンスとは無縁で、話者の確認の気持ちをとらえている。空蝉や小君の心の息遣いがこめられているのである。それどころか、「寝たりける声」の「ける」にも、「あ、もう寝ていたんだ」という源氏の心情がこめられていて、単に「寝たる声」「寝たりつる声」というのとは異なり、その心理の読み取りへの示唆は軽くない。会話と地の文の境界を分明にしない王朝の言語に特有の表現である。

しかし、ここで問題にしたいのは「つ」の用法、そして、その集中である。[4]小君が空蝉に光源氏のことを報告しているのだが、その報告の表現に「つ」が繰り返し使われている。「つ」はしばしば、ことにこのような報告のための会話文に集中してもちいられるが、ここもその一例である。ほかにも例をあげるならば、同じ作品ながら終末近い巻より。

「かの廊のつま入りつるほど、風の音の騒がしかりつる紛れに、簾の隙より、なべてのさまにはあるまじかりつる人の、うち垂れ髪の見えつるは、世を背きたまへるあたりに、誰ぞとなん見驚かれつる」とのたまふ。姫君の立ち出でたまへりつる後手を見たまへりけるなめり、と思ひて……（手習）

風の吹き上げたりつる隙より、髪いと長く、をかしげなる人こそ見えつれ。あらはなりとや思ひつらん、立ちてあなたに入りつる後手、なべての人とは見えざりつ。……」（手習）

いずれも、「手習」の巻に、尼君の婿の中将が浮舟を垣間見た印象を語っている言葉であり、前者はそのすぐ後に尼君に確かめようとする場面、後者は山に着いたあとで兄弟の禅師の君にはなす場面である。どちらも目撃の時からどれほども時間的に隔たってはいないのであり、その目で見たことを、印象の鮮明さを伴って報告するという点では、さきの引用の場合と同様なのである。

また、物語ではなく、日記文学の文章にも同様の用法は使われている。たとえば、かげろふ日記にも、

降りたれば、こゝちいとせんかたなく苦しきに、とまりたりつる人々、「おはしまして、問はせたまひつれば、ありのままになむきこえさせつる。『なにごとか、この心ありつる。悪しうも来にけるかな』となむありつる」などあるを聞くにも、夢のやうにぞおぼゆる。（中巻）

のような例が見られる。旅に出た作者のところへ、残っていた家人が留守宅での出来事を報告しに追従してきた場面であるが、「つ」の用法としては「手習」の場面のものと同様と考えてよいだろう。そして、これらの「つ」のあるものは決して完了の意味をあらわすとは考えられない。引用の「帚木」の文章で言うなら、「思ひつる」や「聞きつる」は、「思ふ」「聞く」の完了を表しているとはとうてい解釈できない。これらの例は、さきにも述べた口語訳をあてはめて、「思っていた」「聞いていた」でなくてはならないところである。同じことは「手習」の引用

やかげろふ日記の引用にも言えることであるが、この三つに共通するのは、これらの場面の会話文がいずれも比較的近い過去のことを述べているという点である。事象は「いまここ」に近い時空ではあるが、「いまここ」とは決定的に隔たってしまった時空での出来事なのであり、それを「いまここ」で報告しているというのが「つ」の機能なのである。最近におこったことを他者に報告しているのだという点で、これらの用法は共通しており、しかも、このような例はほかにも多くあげることができる。「つ」が近い過去の出来事をとらえるということは既に指摘されているが、[5]しかも、単純に完了とは考えられず、「思ひつるを」の場合など、「思っていたけれど」と、そう思っている現象の完了する以前をとらえているとしか考えられないのだから、学校文法の範囲では、処理しようがないのである。

　前章で「き」に即して取り上げたのだが、「つ」の、「ぬ」とは異なったありようをとらえたものとして、はやく富士谷成章のあゆひ抄の注目すべき指摘がある。

「何き」と「何つ」似たるいきほひあり．わきまへしらすはあるへからす．凡例にいふ火湯のかよふかことし．
古今に君かなもわかなもたてしなにはなるみつともいふなあひきともいはし
かくたかひにもよむへきやうにもよみ．又
後拾遺 たけくまの松は二木をみやこ人いかゝととはゝみきとこたへん
拾遺 いなり山やしろのかすを人とはゝつれなき人をみつとこたへむ
もとより松にはみきといふへく．やしろにはみつといふへきはさらなれと．この二哥につきても．かよはすへからぬことわりあり．古今のうた又しかり．「き」はとほくて勢ゆるく「つ」はちかくていきほひつよしここでは、「つ」を「き」に通じるものとしてとらえ、[6] しかも、「き」が遠い過去をとらえるのに対して、「つ」が近い過去を捉えるのだということも述べられている。いわば、時空の遠近法において、「き」が遠景をとらえるのに対して、「つ」は近景をとらえるということなのである。

ところで、「つ」はこのように、「ぬ」と違って過去をとらえることがしばしばあるので、この「つ」をアオリスト的なものとみなす考えも生まれて来る。[7] しかし、アオリストが現在との関係において中立的な表現であるのに対して、「つ」の場合には叙述の現在、あるいは会話・心内語の発話の現在と鋭い対比において結び合わされた例が数多く見られる。まず、会話・心内語の例。

日ごろおこたりがたくものせらるるを、やすからず嘆きわたりつるに、かく世を離るるさまにもしたまへば、いとあはれに口惜しうなん。（夕顔）

源氏が乳母を訪ねた場面だが、ここでは乳母の病状を心配していた「日ごろ」と、出家したすがたを眼前にしている現在が対比されている。ずっとあなたのことを心配していたが、今はあなたの出家した様子を見て胸にせまるものがあるというのである。

さて絶えなんとは思はぬ気色なりつるを、いかなれば、言通はすべきさまを教へずなりぬらん。（花宴）

そのまま終りにしようとは思っていない様子だったのに、どうして連絡する方法を教えないままになってしまっているんだろうという。朧月夜の先日の様子を、連絡がつかないままになっている現在と対比している。「らむ」が現在をとらえているのに対し、「つ」が近い過去をとらえているのである。時間的な対比に助動詞がはたす役割が明白である。

地の文でも同様の例は見いだせる。

やもめ住みなれど、人ひとりの御かしづきに、とかくつくろひ立てて、めやすきほどにて過ぐしたまひつる、闇にくれて臥ししづみたまへるほどに、草も高くなり、野分にいとど荒れたる心地して、月影ばかりぞ、八重葎にもさはらずさし入りたる。（桐壺）

桐壺帝の使いの命婦が故大納言邸を訪れ、その屋敷に入ってゆくという叙述の現在に対して、桐壺更衣生前の様子が対比されている。かつての整備されていた邸内を、現在の荒れがちの庭の様子に対比しているのだが、ここでも過去のことをとらえる「つ」と現在の状況をとらえる「たり」の二つの助動詞の対比が重要な役割を果たしている。

このように、「つ」は現在に対して近い過去を対比する機能をはたすことがしばしばあるのだが、「つ」のこのような機能はどのような働きに由来するのだろうか。ことに「ぬ」との性格の違いをふまえながら考えねばならないだろう。そして「つ」と「ぬ」の性格は中西宇一や山崎良幸、なかんずく高辻義胤の所説に依らねばならないのである。(8)

「ぬ」がその動詞にかかわる現象（動詞の指し示す現象自体とは言いきれないことについては後述する）を時間的・空間的な延長のうえでとらえ、その変化をとらえて帰結を示唆するのに対して、「つ」はその動詞の示す現象を時間的延長をそぎ落とした形で捉えようとする。言い換えるなら、「ぬ」が現象を時間的幅のあるものとして提示するのに対して、「つ」は瞬間の出来事として、あるいは延長の相を切り捨てた凝縮された時間のなかの出来事として、現象を捉えるのだともいえよう。事象として瞬間の出来事だった現象をとらえるだけでなく、本来相応の時間的幅のあった出来事の場合でも、その幅をそぎ落として、変化の相を含まない凝縮された時間の現象としてとらえるのである。時に問題とされる「見ゆ」を例とするならば、「見えつ」は実際に見えていた時間のながさの如何を問題にすることなく、瞬間的に見えた場合は勿論、相当長時間にわたって見えていた場合をも、変化の相の欠けたコンパクトな時間としてとらえるのである。(9) そして、このような性格の「つ」がとらえる現象は瞬間の出来事であり、その瞬間が終ってしまったらその後にはかかわらないのだから、それは当然「完了」の相をとるかに見えることになる。現象は断止され、「完了」したかに見えるのである。

一方、動詞の自・他の区別は単に所謂目的語をとるかどうかということだけでなく、その表現において時間的展開の緩急の差をはらむのだから、[10]自動詞と「ぬ」、他動詞と「つ」の親近性は当然のことである。しかも、（山崎良幸も言うように）自動詞が変化・推移をとらえるのに対して、他動詞は瞬間的行為をとらえるのだから、自動詞の性格と他動詞の性格は「ぬ」と「つ」の性格に対応し、両者が結合するときには当然ながら「強意」の意味を含むことになる。あるいは、動詞の時間的様相を強調するがゆえに、そこに「完了」という意味が現れると言ってもよいのだろう。「完了」と「強意」は一体なのであり、学校文法で「完了」と別にして「強意」を立てることはまことに便宜的処置に過ぎないのである。

ところで、自動詞のなかでも存在詞[11]と、また存在詞をふくみこむ形容詞・形容動詞やいくつかの助動詞が「つ」と親しいのは、それらが時間的展開そのものにかかわらないからなのだ。変化という緩い展開を示す自動詞は、その過程の全体が一体のものであるのに対し、存在詞という金太郎飴的「動詞」はどこを切っても同じ顔を見せるのだから、瞬間という刃で切取ることも自由なのだ。つまり、存在詞は時間に対して超越的であるために、時間に対する把握は極大であり得ると同時に極小でもあり得る。一見、存在詞は時間的展開の相において、自動詞のあり方を間に置いて、他動詞とは対極的なように見えながら、実は他動詞とこそ近しいのであり、「つ」とも親しいという性格を示すこととなる。そして、「見ゆ」「聞こゆ」などの動詞も、以上のような時間への超越性という存在詞の性格と同様のものを持っているので、やはり「つ」と結び付くのである。

さて、「つ」はこのように事象に瞬間的な集中性を与え、一回的にあるいは繰り返して、変化の相とは無縁におこなわれた事象をとらえるのだが、この性格は表現上の印象の強さへと結び付く。しかも、叙述の現在においてはその展開を終えている（この点で「ぬ」とはおおいに異なっている）のだから、しばしばその印象の強さは現在との対比の上のものとして現れる。すでに現在の「ここ」の場にはない、失われた過去の瞬間、あるいは凝縮された時間が、現在との対比において強い印象とともに語られるのだとしたら、その実際の表現のレベルでは、その時間は、叙述の現在からさほど隔たった所には設定できないのである。

「つ」は延長のある時間を捉えられないという性格のゆえに現在の「ここ」をとらえることはできず、そのために単独の助動詞として用いられるときには、過去の助動詞としてはたらいてしまう。そこで、（さきの『あゆひ抄』の例にも見るように）同じく過去の助動詞である「き」とあい似た相貌をみせることになる。ただし、「き」が喪失と回想によって叙述の現在とかかわるのとことなり、断止と対比によって現在の「ここ」とかかわるために遠い過去をとらえることはできず、比較的最近の過去、しばしば「ついさっき」の、現在と薄皮一枚を隔てた過去をとらえる。

このような「つ」の「過去」のありかたを端的にしめすのが、推量の助動詞「けむ」「らむ」との結合である。「む」「べし」との結合がいまだしからざる、まさにしからんとする時空——未来の時空にかかわってゆくのに対して、過去の時空への推量のためには「つ」は他の助動詞とどのように結合してゆくのか。学校文法の常識に従えば、「けむ」と結び付いた「てけむ」の形が「完了」のニュアンスを含んだ過去の意味として可能だとかんがえたくなる。実際に同じ助動詞だと扱われる「ぬ」の場合には「にけむ」のかたちでの用例は豊富にある。ところが、「てけむ」の例は源氏物語のみならず他の王朝の文学作品においてもはなはだ少ないのである。(12) 源氏物語の場合、わずかに次のような例がある。ここでは、『源氏物語大成』による校異も添えて挙げよう。

①……女君に、「昨日、風の紛れに、中将は見たてまつりやしてけむ。かの戸の開きたりしによ」とのたまへば、……

（【青】きのふ—中将昨日御　してけん—しけむ三　【河】きのふ—昨日の河　みたてまつりやしてけん—みたてまつりもやしけん七—みたてまつりやしけむ宮尾平大—みたてまつ＝＝風　【別】きのふ—きのふの別　中将—ナシ麦

阿　みたてまつりやしてけん―みたてまつりやしけん保―いか丶しけん麦阿）　（野分）

②御粥などまゐる方に目も見やらず、「いで、さりとも、それにはあらじ。いといみじく。さることはありなむや。隠いたまひてけむ」と思ひなす。（【青】なと―なと横　方にめも―方めに（めトにト反転ノ符号アリ）も榊　あらし―あらしと三　かくいたまひて―かくい（シ）て給て横―かくい（し）給て池―かくしたまひて陽肖　【河】それには―これには河　あらし―あらしと国　かくいたまひてけむと―かくい給けんと御七宮尾平大風―かくい給けんも国　思ひなす―思ひなをす河　【別】御かゆ―いと心ちあしけにて御かゆ阿　方―かた〳〵阿　いてさりとも―いて給ふさても阿　あらしいと―あらしといと丶阿　たまひてけむ―給てん阿）　（若菜下）

③……まして、さばかり違ふべくもあらざりしことどもを見たまひてけむ、恥づかしく、かたじけなく、かたはらいたきに、……（【青】こと丶もを―こと丶も肖　み給てけむ―み給けん榊　かたはらいたきに―かたはらいたき陽　【河】さはかり―ナシ大　み給てけむ―み給けん河　【別】ましてさはかり―さして阿　み給てけむ―み給けんか阿　かたはらいたきに―かたはらいたきを阿）　（若菜下）

④あさましかりけんありさまは、めづらかなることと見たまひてけんを、さてうつし心も失せ……（【青】さて―ナシ平大　【河】うつし心も―うしころも御　【別】あさましかりけん―あやしかりけん宮国―あさましかりける麦阿　み給てけん―み給けん宮国麦阿―みたてまうてけん桃）　（夢浮橋）

この四例はすべて会話文か心内語で、「てけむ」はいわば口頭語特有の表現とも見られよう。しかも、本文的にも異同があり、④を除いては河内本では「つ」を持たぬ形となっている。阿里莫本にいたっては、四例すべてに「つ」を持たない形となっているのである。この本文の状況にも「てけむ」の表現としての不安定性が表れているとも見られよう。やはり王朝語においては特異な表現だと考えてよいだろう。

一方、「らむ」と結び付いた「つらむ」の例は少なくない（実際の用例はさきの「手習」の引用にも見ることができよう）。だが、この「つらむ」は現在の推量なのか。「ぬらむ」の場合には、「ぬ」が事態の変化・推移と時間の延長のうえに捉え、その結果にまで及ぶのだから、最終的な結果の位相が現在に属するということで完了の現在推量は充分に可能である。「……シマッテイル」と口語訳できる場合であり、その実例も少なくない。「つ」もまた「ぬ」と意味的に変わらず、完了とその結果をあらわすのならば、当然「つらむ」は現在の推量として成り立つわけだが、実際の「つらむ」の例はそのような説明は当てはまらない。「手習」の引用の場合に即して見てみるなら、「あらはなりとや思ひつらん」は決して叙述の現在（この場合は語り手中将が弟の禅師の君と話している現在）のことをとらえているのではない。この「思ひつらん」の「つ」は、「吹き上げたりつる」「見えつれ」の流れで出てきているのであり、続く「入りつる」「見えざりつ」へと引き継がれて一連の報告のスタイルを形成している、ということでは、近い過去のことをとらえているとしか考えられない。実際の「つらむ」の例はすべてこのようなものなのである。

「ぬ」は前述のように、変化・推移とその結果をとらえるということでは、西洋語の文法にいうところのアスペクトの概念に近いものなので、過去の推量「にけむ」と現在の「推量」は充分に成り立つ。ところが、「つ」は凝縮された時間の断止と完結をとらえる以上、生成の現場たる現在をとらえることはできないのだから、「つ」による現在の推量ということはありえない。ただし、「つ」はそもそも現在との対比に拘束されるのだから、「つ」のかかわる過去推量はどうしても近い過去の推量になるわけなのだ。

そして、この「つらむ」の「らむ」が端的に「つ」のとらえる時空を教えてくれている。「つ」の時空は現在ではなく過去だとはいっても、「らむ」の時空に含まれることのできるものなのだ（このような場合の「らむ」には現在の意味は失われていると考える意見もあるが、そう考える必要はないだろう）。「らむ」は現在の推量ではあっても、推量である以上は現象の生成の「いまここ」には立ち会えない。例えば、有名な（そして多くの中高生が「らむ」の実例として最初に習う）「ひさかたの光のどけき春の日にしづこころなく花の散るらむ」の和歌の場合にも、「らむ」がとらえるのは「いま」ではあっても「ここ」ではない、擬人化された桜の心の中の時空なのである。「らむ」の現在は、「たり」のような眼前の「いまここ」の時空とは異なった、曖昧な広がりを含む時空なのだ。従って、その時空は現在を中心としていてもその周りになにがしかの広がりを否応なしに持たざるをえない。そのわずかな広がりの間に、「つ」は充分に棲息のすきまを見つけ出す。「つ」の時空が現在の「いまここ」から隔たる距離はその程度のものなのである。だから、「つ」は「いまさっき」過去になったばかりの時空を、「いまここ」との対比のもとに、強い臨場感の印象をともなって告げ知らせることができる。見てきたことをなるべく早く、生き生きと報告しなければならないときのスタイルとして「つ」の連鎖がもちいられるのはこのようはわけなのである。

省略の機能

このように、「つ」は、時に現在と対比されながら、凝縮された時間の、あるいは瞬間の現象を断止の相でとらえてゆくので、叙述の実際の局面では、しばしばそこに価値評価が添うことがおこってくる。源氏物語だけにかぎらず、王朝の作品にそのような例はしばしば見られるのである。まず、源氏物語などの動詞終止形を基調とする文体とはことなり、「けり」文体に属する歌物語よりよく知られた例をあげてみよう。「けり」の背景の上に浮き彫りされるために、その印象はより鮮明なものになるだろう。

「申さむと思ふ給ふるやうは、この川に浮きて侍る水鳥を射たまへ。それをいあてたまへらむ人にたてまつらむ」といふ時に、「いとよきことなり」といひて、射るほどに、一人は頭のかたを射つ。今一人は尾の方を射つ。

（大和物語一四七段）

又、この男の、こりずまに、言ひみ言はずみある人ぞ、ありける。それぞ、かれを「にくし」とは思ひはてぬものから、返り事もせざりければ、「この、奉る文を見たまふものならば、賜はずとも、ただ、見つとばかりは宣へ」とぞ言ひやりける。されば、「見つ」とぞ、言ひやりける。（平中物語二段）

どちらも、現象を凝縮された瞬時になしとげられたものとして提示しているのだが、それぞれの文脈に置いたときにはそれぞれの価値を帯びてくる。大和物語の例は言うまでもなく生田川伝説の根幹をなす部分であり、ここでは「つ」の機能は模範的に果たされている。あえて「けり」を付けずに、「けり」文体の構成する背景の上に、「つ」は事態を印象も強く浮かび上がらせている。そして、運命の矢の命中はどちらも、「完璧に」「たやすく」「力強く」なしとげられたことをあらわす。これらのニュアンスは勿論文脈から切り放された語の意味としてあるわけではないが、一度実際の文脈の上に置かれるとき、「つ」のもつ時間的な凝縮性はこのようなニュアンスとしてあらわれるわけなのだ。

ところが、平中物語の引用のほうでは「つ」の時間的性格——延長をそいだ瞬間としての把握は現象にマイナスのニュアンスを与える。「見たとだけはおっしゃってください」というときの「見つ」の軽いあつかいは「見る」という動詞だけから生まれるのではない。「つ」の性格が文脈の上で、「簡単に」「適当に」「軽く」「とりあえず」といったニュアンスを与えるのである。文脈によって与えられるのだから「つ」の語本来の意味ではないにしても、「つ」は他の語とともにニュアンスを生み出すのに寄与するのである。(13)

たとえば、

○ことなることなければ、聞きさしたまひつ。（帚木）

○他事に言ひ紛らはしたまひつ。（薄雲）

○そのころの右大臣病して辞したまひけるを、この中納言に御賀のほどよろこび加へむと思しめして、にはかに

なさせたまひつ。（若菜上　七三〇）

これらの「つ」は、文脈と相乗し「聞きさす」「言ひ紛らはす」「なす」を、助動詞を添えずに終始させた場合に比べ、その印象をより軽い方向へ強調している。さらに、

○尚侍の君の御事にも涙すこしは落としたまひつ。（槿）

○……と、物語をいとわざとのことにのたまひなしつ。（螢）

○調べはてて、をかしきほどに掻き合はせばかり弾きてまゐらせたまひつ。（若菜下）

○「げに、あしう聞こえつかし。」（夕霧）

これらの例では、他の可能性に反して、どの程度のもので終ってしまったのかを、そのほどを示す明瞭な言葉とともに表現している。また、

いとど胸つぶるるに、院入りたまへば、えよくも隠したまはで、御褥の下にはさみたまひつ。（若菜下）

しっかり隠すことができないでやっとのことで、褥の下に挟み込んだのだという。決して見つかってはいけなかった手紙をしっかりと隠しおおせることができなかった女三宮の幼さがクローズアップされる。柏木の死へとつながってゆく悲劇の発端である。ここでは、隠すという動作の成就されなかったことがあらわになっている。ここに、「つ」を完了といってみても、それは成就・完遂とは無縁である、そのような「つ」の性格があきらかになる一例なのだ。「非＝けり」文体の動詞終止形や「たり」終止の基調のなかにあって、「つ」はその成就の不十分であることを示す文脈を完成させているわけなのだ。

さて、このように事象を不十分な軽いものとして扱う表現は、「つ」の凝縮された瞬間の時間に由来するのだが、その延長線上には省略の表現が来る。実際に、省略の表現はこの作品の時間展開の特徴であるが、その表現にはしばしば「つ」が添っている。たとえば、所謂省略の草子地である。(14)

多かめりし言どもも、かうやうなるをりのまほならぬこと数々に書きつくる、心地なきわざとか、貫之が諫め、たうるる方にて、むつかしければとどめつ。（賢木）

大臣の御はさらなり、親めきあはれなることさへすぐれたるを、涙落として誦じ騒ぎしかど、女のえ知らぬことまねぶは憎きことをと、うたてあれば漏らしつ。（少女）

いずれの場合にもその場の情景をすべて記してゆけば当然長々と続くであろう記述を、わずかな一文の瞬間に凝縮して、それを過去に置き去ろうとし、そのことによって省略が成り立つ。叙述はここで、その展開をひとたび断止されて長かるべき展開は食い止められ、作品の進行は次へと飛び越してゆく。

ところで、このような草子地による省略は「つ」の時間的性格によるのだから、「つ」は当然、作品の時間の展開の省略にもかかわることになる。草子地のように作者の詞というスタイルはとらず、通常の地の文として書かれているのだが、作品の進行をひとたび断止し、次に飛び越えさせるという点では共通しているのだ。たとえば、

○事ども多く定めらるる日にて、内裏にさぶらひ暮らしたまひつ。（末摘花）

○その日は後宴のことありて、紛れ暮らしたまひつ。（花宴）

○今の年ごろとなりては、ましてかたみに隔てきこえたまふことなく、あはれなる御仲なれば、しばし心に隔て残したることあらむもいぶせきを、その夜はうちやすみて明かしたまひつ。（若菜上）

これらはみな、叙述を展開しながら時間を展開させてきたのを断止し、その日あるいはその夜の残りの時間を省略している。敢えて「暮らす」「明かす」といった時間の延長を特徴とする動詞を用いながら、その時間を「つ」によって凝縮させることにより、時間的叙述の省略をなしとげているのである。

そこで、それまでに続けられてきた叙述自体は必ずしも短いものである必要ではないのだから、「つ」による時間の断止省略は一つの場面を終止させる役割も果たせるのである。たとえば、雨夜の品定という、男性たちの雑談

の場も「つ」によって終止させられているのである。「帚木」を前後二つに大きく分けることになる雨夜の品定めの最期は次のような一文によって終えられているのである。

いづ方に寄りはつともなく、はてはてはあやしきことどもになりて明かしたまひつ。（帚木）

いままで長々と続けられてきた女性談議はだんだんと品の下がる方へ移ってゆき、一晩中さらに続いたというのだが、頃合を計って叙述を断止し、残りは省略と処理して、巻後半の空蟬の物語へと話を移している、その境に「つ」は用いられているわけなのだ。文法的にいえば「明かしたまふ」にだけ関与しているのかもしれないが、作品の表現のレベルでは、この長い巻を大きく二つに分ける役割を果たしている。相当に長大な「帚木」の巻を明確に前後二つに分かつ機能を「つ」は果たしているのである。そして、「つ」がこのような役割を果たせたのも、時間凝縮の性格によってなのであった。

場面転換の機能

「つ」はこのように場面を転換させるのだが、その場合、間に省略が入り、その臨場性はひとたび失われることになる。省略をふくまない叙述であったとしても、「つ」はひとたび流れを断止するので、そのような場面の転換では臨場性は続くことができない。だから、実際の作品で場面を転換させるためには「ぬ」が用いられることになる。「帚木」後半の空蟬の物語でも、「ぬ」による場面の転換は何箇所にも見られるのである。(15)

○いと忍びて、ことさらにことごとしからぬ所をと、急ぎ出でたまへば、大臣にも聞こえたまはず、御供にも睦ましき限りしておはしましぬ。

○端つ方の御座に、仮なるやうにて大殿籠れば、人々も静まりぬ。

○酔ひすすみて、みな人々簀子に臥しつつ、静まりぬ。
○……心も騒ぎて、慕ひ来たれど、動もなくて、奥なる御座に入りたまひぬ。
○鶏も鳴きぬ。
○人知れぬ御心には、いと胸いたく、言伝てやらんよすがだになきをと、かへりみがちにて出でたまひぬ。

源氏と空蟬の最初の、そしてただ一度の出会いを描いた部分だが、いくつもの「ぬ」を重ねた場面の転換で構成されていることが知れよう。

「鶏も鳴きぬ」の場合は、「鶏」は勿論ここでは単なる鶏の名ではなく、時刻を告げ知らせる表象であるのだから、「ぬ」は時間の推移をあらわし、いま鶏の鳴く刻限に至ったことをのべている。「ぬ」は単にその語が接続している動詞のあらわす現象が終止したことを表現するのでなく、時間的推移変化の結果がどのような現象に帰着するのかを表現するのであり、ここでも、単に「鶏が鳴く」という現象が完了したことを述べているのではなく、源氏が空蟬と過ごした時間をその短い延長のうちにとらえたうえで、その終結を告げ知らせるために、「鶏が鳴く」という結果に帰着したことをのべているのである。たとえば、

来し方行く先思しつづけられて、心弱く泣きたまひぬ。（賢木）
あはれと思ひきこえたまふふしぶしもあれば、うち泣かれたまひぬ。（須磨）

のように、「ぬ」の接続する動詞は、完了する事象ではなく、推移の帰結をあらわしている例は少なくない。これらの例はけっして「泣く」という現象の完了をしめしているのではなく、「泣く」に至った心理の推移の過程をとらえ、その完了を「泣く」という帰結においてとらえている。即ち、「ぬ」はその動詞の時間的な延長のはばだけをとらえるのでなく、多くの場合それに先立ち、その動詞のとらえる現象にいたる長い時間的推移と変化をもとらえるのである。従って、その帰結が現在の「いまここ」に属するものか、或は過去に属するものかの相違は本質的

なものではない。それどころか、過去から現在を通って推移する一連の過程の帰結が未来に属すると見られる場合さえある。[16] だからこそ、「ぬ」は文節や文の単位をこえて、長い場面の叙述を終結させることができるわけなのだ。

ところで、このさきの「鶏も鳴きぬ」の例は具象性を保ちながらも時間の推移を表現したのだが、この作品の他の箇所では直接に季節や月をしめす語とともに用いられて、時間の推移をしめす例がしばしば見られる。

○秋にもなりぬ。（夕顔）
○……と恨みたまふほどに、年もかへりぬ。（葵）
○四月になりぬ。（明石）

などの例はこの作品だけでなく、日記文学はもとより、栄花物語のような歴史叙述にも常用される表現法なのである。ここでも、時間の推移とその帰着点が示されて、叙述が転換されるのだ。

さて、時間の推移を示すだけでなく、空間も移動されて、より臨場的に場面が変換されるのがさきに引いたなかの「おはしましぬ」「入りたまひぬ」「出でたまひぬ」の場合である。主人公がある場所から別の場所へ移動することによって場面が転換しているのだが、この場合には、読者の視点はこの行動の人物（これらの例では主人公の源氏）にそって移動するので、臨場性を充分に維持した場面転換が行われる。しかも、一貫した臨場的な場面の叙述のうえに位置づけられているので、この場面の転換は単に場面を移動させるだけでなく、それにともなう人物の心理もまた表現されることになる。たとえば「かへりみがちにて出でたまひぬ」の場合には、秘密のうちに愛するようになった女性を置いて去らねばならない主人公の心理の描写にもなっているので、密会の夢中の気持ちと、その後の焦燥との分岐点をも果たしているのである。このような退場がなければ、その後に続く二度に及ぶ源氏の空しい試みは生まれてこないわけなのだ。

同じく「ぬ」を使った場面展開とはいっても、次の様な場合はまた助動詞の使い方は格別である。

かかるけはひのいとかうばしくうち匂ふに、顔をもたげたるに、ひとへうちかけたる几帳の隙間に、暗けれど、うちみじろき寄るけはひいとしるし。あさましくおぼえて、ともかくも思ひ分かれず、やをら起き出でて、生絹なる単衣をひとつ着てすべり出でにけり。（空蟬）

口語訳すれば「出でぬ」も「出でにけり」もおなじことで、現代語の微妙なニュアンスの欠如を思い知らされるのだが、ここでは、空蟬の心理に踏み込んだ描写が続いた（この一文の前の「寝にけり」も空蟬の軒端荻についてに心理描写である）のが、場面の転換のときには「けり」によって読者は空蟬の心理から離れ、空蟬は読者の視点から去って行く。これは、続く「君は入りたまひて……」と、源氏のほうへ視点を移すための手続きなのだが、「ぬ」のままで終らせないで「けり」によって場面を終えた効果があらわれている。「ぬ」と「にけり」の心理的な効果の違いは、そのまま場面終止における助動詞の使い方の重要性を示しているといえよう。

「ぬ」が心理描写にはたす役割の重要性ということでは、「静まりぬ」の場合は、場所がかわるわけではないし、時間の推移もめだった句切りがあるわけではないので、場面の転換としてはめだたないのだが、人々のざわめきが消え、ささやかな声もきこえるほどに静かになる変化は、このあとの空蟬と小君の対話、そして源氏の行動へと展開させるための重要な状況転換となっている。しかも、なにげなく読むと単なる説明のようであるこの部分は、次第に静まる変化の後の静けさを（そして、闇をも）具象的に示唆している。読者は源氏とともに、静寂と闇の訪れを経験するのである。よく息をこらして読むならば、源氏の心のときめきも聞こえてきてよいほどの時間の静寂を体験するのである。「ぬ」による場面転換は、このように臨場性を保ったままで果たされる。臨場性は「つ」の場合と異なって断絶されることはなく、それどころか、登場人物の心理のひだに分け入って場面が転換される。場面はなだらかに、しかし確実に推移してゆくのである。いままで読者の眼前にあった臨場的な場面は遠景へと押しやられ、新たな場面が読者の眼前に据えられる。

本居宣長以来、「つ」と「ぬ」は基本的には同じ、あるいはきわめて似通った助動詞としてあつかわれてきたろう。我々の理解は概ね成章ではなく宣長の流れのうえに立っているようである。勿論、これも宣長以来指摘されたような違いはこの二つの助動詞のあいだにあるのだが、それでも、この違いは他の助動詞との違いに比べて小さいものだと考えられているだろう。じっさいにも、文節や文の単位で考えた場合には、その意味と機能の違いは大したものではないのかもしれない。しかし、文章表現のレベルでは、この違いは増幅され、以上に見たような違いとしてあらわれるのである。同じ場面転換といっても、「つ」と「ぬ」では大きな違いがあり、臨場的場面の展開に寄与するのは「つ」ではなく「ぬ」なのだった。一方、「つ」がもつような報告の機能は「ぬ」にはなく、したがって集中的な使用法も「ぬ」には見られない。「つ」が表現するような緊張した時間感覚は「ぬ」には無縁なのである。ここに、会話文や心理描写、地の文が構成する具象的・臨場的な場面における「つ」と「ぬ」の機能は全く異なったものだと確認できるのである。

そして、この「つ」と「ぬ」の文章表現上での違いに注意するならば、実は問題視されたことも問題ではなかったと改めて気付くことも起こって来よう。「入りつ」「驚かれつ」のように、上接の語との結び付きのみを文節単位で抜き出す時には、例外的なやや奇妙な形に見えるものも、これが会話の中での、報告の機能に支えられた語形とわかれば、何ら例外的なものではないと知ることができる。自動詞や「中動」性の助動詞「る」「らる」に「つ」が付くことも、報告の文脈では充分にありえることなのだ。引用した「手習」の文章はまさにそのような例だったのである。

注

（1）読書百遍というわけでもないが、鷗外における中古和文への接近に関して、「つ」と「ぬ」の使い分けが注目されているのは、この二つの助動詞の違いの文章表現上での意義を示唆するものと言えよう。岡本勲「森鷗外『舞姫』『うたかたの記』『文づかひ』の文章」（『国語と国文学』S六一・九）参照。

（2）辻田昌三「物語る「けり」」（『島大国文』八）参照。また、塚原鉄雄による二種四類の分類（最近のものとしては「源氏物語の表現構造」〈『源氏物語講座6』勉誠社　一九九二〉）参照。

（3）「けり」に関して、竹岡説とその周辺を参照すべきであるのは、敢えて言うまでもないだろう。

（4）会話文における「つ」の集中は糸井通浩「王朝女流日記の表現構造―その視点と過去・完了の助動詞―」（『国語と国文学』S六二・一一）を参照。

（5）長船省吾「助動詞「つ」と「ぬ」―アスペクトの観点から―」（『国語国文』S三四・九）。長船は「つ」の近い過去を表す所以を「関心」という心理的な要素にもとめ、結果として助動詞本来の語義以外のものに用法の根拠をもとめることになった。長船の議論はきわめて思弁的なものであるが、その思弁は「過去」「現在」「未来」という三分された時空が現実世界や人間主体の意識内に先験的に存在するかの如き世界観にささえられている。しかし、「過去」「現在」「未来」は我々の主観的時空概念の近代的な一形式なのであり、たしかに我々はこれら概念によって時空を理解することもあるのだし、現に私もそのような言葉を使って本書を論じてはいるのだが、結局は多様な時空の認識の没主体的な一形式に過ぎないことは忘れてはならない。その近代的時空概念を前提とした思弁の結果として導き出されたのが、「つ」に結果の存続を認め、「ぬ」には認めないという、「つ」と「ぬ」の実際のありかたと顚倒した結論なのである。

ここに今、私たちは、次のような碩学泉井久之助のことばを嚙みしめるべきだろう。「我々は時間を過去・現在・未来の三つの段階に分かつことのできるのを、自明のことだとしている。のみならず、これがいかなる場合にも妥当な区分であるとの一種の信念がある。従って動詞の時称にも同様にこの三段階の区分をたてて、これが時称の原本的な形式であるとするのである。しかし事実に少し近づいて見るとき、これに種々な例外を認めなくてはならない場合があるのを、我々はまたよく知っている。」「印欧語においては、もともと時称の区別よりも、このアスペクトの区別の方が、実はより原本的なのであった。」「しかりとすれば、アスペクトの区別といえども、実は一定の過程に対する見方の区分にすぎない。進んでいえば、その区分の底にはその過程の表現に際する言主の気分の問題がある。気分の最も直接的な表現が「法」である。アスペクトと「法」との間に厳密な区別を立てることはむずかしい。アスペクトの分立は、「法」に対して近代的な意味での客観化を、一歩進めたものに外ならなかったのではあるまいか。」「「法」―アスペクト―時称の系列は、それぞれに一応独立しながらも、実は一個不断の連続体である。事実それらは機能的に意味的に入りまじっている。」「むしろ前理論的なかかる区分は、今日の我々にはかえって理解することが困難であるかも分らない。しかし前代の人々にとって、事態はかえって反対であった。これらの人々は、彼らにとって直接的にして具体的なものの、即ち切実なものの表現をまず求めていたのである。彼らは我々とちがって「身をもって」語っていたのである。彼らの精神形態は我々のそれとは一続きのものながら、位層において異なっていた。今我々がそれを十分に体感することができなくなっているとすれば、ここにも思惟形態の移行はすでに行われている。事実我々はまた、みずから新しい形態の下にあることを誇っている。」「私は日本語助動詞のいわゆる時称にも実はこうした気分的性格が強いのではないかと思っている。時称よりもアスペクト、更に「法」の観念がかえって実は支配的なのではないかと思う。もっとも現代の日本語には厳密な意味での時称に近い表現内容も著しくはなっている。しかしこれは近世における殊に著しい西洋諸語の影響の下に行われた一種の変革であって、特に、その「未来形」には何としても暴力的なものの匂いがいまだ抜け切っていないのである。」（『言語の構造』第一部の5　紀伊國屋書店　一九六七）

（6）「き」については糸井通浩「古代和歌における助動詞「き」の表現性」（「愛媛大法文学部論集」一二）参照。「き」もまた現在と対比に基づく語義の助動詞なのであった。

（7）斎藤博「日本語動詞のテンスとアスペクト」（「東京成徳短大紀要」一一・一四・一六）参照。出来事を一点のものとしてとらえるという点でアオリスト説はたしかに興味深いものである。「会話においてその日の出来事を述べる」というサンスクリットのアオリストの一用法を念頭に置くならば、「つ」は印欧語のアオリストと近似のものともみなせよう。しかし、ギリシア語あるいはフランス語のアオリストをふまえて見るならば、その中立的用法はやはり、

「つ」と同じものとするのは躊躇われる。ことに、物語や歴史叙述の基調をなすというフランス語のアオリスト（単純過去）の文章表現レベルの用法に注意するならば、「つ」をアオリストとはみなすことには問題があるだろう。ことに、報告の機能における「つ」の、言語主体の「いまここ」との関係における主観性は、アオリスト的な中立性とは矛盾していると思われる。また、アオリストが事象をその全体において把握するのに対して、「つ」はしばしばその部分を捉えている（だから、「シテイタ」の訳が生じるのである。会話文における報告の「つ」を「タ」で訳す場合も、現代のテレビ・ニュースの「……シテイマシタ」の定型などを考えれば、じつは「……シテイタ」と訳すほうがよいのかもしれない）。かえって助動詞の中では、近い過去をとらえる「つ」よりは、「き」の方がアオリストとして期待されるし、またそうとらえる議論もあるのだが、実際の史的展開はその期待にも反している。「き」がアオリスト的表現に定着できなかったことも、それ相応の原因はあるはずだし、その一端は「つ」と「き」との性格的近しさに見てとれよう。一方、確かに説話文学などで「けり」がアオリストの役割を果たしたようではあるものの、「けり」をアオリスト的表現と見る見方も王朝の文学の「非＝けり」文体の言語には適用できないのである。高津春繁『印欧語比較文法』本論第二部第九章（岩波全書　S二九）・エミール・バンヴェニスト「フランス語動詞における時称の関係」（高塚洋太郎訳『一般言語学の諸問題』みすず書房　一九八三）参照。なお、時制を「語り」と「説明」に二分する近代ヨーロッパ言語についての議論を援用するならば、「つ」は「語り」ではなく「説明」の時制に分類されようが、そのような議論をするにあたってはバンヴェニストの論文はヴァインリヒに先行するものとして（そのことはヴァインリヒも述べている）も参照されねばならない。「語り」と「説明」、「歴史叙述」と「話」の二分がテンスやアスペクトの問題であるようでいて、実はムードの問題であることを窺わせる。また、一般言語学における日本語と他の言語の比較の立場からは、橋本萬太郎『現代博言学』第二章「完了と過去」（大修館書店　S五六）が言語類型地理学の観点より諸言語を比較して論じ、「つ」と「ぬ」に及んでいる。閉鎖音か鼻音かを別にして、ともに歯音であることの意義について述べられている。

（8）　高辻義胤「完了意識の断続とその形態―特に助動詞『つ・ぬ』をテーマとして―」（『愛媛国文研究』三）・中西宇一「発生と完了―「ぬ」と「つ」―」（『国語国文』二六・八）・山崎良幸「過去の助動詞」（『解釈と鑑賞』S三八・

六）

（9）中西宇一「動詞性述語の史的展開　（2）態《アスペクト》・時《テンス》」（『講座日本語学2　文法史』明治書院　S六二）・野村剛史「上代語のツとヌについて」（「国語学」一五八）参照。

（10）他動詞が名詞との関連性において事象を構成し、それ自体は事象の時空の要素の一部に過ぎないために時間的にも延長を欠きがちであるのに対して、自動詞はそれ自体において事象の時空を構成するために時間の延長を保持する。上代・中古の動詞組織については、細江逸記「我が国語の動詞の相（Voice）を論じ、動詞の活用形式の分岐するに至りし原理の一端に及ぶ」（『岡倉先生記念論文集』岡倉先生還暦祝賀会　S三）がきわめて野心的で教えられるところ多い。また、細江論文に併せて、エミール・バンヴェニスト「動詞の能動態と中動態」（河村正夫訳『一般言語学の諸問題』）・池上嘉彦「〈使役〉と〈受身〉の構造型」（『「する」と「なる」の言語学』大修館書店　S五六）が示唆するところ少なくない。

（11）竹内美智子「中古における「ぬ・つ」の用法―前田家本枕草子の場合―」（「国語と国文学」H一・六）のほか、注（9）文献参照。存在詞全般については、当然ながら春日和男『存在詞に関する研究』（風間書房　S四三）を参照。

（12）源氏物語以外の用例も、管見に入ったものを挙げておこう。

「法師にやなりにけむ、身をや投げてけむ。法師になりたらば、さてあるともきこえなむ、身をなげたるなるべし」とおもふに、世の中にもいみじうあはれがり、妻子どもはさらにもいはず、夜昼精進潔斎して、世間の仏神に願をたてたまへど音にもきこえず。

（大系本大和物語一六八段）

かへるさのくもではいづこ八橋のふみみてけむと頼むかひなく

（総索引「かげろふ日記」下巻　道綱と八橋の女との贈答の和歌）

のちならひたるにやあらむ、常に見えしらがひありく。やがて常陸の介とつけたり。衣も白めず同じすすけにてあれば、いづちやりてけむなど憎む。（三巻本枕草子。能因本は以下のかたちである。「のちならひたるにや、常に見えしらがひてありきて、やがて常陸の介とつけたり。衣も白めず同じすすけにてあれば、いづちやりにけむなど憎むに……」。ともに根来司「新校本枕草子」）

「但馬が女とふかく思ひたりしかば、たゞさ思はせてやみにしを、文やりてけん。いかにこの君おもふらん」（大系本夜の寝覚巻第一）

このほか、紫式部日記の「その心なほ失せぬにや、物思ひまさる秋に夜も、はしに出でゐてながめば、いとど、月やいにしへはめでけむと、見えたるありさまをもよほすやうにはべるべし……」の彰考館本などの異文「月やいにしへほめてけむと、……」がある。なお、引用の③は女三宮が源氏に柏木の手紙を見つかったことについての、小侍従の心内描写だが、小侍従の「昨日の物はいかがせさせたまひてし」「いづくにかは置かせたまひてし」のような会話の「つ」とあわせ考えれば、小侍従のはやりかな性格の表現に「つ」がなにがしか役割を果たしているものとも考えられる。

(13) あゆひ抄に「はたとあたりたるやうの心あり」というのは「射つ」の場合のような「つ」のニュアンスをとらえたものかと思われる。一方、おなじあゆひ抄が「てき」「てけり」などの訳として「テ置タ事ヂヤニヨテ」「テノケタ事ヂヤ」などのかたちを揚げているのは、「適当に」などのようなニュアンスをよく表現していると考えられよう。

(14) 「つ」を含めた文末終止と草子地の関係については榎本正純「源氏物語の草子地」（『源氏物語の草子地　諸注と研究』笠間書院　S五七）に詳しい。また中野幸一「草子地攷」（『早大教育学部学術研究』一七〜二〇）参照。

(15) 「つ」「ぬ」と場面の関係については鈴木泰『古代日本語動詞のテンス・アスペクト―源氏物語の分析―』（ひつじ書房　一九九二）第四章第三節参照。

(16) 鈴木泰「古文における六つの時の助動詞」（『国文法講座2古典解釈と文法―活用語』明治書院　S六二）は「未来にその動作が起こることを表す。」として次のような例を揚げている。

○「日暮れぬ」といそぎたちて、御明かしの事どもしたゝめはてて、急がせば。（玉鬘）

○大臣、「朝臣や。御休み所求めよ。翁いたう酔ひ進みて無礼なれば、まかり入りぬ」と、言ひ捨てて入り給ひぬ。（藤末葉）

○心深しや、など、ほめたてられて、あはれすゝみぬれば、やがて尼になりぬかし。（左馬の頭）（帚木）

○ひと日、さきを追ひて渡る車の侍りしに、のぞきて、わらはべの急ぎて、（女童）『右近の君こそ、先づ、物見給

へ。中将殿こそこれより渡り給ひぬれ』と言へば、　（夕顔）

このうち「帚木」の例は「心動かされたあげくに、尼になってしまうものなんだよ」と一般例を述べているものであって、その時間的位相は超越的であって、その事象が「過去」か「未来」かというような議論になじむものではない。しいて言えば「現在」の位相のなかで述べられるものであろう。すくなくとも「未来」におこる事実を述べているとは考えられない。その他は確かに未来にわたる事象を述べているのであるが、これらの場合にも「ぬ」がとらえる変化・推移の事象そのものは現在に進行しているのであり、その帰結が未来にかかるにしても、事象全体が未来に生起するのではない。①ならば、「日が暮れる」という事象は現在すでに進行中なのであり、ただその帰結にまでは達していないのである。②の場合は「寝室に入る」ということ自体は未来におこる帰結であっても、そこへ至る過程はいま現在進行しているのであり、だからこそ「ぬ」によってとらえられるのである。「ひどく酔っぱらって失礼なので、寝室に入ることになってしまいました」というのである。「ぬ」はその推移の帰結が「すでに過ぎ去った時空」か「いまここ」か「いまに隣接した未来」に起こるのかのいずれも可能であり、ただその推移は過去か現在におこっていることを示すのである。だから鈴木が例に揚げた四例はいずれも未来の完了をあらわすのでなく、現在の完了がその推移・変化の帰結を僅かばかり「未来」へとずれこませたものに過ぎない。結局は、ここで言われている「未来」は現代でも日本語が「いま」によって捉えている領域（たとえば「いま行くよ」の「いま」の時空）なのである。このような時空を「いまここ」の時空と切り放して考えること自体が誤っているかもしれない。従って、変化・推移の過程そのものが未来に属する事象の表現はけっして「ぬ」では表現できず、そのような表現は他の助動詞との複合形「なむ」「ぬべし」が負うのである。

〔付記〕　源氏物語本文は阿部秋生校訂『完本源氏物語』によった。かげろふ日記・大和物語・平中物語は小学館古典文学全集本、「あゆひ抄」は勉誠社文庫本によった。

2　垣間見の「たり」と「り」

――眼前の事物をとらえる――

垣間見における「たり」「り」

落窪物語の垣間見の場面を取り上げよう。次のような文章である。

格子のはさまに入れたてまつりて、留守の宿直人や見つくると、おのれもしばし簀子に居り。君見たまへば、消えぬべくも灯ともしたり。几帳、屏風ことになければよく見ゆ。向ひたるは、あこぎなめりと見ゆる。様体、頭つきをかしげにて、白き衣、上につややかなる掻練の衵着たり。添ひ伏したる人あり。君なるべし。白き衣の萎えたると見ゆる、着て、掻練のはり綿なるべし。腰より下にひきかけて、側みてあれば、顔は見えず。頭つき、髪のかかりば、いとをかしげなりと見るほどに、灯消えぬ。口惜しと思ほしけれど、「つひには」と思しなす。

ここでは推量の助動詞「べし」による表現が「見る」や「見ゆ」という視覚の動詞とともに主観的な表現を形成し、視点となっている主人公の視覚を具象的に描いている。その一方でこの文章において所謂完了の助動詞「たり」[1]が重要な役割を果たしていることは、傍線を付した部分を見ればわかる。「灯ともしたり」「向ひたる」「衵着たり」「添ひ伏したる人」「白き衣の萎えたる」と、「たり」は明らかに具象的・視覚的な描写において機能を果たしているのであり、それはすでに知られていることである。しかし「たり」はなぜ視覚的・具象的な表現の機能を果たすのかは必ずしも明かではない。本節においてはこの「たり」の機能の所以を、ことに十世紀と十一世紀の変わり目の頃について探ってゆきたい。

ところで、垣間見の描写は落窪物語に限らず源氏物語にも見られる。「空蟬」より、源氏が空蟬と軒端荻を垣間見る場面である。中間部の二人の会話の部分は別として、空蟬と軒端荻の容姿振舞いを具象的に描くために「たり」は多く用いられている。また「たり」に基本的に同様の働きをする「り」も用いられている。更に最後の部分では源氏の普段接する女性たちについても「たり」によって触れられているのである。

灯近うともしたり。母屋の中柱に側める人やわが心かくるとまづ目とどめたまへば、濃き綾の単襲なめり、何にかあらむ上に着て、頭つき細やかに小さき人のものげなき姿ぞしたる。顔などは、さし向かひたらむ人などにもわざと見ゆまじうもてなしたり。手つき瘦せ瘦せにて、いたうひき隠しためり。いま一人は東向きにて、残るところなく見ゆ。白き羅の単襲、二藍の小袿だつものないがしろに着なして、紅の腰ひき結へる際まで胸あらはにばうぞくなるもてなしなり。いと白うをかしげにつぶつぶと肥えてそぞろかなる人の、頭つき額つきのあざやかに、まみ、口つきいと愛敬づき、はなやかなる容貌なり。髪はいとふさやかにて、長くはあらねど、下り端、肩のほどきよげに、すべていとねじけたるところなく、をかしげなる人と見えたり。むべこそ親の世になくは思ふらめと、をかしく見たまふ。心地ぞなほ静かなる気を添へばやとふと見ゆる。かどなきにはあるまじ。碁打ちはてて、結さすわたり、心とげに見えてきはぎはとさうどけば、奥の人はいと静かにのどめて、「待ちたまへや。そこは持にこそはあらめ、このわたりの劫をこそ」など言へど、「いで、この度は負けにけり。隅の所どころ、いでいで」と指をかがめて、「十、二十、三十、四十」など数ふるさま、伊予の湯桁もたどたどしかるまじう見ゆ。すこし品おくれたり。

たとしへなく口おほひてさやかにも見せねど、目をしつとつけたまへれば、おのづから側目に見ゆ。目すこしはれたる心地して、鼻などもあざやかなるところなうねびれて、にほはしきところも見えず。言ひ立つればわろきによれる容貌を、いといたうもてつけて、このまされる人よりは心あらむと目とどめつべきさましたり。にぎははしう愛敬づきをかしげなるを、いよいよほこりかにうちとけて、笑ひなどそぼるれば、にほひ多く見えて、さる方にいとをかしき人ざまなり。あはつけしとは思しながら、まめならぬ御心はこれもえ思し放つまじかりけり。

見たまふかぎりの人は、うちとけたる世なく、ひきつくろひ側めたる表面をのみこそ見たまへ、かくうちとけたる人のありさまかいま見などはまだしたまはざりつることなれば、何心もなうさやかなるはいとほしながら、久しう見たまはまほしきに、小君出でくる心地すればやをら出でたまひぬ。

これは敢えて二人の登場人物の短所を描くことにより空蟬と軒端荻の性格描写までもやってのける、文学的にもきわめて優れた叙述であるが、ここで二人の人物の日常的で視覚的な描写が重要な役割を果たすのであり、「たり」「り」が多用されるわけである。

もう一例、「橋姫」の薫が宇治の姫君たちを垣間見るところである。

あなたに通ふべかめる透垣の戸を、すこし押し開けて見たまへば、月をかしきほどに霧りわたれるをながめて、簾を短く捲き上げて人々ゐたり。簀子に、いと寒げに、身細く萎えばめる童一人、同じさまなる大人などゐたり。内なる人、一人は柱にすこしゐ隠れて、琵琶を前に置きて、撥を手まさぐりにしつつゐたるに、雲隠れたりつる月のにはかにいと明くさし出でたれば、「扇ならで、これしても月はまねきつべかりけり」とて、さしのぞきたる顔、いみじくらうたげににほひやかなるべし。添ひ臥したる人は、琴の上にかたぶきかかりて、「入る日をかへす撥こそありけれ、さま異にも思ひおよびたまふ御心かな」とて、うち笑ひたるけはひ、いますこし重りかによしづきたり。「およばずとも、これも月に離るるものかは」など、はかなきことをうちとけのたまひかはしたるけはひども、さらによそに思ひやりしには似ず、いとあはれになつかしうをかし。昔物語などに語り伝へて、若き女房などの読むをも聞くに、かならずかやうのことを言ひたる、さしもあらざりけんと憎く推しはかららるるを、げにあはれなるものの隈ありぬべき世なりけりと心移りぬべし。

「たり」「り」がこの垣間見の場面の描写においても重要な役割を果たしていることは、その十二例という数に表れていよう。さきの落窪物語や「空蟬」の例以上に集中して使われていると言える。ここでは視覚だけでなく、会話という聴覚的なものも含んでいるが、いずれにしろその叙述の内容がきわめて感覚的なものであることには変わりない。そして、その感覚的なものの中でも、やはりその中心をなしているのは視覚だったといえる。「たり」「り」の機能を傍観者の視点、一般的な把握と考える論もあるが、(2) ここでの「たり」「り」をそのような働きで理解することはできない。稀にしか見ることのできないものであるから、かえってその印象は強烈に視点の人物の目に焼き付く、その主体の対象への把握のあり方が「たり」「り」によって捉えられているはずである。では、「たり」「り」は対象をどのように捉えるのか。

垣間見のように稀な目撃の状況を「たり」「り」は形成したわけだが、同様の機能を果たしているかに思える助動詞に「つ」がある。(3) 「手習」のうち、尼君の婿の中将が偶然に見た浮舟について語る場面である。

仕うまつり馴れにし人にて、あはれなりし昔のことども思ひ出でたるついでに、「かの廊のつま入りつるほど、風の騒がしかりつる紛れに、簾の隙より、なべてのさまにはあるまじかりつる人の、うち垂れ髪の見えつるは、世を背きたまへるあたりに、誰ぞとなん見驚かれつる」とのたまふ。

ここでは「つ」が多用され、「つ」の集積により叙述が形成されているのだが、「たり」「り」の集積によって描かれるさきの引用文とは二つの点で異なっている。その一つは、この「つ」による描写が瞬間の視覚で垣間見のようにある程度の時間の余裕が与えられた視覚とは異なっているという点である。つまりごく短い時間の視覚に

「つ」が使われるのに対して、時間の幅のある継続的な視覚に「たり」「り」が使われるという用法の違いがこの「つ」と「たり」「り」の使い分けの理由だという考えである。これは「つ」と「たり」「り」の使い方の違いを描かれた対象の時間的性格によって説明しようとするのであるが、次のような「野分」の例を考えると必ずしも従えなくなる。夕霧が紫上を遇目する場面である。

南の殿にも、前栽つくろはせたまひけるをりしも、かく吹き出でて、もとあらの小萩はしたなく待ちえたる風のけしきなり。折れ返り、露もとまるまじく吹き散らすを、すこし端近くて見たまふ。大臣は、姫君の御方におはしますほどに、中将の君参りたまひて、東の渡殿の小障子の上より、妻戸の開きたる隙を何心もなく見入れたまへるに、女房のあまた見ゆれば、立ちとまりて音もせで見る。御屛風も、風のいたく吹きければ、押したたみ寄せたるに、見通しあらはなる廂の御座にゐたまへる人、ものに紛るべくもあらず、気高くきよらに、さとにほふ心地して、おもしろき樺桜の咲き乱れたるを見る心地す。あぢきなく、見たてまつるわが顔にも移り来るやうに、愛敬はにほひ散りて、またなくめづらしき人の御さまなり。御簾の吹き上げらるるを、人々押さへて、いかにしたるにかあらむ、うち笑ひたまへる、いといみじく見ゆ。花どもを心苦しがりて、え見棄てて入りたまはず。御前なる人々も、さまざまにものきよげなる姿どもは見わたさるれど、目移るべくもあらず。

ここでも、夕霧によるその視覚は瞬間的なもので、時間的余裕のあったものとは言えない、瞬く間の視覚である。その点では「手習」の中将による浮舟の目撃と異なってはいない。しかし、ここでは「たり」や「り」が機能している。「つ」の集積が会話文において何よりもその印象の強さを表現するのとは異なった機能を、「たり」と「り」は地の文で果たしている。「おもしろき樺桜の咲き乱れたる」は比喩表現だから別にするにしても、「風のいたく吹きければ、押したたみ寄せたる」も「うち笑ひたまへる」も一瞬のことに違いはない。だからここでの「たり」の機能は西洋言語にいうところの perfectum ではなく、imperfectum の機能に近い。

imperfectum に近い機能を持つという点では「つ」も共通の性格を持っているのであるが、「つ」と「たり」の違いはその時間的な性格にある。「つ」も「たり」もその対象を時間的な幅と変化の位相をそぎ落としてとらえる。しかし「つ」の場合にはその把握された時間はそのまま瞬間に凝縮されている。したがってそれは状態ではなく、あくまでも一つの変化の位相なのである。そこにこの助動詞の時間的性格の不安定さがある。このため「つ」はその把握された対象に対する主体の視点が明瞭にならざるを得ない。主体の視点と対象の変化の瞬間があざやかに対比されるのであり、そのため「つ」は言語主体の明確な会話文において現在に近い過去の報告に機能を発揮したのだった。そこに学校文法で「つ」が「完了」ととらえられ「強調」ととらえられる所以があった。

これに対して「たり」は把握した瞬間を状態へと据え直す。(4) 起源的に言えば「て」で瞬間を把握したものを、「あり」によって時間超越性へ捉え直すといえようか。だから「たり」は存在詞「あり」をよく響かせている。「り」についても同様のことはいえようが、なお「り」よりは「たり」に「あり」は強く響き、瞬間から状態への転移は明確に表れている。いずれにしろ「たり」「り」は変化の一瞬を状態へとらえるのであり、その性格は動詞の（あるいは動詞句の）時間的な変化を状態の時間超越性へととらえなおすことにある。そしてその状態が変化の結果であるかどうかは問わないため、ときに perfectum ととれたり imperfectum ととれたりするのである。現代語に訳すときに、「……てある」と訳せたり「……ている」と訳せたりするのである。学校文法の意味に「完了」と「存続」が並ぶのもその辺に所以があるのだろう。

ところで、「たり」「り」が変化を状態に据え直し、時間的な事象を時間超越的なものに転換するとき、その言語主体の把握の視点は弱化する。言い直せば対象はおのずから存在するかのごときとらえかたをされる。「たり」「り」が時に場面を開く役割を果たすのも、場面がまず自ずから存在する、時間を超越したものとして、自然の背景として設定されるためであり、そのような自然の背景の前で人物の行動と世界の変化が語られるのである。

物尽しにおける「たり」「り」

このように「たり」「り」において対象の把握の主体性は弱められているが、この主体の弱化は「たり」「り」による文脈を一般的な叙述にし、傍観者による描写のごとくするかとも考えられよう。しかし、その叙述の文章が決して一般的なものではなく、ときに具象性にあふれ生彩の豊かな感覚的なものであったのは先ほどの例で見たとおりである。でなければ垣間見の場面に「たり」や「り」は機能できない。

「たり」を「て」と「あり」に分け、あるいは命令形に接続する「り」に「あり」を見るとき、(5)「あり」によって捉えられるもの、つまり、まさに「ある」ものは何だろうか。述語動詞がその生き生きとした変化をやめたときに、その状態の蔭に見えるのは何なのか。日本語において動詞が機能して変化をとらえているときに、まずその表現の中心をなすのは動詞による変化の様相なのであって、いわゆる主語もまた修飾語に過ぎない。ところがその動詞が「連用形＋て＋あり」あるいは「連用形＋あり」の形をとるとき動詞は表現の中心の位置をはずれ修飾語となっている。そして、そこで表現の中心に立つのは存在詞「あり」である。そのような「あり」の力を「けり」や「めり」よりも濃厚に「たり」「り」は、殊に「たり」は保っていると見える。しかし「あり」はそれだけでは表現の上で機能できない。顕在にしろ潜在にしろ名詞と組み合わされることによって「あり」は存在の表現として機能する。だから「たり」「り」がとらえる状態とは、さまざまな様態の修飾をともなった名詞の存在としてあらわれる。したがって、「たり」「り」を伴わない動詞表現が名詞を副次的修飾表現として変化の様相を主眼として表現を果たすのに対して、「たり」「り」による表現は動詞がとらえる様相をも名詞への修飾とすることにより状態の表現を果たしているのである。

たとえば、次のような三巻本枕草子の一文を見てみよう。(6)

五月ばかりなどに、山里にありく、いとをかし。草葉も水もいと青く見えわたりたるに、上はつれなくて、草生ひ茂りたるを、長々と縦ざまに行けば、下はえならざりける水の、深くはあらねど、人などの歩むにはしりあがりたる、いとをかし。

左右にある垣にあるものの枝などの、車の屋形などにさし入るを、急ぎてとらへて折らむとするほどに、ふと過ぎてはづれたるこそ、いとくちをしけれ。

蓬の、車に押しひしがれたりけるが、輪のまはりたるに、近ううちかかへたるも、をかし。

これも印象は鮮明で具象性に満ちた描写であるが、その具象性は個々の「もの」の描写によっている。変化の一瞬を超時間的な状態に定着させた表現に修飾されながらとらえられた名詞の積み重ねによって叙述は展開される。「水」の「見えわたりたる」あるいは「はしりあがりたる」様子、「草」の「生ひ茂りたる」様子、「枝」の「はづれたる」様子、「車」の「まはりたる」様子、そして「蓬」の「押しひしがれたりける」「うちかかへたる」様子。「たり」の多用によって形作られた叙述は名詞が中心となり、動詞を従えた表現となっているのである。

ところで、この段では叙述の中心になっている名詞は動詞に対して主語となるものばかりであったが、「たり」がとらえる名詞は主語ばかりではない。同じ三巻本枕草子より引く。

心ゆくもの

よく描いたる女絵の、言葉をかしう付けて多かる。物見の帰さに、乗りこぼれて、をんなどもいと多く、牛よくやる者の、車走らせたる。白くきよげなる陸奥紙に、いといと細う、書くべくはあらぬ筆して、文書きたる。うるはしき糸の練りたる、あはせ繰りたる。てうばみに、てう多く打ち出でたる。ものよく言ふ陰陽師して、川原に出でて、呪咀の祓へしたる。夜、寝起きて飲む水。……

この場合に、「女絵」と「よく描いたる」、「車」と「走らせたる」、「文」と「書きたる」、「うるはしき糸」と「練りたる」、「てう」と「打ち出でたる」、「呪咀の祓へ」と「したる」の関係は主語と述語の関係ではない。これらの名詞の動詞句との関係は、西洋言語についての用語によるならば対格、目的語である。これらの表現の中でいわゆる主語は「牛よくやる者」以外は示されていず、「たり」が捉える名詞はここではいわゆる目的語なのである。しかもこれら名詞には対格的標識は添えられず、もっぱら格標識が無標のままなのだが、このあたりに日本語が対格言語とされながらも能格性をはらんでいる、その一端があらわれているようである。日本語において自動詞が主語と結び付きが強いのに対して、他動詞では目的語と強く結び付く。したがって「たり」がとらえる名詞もいわゆる主語である場合と目的語である場合はともに見られる。枕草子のこれらの例に端的に見られるように、「たり」「り」は動詞を通して様々な名詞と関係し、際だたせるのである。そして「たり」「り」の多用は名詞の列挙を果して行くのである。

そして、この作品の物尽しの段は名詞の列挙を基本としているため、これらの「たり」は連体形による準体法をとる。単に（固有名詞を含め）名詞を並置する方法から発展して、様々な修飾・限定を名詞に加えて行く、その一環として「たり」は名詞に動詞句による修飾を加えたのだが、その表現の全体が準体法により名詞に相当する扱いを受けたのは、この作品の名詞重視の言語のありかたによってのことだった。

盛儀における「たり」「り」

ところで、ここに引用したような枕草子の文章はその題材を日常的なものに選び、その結果としてこの作品は独創的なものであったのだが、またジャンルとしての孤立も免れなかった。それは作者自身が意識していたことで、たとえば「九月ばかり、夜一夜」の段の末尾の「……と言ひたる事どもの、人の心には、つゆをかしからじと思ふこそ、またをかしけれ」という言葉に自覚的に表れている。

しかしこの作品で「たり」「り」によって導かれた名詞の列挙の技法がその威力を発揮するのは、日常の描写に限られず、晴やかな儀式の叙述もまたそうであった。その一例を示そう。長大な段の冒頭。

関白殿、二月二十一日に、法興院の積善寺といふ御堂にて、一切経供養せさせたまふに、女院もおはしますべければ、二月一日のほどに、二条の宮へ出でさせたまふ。ねぶたくなりしかば、なに事も見入れず。つとめて、日のうららかにさし出でたるほどに起きたれば、白う新しう、をかしげに造りたるに、御簾よりはじめて、昨日かけたるなめり、御しつらひ、獅子、狛犬など、いつのほどにか入り居けむとぞ、をかしき。桜の、一丈ばかりにていみじう咲きたるやうにて、御階のもとにあれば、いととく咲きにけるかな。梅こそ、ただ今は盛りなれと見ゆるは、作りたるなりけり。すべて花のにほひなど、つゆまことに劣らず。いかにうるさかりけむ。雨降らばしぼみなむかしと思ふぞ、くちをしき。小家などいふもの多かりける所を、今造らせたまへれば、木立など、見所あることもなし。ただ宮のさまぞ、け近うをかしげなる。

殿わたらせたまへり。青鈍の固紋の御指貫、桜の御直衣に、紅の御衣三つばかりを、ただ御直衣にひき重ねてぞ、たてまつりたる。御前よりはじめて、紅梅の濃き薄き織物、固紋、無紋などを、ある限り着たれば、ただ光満ちて見ゆ。唐衣は、萌黄、柳、紅梅などもあり。……

これはまだ準備の段階の初めを描いたのだが、それでも華やかな事物が列挙され、その描写に「たり」「り」が機能している。ここに描かれているのは日常的な事物というよりも非日常的と言うべく、人々に明るい印象を与える儀式に関しての叙述だが、ここでも描写は具象的で、その表現は「たり」「り」によるものなのであった。

この「たり」「り」の機能は源氏物語でも見ることができる。源氏物語は多くの言葉を費やして儀式を克明に描くようなことはあまりしないが、それでも次のような箇所を見いだすことができる。「若菜上」の女楽のところ。

童べは、容貌すぐれたる四人、赤色に桜の汗衫、薄色の織物の衵、浮紋の表袴、紅の擣ちたる、さまもてなしすぐれたるかぎりを召したり。女御の御方にも、御しつらひなどいとど改まれるころの曇りなきに、おのおのいどましく尽くしたる装ひどもあざやかに、二なし。童は、青色に蘇芳の汗衫、唐綾の表袴、衵は山吹なる唐の綺を、同じさまにととのへたり。明石の御方のには、ことごとしからで、紅梅二人、桜二人、青磁のかぎりにて、衵濃く薄く、擣目などえならで着せたまへり。宮の御方にも、かく集ひたまふべく聞きたまひて、童べの姿ばかりは、ことにつくろはせたまへり。青丹に、柳の汗衫、葡萄染の衵など、ことに好ましくめづらしきにはあらねど、おほかたのけはひの、いかめしく気高きことさへいと並びなし。

ここでは、それぞれの女性たちのそろえた童について、その衣服が描かれている。とはいうものの、ここで列挙されているのはまず色の名である。そしてその色の選択はそのまま女性たちの人物の描写になっている。紫上・明石の姫君・明石の君、そして女三宮の人物の描写が行われているのだが、それは細々とした衣服の色名の列挙によってなのだった。そしてそこでも「たり」「り」は機能しているのだった。

このような事物の列挙による華やかな儀式、あるいはそれに伴う施設の描写に「たり」「り」を多く用いる技法を活用する、その頂点は栄花物語であろう。ただし、栄花物語の叙述は常にその資料の問題がつきまとい、「たり」「り」が多用された儀式の叙述はその中でも作品のオリジナルの文章であるかどうかは疑えるのだが、だからこそかえってこの作品の「たり」「り」の使用は十一世紀における盛儀の叙述における「たり」「り」の重要性を証し立てると言えよう。

ともあれ、一例を引いてみよう。巻十八「たまのうてな」の冒頭。

御堂あまたにならせ給まゝに、浄土はかくこそはと見えたり。例の尼君達、明暮参り拝み奉りつゝ、世を過す尼法師多かる中に、心ある限四五人契りて、この御堂の例時にあふわざをなんしける。うち連れて、御堂に参りて見奉れば、西によりて北南ざまに東向に十余間の瓦葺の御堂あり。榱の端〴〵は黄金の色なり。よろづの金物皆かねなり。御前の方の犬防は皆金の漆のやうに塗りて、違目ごとに、螺鈿の花の形を据へて、色〳〵の玉を入れて、上には村濃の組して、網を結ばせ給へり。北南のそばの方、東の端〴〵の扉毎に、絵をかゝせ給へり。上に色紙形をして、詞をかゝせ給へり。遥に仰がれて見え難し。九品蓮台の有様なり。或は年頃の念仏により、或は最後の十念により、或は終の時の善知識にあひ、或は乗急の人、或は戒急の者、行の品〴〵に従ひて極楽の迎を得たり。これは聖衆来迎楽と見ゆ。弥陀如来雲に乗りて、光を放ちて行者のもとにおはします。観音・勢至蓮台を捧げて共に来り給。諸〳〵の菩薩・聖衆、音楽伎楽をして喜び迎へとり給。行者の智恵のけしきよそ〳〵にして、忍辱の衣を身に著つれば、戒香匂にしみ薫りて、弘誓瓔珞身に懸けつれば、五智の光耀けり。金銀のこまやかなる光透りて、紫磨金の柔かなる膚透きたり。紫金台に安座して、須臾刹那も経ぬ程に、極楽界にいき着きぬ。草菴に目を塞ぐ間は、即ち蓮台に跏を結ぶ程なりけり。或は八功徳水澄みて、色〳〵の花生いたり。その上に仏現れ給へり。さばこれや蓮花の始めて開くる楽ならんと見えたり。或は卅二相あらたに見え、六通三明具へたり。仏を見奉り法を聞く事、れう〳〵分明なり。これこそは見仏聞法の楽なめれと見ゆ。よろづめでたし。処は是不退なれば、永く三途八難の恐を免れたり。命は又無量なれば、遂に生老病死の苦しみなし。心と事とあひかなへば、愛別離の苦もなし。慈眼等しく見れば、怨憎会の苦もなし。一度七宝荘厳の台に着きぬれば、永く三界の苦輪の海を別れぬ。

第一文は「御堂」と「浄土」との関係を比喩表現によってしめすが、この法成寺と極楽浄土の比喩関係はこの巻の全体の構造をなすのだから、この第一文は巻全体の趣旨を述べている。いわば総序をなしているが、この文も「たり」によってまとまられていることに注意すべきだろう。この巻が名詞優位の視覚的描写の巻であることが宣言されている。

第二文は案内役の尼君たちの紹介である。この巻の叙述が尼君たちの目を通して描かれなければならない所以は別に論じたことがあるが、(7)その尼君たちをここであらためて紹介している。これは巻の叙述の本筋ではなく、その本筋を描くための準備なのだから、「けり」によって副次的な叙述と位置づけられるのである。

したがって、この巻の本格的な、法成寺内部を描く本筋の叙述は第三文から始まる。第三文はまず阿弥陀堂の建物の配置を示すが、その文末は存在詞「あり」によっている。御堂の様子は時間超越の相によって描かれているのである。次に第四文は描写の細部に移るが、その叙述も名詞を基本としたものであり、状態を時間超越的なものとして捉えている。ここの「なり」を断定の助動詞ととるにしろ、形容動詞の語尾ととるにしろ、「あり」によって文末がまとめられていることには違いがない。そして第五文以降は基本的に「り」「たり」によって叙述が展開されて行く。仏典をひいた文章が挟み込まれたりするにしても、叙述の基調は「たり」「り」の文末の繰り返しによっているのであった。

仏事であったり宮廷儀式であったりとその内容は異なるにしても、栄花物語はこのように、「たり」「り」を多用する叙述をしばしば見せる。それは作品が儀式の場の視覚的印象を重んじているからであって、そのような叙述には目に見える事物への関心以外のものが有るわけではない。この作品の儀式のとらえかたは単純であり率直であったといえるだろう。それは現代的な文学観からすればつたないものと評されるにしても、まぎれもなく文学的な関心事の一つであった。その描写は時間的な変化の位相を欠くために深刻な陰影をともなわず、とかく退屈なものととらえられるにしても、王朝の文学のまぎれもなく重要な対象の一つだったのである。そしてこのようなものの列挙、名詞の羅列は、先行作品でも源氏物語は避けようとしたのだろうが、枕草子はその関心のありかたに栄花物語と共通するものがあったといえよう。ただ、あくまでも栄花物語が盛儀にこだわり常識的であるのにたいして、枕草子は日常の印象のひだにわけ入ったのが大きな違いだったわけである。

ところで、今までに取り上げて引用してきたのは盛期王朝の作品だったが、視覚的な描写に「たり」「り」が集中的に使われるのは、王朝かな散文の初期からのことであった。例えば、竹取物語には「たり」「り」の多用がしばしば見られるが、その印象的な例を一つ引こう。

かかるほどに、宵うちすぎて、子の時ばかりに、家のあたり、昼の明さにも過ぎて、光りたり。望月の明さを十合せたるばかりにて、在る人の毛の穴さへ見ゆるほどなり。大空より、人、雲に乗りて下り来て、土より五尺ばかり上りたるほどに立ち連ねたり。内外なる人の心ども、物におそはるるやうにて、あひ戦はむ心もなかりけり。からうじて、思ひ起こして、弓矢をとりたてむとすれども、手に力もなくなりて、萎えかかりたり。中に、心さかしき者、念じて射むとすれども、ほかざまへいきければ、あひも戦はで、心地、ただ痴れに痴れてまもりあへり。

立てる人どもは、装束のきよらなること物にも似ず、飛ぶ車一つ具したり。羅蓋さしたり。その中に、王とおぼしき人、家に、「みやつこまろ、まうで来」といふに、猛く思ひつるみやつこまろも、物に酔ひたる心地して、うつぶしに伏せり。

ここでの視覚は現実の描写に向かっているのではなく、空想の叙述であるが、それだけに一つひとつの事物の描写は丹念にされなければならない、そのために「たり」「り」は機能している。かな散文における視覚的描写の機能は王朝の散文の早い時期から可能となっていたことがわかる。この機能はさらに、うつほ物語の絵解の部分などにも多用され、その流れが枕草子に至ったのだといえよう。技法は王朝かな散文の初期に由来し、その盛期に機能を発揮したのである。

ことばの引用における「たり」「り」

しかし、「たり」「り」の機能はこのような視覚的な描写ばかりではない。すでに論じられているように、例えば古今和歌集で詞書はしばしば「り」や「たり」を含む形で記されているが、詞書における「り」「たり」の使用[8]は古今和歌集に限らず他の和歌集にもみられる。さらに、歌物語も和歌の引用に際して「たり」「り」を含む語句がその前後に添えられることが少なくなく[9]、和歌の引用に「たり」「り」が機能するのは和歌集と散文作品を通じてその例が多いのだった。それは和歌の超時間性に由来するのであり、かつて成立の場にあった和歌が現に今もここにある、その時間超越的な性格をとらえるために存在詞「あり」が求められ、その延長線上に「たり」や「り」も働くのだった[10]。

このような「たり」「り」の引用の機能はさらに長編の物語でも、その機能を拡大させて用いられることになる。例として「桐壺」の次のような叙述を見てみよう。

「目も見えはべらぬに、かくかしこき仰せ言を光にてなん」とて見たまふ。

ほど経ばすこしうちまぎるることもやと待ち過ぐす月日に添へて、いと忍びがたきはわりなきわざになん。いはけなき人をいかにと思ひやりつつ、もろともにはぐくまぬおぼつかなさを。今は、なほ、昔の形見になずらへてものしたまへ。

などこまやかに書かせたまへり。

宮城野の露吹きむすぶ風の音に小萩がもとを思ひこそやれ

とあれど、え見たまひはてず。

命婦が帝の使いとして源氏の祖母を尋ねる場面だが、ここでも和歌が「あり」によって受けられているのは「たり」「り」の場合と通じる方法として、同様の例は歌物語でもしばしば見られた。ここで注意したいのは手紙の文章もまた「たり」でうけられていることである。手紙の文章もまた、紙に記されたという固定性を持つので、和歌という形式に支えられた言語表現の場合と同じく、時間超越的な性格のものと見なせるわけなのだ。しかも、紙という事物に記されているということを考えれば、手紙そのものが物として、「たり」「り」によって捉えられるのも当然ともいえるかもしれない。

しかし、次のような例はどうであろうか。枕草子の文章である。

「細殿に、便なき人なむ、暁に笠さして出でける」と言ひいでたるを、よく聞けば、わが上なりけり。地下など言ひても、目やすく、人に許されぬばかりの人にもあらざなるを、あやしのことや、と思ふほどに、上より御文持て来て、「返事、ただ、今」とおほせられたり。なにごとにかとて、見れば、大笠の絵を描きて、人は見えず、ただ手の限りをとらへさせて、下に、

山の端明けし朝より

と書かせたまへり。なほ、はかなきことにても、ただめでたくのみおぼえさせたまふに、はづかしく、心づきなき事はいかでか御覧ぜられじと思ふに、かかるそら言のいでくる、苦しけれど、をかしくて、異紙に、雨をいみじう降らせて、下に、

「ならぬ名の立ちにけるかな

さてや、濡衣にはなりはべらむ」と啓したれば、右近の内侍などに語らせたまひて、笑はせたまひけり。

ここでも、「山の端明けし朝より」の歌句が「り」によって引用されているのは、それが和歌的辞句であるということから言っても、手紙であるということでも、十分に理由を理解できる。しかし、他の二つの語句、「……と言

ひいでたるを」「……とおほせられたり」「……と啓したれば」はいずれも会話の引用なのであるから、手紙のように具体的な事物としての形が結果として存在するわけではない。といってこれを動作の継続とみて「……シテイル」の意味でとらえることも、持続的な行動をとらえているわけではないので適当な理解とは言えない。「……と言ひいづるを」「……とおほせらる」「……と啓すれば」としても十分に通じるところである。にもかかわらず「り」「たり」を欠いた形にしなかったのは、そのような形では「言フ」「申シアゲル」という行為の動作自体に焦点があたってしまうからで、この動作によって導かれた発現内容のほうに重点を置こうとすれば「たり」「り」を添えなければならなかったのである。

会話の発言自体は事物ではない。しかし、その発言が重要なものであれば事物に準じる扱いをうけるのであって、それは必ずしも紙に書かれなくとも再現することが可能であるという性格によるのだろう。だから、この重要性をとらえようとすれば「とあり」や「たり」「り」によって引用されることになる。そのような例としては和歌が最たるものであったし、貴顕の発言もまたそうであった。「たり」「り」は事物をとらえ、名詞をとらえるのだが、言葉はかたちあるものとして、事物に準じて「たり」「り」によって捉えられたのだった。王朝の散文において、「り」「たり」は総じてかたちあるものを捉える機能を果たしていたのだった。

「たり」「り」は学校文法において完了の助動詞とされる。完了の助動詞には「つ」「ぬ」も所属しているのだが、その実際の意味や機能は「つ」「ぬ」と「たり」「り」とでは大きく異なっている。西洋言語においても「完了」は必ずしも一様の意味を表しているのではなく、結果の存続の表現よりアオリストとしての機能まで幅広い。日本古典語においても、「つ」「ぬ」はあくまでも動詞の意味を受けて、その事象を変化の相において把握している。「つ」は事象を延長の相を切り捨てた瞬間の相においてとらえ、それ自体のなかに変化は含まないが、主体の現在との対比のうちに必然的に事象の落差としての変化を捉えることになる。「ぬ」はそれ自体事象を延長の相において捉えるので、そこには変化の把握を避けることはできない。いずれにしても「つ」「ぬ」は「き」とともに時間的であり、それぞれの形で世界の変化の認識と深く係わっている。

これに対し「たり」「り」は、見てきたように時間を超越したところで事象を状態としてみるのだが、それは必然的にかたちある事物の把握に向かうのだった。ことに「たり」は存在詞の機能を保持し、事物の状態の把握という性格を強く示す。そして事物は多く名詞によってとらえらる。それは、変化を捉えようとすれば必然的に動詞によらざるを得ないのに対し、状態を捉えようとすれば名詞によることになるからなのである。形容詞や形容動詞はどうかといえば、形容詞はいまだ名詞の影を残しているし、形容動詞にいたっては名詞からの独立を文法的に証明できないでいる。

さて、このように「たり」「り」が事物を捉えるのだが、その事物は見てきた通り様々であった。たとえば美しいものであったり、たとえば尊いものであったりしたし、また和歌であった。それだけでなく、現代人からみればかたちあるように思えない会話のことばもそれら事物に含められているのだった。また、枕草子の作者は「たり」を武器として、本人も自分だけしか関心を持たぬのかと疑ったような日常の微細な事物と状態をとらえていった。名詞だけでは捉えられないようなものを、「たり」によって名詞と同列にして捉えていったのである。

垣間見もまた、描写すべきなのはまず、事物と状態であった。美しい女性の、その細部をとらえなければならない。単に主人公が女性を覗きみたという出来事を記せばいいのではない。物語の読者にたいして強い印象の残るように、主人公の目を通して具象的に描かねばならないのである。しかもその強い印象は瞬く間に過ぎ去ってしまうようなものであってはならない。変化の位相は排除されなければならない。描かれた事象の相は時間を超越しなければならない。「たり」と「り」は対象を眼前に据えて動じさせない。そこに「たり」や「り」が垣間見の場面に多く用いられる所以があったのである。

注

（1）助動詞「たり」「り」の体系上の位置づけについては殊に春日和男『存在詞に関する研究』（風間書房　S四三）・小松光二『国語助動詞意味論』（笠間書院　S五五）を参照。
（2）根来司『平安女流文学の文章の研究続編』Ⅱの第一「「たり」と「り」の世界―枕草子の文章―」（笠間書院　S四八）
（3）「つ」及び「ぬ」についでは本書Ⅲの1参照。
（4）遠藤好英「今昔物語集の助動詞「リ」の文章史的考察―「リケリ」の形をめぐって―」（「文芸研究」六二）は「り」の意味について山田孝雄をふまえて次のように言う。「以上、動作作用の結果さらには、それ自身を状態化して表現する点に「り」の根本的性格が考えられているのである。」
（5）「り」は近世以来、動詞連用形に接続した「あり」に由来すると見られることが多いようだが、なお異論もある。春日和男『存在詞に関する研究』第一篇第二章第一節参照。
（6）枕草子の「たり」についてはことに注（2）論文および内尾久美「枕草子の言語　文法」（『枕草子講座　第四巻』有精堂出版　S五一）を参照。
（7）拙稿「「たまのうてな」の尼君たち―『栄花物語』の考察（三）―」（「研究と資料」四）
（8）糸井通浩「勅撰和歌集の詞書―「よめる」「よみ侍りける」の表現価値―」（「国語国文」S六二・一〇）・辻田昌三「初期仮名文に於ける「りけり」」（『初期仮名文の研究』桜楓社　S六一）参照。
（9）注（4）論文および田中みどり「「り」に就いて」（「仏教大学研究紀要」六四）参照。
（10）本書Ⅱの1参照。
〔付記〕引用は以下の書によった。日本古典文学全集竹取物語（片桐洋一）・日本古典文学全集落窪物語（三谷栄一）・角川文庫枕草子（石田穣二）・小学館『完本源氏物語』（阿部秋生）・日本古典文学大系栄花物語（松村博司・山中裕）。

3　初期王朝散文の疑問表現と推量表現

王朝の仮名散文の叙述の基調は、大きく分ければ動詞終止形を基調とするものと、助動詞「けり」を基調とするものに二分される。だからこれから扱おうとする散文の地の文の推量表現――具体的に言えば、推量の助動詞と疑問表現――は王朝散文の主幹をなすものではなく、あくまでも叙述において補助的な役割を果たすものに過ぎない。しかし、その補助的な役割の様相については、そのジャンルに従い、あるいは作品個々によって多様であり、その様相の違いはそれぞれの作品の文体にさまざまな彩りを与えている。そしてその様相は、叙述の基調の違いとあいまって、十世紀前期より中期においておおよそ鼎立のさまを示すのである。伊勢物語や大和物語の歌物語、竹取物語にうつほ物語のうち「俊蔭」「藤原の君」「忠こそ」(1)、そして日記文学として土左日記である。これらの作品を当面対象としつつ、同じ世紀の後期の様相への展開を併せて考えて行きたい。

もちろん、竹取物語やうつほ物語にしても、歌物語にしても、個々の作品の正確な成立年代は明確にできるわけではない。第一、当時の物語が相当の期間を経て次第に形成されるような性格のものだったとすれば、特定の成立年代という考え方さえ適当ではないだろう。だから、これらの作品が厳密な意味で同年代の作品というわけにいかないのは言うまでもない。しかし十世紀の前半が、現在我々に残されている竹取物語や伊勢物語、大和物語の成立に大きくかかわった時代だったとは言えよう。そして、土左日記もまたこの時代に形成を見た作品である。たしかに土左日記は他の作品と異なって物語ではない。だから物語の文体の歴史を他の文学作品と歴史と没交渉のものと考えるならば、土左日記をここで他の物語と併せて取り上げることは適切でないということになる。しかし、二つの理由からジャンルを超えてこれらの作品の文体を考察しなければならない。

　ひとつは、そもそも我々が考えるジャンルわけはあくまでも近代人による便宜的なもので、決して王朝の作家たちや享受者たちのものではなかったということである。紀貫之や倫寧女は日記という意識を強烈に持っていたようだが、「日記文学」とは無縁であった。そしてジャンルの間も実際に流動的であったことは、「在五中将が日記」や「小野篁集」という呼称にも表れていよう。

　二つ目として考えるべきなのは次のようなことである。ここで扱っている推量表現や疑問表現は、文体の性格が変わればその機能も変化する部分は当然あるだろうが、それでも共通の部分は存在し、文体の性格が異なってもその機能は異ならない。まして、ジャンルが違ってもその機能は異ならないのである。

補足的説明と叙述の奥行き

　初期王朝散文のうち、歌物語は助動詞「けり」を叙述の基調としている。この「けり」による叙述は王朝の文学の歴史でついに主流とならなかったのだが、――端的にいえば源氏物語の採るところとならなかったのだが、それはひとえにこの助動詞「けり」が長編への展開力の妨げとなるからであった。私は歌物語の文体については別に論じ(2)、そこで大和物語に即して、歌物語が「けり」によって叙述される所以を述べた。歌物語の表現の中心はあくまでも和歌であり、散文は和歌の成立にかかわる事情を説明しようとするのであった。しかも中心となる和歌は超時間的な文学形式であるため、説明の主体の「いまここ」は鮮明に表現されることになる。そこに、歌物語が「けり」によって叙述される所以があった。

　ならば、和歌を中心とし、「けり」によって叙述される場面を順次並べてゆけば長編の物語が成り立つかというと、実際にはそれはできないことであったようだ。遺存されている作品のうちでは（これは当面の対象たる十世紀よりは後の作品であるようだが）篁物語がそれを試みたかに見え、現行の活字本で十頁程度の分量まで展開したが、これが「けり」を基調とする物語の最大限であったらしい。歌物語ははるかに短い分量の章段を並置してゆくこととなった。しかもその中でもやや長い章段に「けり」の欠落が見られる例が伊勢物語について報告されている。[3][4]「けり」のような主体の「いまここ」をあからさまに感じさせる表現を無限につなげることは不可能なのであった。

言語が一つの自立した世界を、つまり作品世界を形作ろうとするとき、その世界が一定以上の時空の大きさを確保しようとするなら、その世界は言語の主体の「いまここ」から切り放されていなければならない。バンヴェニストの表現を借りるなら「出来事自身がみずから語るかのよう」な叙述がなされなければならない。そのような機能は西洋言語では、古典ギリシア語ではアオリストが、またドイツ語では過去形が担っているのだが、現代日本語ではこれを助動詞「た」が担っている。「た」は本源的には完了の助動詞なのだろうが、併せてアオリストの機能も果たしている。ところが「けり」は完了の助動詞として主体の「いまここ」を切り放せない。ここに、「けり」が長編散文の基調となりえない理由がある。しかも「けり」だけでなく、他の助動詞も（おそらく否定の「ず」を例外として）みな、平安朝にあっては主体の「いまここ」を強くにじませた言葉として、長編の叙述の基調にはなれなかったのである。

ここに、動詞の終止形を基調として、そこに「ず」や形容詞・形容動詞を加えた文体が成立することになる。もちろん、このような叙述で作品が一貫されるわけではなく、たとえば竹取物語では「けり」が枠構造をつくっているわけだし、うつほ物語「俊蔭」では「ぬ」あるいは「つ」が（ことに異域遍歴の部分に）多用されている。[5]動詞終止形などを基調とした部分でも、他の表現は補助的に用いられるのである。具象的な描写に「たり」が用いられるのはしばしば見られる現象だし、場面の変換に「ぬ」を用いるのも特殊な方法ではない。

また、このような文体の中で用いられる「けり」は（しばしば「なむ」と結びついて連体形で）補足的な説明の機能をはたし、作品世界に奥行きを与えている。動詞終止形をはじめとする、叙述の基調をなす言葉が言語主体の存在を滅却して客観的表現に徹し、出来事を呈示しながらも主体の判断を交えない。だから、それらの叙述では対象はなんら客観性への相対化を加えられずに示される。これに対して、「けり」は対象と主体の「いまここ」の時空の隔たりを明示しつつ対象を確認する。この隔たりは実際には時間的なものであることも空間的なことも、また心理的なこともあるが、いずれにしても基調の叙述によって示された事象のあいだに、このように主体の主観的判断を加えられた事象が挟み込まれることによって作品世界に奥行きが形成されるのである。

ところで、作品世界に奥行きを作るのは「けり」だけではない。「けり」が主体の確認の機能によって奥行きを加えているのに対して、この確認の保留という相対化を加える言葉として「べし」や「めり」などの推量の助動詞(6)がある。事象を主体の心の時空へととどめることにより、客観的に確定された叙述の基調の事象とのあいだに奥行きを加えるのである。だから質的には「けり」と異なった意味の言葉ではある。しかし、事象の客観性の相対化という点ではこれら推量の助動詞は「けり」に通じる機能を果たすのであり、量的に「けり」の判断相対化を強化したものだといえようか。実際にも推量の助動詞のうち、「べし」はときに「けり」に通じるような補足説明の働きをはたすことがあるのである。

さて、叙述の基調を補足説明する表現として（ということは叙述の基調の展開を破るものともいえるのだが）、主体的判断としての「確認」より、主体的判断の確認の保留としての「推量」へと助動詞が機能するのだが、さらに主体的判断の躊躇として機能するのが「疑問」の表現である。もっとも、ここでいう疑問表現は、日常の会話におけるような、返答をもとめての疑問でないことはいうまでもあるまい。書き記された文学表現でのうえのものなのだから、当然返答を期待してのものではない。疑問表現の形式で呈示することによって、「思ふ心深きにやありけむ」

などと、「べし」などによる推量よりもっと漠然とした推測であることを示し、さらには「いづこにか行きけむ」のように記すべき事象の不明であることを述べる場合を言っているのである。

さて、動詞や形容詞・形容動詞に「ず」を加えた叙述の基調に対し、補足的説明としての「確認」「推量」「疑問」表現が挿入されて叙述が展開するのだとしたら、その叙述は客観と主観との二元性の間で、主体の滅却と顕現との二元性の間で形成されていることになる。(7) ならば、実際の作品でこの二元性はどのように現象しているのか？

初期つくり物語の事例

まず、竹取物語の例を挙げよう。四つの例はいずれも求婚者への難題譚の部分に属し、しかもくらもちの皇子と大伴の大納言の話に集中している。

かぐや姫ののたまふやうに違はず作りいでつ。いとかしこくたばかりて、難波にみそかに持ていでぬ。「船に乗りて帰り来にけり」と殿に告げやりて、いといたく苦しがりたるさましてゐたまへり。玉の枝をば長櫃に入れて、物おほひて持ちて参る。いつか聞きけむ、「くらもちの皇子は優曇華の花持ちて上りたまへり」とののしりけり。かぐや姫聞きて、我はこの皇子に負けぬべしと、胸つぶれて思ひけり。

にせの蓬萊の玉の枝をつくりあげたくらもちの皇子が帰還を装う場面である。「つ」「ぬ」「たり」「けり」と多様な助動詞がさほど長くない部分に集中しているが、このような例はこの作品の中では外に見られない。そして、この助動詞の集中はこの帰還の場面の時空の遠近法を形成している。事業の完成に伴う時空の移動、出迎えの人々の具体性、そして帰還の背景をなすかぐや姫。異界からのいつわりの帰還とかぐや姫の邸への皇子の参入の一環に疑問表現が使われていることに注意したい。

かくて、この皇子は、「一生の恥、これに過ぐるはあらじ。女を得ずなりぬるのみにあらず、天下の人の、見思はむことのはづかしきこと」とのたまひて、ただ一所、深き山へ入りたまひぬ。宮司、さぶらふ人々、みな手を分ちて求めたてまつれども、御死にもやしたまひけむ、え見つけたてまつらずなりぬ。

これは、同じ皇子の物語の世界からの退場の記述である。さきの引用は異界よりのいつわりの帰還であったが、今度は本当に人知れぬ世界へ去って行く、その記述に疑問表現が使われている。疑問表現によって作品世界の外への移動が円滑に行われたと言えるだろう。「ぬ」が相伴って用いられていることにも注意したい。

……船に乗りて、海ごとに歩きたまふに、いと遠くて、筑紫の方の海に漕ぎいでたまひぬ。いかがしけむ、疾き風吹きて、世界暗がりて、船を吹きもて歩く。

これは大伴の大納言がみずから海に出る場面であるが、かれはそこで大嵐＝龍の怒りに遭うことになる。異界への移行の記述であり、この移行は疑問表現が加わった記述によっている。場面が移行するのだから、当然ここでも「ぬ」が使われる。

（大納言）「よきことなり」とて、「楫取の御神聞こしめせ。をぢなく心幼く、龍を殺さむと思ひけり。今より後は、毛の一筋をだに動かしたてまつらじ」と、よごとをはなちて、立ち、居、泣く泣く呼ばひたまふこと、千度ばかり申したまふ験にやあらむ、やうやう雷鳴りやみぬ。

これは大嵐が静まる記述であり、異界からの生還も疑問表現と「ぬ」を用いて描かれたのである。

以上、竹取物語の四つの例はいずれも場面の転換のために用いられていると言えよう。この作品の主な世界がかぐや姫を中心とした世界であることはいうまでもないだろう。そこでは、たしかに現代人からみたら異様なかぐや姫の出生も描かれるし、まして月の都からの迎えはＳＦ的な世界に見える。しかしこれらはあくまでもかぐや姫の生きる世界の一環なのであり、その世界は帝や貴族たちの生きる世界でもある。つまり、王朝貴族の世界なのである。だからこそかぐや姫の論理は翁や嫗や帝の論理と鋭く対立したのである。これに対し、くらもちの皇子や大伴の大納言の難題達成の試みはかぐや姫的世界からも隔たった異界にかかわっている。ただし、大伴の大納言は単純に異界へ船出したからこそ帰還を果たしたが、偽って異界からの帰還を装ったくらもちの皇子はかえって異界への退場を余儀なくされたといえようか。いずれにしても、かぐや姫を中心とするこちら側の世界と、その向こう側の世界との距離を円滑に移行するために、言いかえれば移行のための想像力を補うために、疑問表現は働いたと見える。

うつほ物語「俊蔭」の推量表現・疑問表現の用例は、竹取物語の場合とは異なっている。しかし、ここでも用例は少ない。

あしたにみて、ゆふべにおそなはるほどだに、紅のなみだをおとすに、はるかなるほどに、あひみむことのかたきみちにいでたつ。ちゝは、としかげかなしび思ひやるべし。三人のひと、ひたひをつどへて、涙をおとして、いでたちて、つひに舟にのりぬ。

推量の「べし」が用いられている例であり、人によっては源氏物語古注釈の言葉を援用して「草子地」と呼ぶようなものである。俊蔭の遣唐使派遣における親子の別離の場面であるから、異界への旅立ちという点で竹取物語に通じるところはある。しかし、登場人物の心理の描写に絡んでいるということでは、たしかに後の源氏物語の「草子地」に近い面があるといえそうである。

次の二例はいずれも和歌にからんでいる。

わかこ君、「あなおそろし。おとし給へ」との給。「おぼろけにては、かくまゐりきなんや」などの給へば、けはひなつかしう、わらはにもあれば、すこしあなづらはしくやおぼえけむ、
かげろふのあるかなきかにほのめきてあるはあるともおもはざらなん

とほのかにいふこゑ、いみじうおかしうきこゆ。

ゆふぐれにいなびかりのするをみて、

いなづまの影をもよそにみるものをなに、たとへんわが思ふ人

などいへど、たれかはこたへむ。

いずれも俊蔭女の和歌に添えられた疑問表現であるが、前者は和歌の心理性に触発されて、心理的奥行きを語ったものといえよう。後者は前者と異なって反語によって孤独という作品世界の構造をとらえている。

つぎの例も人間心理の描写の奥行きにかかわっている。

ひとしれずおもふことは、「左大将殿にこそ、さるべきよのいうそくはこもりためれ」と、又、「をかしき、みたちあまたありて、こゝろもやらめ。そこならではあらじ」などおもひて、こと心なきなるべし。

仲忠の心理描写に添えられているのだが、ここでは和歌は介在していない。推量表現によって心理の遠近法を形成しているのだから、王朝盛期散文の緻密な描写へと一歩踏み出しているとも言えよう。

以上が「俊蔭」の推量表現・疑問表現の例であるが、次の「藤原の君」の地の文には例は見られない。そして「忠こそ」には次のような記述があるが、これを推量表現の例に加えてよいであろうか?

……たゞこそ五になるとしの三月に、は、君、にはかにかくれ給ぬべし。殿のうちゆすりみちて、やま〳〵てら〴〵に、おこたり給べきことをいのらせ給に、しるしなし。

この場合の「ぬべし」は現代語に訳すとしたら「……しそうだ」というような表現になろうか。「べし」は外部の論理に依拠した主体の推量をのべるのだから、もとより主体の「推量」を意味するにしてもその「推量」は、主体の心理の論理に依拠する「む」に比べて、対象の論理への確認を強く含んでいる。ことに「つべし」「ぬべし」の組み合せで使われた場合には、しばしば我々現代人の目から見れば主体の「推量」よりは対象の様態を客観的に述

べているかのようにも感じられる。しかし、我々はやはり現代人の目にとらわれることを避けるべきだから、この例も推量表現としてとらえ、その例としてあげておこう。

さて、このようにうつほ物語冒頭三巻の例をあげたときに、その例の出現のかたよりに、この作品の成立の問題――「俊蔭」と「藤原の君」の先後の問題や、「俊蔭」の中での古層と新層の問題(8)――がすけて見えるような気もするが、ここではそのような問題は置いておこう。

それよりも、注意すべきは用例の少なさであろう。竹取物語で四例、うつほ物語冒頭の三巻で五例という数字は、これから扱う他の作品に比べていたって少ない。しかも、竹取物語の例やうつほ物語の「俊蔭」の例のように異界へのかかわりによって使われた例を特殊例として処理するなら、その例はさらに少なくなる。これら初期つくり物語の叙述にとって、こちら側の王朝貴族の世界を描くのには、推量表現や疑問表現はほとんど必要でなかったといえる。

しかし、考えてみればこれはあたりまえのことと言える。物語が完結した世界を言葉の時空のなかに存在するものとしてえがくためには推量表現や疑問表現による客観性の相対化は必要ない。作品世界を構成する事象を順次一元的に、「出来事自身がみずから語るかのよう」に叙述して行けばいいのであって、そこに「推量」や「疑問」を差し挟む必要はない。実際、竹取物語やうつほ物語の文章の大部分はこのような表現を抜きにして現に成立しているのである。問題は、これら初期つくり物語と併行して成立しながら、推量表現や疑問表現を重要な、不可欠の要素とした文体の所以なのである。

土左日記の事例

土左日記は、竹取物語のようなな作品とことなって、推量表現や疑問表現がしばしば使われている。推量や疑問の表現だけでなく、他の助動詞も用いられ、多彩な文体となる、その典型的な例を挙げてみよう。

かくて、この間に事多かり。今日、破子持たせて来たる人、その名などぞや。今思ひ出でむ。この人、歌よまむと思ふ心ありてなりけり。とかくいひいひて、「波の立つなること」とうるへいひて、よめる歌、

ゆく先に立つ白波の声よりも後れて泣かむわれやまさらむ

とぞよめる。いと大声なるべし。持て来たる物よりは、歌はいかがあらむ。この歌を、これかれあはれがれども、一人も返しせず。しつべき人もまじれれど、これをのみいたがり、物をのみ食ひて、夜ふけぬ。この歌主、「まだ罷らず」といひて立ちぬ。或人の子の童なる、ひそかにいふ。「まろ、この歌の返しせむ」といふ。驚きて、「いとをかしきことかな。よみてむやは。よみつべきは、早いへかし」といふ。「『罷らず』とて立ちぬる人を待ちてよめむ」とて、求めけるを、「夜ふけぬ」とにやありけむ、やがて去にけり。「そもそもいかがよんだる」と、いぶかしがりて問ふ。この童、さすがに恥ぢていはず。強ひて問へば、いへる歌、

ゆく人もとまるも袖の涙川みぎはのみこそ濡れまさりけれ

となむよめる。かくはいふものか。うつくしければにやあらむ、いと思はずなり。「童言にては何かはせむ。嫗・翁、手捺しつべし。悪しくもあれ、いかにもあれ、便あらばやらむ」とて、置かれぬめり。

その表現が多彩であることは一目瞭然であるが、その文末の表現を（日本古典文学全集本に従って）整理してみよう。文法的な扱い方には異論もあろうが、ここでは学校文法に従う。

①形容詞「多かり」の終止形
②係助詞「や」の文末用法
③推量の助動詞「む」の終止形
④過去の助動詞「けり」の終止形
⑤完了の助動詞「り」の連体形
⑥推量の助動詞「べし」の終止形
⑦推量の助動詞「む」の連体形
⑧打消の助動詞「ず」の終止形
⑨完了の助動詞「ぬ」の終止形
⑩完了の助動詞「ぬ」の終止形
⑪動詞「いふ」の終止形
⑫動詞「いふ」の終止形
⑬動詞「いふ」の終止形
⑭過去の助動詞「けり」の終止形
⑮動詞「問ふ」の終止形
⑯打消の助動詞「ず」の終止形
⑰完了の助動詞「り」の連体形
⑱係助詞「か」の文末用法
⑲断定の助動詞「なり」の終止形
⑳推量の助動詞「めり」の終止形

①⑦⑪⑫⑬⑮⑯といった文末が基調をなし、⑤⑨⑩⑰がそれを補っている。そしてこれに対し、④⑭⑲が確認・断定を表現し、②③⑥⑦⑱⑳が（意志や反語も含め）推量・疑問を表現している。さらに、「「夜ふけぬ」とにやありけむ」「うつくしければにやあらむ」といった挿入句も疑問表現をなしている。これらの表現の対立がこの文章の文体を構成しているのである。会話文のやりとりを中心に、動詞終止形による事象を報告するだけの記述が見られるが、その一方で、言語主体の判断を明確に主張する表現が展開される。これは竹取物語の文章などとは全くことなったものである。この作品においては、この部分以外にも推量表現や疑問表現は多いし、また「けり」の用例が多く見られるのも軌を一にした現象であろう。一例をあげるならば、作品も末尾の京の家に帰り着いた記述にも、

　さて、池めいてくぼまり、水つける所あり。ほとりに松もありき。五年六年のうちに、千年や過ぎにけむ、かたへはなくなりにけり。今生ひたるぞまじれる。

と、疑問表現も「けり」も主体の心情の表現に重要な役割を果たしている。「き」も単に過去の表現ととるなら間違いで、ここに喪失と回想の強い表出を見なければならない。

では、このような土左日記の文章において、推量表現・疑問表現はどのようなはたらきをしているのか。少なくとも、竹取物語のように異界との往還がからんでいるわけではない。しかし、推量表現や疑問表現が使われる以上、竹取物語の場合と共通する点があるはずだし、それは客観的事実として主体の判断を加えずに記述することができないということのはずである。

ただし、竹取物語はつくり物語として、この人の世を舞台にしている限りはどのように想像によった事柄でも（というよりは、想像によった事柄だからこそ）客観的な事実として提示すればよい。フィクションだからこそ、疑いない真実として淡々と描く、それが物語の論理である。そこに記されたことが事実であるかどうかには全く触れないというのが物語の論理なのである。

一方、土左日記は一国司の帰任の旅をその現実性において描こうとする。貫之が描こうとしたのは、日常性の芸術の場としての現実の生活である(9)。そこになにがしかの虚構が交じるにしても、つくり物語のように想像の翼を羽ばたかせたものではない。作者が一生を費やしてきた和歌という芸術のために、それをささえる場を散文によって形象化しようとする作者の試みにとって必要なのは空想の世界ではなく、事実に密着した「女子ども」の世界なのだった。

そこで、日常的な船旅の世界を現実性をともなって描くためには、その時空の具体的な奥行きが必要であり、奥行きを描くためには遠近法が必要なのである。人が生きる具体的な生活の場においては、世界の事象はすべてが確定された客観的なものとして立ち表れてくるのではない。世界は確かなこととあやふやなこと、目に見えるものと心で推し量るしかないものとの組み合せとして立ち表れてくる。他者の心理などはその最たるものだ。しかも、主体は確かさとあやふやさの間でつねに揺れ動いている。だから推量表現や疑問表現が必要となってくる。さらに言えば、事象の時間に従ったゆらめきと確定のために「ぬ」や「たり」が求められる。主体の認識の推移のために「けり」が求められる。生活の具体性のために、助動詞は思いのほか有効に機能している。日本語がその散文の試みのごく初期にこのような遠近法を発見していたことは、驚きではないか。だからこそ、この世界を描くために確固とした主体が、しかも「女子ども」の世界を描くためには女性として設定された主体が必要だった。そして、主体の主体性も推量の助動詞で表現される。冒頭には有名な、「男もすなる日記といふものを、女もしてみむとて、するなり」の一文を置くが、ここでは推量の助動詞「む」が意志を表現しているし、末尾にも「とまれかうまれ、とく破りてむ」と、やはり意志の「む」は使われているのである。意志は言語主体の自身についての推量の強い表現なのだから、ここでも心理的遠近法は働いている。

ところで、この冒頭の一文において終止形接続の「なり」が機能して、男の世界と女の世界のあいだの奥行きを表現しているが、女性の主体より見た男性の生活空間の距離はこの作品にとっての題材の一つであった。次の例には、その点がよく表れている。

二十五日。守の館より、呼びに文持て来たなり。呼ばれて至りて、日一日、夜一夜、とかく遊ぶやうにて、明けにけり。

二十六日。なほ守の館にて、饗応しののしりて、郎等までに物かづけたり。漢詩声上げていひけり。和歌、主も客人も、異人もいひあへりけり。漢詩は、これにえ書かず。和歌、主の守のよめりける、

都出でて君に逢はむと来しものを来しかひもなく別れぬるかな

となむありければ、帰る前の守のよめりける、

しろたへの波路を遠くゆき交ひてわれに似べきはたれならなくに

異人々のもありけれど、さかしきもなかるべし。とかくいひて、前の守、今のも、もろともに下りて、今の主も、前のも、手取り交はして、酔ひ言に快げなる言して、出で入りにけり。

ここでも、男性の世界の出来事である、新国守からの手紙の到来は推量の「なり」によってとらえられている。実際、この作品において「なり」は「べし」程ではないにしても、その例の少なくない助動詞である。

しかし、ここで集中的に使われているのは「けり」である。そして、これらの「けり」が過去をあらわしてなどいないことは言うまでもあるまい。ここでも、「けり」についての竹岡説は妥当する。女性たちにとっての「あなたなる場」としての、男性たちの世界が述べられている。男たちは出かけていって、さんざ酒を飲んで来たのだ、と言った体の叙述なのだ。ここでも生活の具体性における遠近法は働いている。その遠近法のために、ここでは「けり」の集積に「なり」「べし」を併せて表現しているのである。

ところで、「けり」が多用される例として次のようなものもある。この例は、男たちの世界というのとは少々異なっていよう。

二十日。昨日のやうなれば、船出ださず。みな人々憂え嘆く。苦しく心もとなければ、ただ、日の経ぬる数を、「今日幾日」「二十日」「三十日」と数ふれば、指も損はれぬべし。いとわびしく。夜はいも寝ず。二十日の夜の月出でにけり。山の端もなくて、海の中よりぞ出で来る。かうやうなるを見てや、昔、阿倍の仲麻呂といひける人は、唐土に渡りて、帰り来ける時に、船に乗るべき所にて、かの国人、馬のはなむけし、別れ惜しみて、かしこの漢詩作りなどしける。飽かずやありけむ、二十日の夜の月出づるまでぞありける。その月は海よりぞ出でける。これを見てぞ、仲麻呂の主、「わが国に、かかる歌をなむ、神代より神もよん給び、今は上中下の人も、かうやうに別れ惜しみ、喜びもあり、悲しびもある時には、よむ」とて、よめりける歌、

青海ばらふりさけ見れば春日なる三笠の山に出でし月かも

とぞよめりける。かの国人聞き知るまじく、思ほえたれども、言の心を男文字に様を書き出だして、ここの言葉伝へたる人に、いひ知らせければ、心をや聞きえたりけむ、いと思ひの外になむ賞でける。唐土とこの国とは、言異なるものなれど、月の影は同じことなるべければ、人の心も同じことにやあらむ。さて、今、そのかみを思ひやりて、或人のよめる歌、

みやこにて山の端に見し月なれど波より出でて波にこそ入れ

言うまでもなく、阿倍仲麻呂の有名な逸話を中心とした場面である。ここでも、叙述は専ら「けり」で進められているのだが、その機能はどのようなものであろうか。その一つは、一般的にこの助動詞の意味とされている「過去」というとらえかたでも可能な機能である。過去の歌人の業績を顕彰しようという目的のために、「けり」をもって旧い逸話を紹介すると考えて間違いではない。ただし注意しなければならないのは、「けり」は決して客観的な「過去」を表しているのではないということである[10]。

二つ目の考え方は、さきの「守の館」の例の場合と同じように距離の隔たった空間で起こったことだと示すためだというものである。ただしさきの例が、国守の館という隔たりからいえばさほど遠くない場所であったのに対し、ここでは唐土というはるかな場所を捉えているのだということになる。どちらから考えても「けり」の使用は説明できるが、どちらがこの場合の「けり」の機能なのであろうか――しかし、この二つの機能のどちらかに決着をつけようという考え方自体近代人のものであって、叙述の「いまここ」から隔たった時空を「けり」が捉えているのだと考えれば、この二つの考え方は一つの機能を別の視点から捉えたに過ぎないことがわかるだろう。ここで確認すべきなのは、異った時空の出来事をここに示すために「けり」が機能したということだけなのである[11]。

ところで、この仲麻呂の逸話の叙述には疑問表現が四箇所に使われている。引用に破線を添えた部分であるが、その記された理由はどのようなものだろうか。「飽かずやありけむ」のように、人の心理を推測するものはしばし

ば他の部分でも見られるのだが、「かうやうなるを見てや」の場合には人物の動作を捉えていて、心理の推測の場合とは異なっている。客観的な動作なのであり、しかもこの逸話を始める一文の部分なのだから、ここで疑問表現を使うことは一見奇妙なことなのである。実際、この「や」を抜いて見ても、その叙述内容に変わりはない。ただ、この「や」が存在することによって、単に「かうやうなるを見て」の部分だけでなく、一文全体に不確実のニュアンスが添えられているに過ぎないのである。

しかし、この不確実のニュアンスそのものが、この逸話における疑問表現の機能だと考えなければならない。「けり」は対象の事象との距離を捉えるが、事象そのものは確実のものとして提示する。しかし、この対象との隔たりは言語主体に対象の確実性の保証をためらわせるものである。人のこころの内側の確実性を保証できないのと同様に、歴史的な事実の確実性を保証することは困難である。だから、特に逸話の冒頭と末尾には、不確実性の提示は必要なのだろう。「かうやうなるを見てや」が冒頭に、そして末尾には「人の心も同じことにやあらむ」と、この逸話の教訓的結論が、それぞれに疑問表現によって記されながら、枠構造をなしているのであった。だから、この作品の疑問表現や推量表現は現実の生活の奥行きを表現するのみならず、歴史的逸話とそれを語る場との時空の奥行きをも表現したのである。

ところで、この阿倍仲麻呂の逸話は旅の途中の徒然を慰める歌語りであったのだが、この歌語りの叙述に「けり」が多用されていたのであれば、当然歌物語における「けり」の多用との関連性が気になる所である。実際、この歌語りは歌物語の世界に近いのであるから、ここにおける推量表現や疑問表現の機能も歌物語のそれに通じるものがあるのではないかと考えられる。次には、歌物語におけるこれらの表現を見なければならないだろう。

歌物語の事例

歌物語の文体において、地の文の推量表現や疑問表現はその数は多くない。疑問表現の使われている段の数で示すならば（いずれも日本古典文学全集版の数字で示し、伊勢物語の異本章段は除いて）、大和物語一七三段中十九段、伊勢物語一二五段中二十八段、平中物語三十九段中十四段という数字になる。推量表現は更に数は少ない。土左日記に比べるなら、これらの歌物語は推量表現・疑問表現の使用は少ないといえるだろう。しかし、竹取物語などの初期つくり物語に比べれば、その使用例は決して少ないとはいえない。おおよそ、その使用の量は、つくり物語と日記との中間の様相を示しているといえる。その使用の様相を、実際の文章で見てみる。まず、大和物語の九十四段。

故中務の宮の北の方、うせたまひてのち、ちひさき君たちをひき具して、三条右大臣殿にすみたまひけり。御忌みなどすぐしては、つひにひとりはすぐしたまふまじかりければ、かの北の方の御おとうと九の君を、やがてえたまはむと、おぼしけるを、なにかは、さもと、親はらからもおぼしたりけるに、いかがありけむ、左兵衛の督の君、侍従にものたまひけるころ、その御文もて来となむ聞きたまひける。さて心づきなしとやおぼしけむ、もとの宮になむわたりたまひにける。その時の御息所の御もとより、

なき人の巣守にだにもなるべきをいまはとかへる今日の悲しさ

宮の御返し、

巣守にと思ふ心はとどむれどかひあるべくもなしとこそ聞けとなむありける。

この文章においても、その基調が「けり」によっていることは、その文体の第一の特徴として明かであるが、ここ

では疑問表現が二箇所に使われている。歌物語の疑問表現は総じて物語的展開の節目に置かれるわけだが、ここでも、北の方没後の中務宮の動向から、宮の再婚の意志へ、定方九の君と藤原師尹との関係へ、そして中務宮の転居へと展開する、その展開をつなぐ役割を疑問表現は果たしている。このうち、前の「いかがありけむ」は、男女のなれそめのこととて、詳しい事情も知れないことを捉えているのであり、後の「心づきなしとやおぼえけむ」は登場人物の心中のことゆえ推測せざるをえないことを表している。

次に、伊勢物語からも一例を揚げて置こう。

むかし、つれなき人をいかでかと思ひわたりければ、あはれとや思ひけむ、「さらば、あす、ものごしにても」といへりけるを、かぎりなくうれしく、またうたがはしかりければ、おもしろかりける桜につけて、

桜花今日こそかくもにほふともあな頼みがた明日の夜のこと

といふ心ばへもあるべし。（九十段）

この場合は、登場人物の心理に疑問表現が使われている。また、段末の推量表現も和歌を男の心理表現として確認しているのだから、やはり人物の心理にかかわっていることになる。既に指摘されているように(12)、実際に伊勢物語は大和物語にくらべて疑問表現が人物の心理をとらえる例が多いのであるが、この九十段もその一例なのである。

もっとも、伊勢物語の疑問表現はたしかに心理をとらえることに多く用いられるのだが、それでも次のように人物をとりまく状況をとらえる場合もある。

むかし、男女いとかしこく思ひかはして、こと心なかりけり。さるを、いかなることかありけむ、いささかなることにつけて、世の中を憂しと思ひて、いでていなむと思ひて、かかる歌をなむよみて、物に書きつけける。

いでていなば心かるしといひやせむ世のありさまを人はしらねば

とよみ置きて、いでていにけり。……（二十一段）

ここでは知ることのできなかった事情の存在が疑問表現によって示されている。

このように、詳しく知ることのできない事情と人の心理との二種が疑問表現となるのは、歌物語だけではなく、土左日記の場合もおなじなのであるが、ではこの二つの種類の対象はどのような共通点があって疑問表現で記されるのだろうか。

作品の文章が疑問表現も推量表現も用いずに叙述するのは、客観的な事実として提示できるものの場合である。日記やつくり物語の叙述の基調はまさにそのようなものであったろう。そこでは言語主体の存在は滅却されている。歌物語は和歌の詠歌事情の説明をもとめられるゆえに、「けり」をもちいて言語主体の立場をいささか示しているのだが、それでも「けり」によって提示されている叙述は客観的なものとして示されているのだと考えてよい。歌物語は詠歌事情という歴史的な事実を客観的に伝えようとするのであるが、そこには宿命的に客観的な事実として描けないものが存在する。竹取物語のような徹底的な虚構ならばかえってその虚構性を隠すために客観的な事実として叙述を進めればよい。大和物語のような歌物語の場合も、例えば第二段に宇多上皇の修行の姿を「いと心ぼそうかすかにておはしますことを思ひつつ、いと悲しかりけり」と書くように、人物の心情を客観的なものとして提示することもできる。事実の詳しく描けないものは黙して語らなければよい。それも歴史を語る一つの方法ではあるが、実際にはそれは歴史の事実としての信頼性をかえって損なう方法である。言語主体は対象の事実を全く客観的に描くことはできない。事実関係にも不明の点は当然あるだろうし、人間の心理もすべてを知りえるはずがない。判断を保留し、あるいは推測するほかないのが実際の歴史世界である。だから、推量や疑問は作品の歴史世界の事実としての奥行きを保証する技巧なのである。そこには歴史の事実の、事実性の保証がかかわっている。

さきに見たように、土左日記は日常生活の現実の面から世界の事実性にかかわっていた。一方、歌物語は歴史の面から世界の事実性にかかわっているのであった。ただ、和歌を中心としてその事情を説明しようとし、散文そのものが充分に自立しているわけではない歌物語の場合には複雑な歴史世界を形成しているわけではないから、疑問表現や推量表現の例はあまり多くはなかったのだといえよう。そして和歌の存在に規制され、長編への展開力を持たない歌物語の文体は袋小路であった。ともあれ、土左日記も、大和物語や伊勢物語も、何れも事実性にふかくかかわっていたから疑問表現や推量表現は用いられるのだった。

このように、疑問表現や推量表現を通して見たとき、事実とのかかわりの違いが王朝かな散文の初期の様相をわけるのであった。基本的に虚構に安住した作品としてのつくり物語。歴史の事実性にかかわってこれらの表現をときとして用いる歌物語。日常性の事実性に根ざして疑問表現や推量表現を多用する土左日記。その一方で和歌とのかかわりかたの違いが「けり」の用いられ方に反映する。歌物語は和歌を中心とするために「けり」を多用するが、一方で土左日記は多くの和歌を含みながらも作品の中心は和歌ではなく、それを取り巻く詠者の世界を描こうとしたのだから、「けり」が基調となることはない。事実とのかかわりかたの違いと、和歌へのかかわりかたの違いが、三つの文体の鼎立をもたらしたのである。これが十世紀中期のかな散文の情勢であった。

中期王朝散文への展開

以上、十世紀の中葉までに成立したかと見られる主な作品について、その文体に果たす推量表現と疑問表現の様相を見てきたのだが、これが十世紀末から十一世紀初頭の王朝散文のいわば最盛期へどのように推移するのか、十世紀後期の二つの作品、かげろふ日記と落窪物語について見ておきたい。

かげろふ日記は元来、所謂日記文学に分類されて、土左日記とも同じジャンルに属すると扱われることが多いのだが、本質的には土左日記とはずいぶんと異なった作品である。土左日記は旅の日常生活を構成する不特定の人物をその叙述の対象の中心にすえて、言語主体自身に属する事象はほとんど問題にならなかった。一方かげろふ日記は直接言語主体に関係すること以外は記そうとはしない。それが意識的な、そして徹底的なものであったことは、源高明配流の記事にいおける、「身の上をのみする日記には入るまじきことなれども、悲しと思ひ入りしもたれならねば、記しおくなり」の一文にはっきりと表明されている。叙述の対象の言語主体との関係において、この両作品は対照的である。

しかも、この両作品はともに、日常の生活の事実から作品世界を築き上げようとしている。日常の現実に立脚しているという点では、両作品は共通の性格を持っているのである。だから、日常生活の奥行きを表現するための疑問表現や推量表現は、土左日記ほどの密度ではないにしても、かげろふ日記でもしばしば用いられている。かげろふ日記は言語主体の心情の表現を重んずるために文末に助詞も多用され、その点では土左日記とは文体的にも異なるところも多いのだが、疑問表現や推量表現に関するかぎりは土左日記的な用法に近似しているといえよう。一例を挙げておこう。

また、尚侍の殿よりとひたまへる御返りに、心細く書き書きて、上文に、「西山より」と書いたるを、いかが思しけむ、またある御返りに、「東の大里より」とあるを、いとをかしと思ひけむも、いかなる心々に見たるにかはありけむ。

かくしつつ日ごろになり、ながめまさるに、ある修行者、御嶽より熊野へ、大峰どほりに越えけるがことなるべし、

外山だにかかりけるをと白雲の深きこころは知るも知らぬも

とて、落としたりけり。（中巻　天禄二年六月）

作者の日常的な交際範囲の人々について、その心理や行動を忖度するために、推量や疑問の表現が使われている。

言語主体の日常の世界の現実の奥行きを表現しているのだといえよう。

このようにかげろふ日記の場合にはその先行作品からもある程度予測される様相を示していたのだが、落窪物語の場合には竹取物語などの様相からは予測しがたいものがある。竹取物語にしてもうつほ物語の三つの巻にしても、虚構を描くつくり物語として、叙述を客観的に確定されたものとして描くために、推量や疑問の表現は地の文で用いられることが珍しい。ところが、落窪物語の場合にはこれらの表現がしばしば用いられるのであるから、竹取物語などとは相当に様相が異なっているといわねばならない。

今は昔、中納言なる人の、女あまた持たまへるおはしき。大君、中の君には婿どりして、西の対、東の対に、はなばなとして住ませたてまつりたまふに、「三四の君、裳着せたてまつりたまはむ」とて、かしづきそしたまふ。また時々通ひたまふわかうどほり腹の君とて、母もなき御女おはす。北の方、心やいかがおはしけむ、つかうまつる御達の数にだに思さず、寝殿の放出の、また一間なる落窪なる所の、二間なるになむ住ませたまひける。君達とも言はず、御方とはまして言はせたまふべくもあらず。名をつけむとすれば、さすがに、おとどの思す心あるべしとつつみたまひて、「落窪の君と言へ」とのたまへば、人々もさ言ふ。おとども、児よりらうたくや思しつかずなりにけむ、まして北の方の御ままにて、わりなきこと多かりけり。

作品の冒頭であるが、ここにすでに二箇所の疑問表現が使われている。北の方と中納言の心中が推測されているのだが、落窪の君の不幸の所以を単に両親のヒロインに対する仕打ちだけに求めず、さらにその人柄にまで遡ろうとしている。しかも、その人柄を疑問表現によって相対化し、人間の通常のあり方から少々はずれているという位置づけを与えることにより、かえってこれらの人々の、ことにいささか奇矯なこの継母の人物の具象性を逆説的に確保しているのである。

また、次のような例も、新しい試みと言えよう。前章でも引いた垣間見の文章である。

格子のはさまに入れたてまつりて、留守の宿直人や見つくると、おのれもしばし簀子に居り。君見たまへば、消えぬばくも灯ともしたり。几帳、屛風ことになければよく見ゆ。向ひたるは、あこぎなめりと見ゆる。様体、頭つきをかしげにて、白き衣、上につややかなる掻練の袙着たり。添ひ伏したる人あり。君なるべし。白き衣の萎えたると見ゆる、着て、掻練のはり綿なるべし。腰より下にひきかけて、側みてあれば、顔は見えず。頭つき、髪のかかりば、いとをかしげなりと見るほどに、灯消えぬ。口惜しと思ほしけれど、「つひには」と思しなす。（巻之一）

二箇所に「べし」が用いられているが、ここでは主人公の少将の視点を通しての視覚が充分でないために、その判断を保留することが表現されている。だから、ここでも判断の不確定によって逆説的に具象的な視覚性が強調されているわけである。しかもここで視覚的な具象性のために働いているのは「べし」だけではない。「たり」は確定された具象的判断を表し、一方「見ゆ」は判断を視覚的に相対化して、助動詞の働きに通じる機能を果たしている。わずかな明りのもとではっきり見えるものと見えないものとの視覚性の奥行き、登場人物の視点を通してみる臨場感。これは日常的な現実の観察と描写によらなければできない叙述である。さらに言えば、「灯消えぬ」の表現も、ここでは光から闇への移行を具象的に表現しているのみならず、さらには少将の失望の心情をも表している。具象的な事物の描写と人物の感情の推移があい伴って記述される、このような文体はすでに初期の物語のものではなく、かえってかな散文の新たな可能性を切り開いていると見える。この作品の文体史的意義は深い。

このようにして見てみると、この作品はその物語の展開は虚構のものであっても、個々の描写は現実に依拠し、事物の存在と人物の性格を具象的に叙述しているのであった。推量表現や疑問表現はそのような叙述のために働いているのであった。そしてこのような具象性によって、ことに作品は生気あふれたものになっている。特に、落窪の君の誇張された不幸の描かれる巻一において、その傾向が甚だしい。たとえば、当時の道路事情や検非違使の巡回の様子にはきわめて特徴的な現実への関心が見られる。このような描写があってこそ、少将の冒険も臨場感あふれたものとなっているのだ。

落窪物語は虚構の作品でありながら、その虚構を具象性によって描き、そのことを通じてこの虚構世界の現実性を確保しようとしているのであった。作品世界は虚構のものでありながら、日常の生活のすぐ隣にあるかのような具象性で描こうとする。このために物語の文体は大きく改変を蒙ったのであるが、しかもそれは前代の文学作品のうち、物語ではなく日記の文体に表れていた性格の導入なのであった。日常生活の具象性を、先行の物語ではなく土左日記のような日記から引き継いだことになる。落窪物語の先駆的作品として土左日記をあげる鋭い指摘があることもきわめて興味深いことと言わねばならない[13]。

しかもこの後の文学史の展開において、落窪物語が実現したこのような文体の延長線上に、最盛期の物語が生まれて来るのである。推量表現や疑問表現、また「けり」などによって作品世界の奥行きを表現する文体が物語のものになる。当初日記において切り開かれた可能性が物語に移入され、奥行きの深い叙述を可能とする文体が達成された。また、このような文体は虚構の物語のものに限らないだろう。あるいは日常の具象性にかかわり、あるいは歴史にかかわり、虚構が現実と交差する世界を形作ってゆく。実際に、十世紀と十一世紀の変わり目のころには、冒頭に疑問表現をすえた、疑問表現でその世界を切り開く作品も登場するのである。

注

(1) うつほ物語各巻の成立については、おもに校注古典叢書『うつほ物語（一）』（野口元大校注　明治書院　S五〇）解説および、野口元大『古代物語の構造』第二章の一（有精堂出版　S四四）・同『うつほ物語の研究』Ⅲの一（笠間書院　S五一）・中野幸一『うつほ物語の研究』第五章（武蔵野書院　S五六）を参照。

（2）本書Ⅱの1。
（3）平林文雄『小野篁集・篁物語の研究』（和泉書院　S六三）対訳篇による。
（4）糸井通浩「「けり」の文体論的試論─古今集詞書と伊勢物語の文章─」（「王朝」四）
（5）うつほ物語の「つ」「ぬ」については、斎藤正志「うつほ物語の奇人求婚譚─挿話構成の基本方法─」（「中古文学」五二）に触れるところがある。
（6）推量の助動詞については、松尾捨治郎『助動詞の研究』（白帝社　S三六）・塚原鉄雄「推量の助動詞─その国語史的考察─」（「国語国文」S三二・七）・神谷かをる「物語文章史と推量表現」（『仮名文学の文章史的研究』和泉書院一九九三）など参照。また、和田明美『古代日本語の助動詞の研究─「む」の系統を中心とする─』（風間書房　一九九四）参照。
（7）主体の顕示された表現、所謂草子地をもって、そこに読み取れる主体を作品の全体にわたるものと見る考え方がしばしば見られるが、この考え方では主体を敢えて滅却する叙述の意義は理解できない。その批判については注（2）拙考に触れたので参照されたい。また、竹内美智子「源氏物語の文章─平安朝文章史記述の為の一つの試み─」（「国語と国文学」H四・一一）参照。
（8）小西甚一「俊蔭巻私見」（「国語国文」二九・一）・野口元大『うつほ物語の研究』Ⅲの二参照。
（9）拙稿「『土左日記』の「ある人」について─作中歌詠者設定の一問題─」（「平安文学研究」六八）参照。
（10）本書Ⅰ参照。
（11）この仲麻呂の逸話の前に記された「二十日の夜の月出でにけり」の場合であるが、この場合はもちろん逸話の部分の「けり」と同じには説明できない。この場合は「夜はいも寝ず」との関係で理解すべきだろう。つまり、眠れないでおきていて、とうとう二十日の月がでるまでになってしまったという、いわば「詠嘆」的な機能を果たしているいると考えればよい。
（12）吉田達『伊勢物語・大和物語　その心とかたち』（九州大学出版会　S六二）Ⅰ〔Ⅱ〕
（13）三谷邦明「日本古典文学全集落窪物語解説」（小学館　S四七）

〔注記〕 作品本文は、竹取物語、伊勢物語、大和物語、平中物語、土左日記、かげろふ日記、落窪物語は小学館日本古典全集本に、うつほ物語は明治書院校注古典叢書本に、篁物語は平林文雄『小野篁集・篁物語の研究』対訳篇によった。

地の文の疑問表現および文末推量表現

作品名		疑問表現	文末終止の推量表現
竹取物語		4	0
うつほ物語	俊蔭	2	2
	藤原の君	0	0
	忠こそ	0	1
伊勢物語		28	9
大和物語		19	3
平中物語		14	1
土左日記		28	26
かげろふ日記	上	20	16
	中	17	28
	下	16	32
落窪物語	巻一	14	8
	巻二	7	11
	巻三	2	4
	巻四	1	7

4　源氏物語の疑問表現と推量表現

日記や栄花物語などで疑問表現と推量表現が重要な役割を果たし、その用例も多いのにたいして、つくり物語ではその例は概して少ない。これは源氏物語にも言えることであって、この作品でも総じて疑問表現や推量表現など主観的な表現を用いることの少ない叙述が基調となっている。その点では、この作品の文体はつくり物語の伝統を引いているように見える。

しかし、数は少なくとも、ときに用いられる疑問表現・推量表現はこの作品で重要な役割を果たすのであり、その様相は検討するに値しよう。つまり言語が捉える対象を事実の事実性において確言するのでなく、あるいは虚構の事柄を事実であるかのごとく語るのでもなく、事実性の確言を保留し、言語主体内の心的存在として提示する表現の意義を考えるのである。

ただし、疑問表現や推量表現は源氏物語においてあくまでも副次的な表現なのであって、決して作品の基調に直接関係する表現でないことは最初に確認しておこう。この作品で、ときに主観的な表現の多い箇所が見受けられるが、それはあくまでもこの作品では例外的な部分なのであって、それは決して作品の基調ではない。「草子地」と呼ばれる部分も含めて、このような主観的な表現に作品の構造を解く鍵を見いだそうとする考えもあるが、そこに見た「構造」は錯覚である。たしかに主観的な表現、「草子地」的な表現を読む場合に私たちはそれらの表現の背後の「語り手」あるいは（中世の古注釈家が端的に言ったように）作者紫式部を見る。しかしそのような語り手は作品の基調をなす叙述にまで見いだすことはできない。私たちは物語の圧倒的に多くの場面で、叙述そのもの、言語そのものに直接対していて、「語り手」のようなものは介入しないのである。もちろん、言語作品の構造は必ずしもすべて明視できるとは限らないのだから、可視的には一部の部分を占める機構が潜在的に作品全体を支えることもあるのだが、源氏物語の叙述の客観的な表現である動詞終止形などは「草子地」的な記述に対し決して従属的ではなく、かえって客観的な表現があくまでも作品の記述の基調である。だから、一部の主観的な表現に見られる「語り手」をすべての作品に及ぼすがごとき見方は錯覚なのである。それら「構造」の錯覚じたいの構造を見解くことも視野に入れてゆこう。

垣間見―視覚と聴覚の機能―

さきに二度にわたり落窪物語における垣間見の表現を取り上げたが[1]、そこで重要な働きをしているのは、ひとつには存続の助動詞「たり」と「り」であり、もう一つは推量と疑問の表現であった。源氏物語の場合も落窪物語と、「たり」「り」と推量・疑問表現が重要な役割を果たしていることは変わりない。「たり」「り」が描かれる対象の人物を具象的に捉えて行くが、その一方で「垣間見」という限られた条件のその限界が推量表現や疑問表現によって捉えられる。はっきりと見え、あるいは聞こえているものは「たり」「り」によって捉え、その一方で明確に捉えられないものを推量・疑問表現がとらえてゆく。そしてこのような表現によって、結果として垣間見の対象だけではなく、垣間見をしている人物もまた間接的に描かれることになる。源氏物語の垣間見における「たり」「り」についてはさきに見たのだが、推量・疑問表現の例を検討するために一例を引こう。

まづ一人たち出でて、几帳よりさしのぞきて、この御供の人々のとかう行きちがひ、涼みあへるを見たまふなりけり。濃き鈍色の単衣に萱草の袴のもてはやしたる、なかなかさまかはりてはなやかなりと見ゆるは、着なしたまへる人からなめり。帯はかなげにしなして、数珠ひき隠して持たまへり。いとそびやかに様体をかしげなる人の、髪、袿にすこし足らぬほどならむと見えて、末まで塵にまよひなく、艶々とこちたううつくしげなり。かたはらめなど、あならうたげと見えて、にほひやかにやはらかにおほどきたるけはひ、女一の宮もかうざまにぞおはすべきと、ほの見たてまつりしも思ひくらべられて、うち嘆かる。

また、ゐざり出でて、「かの障子はあらはにもこそあれ」と見おこせたまへる用意、うちとけたらぬさまして、よしあらんとおぼゆ。頭つき、髪ざしのほど、いますこしあてになまめかしさまさりたり。「あなたに屏風もそへて立ててはべりつ。急ぎてしものぞきたまはじ」と、若き人々何心なく言ふあり。「いみじうもあるべきわざかな」とて、うしろめたげにゐざり入りたまふほど、気高う心にくきけはひそひて見ゆ。黒き袷一襲、同じやうなる色あひを着たまへれど、これはなつかしうなまめきて、あはれげに心苦しうおぼゆ。髪さはらかに落ちたるなるべし。末すこし細りて、色なりとかいふめる翡翠だちていとをかしげに、糸をよりかけたるやうなり。紫の紙に書きたる経を片手に持ちたまへる手つき、かれよりも細さまさりて、痩せ痩せなるべし。立ちたりつる君も、障子口にゐて、何ごとにかあらむ、こなたを見おこせて笑ひたる、いと愛敬づきたり。

「椎本」の末尾であるが、この文章ではおよそ二つの種類の表現が薫の垣間見の視覚と聴覚を通しての宇治の姫君たちの印象を叙述している。「見たまふ」「見ゆる」「おぼゆ」のような動詞が薫の垣間見の行為をとらえ、垣間見の場面を展開してゆくが、その薫の受ける印象は「たり」や「り」あるいは「なり」や「あり」の存在詞によって時間の相を捨象されて具象的にとらえられている。薫が見、薫に見え、感じられる場面が「ある」「いる」の相においてて把握されているのである。そこには専ら視覚に頼っての生き生きとした具体的な事象がある。

しかし、存在詞によって事象が捉えられているだけならこの場面は一様の明るい世界であっただろうが、実際には薫のいだく推測と疑問によって陰影を加えられている。中君の髪の長さもはっきりとは見えない。大君の体付きも確言はできない。視覚はほの暗い部分に行き当たっている。推量の助動詞は視覚の光に陰を加えているが、さらに中君の着こなしの華やかさをその人柄に結び付けるのも推量の助動詞の役割である。そして圧巻は末尾の一文の疑問表現の効果。「何ごとにかあらむ」は、大君のむこうに座る中君のことばの薫へは届かないことを示すのだろうか。聴覚の欠如。しかしそのために視覚の印象はかえって明確である。中君がなぜ笑っているのかは薫にも、そして読む我々にもわからない。音は形に見えて聞こえない。しかし、だからこそ彼女の「愛敬」は印象的なのだ。そしてこの効果は届かない聴覚とあきらかな視覚の対比、疑問表現と存続の助動詞「たり」の対比によっている。

ここでは私たちは薫の感覚を通して、さらに薫の感覚を超えて事物＝宇治の姉妹に対している（繰り返していうが、まちがっても語り手などは介入していない）。ただ、その世界は明るく何物も同じように捉えられるのではない。見えるものと見えないもの、聞こえることと聞こえないこととの境が揺曳する世界、じつは現実の生活により近い世界なのだ。

この「椎本」の末尾は音の聞こえない場合であったが、もちろん音が聞こえる場面の表現も重要である。例として「夕顔」から短い部分を引こう。

明け方も近うなりにけり。鶏の声などは聞えで、御嶽精進にやあらん、ただ翁びたる声に額づくぞ聞ゆる。起居のけはひたへがたげに行ふ。いとあはれに、朝の露にことならぬ世を、何をむさぼる身の祈りにかと聞きたまふ。南無当来導師とぞ拝むなる。

夕顔の五条の宿を、その具象性によって描く場面であることは言うまでもない。源氏の耳に入る音によって、その空間の奥行きも、またそこでの生活も知らされる。ここでは、音の表現は名詞「声」や動詞「聞ゆ」によってもなされているが、一方疑問表現「御嶽精進にやあらん」や推量表現の助動詞「なり」によっても示されている。

この作品における聴覚的な感覚については石田穣二の論文「源氏物語における聴覚的印象」(2)に解きあかされてい

るが、この意義深い論文が手がかりとしたのも「なり」（学校文法にいう伝聞推定の助動詞「なり」）であった。助動詞は人の主観にうったえる感覚を、名詞はもとより動詞よりも直接的にとらえるのであり、だから垣間見をはじめとする、空間の具象的な描写においては「なり」や「めり」「べし」の助動詞が重要な役割を果たすのであった。そして、これら推量の助動詞が用いられるのは、事実の客観的な把握を留保するからであって、そのために感覚の主体――ここでは薫や源氏――による推測の形をとるのであった。これは疑問表現の場合も同じであって、事実の直接的事実性を留保することによって登場人物や「語り手」と対象との距離や関係が測られ、それによって空間の構造も具象的になる。「たり」「り」が一つひとつの事象を描くのに対して、推量表現や疑問表現は空間の構造を示す、これが垣間見に代表される空間描写の構造なのである。「たり」や「り」がいくら具象的な形象を形作っても、それは事物の羅列に過ぎず、推量表現や疑問表現が場面の奥行きを造ってこそ、事物の形象は生き生きとした世界の構成物として働くのである。

「花宴」――心情推測の機能――

しかし、主体との距離によってはかられる奥行きを持つのは具象的事物の空間だけではない。他者の心情との関係もまた主体を基準として複雑な構造をとる。それどころか、主体から見て客観的な断定の難しいという点では、視覚や聴覚でとらえられる事象の比ではない。所謂「全知視点」によって登場人物の心情をすべて記すなら単純なのだが、じっさいに作品を具象的に築き上げようとするなら、それぞれの場面において登場人物のだれかの視点と心理に依拠して作品世界を描かねばならないのは、垣間見などの視覚的・聴覚的描写の場合と同じだろう。しかし、登場人物の誰かについて、その心理に即して作品世界を描写する限りにおいて、他の人物の心理は他者のそれとして推測するしかないものとなる。このために作品はかえって具象性に富んだ描写が可能になるのだが、ここに推量表現や疑問表現の用いられる契機が存在するわけである。源氏物語の場合は一人の登場人物の心理を継続して追うわけではないが、それでも源氏をはじめとする登場人物の心理を通して叙述することは多いので、推量表現や疑問表現もおのずから重要な役割を果たすことになる。

また、とりあえず登場人物のだれの心理に即して叙述されているわけではない部分でも人物の心情はしばしば推量表現や疑問表現によって捉えられる。人間の心理が作品世界の他の事象にくらべて断定の難しいものとして示されるわけであるが、これによって作品世界の中で、他の事象に比べてより認識しがたい現象として人間心理が描かれることになる。作品の構造のなかで人間の心情に陰影に富んだ深い位置づけが与えられるのである。ときに愚かであったり、理不尽であったり、不可解であったりする人間心理の描写が可能になるのである。

このように推量表現と疑問表現は人間の心情の描写に重要な役割を果たすのだが、その例として「花宴」の巻をみよう。この巻は完了や存続の助動詞など王朝言語の重要な表現が集中的に使われている興味深い巻であるが、疑問表現・推量表現もまた多く使われるのである。

もっともこの巻の冒頭は推量表現や疑問表現とは縁遠い始まり方をしている。

二月の二十日あまり、南殿の桜の宴せさせたまふ。后、春宮の御局、左右にして参上りたまふ。弘徽殿女御、中宮のかくておはするををりふしごとに安からず思せど、物見にはえ過ぐしたまはで参りたまふ。日いとよく晴れて、空のけしき、鳥の声も心地よげなるに、親王たち、上達部よりはじめて、その道のはみな探韻賜りて文作りたまふ。

この冒頭の桜の宴の記述は動詞終止形を基調として、宮廷行事を客観的に描写していると見える。つまり、最初の四つの文はすべて「給ふ」の終止形で揃えられている。この部分については次の章で改めて扱う(3)が、この冒頭は作品がもっとも歴史叙述の客観性に近づいた一瞬である。そしてこの後、この桜の宴の叙述はそこで行われた源氏たち人々の探韻詩作と舞楽の様子を中心に描かれるが、その部分では既に推量・疑問表現が見られる。

宰相中将、①「春といふ文字賜れり」とのたまふ声さへ、例の、人にことなり。次に頭中将、人の目移しもただならずおぼゆべかめれど、いとめやすくもてしづめて、声つかひなどものものしくすぐれたり。さての人々は、みな臆しがちにはなじろめる多かり。地下の人は、まして、帝、春宮の御才かしこくすぐれておはします、かかる方にやむごとなき人多くものしたまふころなるに、恥づかしく、はるばるとくもりなき庭に立ち出づるほどはしたなくて、やすきことなれど、苦しげなり。年老いたる博士どもの、なりあやしくやつれて、例馴れたるもあはれに、さまざま御覧ずるなむ、をかしかりける。

楽どもなどは、さらにもいはず調へさせたまへり。やうやう入日になるほど、春の鶯囀るといふ舞いとおもしろく見ゆるに、源氏の御紅葉の賀のをり思し出でられて、春宮、かざし賜せて、切に責めのたまはするにのがれがたくて、立ちて、のどかに、袖かへすところを一をれ気色ばかり舞ひたまへるに、似るべきものなく見ゆ。左大臣、恨めしさも忘れて涙落としたまふ。「頭中将、いづら、遅し」とあれば、柳花苑といふ舞を、これはいますこし過ぐして、②かかることもやと心づかひやしけむ、いとおもしろければ、御衣賜りて、いとめづらしきことに人思へり。上達部みな乱れて舞ひたまへど、夜に入りてはことにけぢめも見えず。文など講ずるにも、源氏の君の御をば、講師もえ読みやらず、句ごとに誦じののしる。博士どもの心にもいみじう思へり。かうやうのをりにも、まづこの君を光にしたまへれば、③帝もいかでかをろかに思されむ、中宮、御目のとまるにつけて、春宮の女御のあながちに憎みたまふらんもあやしう、わがかう思ふも、心憂しとぞ、みづから思しかへされける。

おほかたに花の姿を見ましかば露も心のおかれましやは

御心の中なりけむことといかで漏りにけむ。④

この巻が疑問・推量表現の多く用いられる傾向はすでにここで表れているのだが、注意すべきなのはこの部分でも源氏の心理には全くの言及がないことである。この部分で叙述の中心になっているのがこのうえなく素晴らしい源氏の姿であるのは一目瞭然だが、その姿の美しさを強調するために、かえって源氏の心中には言及していないのである。

この部分に使われている推量・疑問の表現は引用文中の①〜④の四つである。①・②は頭中将の心理への推測であり、③は帝の心理への推測である。④はいわゆる「草子地」的な記述だが、藤壺の和歌について述べている。これらは③を除いては源氏とは関係のない記述のように思えるが、じつはこの四つの記述は共通して源氏にかかわり、源氏の美しさの記述に一役かっているのである。つまり、①は頭中将が源氏との比較を意識しているだろうというのであり、②は源氏の次に舞を舞う頭中将の用意を述べている。ともに源氏との対比に関係しているのだが、この場面での頭中将の役割が源氏との対比を通じての源氏の引立て役に終始していることは明かで、この二つの記述もその一環なのである。

③は帝の源氏への深い愛情を強調する反語表現となっていて、これも源氏の描写の一環であることは言うまでもない。④は「草子地」であるが、その引用する和歌、

おほかたに花の姿を見ましかば露も心のおかれましやは

が、これも源氏の姿を花にたとえ、その姿への複雑な思いを述べているのだから、源氏への賛美へ一役かっていることに変わりはない。結局これら四つの記述は、頭中将のライバル意識、帝の深い愛情、藤壺の複雑な思いという、三者三様の心情を通して若く美しい源氏の描写や役だっている。この部分では源氏自身は心情を描かれず、外面からのみ描かれており、しかも源氏を取り巻く人々の心情を通して描くことによってかえってその輝きは強化されて

いるのである。ここにも、この作品の豊かな技巧を見ることができるが、その技巧のために疑問表現・推量表現が機能しているのである。

この巻で叙述が源氏の心理へと入ってゆくのは、昼間の宴も果てて夜も深く更けてからである。源氏は弘徽殿の細殿の三の口に立ち寄る。

女御は、上の御局にやがて参上りたまひにければ、人少ななるけはひなり。奥の枢戸も開きて、人音もせず。かやうにて世のあやまちはするぞかしと思ひて、やをら上りてのぞきたまふ。⑤人はみな寝たるべし。いと若うをかしげなる声の、なべての人とは聞こえぬ、「朧月夜に似るものぞなき」とうち誦じて、こなたざまには来るものか。いとうれしくて、ふと袖をとらへたまふ。

この部分で、叙述が進むにつれて描写は源氏の視線と心理に沿ったものとなってゆく。「かようにて世の中の過ちはするぞかしと思ひて、やをら上りてのぞきたまふ。」は叙述も源氏の心理を述べながらも、「思ひて」と客観的であり、他人ごとのようにそんなことを考えながら、こともあろうに弘徽殿に侵入する源氏の姿は突き放され、相対化されていてコミカルでさえある。しかし次の「人はみな寝たるべし。」では叙述は既に源氏の視点と心情にそったものになっている。そして朧月夜の登場であるが、ここでは「こなたざまには来るものか」と反語による強調表現が用いられているのは全く源氏の心理に沿っているからである。だからこそ、このあとの形容詞による「いとうれしくて」が生きて来る。この一連の叙述で「寝たるべし」は「のぞきたまふ」という客観的な記述を「こなたざまには来るものか」という源氏の驚きの表現へとスムーズにつなぐ役割を果たしている。これが「人はみな寝たり」では「こなたざまには来るものか」は唐突であろう。「べし」によって記述の源氏の心理へと入ってゆく流れが、この部分の生き生きした事件の描写を可能にしているのである。

源氏は捉えた朧月夜を口説き、朧月夜はしいて拒もうとしない。結局二人はともに一夜を過ごす。その記述は、

　わびしと思へるものから、情けなくこはごはしうは見えじと思へり。⑥酔ひ心地や例ならざりけん、ゆるさむことは口惜しきに、女も若うたをやぎて、⑦強き心も知らぬなるべし、らうたしと見たまふに、ほどなく明けゆけば、心あわたたし。

とあるが、「酔ひ心地や例ならざりけん、ゆるさむことは口惜しきに、女も若うたをやぎて、強き心も知らぬなるべし」の部分は二人の間の密事を示唆して殆ど雄弁でさえある。酒の酔いのために危険な冒険へと踏み出す源氏と、これを拒めない朧月夜の心情をそれぞれ語って対比している。そしてそのためにここでも疑問・推量表現が機能しているのである。また、この二人の別れのあとに、源氏が朧月夜のことを思い返すところでも、

　⑧よろづに思ふも心のとまるなるべし。

と推量表現によって源氏の心情が述べられている。ここの源氏の執心がこの巻のこのあとの展開につながるだけでなく、のちに源氏の身の上に重大な影響を与える契機になることは言うまでもあるまい。次に、源氏が二条の邸に帰ったところの叙述に

　⑨飽かぬところなう、わが御心のままに教へなさむと思すにかなひぬべし。

とあるのは源氏の紫君についての心情を語ったところで、朧月夜とのいきさつとは直接関係はないが、源氏の心の様子をとらえていることには変わりはない。

　特異なのは次の例である。巻の後半の山場である、右大臣邸での藤の宴への導入の部分であるが、ここでの例は登場人物の心情にかかわるものではない。

　……三月の二十余日、右大殿の弓の結に、上達部、親王たち多く集へたまひて、やがて藤の宴したまふ。花さかりは過ぎにたるを、⑩「ほかの散りなむ」とや教へられたりけん、おくれて咲く桜二木ぞいとおもしろき。

これは古今歌をふまえた擬人法であるが、このような例が自然に加えられているところに、この巻の心情描写の占

める比重の大きさも表れているのだろう。

さて、続く例は巻の終末に集中する三例である。

遊びなどいとおもしろうしたまひて、夜すこし更けゆくほどに、源氏の君、いたく酔ひなやめるさまにもてなしたまひて、紛れ立ちたまひぬ。寝殿に女一の宮、女三の宮のおはします、東の戸口におはして、寄りゐたまへり。藤はこなたのつまにあたりてあれば、御格子ども上げわたして、人々出でゐたり。袖口など、踏歌のをりおぼえて、ことさらめきもて出でたるを、ふさはしからずと、まづ藤壺わたり思し出でらる。「なやましきに、いといたう強ひられてわびにてはべり。かしこけれど、この御前にこそは、蔭にも隠させたまはめ」とて、妻戸の御簾をひき着たまへば、「あな、わづらはし。よからぬ人こそ、やむごとなきゆかりはかこちはべるなれ」といふ気色を見たまふに、重々しうはあらねど、おしなべての若人どもにはあらず、あてにをかしきけはひしるし。そらだきものいとけぶたうくゆりて、衣の音なひいとはなやかにふるまひなして、心にくく奥まりたるけはひは立ちおくれ、いまめかしきことを好みたるわたりにて、やむごとなき御方々物見たまふとて、この戸口は⑪占めたまへるなるべし。さしもあるまじきことなれど、さすがにをかしう思ほされて、いづれならむ、と胸うちつぶれて、「扇を取られてからきめを見る」と、うちおほどけたる声に言ひなして、寄りゐたまへり。「あやしくもさま変へける高麗人かな」と答ふるは、⑫心知らぬにやあらん。答へはせで、ただ時々うち嘆くけはひする方に寄りかかりて、几帳ごしに手をとらへて、

「あづさ弓いるさの山にまどふかなほのみし月の影や見ゆると

何ゆゑか」とおしあてにのたまふを、⑬え忍ばぬなるべし、

心いる方ならませば弓張のつきなき空に迷はましやは

といふ声、ただそれなり。いとうれしきものから。

この引用の部分は宴もたけなわの中で、源氏が女たちのなかに紛れ込んで朧月夜を探す場面だが、その前半では、右大臣家の女たちの様子、そして源氏とのやりとりが記される。この前半部でも源氏の心理は述べられているが、そこでは疑問表現や推量表現が用いられない。ところが朧月夜に近づくにつれて、いわば源氏の勘が働いてゆく様子が推量表現・疑問表現で捉えられる。右大臣家の貴人の席だろうと推測し、これは目標の人物とは違うようだと確認してゆくのは、源氏の心の動きである。そしてついに捜し当てられた朧月夜の心情も、源氏の歌に対して、「え忍ばぬなるべし」と推量表現によって述べられる。この部分は源氏が朧月夜に近づくにつれて源氏の叙述もその心理の奥へ分け入ってゆき、二人が出会ったところで源氏の心に朧月夜の心も呼応すると読める。恋の思いの深みへ向かって叙述は進み、その深さを曖昧さとして疑問や推量の表現がとらえている。この巻の最後は「いとうれしきものから。」（しかし、元来は句読点などないのだ。「いとうれしきものから……」のほうがまだしもだろう）と、曖昧に終止するが、この喜びをのべながらも断定を避けた終止に、心情の深みを目指して続けられた叙述の到達点が示されている。終止形や連体形など、通常の終止で終わることによって心情の主観の世界から抜け出すことをせずに、この巻の読書は登場人物の心情のただなかに留まったままで終えられる。あえて、巻の冒頭に客観に徹した記述で始めながら、この巻はかえって登場人物の心情の世界に分け入った、そのもっとも深いところで巻は終わったのである。

もちろん、この巻で使われている疑問表現と推量表現は多いとは言ってもすべてで十三例であるから、巻全体の言語量から言えば一部に過ぎない。それは、この作品において推量・疑問表現があくまでも副次的なものであり、補助的な表現である以上当然のことである。しかし、その数少ない疑問・推量の表現がこの巻で重要な役割を果たしていたことは以上に見たとおりである。源氏物語中でも屈指の美しさを示す「花宴」の巻の叙述において、疑問表現や推量表現は心理劇の技巧としての機能を果たしていた。ここに、この作品において推量・疑問表現が人間の心情の記述に関して有効に機能することを見ることができる。この機能は必ずしも「花宴」だけでなく、必要な場合には他の巻でも機能するだろう。登場人物の心理に縦横に出入りする叙述がこの作品の文章の重要な一要素だとすれば、そこではたす推量・疑問表現の機能の価値も決して小さいものではないのである。

「いづれの御ときにか」―事実朧化の機能―

「花宴」はことに一つの巻が一貫した流れで緊密に構成され、その始まりも終りも特徴的であったが、ことにその終り方は「若菜下」と並んで特異であった。しかし巻末の終り方は多くの巻で「花宴」とは異なっている。作品の基調をなす叙述から抜け出すのに一定の形式をふむ場合が多い。その代表的な場合が「とぞ」の形式であって、つまり作品の叙述の基調から抜けでるのに、その叙述全体を伝聞という枠に納めて、間接化するのである。ただし、この間接化の方法は源氏物語全体を見るとき、「とぞ」のような形式に限定されるのではなく、実際にはその形式は多様である。そのなかで疑問・推量の表現の形式をとるものがあることは注目される。以下に、巻末の部分に、『源氏物語大成』による異文もふくめて疑問表現や推量表現の見られる例を列挙しよう。

【若紫】

これはいとさまかはりたるかしつきくさなりとおもほいためり
おもほいためり―おほいたり御―おほいためり横榊池三
おもほいためり―おほしためり河

【末摘花】

かゝる人〳〵のすゑすゑいかなりけむ

いかなりけむ―いかゝなりけむ横―いかゝ。なりけむ池
人〳〵―人大　すゑすゑいかなりけむ―御行すゑいかにとのみそ侍める七宮尾平鳳―御ゆくゑいかにとのみ侍める大
人〳〵―人御　すゑすゑいかなりけむ―御ゆゑいかゝなり給にけんとそ御―御ゆくすゑいかにとのみそ陽

【紅葉賀】

空にかよひたるやうに世人もおもへる
世人もおもへる―世の人もおもへる肖三
やうにそ世人もおもへる―やうにおほするなめりとそ思へるとや河
やうにそ世人もおもへる―やうによその（世）人もおもえり御―やうにてそおほえける氏

【葵】

をろかなるへきことにそあらぬや
をろかなるへき―けにをろかなるへき河　あらぬや―あらぬ河
をろかなるへき―けにをろかなるへき別　あらぬや―あらぬ別

【賢木】

おほしめくらすへし
おほしめくらすへし―いひゝしきつへきことのはしめとをほす相―おほしめくらすへしとなん国

【花散里】

ありさまかはりにたるあたりなりけり
かはりにたる―かはりにたる横

ありさまかはりにたるあたりなりけり―かはかりにつけるなるへし七―かはりにけるなるへし宮尾平大―
か□（焼失）にけるなるへし鳳
ありさまかはりにたる―ありしさまかはりぬる陽　なりけり―なるへし御―なれと陽

【蓬生】
思いて、きこゆへきとそ
思いて、―おもひいて、なむ御横為榊池肖三
思いて、きこゆへきとそ―おもひいてつ、きこゆへきとなん河
思いて、―をもひいて、なん（別本）

【関屋】
すくし給へきなとそあいなのさかしらやなとそはへるめる
すくし―すこし三
あいなのさかしらやなとそはへるめる―あめる河
すくし給へきなとそあいなのさかしらやなとそ―ものし給ふへきといひうらみけりとそ陽―すこし給はんとそ平　はへるめる―あめる陽

【松風】
猶いか、ものおもはしからぬ
いか、ものおもはしからぬ―いかてかはものおもはしからさらん御七保冷―いかてかものおもはしからさらん大―いかてかはおもはしからさらむ国

【薄雲】

すこしおもひまきれけむとそ

おもひまきれけむとそ―おもひまきれたまひけんとそ三

おもひまきれけむとそ―おもひまきれてなむとそ七

すこし―ナシ陽　おもひまきれけむとそ―まきれけんとそ陽―おもひもまきれけむとそ保―まきれけんとや坂

【槿】

とおほすそうかりけるとや

うかりけるとや―いかりけるや為―うかりけるとかや冬―うかりける。や耕

とや―ナシ河

おほすそ―おほすかたそ陽―おほすかたなん保国―おほすかたのみ坂―おほすかたなうも平　うかりける―つらかりける別　とや―とそ平―ナシ国

【玉鬘】

ことはりなりやとそあめる

ことはりなりや―ことはりや池三

ことはりなりやとそあめる―ことはりとそありける御―ことはりやとそありける七宮平鳳尾大

ことはりなりやとそあめる―ことはりやとそありける陽保

【初音】

心けさうをつくし給らんかし

心けさう―けさう河　給らんかし―給らんかしとそ河

　心けさう―心大保―けさう麦阿

【胡蝶】

うらみきこえまとひありくめり

【螢】

このころそおほしのたまふへかめる

　へかめる―へかんめる三

　このころそ―このころ七保平大尾―このこゝろ宮

【常夏】

さしすくしたることもあらむかし

　こともあらむかし―こともありけんかし河

　ことも―ことゝも陽―こと保国　あらむかし―おほかりけんかし保―ありけむかし国

【野分】

いかて御らむせむときこえ給とや

　給とや―たまふとや池

　きこえ給とや―きこえ給ふ河

　とや―ナシ保

【行幸】

さま〱いひけり

　いひけり―いひけりとや麦

【藤袴】
さためきこえ給けりとや
　給けりとや—給へりけりとや河
【真木柱】
はしたなかめりとや
　はしたなかめりとや—はしたなかめりとかや御
　はしたなかめりとや—はしたなかめりきとや河
　はしたなかめり—はしたなかめりき陽保—はしたなき麦阿
【藤末葉】
御なからひなめり
　なめり—なり保—なりや国—なめりとそ麦阿
【横笛】
つゝましくおほしけりとそ
　おほしけりとそ—おほしけるとや御—おほしけるとかや七—おほしけりとや宮平大鳳尾
　おほしけりとそ—おもひゐたまへり保—おほしけるとそ麦阿
【幻】
おほしまうけてとそ
　おほしまうけてとそ—おほしをきてゝなとそはへめる御—おほしまうくとなん保
【総角】

われならては又たれかはとおほすとや
おほすとや―おほすとかや宮国
われならては又―われならてまたは陽―我ならてまた保　たれかはと―たれにかは横―たれかとそ陽
おほすとや―ナシ横陽―おほせとや保平

【宿木】

の給ふをいりてかたりけり
かたりけり―かたりけりとや河
かたりけり―かたりけりとや宮国―かたりきこえけり保桃―かたりけるとや阿

【蜻蛉】

れいのひとりこち給とかや
とかや―とや肖
とかや―ナシ御尾前大鳳―とそ七
れいの―ナシ宮国　とかや―とや宮国―ナシ陽保麦

【手習】

おほしみたれけるにや
おほしみたれけるにや―おほしみたれけるとや榊
おほしみたれけるにや―おほしみたれけりとや宮国―おほしみたれけるとや陽阿―をもほしみたれけりとそ保

【夢浮橋】

おとしをきたまへりしならひにとそ
ならひにとそ―ならひにとそ本には（はハ補入シテミセケチニセリ）はへる池―ならひにとそ本にははへる
める横榊平―ならひにとそ本にははへめる勝肖大
ならひにとそ―ならひにとそ本に侍る七
ならひにとそ―ならひにとそ本にはへめる宮―ならひとそ保―ならひにとそ本に侍国桃

以上のように『源氏物語大成』本文で二十五の巻、異文のたぐいも入れると二十八の巻に巻末の疑問表現・推量表現を見いだす。諸本によって異同のすくなくないことももちろんなのだが、なんらかのかたちで疑問・推量表現を巻末に見る例は少なくない。これらの表現は、その表現が接続している語や文を捉えるのみならず、その巻の全体を捉えているのだが、その全体の内容を、「……ようだ」とか「……だろう」とか「……というようなことだろうか」というように朧化するわけである。つまり、これらの疑問表現や推量表現はいわば枠になっているわけであり、その枠のなかでは動詞終止形などを基調として、基本的に客観的な事実であるかのように描かれた叙述を、その全体が疑問符を打たれ、あるいは推量されるような相対的なものとして提示することになるのである。この作品の叙述は、ときに推量表現・疑問表現や「草子地」を交えながらも、その叙述の基調は作品世界の出来事を直接的に読者に提示してゆくのであり、そこに「語り手」のようなものは介在しない。さきにも述べたように、読者は作品の描く世界に直接向き合うのである。作品を展開させるときにその基調は、「……だろう」とも「……ようだ」とも言わない。「……なのだ」とさえ言わない。そのような叙述の頂点として、さきに「花宴」の冒頭を見たのである。だからこそ、日記などと異なり、推量・疑問表現や「草子地」は作品の叙述の全体のなかでは異質の部分と見えるわけである。「草子地」(4)という呼称を中世の古注釈家が生み出したこと自体、その部分が作品のなかで異質な部分であったことを示している（だから、この「草子地」の性格が作品の叙述に及ぶかのような理解は古注釈家の意を誤解している）。そのような作品の叙述が、その巻末において、主観的で、「語り手」を（あるいは「書き継ぎ手」を）想起させる表現を枠として加えているのである。

とすれば、伝聞表現もまた事実の事実性を朧化し相対化する表現であろう。たとえば（異文に推量表現をとるものがあるのでさきの列挙に含めた）「夢浮橋」の大成本文の末尾「とぞ」のような表現も疑問表現・推量表現と異質のものではない。これも『源氏物語大成』で異文までふくめ「とぞ」「となむ」などの例を挙げると「桐壺」「帚木」「夕顔」「明石」「澪標」「篝火」「梅枝」「鈴虫」「夕霧」「竹河」「橋姫」「東屋」「浮舟」といった巻の名を加えることになる。一方でこの作品には枠構造をとらない巻末もあり、たとえばさきに引用した「椎本」巻末の垣間見の場面が「たり」による視覚的で印象的な閉じ方をされ、あるいは「花宴」のような独創的な終り方もあるが、また少なからぬ巻で疑問表現や推量表現、伝聞表現による枠構造をとるのである。初期物語でも「とぞ」「となむ」など伝聞表現を巻末に置くことによって事実性の保証を確保することはあったから(5)、これらの文末表現がこの作品の独創でないことは言うまでもない。そしてこの作品にあって、異文も多いのであるから、これらの巻末のどれが本来のものかは明確でない。それにしても、青表紙本に限るとしても少なからぬ巻にこれらの表現が見られるのは、これら文末表現がこの作品の本質にかかわるものだからであった。

以上に述べた枠構造(6)は巻末のものであったが、物語の作品冒頭にも枠組織の見られる例が少なくないということを想起するなら、次のような例もまた、疑問表現による枠組織の一環として検討することになろう(7)。

いづれの御時にか、女御、更衣あまたさぶらひたまひける中に、いとやむごとなき際にはあらぬが、すぐれて時めきたまふありけり。

ここに、古注釈家が醍醐朝になずらえられた准拠を指摘することはいうまでもないのだが、にもかかわらず歴史叙述が「何なに天皇の御代」とはっきりと述べるのとはちがっている。醍醐朝に准拠していると言うのは、けっして醍醐天皇の御代と指摘しているわけでないのは勿論のこと、醍醐朝だと示唆しているのでさえないだろう。単に「今は昔」と、まったく歴史への位置づけを必要とせずに述べるつくり物語の冒頭とも異なっているが、一方で「何なに天皇の御代」と明示して年表の上に位置づける歴史叙述の冒頭ともことなっている。そこには歴史叙述ではないが歴史叙述を擬し、模する姿勢が表れているのである。歴史を擬するこの作品は、歴史叙述のように直接的でなく、また初期のつくり物語のように直接的でもない、事実＝歴史にかかわりながらも事実＝歴史に直接言及しない間接的な表現を必要とし、そのために疑問表現は機能したのである。源氏物語の各巻頭は通常（「帚木」や「竹河」を例外として）枠組織を置かないのだが、物語全体の冒頭には、作品世界を、「どの帝の御代であったか」と間接的に提示する枠組織を設けたのである。

それにしても、源氏物語の枠組織に、ことに巻末に、完了の助動詞「けり」ではなく疑問表現や推量表現が用いられるのはなぜであろうか。つくり物語の鼻祖とされる竹取物語で枠組織として働くのは「けり」であった。また源氏物語もその冒頭でも「けり」が用いられている。しかし、その作品冒頭も疑問表現で始められたのであった。そしてこの作品で「けり」はついに枠組織として重要な役割を果たすことはなかった。この作品はその表現も単調ではないから枠組織も巻毎に調えられているわけではないし、さきに述べたように、あえて枠構造をとらない巻末も（「花宴」のように）少なくないのだが、それでも枠構造をとろうとするときには「けり」ではなく、疑問表現や推量表現が役割を果たすのであった。それはなぜか？

歴史のことばと擬歴史のことば

いま、源氏物語の推量表現と疑問表現を検討して、枠構造のうえでの機能に到ったのである。しかしこの推量表現と疑問表現は、最初にも述べたようにこの作品では例外的な表現であって、決して作品の叙述の中心をなすものではなかった。その用例数からいえば、日記や、さらにこの作品以後にあらわれる栄花物語などよりは少ないことについては別に述べたことがある。(8)同じ作者の手になる紫式部日記とくらべても、この作品の推量・疑問表現の例は相対的に少ないだろう。しかし、その用例は初期つくり物語と比べてみるならば、はるかに多くなっていることもまた重要な点であった。この作品もこれらの表現の用例は日記に比べればはるかに少ないのであるが、それでも竹取物語やうつほ物語と異なって、重要な箇所ではその機能を生かしているのであった。だから、この作品における推量表現や疑問表現の使い方が独創的なものであるにしても、推量・疑問表現自体は文体史のうえで、つくり物語ではなく日記の文体に由来するものと見なければならない。では、なぜこの作品の文体が日記の表現を引き継がねばならないのか。その前に、さもそも言語の作品における推量表現・疑問表現とはどのようなものなのか?

言語が世界を捉えるときに、その世界はすべてが言語主体によってあきらかに自信をもって述べられるのではない。言語主体は一方で自信を持って世界の事象を述べることもあり、それは日本語では例えば動詞終止形で述べられることになる。そこでは、世界を判断する言語主体そのものが存在しないかのごとくに述べられるが、それは異なった言語主体でも判断に違いがないはずだという主張にもなるのである。世界の事象が全き客観性によって提示されるのである。しかし、実際の言語活動において、世界はどの場合もこのように自信を持って捉えられるのかというと、決してそうではない。実際には自信も持って客観的なものとして世界が捉えられるのはすべての場合ではありえず、多くの場合このような客観的判断にはためらいと保留が加わり、そのためらいはさまざまな形で表現されることになる。その表現は言語によっても異なり、たとえばヨーロッパ言語では接続法が果たしたような機能を、日本語の場合には多く助動詞や助詞が果たしているのである。これは現代の日本語でも基本的に変わっていないだろうが、古典日本語の場合にはより精緻なものであった。それはある場合には完了の助動詞や回想の助動詞であり、これらも王朝の言語の作品では重要な役割を果たしたのだが、ここで問題にしている疑問表現・推量表現も判断の客観性に躊躇と保留を加えるということでは共通している。つまり、客観的な判断が対象の事象を言語主体の外部の事実として示すのに対して、疑問表現・推量表現は対象の事象を基本的に言語主体の心的存在として提示し、判断の主観性を明確にし、そのことによって対象の客観性に留保を加えるのである。

しかも、私たちの通常の言語活動はこのような客観的判断と主観的留保との両輪によって構成されている。私たちの言語活動は客観的な、自信に満ちた判断だけでは成立しない。他方で判断に対する自信に欠け、確言を留保する表現が彩りを与え、表現に奥行きを与えるのが現実の言語活動である。そして、私たちが言語を通して関わっている世界の構造も、このような言語のありかたに従って、確言と留保の綾なす判断として現れるのである。

とすればこの作品が、あるいは垣間見の場面に、あるいは人間の心情のはざまに、そして巻のとじめに推量・疑問表現などによって相対化を施したのは、その作品世界を現実の世界の似姿として描くことを目指していたからということになろう。この作品は物語としての骨格を初期の物語から引いているとしても、たとえば場面の描写に、あるいは人間の心情に具象性を確保しようとするときに、その対象のすべてを客観性をもって確言するのでなく、その判断に主観の留保を加えようとしたのだが、その方法は日記の文体から得たのだった。つまり事実の事実性と対峙してきた日記はこの作品の文体形成に無関係ではありえなかったのである。視覚や聴覚による事物の世界に、あるいは人間の心情の世界に日記的な表現が浸透するのは当然のことであろう。

しかし、この作品が描こうとしたのは日記のような個人の生活の世界ではない。この作品がいかに歴史の世界に深くかかわっていたのかは清水好子(9)の闡明したところである。その歴史へのかかわりは、たとえば「花宴」の冒頭に端的に見られるであろう。この作品は歴史の世界に準拠し、歴史の世界で生きる人間の似姿を描こうとした。すなわち、歴史の似姿を描こうとしたのである。

そしてこの作品が歴史の似姿であろうとするならば、その文体は歴史叙述にならわねばならない。その形式は歴史叙述を擬さねばならないのである。ところが、歴史叙述もまた、日記と似て事実に深い関わりをもち、その点でつくり物語とは大きく異なっている。歴史もまた実際にははっきり見えるものからはっきり見えないものへと分け入ってゆく作業である。はっきりと事実として確定できないことにも触れざるをえない。しかし、歴史は事実として確定したものを提示するようにもとめられるので、かえって確定していないものを示すのに、その確定していないことを明示することになる。それが推量表現・疑問表現であり、またいわゆる「草子地」的な表現である。

実際には源氏物語の成立した時点で日本語による歴史叙述といえる作品はいまだ成立していないのであるが、日本語の歴史叙述は事実にかかわり、事実の事実性を事実の不確定の表現にもとめることを本質的に宿命付けられていたはずである。したがって文体の根幹を日記にもとめることは必然のことであった。源氏物語のあとに成立する栄花物語は日本語の歴史叙述としてあのような形をとることは文体史の必然であった。そして、源氏物語はいまだ成立していないかな散文歴史叙述を擬したのである。したがって、この作品は初期のつくり物語のように作品世界を事実として確定したものとして単純に叙述することはできない。叙述の確定性に安住せず、事実の事実性の確定と不確定の相克としての文体にまなばねばならない。もちろん、作品の中心をなすのが、事実を事実として確言し、文体的には動詞終止形を基調とする部分であるのは動かない。しかし、そのような文体だけでは作品を展開できず、その補充的な方法として事実の不確定の表現を加えねばならないのである。そこに、この作品が日記的文体とあい似、推量表現や疑問表現が、分量的には少なくても重要な役割を果たす所以があったのである。あるいは視覚や聴覚に、あるいは人間の心情に、あるいは歴史の世界に、現実の事実の世界に深く関わるために、事実を事実として確言せず事実の不確定を述べる表現が機能したのであった。

注

（1）本書Ⅲの3。
（2）石田穣二『源氏物語論集』（桜楓社　S四六）所収。
（3）本書Ⅳの1。
（4）いわゆる「草子地」については井爪康之『源氏物語注釈史の研究』（新典社　一九九三）第二編「中世源氏物語注釈史における草子地の研究」参照。
（5）と言っても、その例はあまり多くはない。
○その煙、いまだ雲のなかへたち昇るとぞ、言ひつたへたる。（新日本古典文学大系本「竹取物語」巻末）
○のこりはつれ〴〵にあるべしとぞ。（古典文庫版前田家本うつほ物語「国ゆづりの中」巻末）
○なかよりわけたるなめりとほんにこそ侍めれ。（同「楼のうへ下」巻末）
○二の巻にぞこと〴〵もあべかめるとぞある。（新日本古典文学大系本落窪物語巻第一巻末）
○典薬助は二百まで生けるとかや。（同巻第四巻末　なお「典薬助」は「典侍」とする本が多い）
ことにうつほ物語の用例のすくなさが目立つ。
（6）枠構造については本書Ⅱを参照。
（7）作品冒頭については野村精一「源氏物語の表現空間（一）」（『日本文学』一九七四・一一）・清水好子『源氏物語論』（塙書房　S四一）第一章を参照。
（8）拙稿「栄花物語と日記文学」（『歴史物語講座　第二巻　栄花物語』風間書房　H九）を参照されたい。
（9）注（7）書参照。
〔付記〕源氏物語の引用は阿部秋生校訂『完本源氏物語』によった。

Ⅳ　作品の叙述の基調としての動詞終止形

1　王朝散文の動詞終止形

物語の動詞終止形

王朝の散文の文章は、その叙述の基調は現代口語文の叙述の基調とはずいぶんと違ったものであった。現代語が、所謂過去・完了の助動詞を用いる形式を基調とするのに対して、王朝の散文では、（歌物語などを除いて）多くの場合に助動詞を用いることなく、動詞の終止形が叙述の基調となっている、その所以をたずねたいのである。

一

口語小説（つまりフィクションの物語）においては助動詞「た」による終止が基調をなしている、その端的な例として次のような文章を挙げて置こう。有島武郎「或る女」の冒頭第一節の最初の部分。

新橋を渡る時、発車を知らせる二番目の鈴が、霧とまではいへない九月の朝の、煙つた空気に包まれて聞えて来た。葉子は平気でそれを聞いたが車夫は宙を飛んだ。而して車が、鶴屋といふ町の角の宿屋を曲つて、いつでも人馬の群がるあの共同井戸のあたりを駆けぬける時、停車場の入口の大戸を閉めようとする駅夫と争ひながら、八分がた閉りかゝつた戸の所に突立つてこつちを見戍つてゐる青年の姿を見た。

「まあおそくなつて済みませんでした事……まだ間に合ひますか知ら」

と葉子が云ひながら階段を昇ると、青年は粗末な麦稈帽子を一寸脱いで、黙つたま、青い切符を渡した。

「おや何故一等になさらなかつたの。さうしないといけない訳があるから代へて下さいましな」

と云はうとしたけれども、火がつくばかりに駅夫がせき立てるので、葉子は黙つたま、青年とならんで小刻みな足どりで、たつた一つだけ開いてゐる改札口へと急いだ。改札はこの二人の乗客を苦々しげに見やりながら、左手を延して待つてゐた。二人がてん〴〵に切符を出さうとする時、

「若奥様、これをお忘れになりました」

と云ひながら、羽被の紺の香ひの高くするさつきの車夫が、薄い大柄なセルの膝掛を肩にかけたま、慌てたやうに追駆けて来て、オリーブ色の絹ハンケチに包んだ小さな物を渡さうとした。


全集本で最初の一ページ分の文章であるが、そのすべての文末は助動詞「た」によって終えられている。更に、残り三ページも含めて、この第一節は冒頭より二十八の文の文末が「た」で終えられており、二十九番目の文に至ってはじめて「……彼は本気で葉子を見詰め始めたのだ。」と、「た」以外の終止で終わる。主観的な強調の「のだ」によって「た」の終止が補強されているのである。その後、更に十二の文が「た」で終わる。ただ、この節の最後の文が「木部はそれを見て自分の態度を後悔すべき筈である。」と、助動詞「た」とは無縁な終止をするのである。叙述の基調としての「た」の機能は徹底して強力である。

そもそも、現代日本語の時空は所謂「た」止めと「る」止めの対立によって構成されている。日本語にはテンスは存在せず、ただ完了と非完了のアスペクトの対立が存在するだけなのだが（学校文法が過去の助動詞は認めても未来の助動詞を認めていないのは自然なことなのだ）、歴史叙述は通常完了された時空において確定された事象として提示され、だから「た」止めを叙述の基調にするのは当然のことなのである（実際、完了の形式が叙述の基調となるのは、ラテン語[(1)]などにも見られる現象である）。物語では、叙述の一部においてその確定に疑義をさしはさむことはある

にしても、叙述の中心は確定されたしっかりとした事実として読者に提供されなければならない。それが物語の基本的なありかたなのであり、そのためには口語日本語の小説においては「た」止めが基調であるのはもっともなことなのである。この「或る女」の文章も、このような近代日本語のありかたに従ったものだったといえよう。

この有島の文章は近代の文体の中でもことに「た」の使用が徹底されたものである。しかし、このような文体が存在し、しかもそれがそれほど特異なものでもないことに注意をすべきだろう。同じ有島の作品でも「生まれ出づる悩み」の文章のような野心的で風変りなものではない。しかもそこでは、過去・完了の助動詞の働きは一貫したものであった。王朝よりおよそ一千年を隔て、近代における文体の改変の激しさを思い知らされる。

ところで、これら近代の文体に対応する王朝の物語の場合には、その文体は一様ではない。塚原鉄雄が分類するように、歌物語などの「けり」を多用する文体と、それと異なり「けり」を多用しない文体に二分されるのである。その「けり」の多用される文体についてはすでに論じたが、(2)「けり」を多用しない文体について考えてみよう。「けり」を多用しない文体は、つくり物語の嚆矢たる竹取物語(3)より始まるが、ここではまず源氏物語を取り上げてみる。ただし、その原文を見るまえに、与謝野晶子の口語訳の文章を見てみよう。与謝野晶子の現代語訳は、あとで見る谷崎潤一郎や円地文子の訳にくらべれば歴然としているのだが、原文の語句に拘泥せず、意訳の傾向の強い文章であり、そのために、かえって近代日本語による表現としては自然なものだったのである。この作品の内容が現代語でどのように再現されるのかを見たいのである。「花宴」の冒頭である。

二月の二十幾日に紫宸殿の桜の宴があった。玉座の左右に中宮と皇太子の御見物の室が設けられた。弘徽殿の女御は藤壺の宮が中宮になっておいでになることで、なにかの折りごとに不快を感じるのであるが、催しごとの見物は好きで、東宮席で陪観していた。日がよく晴れて青空の色、鳥の声も朗らかな気のする南庭をみて親王方、高級官人をはじめとして詩を作る人々はみな探韻をいただいて詩を作った。源氏は、

「春という字を賜わる」

と、自身の得る韵字を披露したが、その声がすでに人よりすぐれていた。つぎは頭中将で、この順番を晴れがましく思うことであろうと見えたが、きわめて無難に得た韵字を告げた。声づかいに貫目があると思われた。その他の人は臆してしまったようで、態度も声もものにならぬのが多かった。地下の詩人はまして、帝も東宮も詩のよい作家で、またよい批評家で、おありになったし、そのほかにもすぐれた詩才のある官人の多い時代であったから、はずかしくて、清い広庭に出て行くことが、ちょっとしたことなのであるが難事に思われた。博士などがみすぼらしい風采をしながらも場慣れて進退するのにも御同情がよったりして、この御覧になる方々はおもしろく思召された。奏せられる音楽も特にすぐれた人たちが選ばれていた。春の永日がようやく入日の刻になるころ、春鶯囀の舞がおもしろく舞われた。源氏の紅葉賀の青海波の巧妙であったことを忘れがたく思召して、東宮が源氏へ挿の花を下賜あそばして、ぜひこの舞に加わるようにと切望あそばされた。辞しがたくて、一振りゆるゆる袖を反す春鶯囀の一節を源氏も舞ったが、だれも追随しがたい巧妙さはそれだけにも見えた。左大臣は恨めしいことも忘れて落涙していた。

この場合も、その文末は「た」によって貫徹され、すくなくともこの部分を見る限り、他の文末形式は見られない。事態は過去の時空に完了されたものとして提示され、そこに迷いはない。その結果として、じつは極めて単調な表現の羅列にも見えるのだが、しかもそれを我々が単調と思わないのは、「た」が叙述の基調として確立されている近代の文体の力にもよるもののはずである。文体は近代のものであり、しかもそこには（体系としてのテンス・アスペクトの確立されたと称される）近代ヨーロッパ言語の影響を見ることもできよう。

しかし、近代的なスタイルを示すのは文末の表現だけではない。時空の設定だけではない。訳者与謝野晶子の非凡な筆力は、文末を助動詞の「た」で貫徹するように選び取ったが、技巧は単にそれだけにとどまってはいない。

更に、そのそれぞれの文の叙述において、何を主題として、焦点を当てて行くかというところに、訳者の力量は示されている。

冒頭は「二月の二十幾日に紫宸殿の桜の宴があった。」と始められている。主語は「紫宸殿の桜の宴」である。冒頭から人物は登場してこない。ただ、朝廷の盛儀としての桜の宴が主題として提示されているのである。しかも、宴のあった事実をまず簡潔に述べているのは記録の態度であるといってよいだろう。史書に、

○十九日壬午。於承香殿有花宴。（日本紀略天慶八年八月）

○十二日乙卯。禁中有花宴。（同天暦三年二月）

などと言うのとあい等しい表現であろう。まずは人物の形象を明示しないで、場としての盛儀を報告するのである。

そして、次に二番目の文だが、これも人物の形象は明確ではない。「玉座の左右に中宮と皇太子の御見物の室が設けられた。」と、確かに中宮と皇太子については言及があり、また「玉座」の語も天皇を暗示するが、そのそれぞれの席が主人によって充されているのかはわからない。わからないというよりも、読者に判断を委ねられている。冒頭の文からの展開に即せば、ここに人物の形象は微かにしか見えない。もしも明確な形象が見えるように思うなら、それは次の文への展開の反射なのだ。なぜならば、次の文には、弘徽殿の女御が「陪席」することにより、天皇たちの臨席が暗示されるからなのだ。

このように、この文章の展開に人物のイメージの確定は遅れる。まず儀式の場が報告され、場は場それ自体として用意されるわけなのだ。場が用意されて、はじめて人物は登場する、それがこの与謝野晶子訳の「花宴」の冒頭の論理なのだった。近代的な文体による叙述の論理なのであった。

しかし、作品の本文の論理はこの訳文の論理とはずいぶん異なっている。

二月の二十日あまり、南殿の桜の宴せさせたまふ。后、春宮の御局、左右にして参上りたまふ。弘徽殿女御、

中宮のかくておはするををりふしごとに安からず思せど、物見にはえ過ぐしたまはで参りたまふ。日いとよく晴れて、空のけしき、鳥の声も心地よげなるに、親王たち、上達部よりはじめて、その道のはみな探韻賜りて文作りたまふ。宰相中将、「春といふ文字賜れり」とのたまふ声さへ、例の、人にことなり。次に頭中将、人の目移しもただならずおぼゆべかめれど、いとめやすくもてしづめて、声づかひなどものものしくすぐれたり。さての人々は、みな臆しがちにはなじろめる多かり。地下の人は、まして、帝、春宮の御才かしこくすぐれておはします、かかる方にやむごとなき人多くものしたまふころなるに、恥づかしく、はるばるとくもりなき庭に立ち出づるほどはしたなくて、やすきことなれど苦しげなり。年老いたる博士どもの、なりあやしくやつれて、例馴たるもあはれに、さまざま御覧ずるなむ、をかしかりける。楽どもなどは、さらにもいはず調へさせたまへり。やうやう入日になるほど、春の鶯囀るといふ舞いとおもしろく見ゆるに、源氏の御紅葉の賀のをり思し出でられて、春宮、かざし賜せて、切に責めのたまはするにのがれがたくて、立ちて、のどかに、袖かへすところを一をれ気色ばかり舞ひたまへるに、似るべきものなく見ゆ。左大臣、恨めしさも忘れて涙落したまふ。

冒頭に、桜の宴の盛儀を提示するのは、晶子訳の場合と変わりのあるはずがない。だが、この「二月の二十日あまり、南殿の桜の宴せさせたまふ。」に込められた情報は、量に限っていっても晶子訳の「二月の二十幾日に紫宸殿の桜の宴があった。」と比べものにならない。原文の「せさせたまふ」は晶子訳の「があった」と忠実に対応するのではなく、主格もここでは天皇なのである。天皇が桜の宴を主催なさるというのだから、この原文は単に桜の宴の開催を言うだけでなく、そこに天皇という登場人物の形象を明示し、しかも宴を開く主体としての桐壺の帝の強力な力が誇示される。この一文は、盛儀の場の設定を示すと同時に、しかもそれ以上の重みをもって天皇の存在とその力を明示しているわけなのだ。

そして、つづく第二の文「后、春宮の御局、左右にして参上りたまふ。」も、ここでは「参上する」と、人物の行為が描かれるのだから、晶子の訳文と異なって、藤壺と皇太子は明らかに描かれている。しかも「参上り」の語は藤壺や皇太子と桐壺帝との関係をも明示する。それは三番目の文の「弘徽殿女御……参りたまふ」にも言えることである。冒頭の三つの文により、桐壺帝、藤壺と皇太子、弘徽殿女御と順を追って紹介すると同時に、これら人物に関係の秩序も示されたわけなのだ。そしてその外周に「親王たち、上達部……文作りたまふ」と記されたのも、この秩序を構成しているのである。晶子訳では表れなかった、作品の世界の桐壺帝を中心とする秩序の構成がわずかな文の集積により示されたのである。

しかも、これらの秩序の提示にあたっては、この四つの文の文末に共通する「たまふ」の繰り返しの力が重要な役割を果たしている。文末に同じ形式が繰り返されることにより、これら四つの文が紹介する人物たちが同一の範疇に属することが示され、それらの人物たちが一定の順序に従って——ここではその身分的な序列に従って——配列されていることが示されている。文体は、ここでは歴史叙述を思わせる形式となっているのである。登場人物たちがその内的な動機によってでなく、世界の政治的秩序によって配列されるのだから、ここでは形式は物語よりも歴史秩序に近づいている。つくり物語でありながら、文体は歴史叙述を擬しているのである。

そして実際、この部分はその内容から言っても、歴史の世界に極めて近づいているのである。それは、既に中世の注釈家たちが知っていたことなのであり、准拠として示されていることなのだ。そして、この准拠の意義は清水好子が『源氏物語論』(4)において称揚しているのである。清水は、この冒頭の文章を「紅葉賀」の冒頭と並置させつつ、次のように言っている。「この短かさ、必要重大なことのみを述べる骨太さ、いかなる感情もまといつかぬ事実のみの宣言。こうして二つを並べてみると、作者がこの打ち続く二巻については両者を互いに意識して、語の排列を整えたと考えたい。それだけに二つの文章のかたちと意味の同質性、そして他の巻々、たとえば私があげた

「若紫」や「末摘花」の書き出しとの異質性を自覚していたと考えたいのである。この二つはいかにも公式的ないかめしい響きを持っている。いわば、漢文記録の翻訳調なのだ。」ここにいう、感情のまといつかぬ骨太さを打ち出すためには、「たまふ」を四たび繰り返す単調さもあずかっているのである。

一方、与謝野晶子の口語訳も、その文章はさきに述べたように記録の文体なのだった。儀式を主眼に据え、人物に先だって場を開こうとする文体は近代的な意味における記録のスタイルであり、歴史叙述のスタイルなのだった。したがって、作品の原文と晶子訳の文章とは、その冒頭の構造に大きな違いがあり、またその文体にも差が大きいのであるのだが、にもかかわらず、その本質においては共通するものを基底に持っている。それは、准拠に見られる通り、歴史の世界における事象の記述・報告という機能なのであり、その機能を果たすようにさせるために、紫式部と与謝野晶子は、それぞれに自己の言語の論理に従って、工夫をこらしたのだった。

二

このように、作品の原文は王朝の言語により、晶子は近代の言語により、それぞれの文体を紡ぎ出したことを見たのだが、同じ近代の言語によるこの作品の口語訳の例を挙げておこう。谷崎潤一郎の三度目の訳業。ただし、引用の原文に対応する部分の半ばまで。

二月の二十日あまりに、南殿の桜の宴をお催しになります。后と春宮の御座所を、玉座の左右にしつらえて、お二方がお出ましになります。弘徽殿の女御は、中宮がこういう風に控えていらっしゃることを、折節ごとに面白からずお感じになるのですが、今日のような物見の日には、じっとしていらっしゃれないで、御参列になります。日が非常によく晴れて、空の色、鳥のこえも快げなので、親王たち、上達部を始めとして、その道の人々は皆探韻を賜わって、詩をお作りになります。宰相中将は、「春という文字をいただきました」と仰せになる声までが、いつもながらほかの人よりは格別なのです。

与謝野晶子の口語訳が作品の内容を伝えることを目指しつつも、その原文の忠実な口語訳を心がけたものでないことは上の例を見ればわかるのだが、それに比べて谷崎の訳がはるかに原文に忠実な口語訳であるのは、この引用の文章を一瞥すればわかることである。しかも原文の補助動詞「たまふ」を四つとも「になります」と移し、文末をそろえる文体まで踏襲しているのだから、模範的な口語訳であるといえよう。勿論、この文章を読むためには、原文を読むときにもとめられたのと同じような知識は必要とされる。「二月の二十日あまりに、南殿の桜の宴をお催しになります。」という文が、その主語は誰で、どのような世界が開かれているのかは、作品の原文を読む場合と同じ知識がなければ理解できない。従って、この谷崎の訳は（その難しさまで含んで）原文の性格をよく伝えているといえそうである。しかし、にもかかわらずこの口語訳は重要な点を落としている。それは、清水好子が「いかなる感情もまといつかぬ事実のみの宣言」という性格なのであり、つまりは擬歴史叙述としての文体なのである。文体的価値が、それぞれの共時的体系の全体の中で決定される以上、忠実な口語訳であるからといって原文の表現が有していた価値をそのまま引き継げるわけではない。王朝語と近代語とのあいだには（訓読語を通しての）漢文の影響の永い歴史がある。その結果として日本語の歴史叙述の文体が受けた変容の幅は、与謝野晶子の訳文が示唆しているのだった。この、両言語の性格の落差の前に、谷崎の文章は（その敬体の表現もあいまって）記録として響かない。

与謝野訳のような意訳に陥らずに、しかも谷崎の訳のような単調なものにならないためにはどうすればよいのか。そのような問題に対する答が、円地文子の訳文である。

二月の二十日過ぎに帝は紫宸殿で桜の宴をお催しになった。中宮と東宮の御座所を玉座の左右に設けて、それぞれに参殿遊ばされる。弘徽殿の女御は、中宮がこうして晴れがましく上座においでになるのを、事あるごとに快からず思召すけれども、このようなはなばなしい物見の折には引き籠ってはいらっしゃえないでお出かけになるのであった。

よく晴れた日で、空の模様、鳥の声なども心地よさそうなので、親王たちや上達部などをはじめとして文学の道に精しい人々は、皆御前で、各々、詩の中で踏むべき韻字を書いた紙を賜わって、それによって詩を作れるのである。源氏の宰相の中将は、

「私は春という文字を賜わりました」

とおっしゃる声さえ並々の人と異なって聞える。

訳文に適宜に言葉を補うとともに、文末の表現にも単調さを救うための工夫をこらそうとしているのはあきらかである。おなじ「たまふ」の四度に及ぶ繰り返しをさけるために、この訳文の四つの文の文末は、すべて異なったものとなっている。「……になった」「……遊ばされる」「……になるのであった」「……れるのである」と、現代語における尊敬のための異なった三つの待遇表現を使い分け、さらに、「た」止めと「る」止めの対立に、「である」をからめて、四つの文末をそれぞれに異なったものとしている。そのために、表現の単調さは避けられ、近代語としてのリズムを生み出しているといえる。源氏物語の原文をどのように口語に移すかという大問題の解答の現代の水準としては、これで満足すべきであろうか。

しかし、これも細部にはやはり不満が残る。まず、文末の問題。たしかに単調さは避けられたわけだが、それは同時に原文の持つ「骨太さ」を失うことにもなる。なぜなら、この部分の単調さこそが、「骨太さ」を生み出していたからである。しかも、この「骨太さ」を失うことは、同時に記録の文体をも失うことになっている。また、言葉を補うことについても、一方で内容を理解しやすくしてはいるのだが、それは同時に深い含蓄をそぎ落とすことにもつながっている。たとえば、冒頭の一文に「お催しになった」の動作主として「帝は」と補うのも、勿論それ

自体はずいぶんと親切なことではあるのだし、なんの誤りもないのだが、しかも天皇自体の形象の矮小化は避けられない。いうまでもなく、このような問題点は王朝語を近代語に訳そうとすることの無理からおこるのである。

さて、ではこの方針による円地の口語訳において、各文の文末は時間的にどのように処理されていたのか。与謝野晶子は一貫して過去・完了の表現「た」を補い、これと対照的に谷崎は「た」を補うことはない。そして円地はその文末を「た」を補うものと補わないものとを技巧的に交えている。しかもこのような技巧は実は近代語における（ことに小説などにおける）技巧としてしばしば見られ、またその様相は研究もされているのだから[5]、たしかに近代語として自然な表現にすることに成功しているといえよう。そして、このように「た」止めとそれ以外の表現とを交える文体においては、（それはこの円地の訳文を見ても、また近代小説文の研究においても）「た」止めの表現が基調と見られているのだから、近代語においてはやはり「た」を伴う文末表現――いいかえれば、時空を過去のものと明確に設定する表現――が基調であると認められよう。

一方、原文に見られるように、王朝言語においては「た」に相当する言葉は見られないのだが、それは、原文における作品の世界が過去に設定されていないということをあらわすのだろうか。しかし、普遍的な問題として、物語の世界が過去に設定されないということは考えられるだろうか。まして、准拠というかたちで、特定の歴史上の時空を想起させる工夫をこらしたこの作品において。――記録を想起させつつ記された「花宴」の巻は、たとえ過去を示す言葉は配置されていなくても、その時空が過去に設定されていることはとうてい疑えないのである。醍醐朝を思わせる歴史の世界、まさにその時空のありかたの近代語による再現が、「た」で一貫する与謝野晶子の訳文の文体だったのである。

三

さて、以上のように「花宴」の巻の冒頭部を、原文と与謝野晶子の訳について比較してきたのだが、さらにこのあとの部分についても検討を加えたい。晶子訳の文章については、前にも述べたように徹底して「た」による終止が続けられていたのだから、そのことを念頭に置いた上で、作品原文の引用文にもどろう。各文の文末を以下に整理してみる。

①補助動詞「たまふ」の終止形　②補助動詞「たまふ」の終止形
③補助動詞「たまふ」の終止形　④補助動詞「たまふ」の終止形
⑤形容動詞「ことなり」の終止形　⑥助動詞「たり」の終止形
⑦形容詞「多かり」の終止形　⑧形容動詞「苦しげなり」の終止形
⑨助動詞「けり」の連体形　⑩助動詞「り」の終止形
⑪動詞「見ゆ」の終止形　⑫補助動詞「たまふ」の終止形

そのそれぞれの語義・機能はことなっているから、一概にいえないにしても、動詞終止形の文末と存在詞を含む形容詞・形容動詞や助動詞の文末は対照的である。これらの文末はその時間的性格によってその質を二分され、二層の構造をなしていると言えよう。

この整理の結果を見ても一目了然であるように、⑤より⑩までの文末はすべてラ行変格活用をする語で占められている。この文章の中心部分はすべて存在詞をふくむ言葉によってまとめられているのである。ことに注意すべきなのは⑥の「すぐれたり」と⑩の「調へさせたまへり」であろう。文法レベルの問題としても、「たり」「り」は所謂存続を表すのだが、文体レベルでも、「たり」「り」はしばしば状態を臨場性において活写するために機能する。

そして、さらに形容詞の「多かり」と形容動詞の「ことなり」「苦しげなり」も併せて、そこに含まれる存在詞の時間超越性が安定した状態の描写を果たしている。さらに付け加えれば、⑪もその時間超越的な性格において存在詞に極めて近い性格を有するのだから、一貫して事態を変化の位相によってではなく状態の位相によってとらえ、「見ゆ」の語に端的にあらわされるように、その性格は視覚的・聴覚的な具象性を目指している。

一方、①〜④・⑫の「たまふ」には、さきに述べたように、文体レベルの機能として記録性の表現が図られているのであり、事象は状態の位相ではなく、（だからといって変化推移の位相でもなく）ひとまとまりの完結したものとしてとらえられている。だから、この文章の二重構造には、アオリストとimperfectumの対立に近いものが見受けられるのである。これを近代語における表現におきかえるならば、「た」止めと「る」止めの二重構造に近いともいえよう。しかも、この二重構造の類比の上で、「たまふ」という動詞終止形の終止の機能は近代語の助動詞「た」の叙述のうえでの機能に相当するのである。

四

ここで、動詞の終止形がいわば裸で用いられた場合と、助動詞によって文末が閉じられた場合との違いを整理して置こう。いままでに、「花宴」の冒頭の儀式の場面を見てきたのだが、同じ巻よりすぐれて臨場的な場面を見てみたい。そして、この巻で臨場的な場面というならば、さきにも例に挙げたのだが、源氏と朧月夜との出会いの場面をおいて他にないだろう。

夜いたう更けてなむ事はてける。上達部おのおのあかれ、后、春宮かへらあせたまひぬれば、のどやかになりぬるに、月いと明うさし出でてをかしきを、源氏の君酔ひ心地に、見すぐしがたくおぼえたまひければ、上の人々もうち休みて、かやうに思ひかけぬほどに、もしさりぬべき隙もやあると、藤壺わたりをわりなう忍びてうかがひ歩けど、語らふべき戸口も鎖してければ、うち嘆きて、なほあらじに、弘徽殿の細殿に立ち寄りたまへれば、三の口開きたり。女御は、上の御局にやがて参上りたまひにければ、人少ななるけはひなり。奥の枢戸も開きて、人音もせず。かやうにて世の中の過ちはするぞかしと思ひて、やをら上りてのぞきたまふ。人はみな寝たるべし。いと若うをかしげなる声の、なべての人とは聞こえぬ、「朧月夜に似るものぞなき」とうち誦じて、こなたざまには来るものか。いとうれしくて、ふと袖をとらへたまふ。女、恐ろしと思へる気色にて、「あなむくつけ。こは誰ぞ」とのたまへど、「何かうとましき」とて、

深き夜のあはれを知るも入る月のおぼろけならぬ契りとぞ思ふ

とて、やをら抱き降ろして、戸は押し立てつ。

ここでは、さきの「花宴」冒頭の部分以上に、助動詞が多彩に機能していることが見て取れる。まず、各文末の形を列挙しよう。

①助動詞「けり」の連体形　②助動詞「たり」の終止形　③助動詞「なり」の終止形
④助動詞「ず」の終止形　⑤補助動詞「たまふ」の終止形　⑥助動詞「べし」の終止形
⑦助詞「ものか」　⑧補助動詞「たまふ」の終止形　⑨助動詞「つ」の終止形

このように整理してみても、同じ文末が重なるのは⑤と⑧――しかもいま問題にしている動詞の終止形である。これらの文末を順次見てみよう。

①は過去の助動詞「けり」であるが、これが過去の意味で使われているのでないことはいうまでもない。「なむ」との係り結びということでもわかる通り、言語主体の確認の姿勢を表現している。ただし、その確認は単に作品の語り手だけのものではなく、また読者のものだし、登場人物としての光源氏のものでもあるだろう。

②は長く展開する文の文末である。その長さは、盛儀終了後のつれづれをもてあます青年の心の晴らしどころを

求めての彷徨の過程を示している。その帰着点としての「たり」は具象的な状態を視覚的にとらえているが、その視点もまた、読者のものであって同時に光源氏のものでもある。「たり」は源氏の心ときめく発見の主観を捉えている。

③は②への補足である。だから、この「なり」も客観的な判断ではない。これも源氏によってとらえられた主観的な状態であり、この主観を読者もともにする。ただし、③は②の視覚より④の聴覚への源氏の注意の変換を果たしている。そして、聴覚をとらえる④の「人音もせず」の「ず」。「ず」は本来時間的に中立的であるが、(6) ここでは文脈より具象的意味を与えられ、聴覚の臨場的表現に寄与している。結果としてこれもまた極めて主観的な表現なのである。

⑤の「たまふ」は⑧と併せて考えよう。ただ、この源氏の行動によって場面は段階を画することだけは確認しておこう。⑥はあらたな段階における、源氏の主観による、状況判断である。そして、⑦は源氏の感情がほとんどあらわになっているといってよかろう。「ものか」については、これを終助詞とせず、名詞と助詞の連語とする立場もあるが、ここではそんなことはどうでもよい問題である。この「ものか」が助動詞以上に源氏の主観を直接的に捉えていることを確認しておけばよい。

⑧は「たまふ」の終止形だが、⑤の「たまふ」とともに源氏の行動をいたって客観的にとらえている。だからこの場面は源氏の行動を客観的にとらえるため「たまふ」という動詞の終止形でまとめる文末と、助動詞によってとらえられえる主観性の勝った文末とに二分されるといえよう。そして、助動詞によって読者は登場人物の源氏に寄り添い、世界を具象的に、臨場的に体験してゆくが、これらの表現を生かしてゆくためにも、客観性を保った叙述の基調が必要とされ、動詞の終止形がその役割を果たしている。ただし、場面の変換は、ここでは登場人物の主観に添って行いたいので、⑨の「つ」によって暴力的に場面は閉じられるのである。

ところで、曾我松男による(7)（近代語の）物語文の検討によれば、「主筋的事象は「た」で、副次的事象は「る」で述べられる傾向がある」のだが、この「花宴」の文章の場合には、主筋を述べる⑤・⑧の叙述は動詞終止形でまとめられ、副次的事象はもっぱら助動詞によってとらえられているのだった。このことは、「花宴」冒頭の文章の場合もおなじことであろう。とすれば、近代語において動詞終止形（つまり曾我のいう「る」止め）が副次的事象をとらえるのに対して、王朝語では主筋的事象をとらえるという大きな違いが見られるのである。これはなぜなのだろうか？　そもそも（准拠という現象を見てもわかるとおり）王朝の物語もその時空は過去に設定されている。それなのに、その主筋を動詞の終止形が捉えるのはなぜなのだろうか？　源氏物語においても、また次の節に見る歴史叙述においても、動詞終止形が絶大な役割を果たしていたのだが、動詞終止形とはいかなる形式なのであろうか。

五

泉井久之助がいうように(8)、日本語の助動詞は、テンスやアスペクトより気分が支配する。ことに、近代化されない古典語の助動詞にそのことはいえるのだった。そして、気分とは、対象としての客体の客観的な把握が対象への主体の主観的な思いと合い添って一体となっており、近代的に分化することのない人間の世界への本来的な立ち向かいかたの言語による表現である。われわれは、主観と客観とに分化した近代語の助動詞で王朝語の助動詞を考えがちであるが、このような王朝語にとっては客観的な時空の把握は不可能で、そこのはつねに主観の影が付きまとう。助動詞という標識を持った有標的文末形式は同時に気分の表明を宿命付けられているわけである。

例えば物語の文章において、説明を補う箇所に推量の助動詞「めり」や「べし」が使われたときに、それは対象の事実の不確実を示すのみならず、主体の対象への関わり方の気後れをも表現するのである。また、助動詞の主体性を強く主張した時枝誠記(9)が助動詞と認めなかった「す」「さす」や「る」「らる」でさえが、実は動詞の能動と中動の間に揺れる位相の主体的把握であり、助動詞の表現の主観性は否定のしようがない。しかも、助動詞は何らかのかたちで対象の時空への定位を表現する積極的表現なのである（定位の保留もまた定位であるということを忘れてはならない）。

ところが、言語はときにこのような主観を滅却した表現をもとめられることがある。それは、日常的な会話においてはさほどの必要性はないかもしれないが、ある程度のまとまった事象の報告においては、口頭語においてもときに求められることだろう。これが文章語になると、このような必要性ははるかに強くなる。ことに、まとまった物語の文章において、描かれる世界を事実めかして客観的にとらえる叙述の基調の表現が必要となった。これは既に言語の近代化の第一歩なのであろうが、日本語の助動詞の体系はそのような事態へ対応できるものではなかった。

我が日本語の助動詞も、殊に「た」は随分と客観化が進んでいて、西洋諸言語のアスペクトに類似したものとなっているのだが、王朝の言語においては、助動詞ははるかに主体的な表現なのであって、対象の様相とともに主体の姿勢を濃厚に表現するのであり、そして、これら助動詞を伴わないで、動詞が裸で終止するということは、助動詞とともに終止するという有標的文末表現(10)に対する無標形式として、主体の判断と時空への定位においての中立的表現なのである。客観的時空への定位を確認しようとしていくら助動詞を重ねようとも、それはそのまま主体的表現の累加になってしまうという我が言語、殊に王朝言語の宿命は、物語の基調を客観的なものとして確保するために、内容的には時空からの中立を選び、形式的には助動詞を添えない動詞終止形の文末を選んだのである。つまり、主観性をまといつかせた助動詞を添えることなく、動詞の終止形で文末を終わらせるときに、橋本四郎(11)の言うように、動詞の終止形の、「動詞自体は概念の表出のみで任務が完了」しているのであり、「客観的概念を示してゐるだけ」だという性格がはたらいて、叙述の基調を形成することができるわけなのだ。助動詞という標識を持たない無標形式は、気分という主観の不在として消極的に客観性の表現を果たす。上古には、近代とは違って客観性は決して積極的な属性ではなく、無標による消極的属性に過ぎなかったのが、物語そして歴史叙述の展開を通して、そのような客観という属性に意義が生じてきたのが王朝世界であった。

一方近代語においては、助動詞「た」に主観性をそぎ落とした客観的な語義が発展した結果、「た」による文末が叙述の基調として働くようになり、動詞の終止形は補足的描写のために働くようになった。古典語において時間的に中立的で無限定であった動詞終止形が基調であったものが、近代語においてはアスペクト的に完了を示す形式が、その無限定（アオリスト）の位相において叙述の基調をなすように、言語の体系が推移した。それにともなって、動詞の終止形は叙述の基調より補足的表現へと移行したのである。

もちろん、このような文章表現の上での機能の変化の根底には、王朝語と近代語の体系の変化が存在し、したがって動詞終止形の体系上の位置づけの変化も原因となっている。王朝の動詞終止形が、その時間中立性のゆえに現在をとらえ、また過去をとらえていた（所謂「未来」の時空は「接続法」的な助動詞「む」がになっていた）のに対して、近代語では、助動詞「た」が過去をとらえている以上、そこは動詞終止形の領域ではなく、現在と未来がその領域となったのである。「む」の子孫がその意味領域を狭めたために、動詞終止形はその領域を未来へと広げることになったのである。要は、近代語におけるアスペクトの確立であり、完了と非完了の対立が動詞組織の根幹をなすという体制への整理がなされたのである。(12)

そして、近代語のこのような体制は、また近代物語文の文体を規制することになっている。近代語の物語文において、動詞終止形が（しばしばヨーロッパ言語の歴史的現在と類比されるように）具象的な状態をとらえることができるのは、あくまでも「た」との対比のうえでのことであって、「た」を基調とする文体の体系をはなれてはこのような機能もありえない。だから、同じ動詞終止形とはいっても、文末表現の体系のまったくことなる王朝語においては、近代語のそれの機能をそのまま類推してあてはめることはできないのである。王朝言語においては、助動詞はすべてなんらかのかたちで主観性をにない、気分を表現するのだから、けっしてアオリストとしては機能できない。それは「けり」においても当てはまることなのだ。だから、アオリストとしての役割は、時間中立的な表現としての動詞終止形が担うしかない。ところが近代語においては、助動詞が主観あるいは客観のいずれかに機能を強め、気分の表現をずいぶんと弱めたために、完了の「た」[13]がアオリストとしての役割を果たすようになり、それは同時に「た」による叙述の基調と対立する動詞終止形に新しい役割を果たさせるようになったのである。そして、このように動詞終止形（言うまでもなく近代語の終止形は本来古典語の連体形なのではあるが）をめぐる体系が古典語と近代語で大きくことなっている以上、近代語終止形の「た」との対比を古典語へ類比させて、古典語の終止形を「現在形」などと捉えることの愚かしさはいうまでもないのである。まして、近代語の終止形を現在形とすることじたいが、ヨーロッパ近代語の動詞基本形＝現在形よりの類比によるものであり、実際の終止形の機能とはほとんど無縁なところでの妄想であってみれば、ほとんど言うべき言葉もない。実際、ヨーロッパ近代言語の現在形自体が単純に現在の表現であるわけではないのである。まして、そのヨーロッパ言語も古い時代には、パウルの言うように「文法上の時称ができていなかった時には、同一の形式が、その代わりに用いられ、時称の関係は、特殊な語によって暗示されるか、あるいは周囲の状況により、推定されなければならなかった」のであるらしい[14]。とすれば、以上に述べてきたような王朝語の現象もさほど特殊なものではなさそうなのである。

歴史叙述の動詞終止形

以上のように、王朝物語の動詞終止形について見てきたのだが、このような叙述の基調のありかたは、当然ながら歴史叙述にもその影響は表れている。その結果として、過去の世界を描いたはずの歴史叙述の文章に、過去をあらわす表現が見られないということがおこっているのである。一例を挙げよう。

安和二年三月二十六日、源高明が流罪に処せられた。その様子を栄花物語は描いている（日付の正確性はここでは問題ではない）。その一部についてはさきにも取り上げたが、(15) ここでは全文を引用する。まず、対応する口語訳を引こう。栄花物語の与謝野晶子による口語訳文なのであり、オリジナルの現代語歴史叙述ではないのだが、彼女の口語訳が個々の字句に拘泥しないものであるのは、（さきに例を扱った通り）その源氏物語の訳業をみてもわかることであり、後に引用する栄花物語本文と同じ内容を自然な現代日本語で記述した場合の格好の例としたいのである。

驚くべき噂が起こってきた。それは源氏の左大臣がその婿の為平親王を御位につけるために陛下に不軌を謀ったということである。そんなことはあることではないともいい、どうかすると娘のかわゆさからそんな心得違いをしたか知れないともいい、さまざまの取沙汰の立っているうちに、三月二十六日に検非違使たちが左大臣の邸を囲んだ。邸のうちでは、

帝位を傾け奉らんとしたる罪跡により、左大臣源高明を太宰権帥として流罪に処す。

というような宣命を読み聞かすのであった。高明はもう位記をも取り上げられた人なのであるから、検非違使等は網代車に乗せてつれて行こうとした。

為平親王は死ぬほどの苦しい思いをしておいでになった。御自身が原因になって高明が讒誣されているからである。

夫人や姫様たち、子息たちの嘆きは筆で表しようもない。菅原道真の流されて行った時のことを昔話に聞いて哀れがっていた人たちの上にそれと同じ運命が落ちてきたのであるから、これほどに泣き騒ぐのももっともであると思われるほど悲惨な光景であった。

随行を許されたいといっても、一人前になっている息子たちは父のそばへ寄ることすらも許されない。高明

の最も愛していた十二三になる末の若様が泣いて、泣いてうろうろとしながら父の車を追って来た。検非違使はそのことを奏上しておいて、末子だけの同行を許した。しかし同じ車にも乗せないのである。若様は馬に乗せられて行った。

人の死んだということはもろい命を持ったものに免れぬことであるとして静かに見ることもできるのであるが、こういう現実の憂目に逢っている人たちは見るに堪え難い気のするものである。

これを、各文末について整理してみよう。

○助動詞「た」
○助動詞「だ」＋補助動詞「ある」
○助動詞「た」
○助動詞「だ」＋補助動詞「ある」＋助動詞「た」
○助動詞「た」
○助動詞「た」
○助動詞「だ」＋補助動詞「ある」
○形容詞「ない」
○助動詞「だ」＋補助動詞「ある」＋助動詞「た」
○助動詞「ない」
○助動詞「た」
○助動詞「た」
○助動詞「だ」＋補助動詞「ある」

○助動詞「た」
○助動詞「だ」＋補助動詞「ある」

以上をまとめると、「た」「である」「ない」の僅か三種の文末で構成されていることになる。「た」によって完了が確認された過去空間によって歴史は叙述され、時間超越的な「である」「ない」の説明によって補われるという、至ってシンプルな構造になっているのが現代語歴史叙述の文章なのだといえるだろう。

通常、現代日本語による歴史の叙述において、その主体は対象の時空をどのようなものとして提示するのであろうか。例えば私たちが歴史を叙述するときに、その時空を、すくなくとも未来に設定するということはほとんど有り得ないが、これを現在のものとして提示するということも、例外的なものとみなしてよいことだろう。勿論、所謂歴史的現在の用法は、わが現代日本語でも無いわけではないが、それはあくまでも例外的用法であって、しかもそこにはなにがしかの小説的な表現の匂いがする。そこには、歴史をフィクションじたてで捉えようとする危険がつきまとう表現なのである。しかも、（会話の挿入とならんで、歴史叙述の日本的な弱点なのだが）小説的な表現にしたてることにより、かえってその真実性を、――いいかえるならば、いかにもそれらしい具象性を付与し、歴史の叙述に鈍感な心性に媚びようとする不純な方法なのである。だから、いまここで、このような方法は顧慮のそとにおくならば、口語体日本語の歴史叙述の基調は、過去として設定された時空だといってよいだろう。助動詞「た」によって標識付けられた時空だといってよいだろう。歴史叙述も物語とおなじように、いやそれ以上にしっかりと、過去の時空の刻印がしるされねばならないのだ。

ところが、今問題にしようとしている王朝の歴史叙述――つまり栄花物語においては、叙述の基調の多くには現代語の「た」に相当する表現は添えられず、口語における時空のあり方をそのまま敷衍することはできない。先ほど現代語の例として挙げた文章に対応する原文を、作品の巻第一より挙げてみよう。

かゝる程に、世中にいとけしからぬ事をぞいひ出でたるや。それは、源氏の左の大臣の、式部卿宮の御事をおぼして、みかどを傾け奉らんとおぼし構ふといふ事出で来て、世にいときゝにくゝのゝしる。「いでや、よにさるけしからぬ事あらじ」など、世人申思ふ程に、仏神の御ゆるしにや、げに御心の中にもあるまじき御心やありけん、三月廿六日にこの左大臣に検非違使うち囲みて、宣命読みのゝしりて、「みかど傾け奉らんと構ふる罪によりて、太宰権帥になして流し遣す」といふ事を読みのゝしる。今は御位もなき定なればとて、網代車に乗せ奉りて、たゞ行きに率て奉れば、式部卿の宮の御心地、大方ならんとてだにいみじとおぼさるべきに、まいて我御事によりて出で来たることゝおぼすに、せん方なくおぼされて、われも〳〵と出で立ち騒がせ給ふ。北の方・御女・男君達、いへばおろかなるとのゝ内の有様なり。思ひやるべし。昔菅原の大臣の流され給へるをこそ、世の物語に聞しめしゝか、これはあさましういみじきめを見て、あきれ惑ひて、皆泣き騒ぎ給も悲し。男君達の冠などし給へるも、後れじ〳〵と惑ひ給へるも、敢えて寄せつけ奉らず。たゞあるが中の弟にて、童なる君のとのゝ御懐はなれ給はぬぞ、泣きのゝしりて惑ひ給へば、事のよしを奏して、「さばれ、それは」と許させ給ふを、同じ御車にてだにあらず、馬にてぞおはする。十一二ばかりにぞおはしましける。たゞ今世の中に悲しくいみじきためしなり。人のなくなり給、例の事なり。これはいとゆゝしう心憂し。

（大系本栄花物語上）

この引用文の各文末は次のようになっている。

①助動詞「たり」連体形＋助詞「や」　②動詞「ののしる」終止形
③動詞「ののしる」終止形　④補助動詞「給ふ」終止形
⑤助動詞「なり」終止形　⑥助動詞「べし」終止形
⑦形容詞「悲し」終止形　⑧助動詞「ず」終止形

⑨動詞「おはす」連体形　　⑩助動詞「けり」連体形
⑪助動詞「なり」終止形　　⑫助動詞「なり」終止形
⑬形容詞「憂し」終止形

以上の十三の文末はおおよそ三つに分類できよう。

まず、⑤⑥⑦⑧⑪⑫⑬。形容詞・形容詞性の助動詞、そして存在詞を含みこむ助動詞である。これらはいずれも時間に超越的であるから、たとえ叙述の対象が過去に属するものであったとしても、必ずしも過去を示すことばが添う必要がないのは現代語の場合も同様である。勿論過去をあらわすことばが加わってかまわないのだが、これらの性質の語には加えられないことも多い。だから、これらの文末の場合には現代語と大きな差は認められないと言えよう。

次に、①⑩における、過去・完了の助動詞。これらは、王朝言語において、過去や完了をあらわす言葉と一応は扱われ、事象を過去のものとして表現しているかにも期待されよう。しかし、実際はこれらも、単純に現代語の「た」に置き換えられるものではない。まず①の「たり」の場合は、完了の助動詞とは言われながらも、「つ」「ぬ」とは明らかに本義が異なり、存続の意味が本来のものと考えられている。西洋諸言語にいうところの perfectum に近い性格をも有している。(16)高辻義胤(17)の言う「事件の結果を完了後の意識に委ねる」ことの表現であるが、この作品においては（後に見るように）今の時空における具象的な現前性に特徴となる語である。ここでは、助詞の「や」と相呼応して、新しい一つの話題がここから当面の対象として現出されることを確認するために、時空が「たり」の存在詞の力によって開かれている。現在の時空に強くかかわり、かえって、過去の世界とは疎遠な表現なのである。
⑩の「けり」の場合は典型的な過去の表現であるかに見える。実際、「けり」は歌物語や説話において、現代語

の「た」が期待される箇所に使われていることに見られるように、文語文における歴史叙述の基調として期待されやすい語であろう。ところが、実際の例として、「けり」を持たない叙述の中に孤立して使われているこのような「けり」の意味を単純な「過去」ととることはできない。「ぞ」との係り結びで使われていることにも見て取れるように、この「けり」は確認・強調の意味で使われ、過去や完了（テンスやアスペクト）などの時間的表現とは無縁なのである。客観的な時間における時空の定位というようなレベルでは働いていないのであって、かえって心理的な表現効果の働きに主眼はあるといってよい。

さて、三つ目の群が②③④⑨、つまり動詞の終止形（及び、係り結びの連体形終止）で文末が終り、助動詞が付かない形式である。しかも、この形式の文末は記事の主眼となる事実を描いているのだから、作品の叙述の基本的な形式をなしているのだと言ってよい。だから、歴史を過去の時空に定位させるような歴史叙述のありかたから言えば過去の微象が添っていることを期待したい箇所なのである。諸言語において、過去形やアオリスト、またアオリスト化した完了形がしばしばこのような役割を果たし、現代の日本語もまた、完了を表す「た」がアオリスト化しつつこの役割を果たしている、そのような箇所に、王朝の言語は過去・完了の表現を添えないのである。

ならば、この動詞終止形による終止は何を表現しているのか。――現代語において、「た」止めを基調としている叙述の中に動詞だけの表現が交えられている場合には所謂歴史的現在と見られるのだが、この王朝の言語の場合も同様に臨場的な効果を求めての歴史的現在の用法と見るべきなのだろうか。「騒いでいる」「騒いでいらっしゃる」と、現在眼前の出来事のようにとるべきなのか。しかし、実際にはこのような形式は、叙述が臨場的になされねばならない場合だけでなく、単に事実の概略を述べるに過ぎない場合にも見られ、歴史的現在のような、叙述の基調から離れた特殊な効果を求めての用法とは見えない。この作品の叙述で臨場感をともなって表現しようとする場合には、実際には「たり」を用いることが多く、視覚として臨場性を保証する「見ゆ」に伴われての「見えたり」はこの作品では定型としてしばしば見られるのである。

この作品における動詞終止形文末は、実際には何か積極的な表現として使われていると見ることはできず、助動詞を伴わないという消極的な表現をなすに過ぎない。歴史の事実を叙述する部分と、それに説明・注解を加える部分から構成されるという、歴史叙述の普遍的定型に、現代語の歴史叙述も王朝の歴史叙述も従っていることに変わりはない。ただ、現代語歴史叙述が、「〜た」を基調とする叙述の部分と、「〜である」を基調とする説明の部分に截然と区別されるのに対し、栄花物語では時間中立的な動詞終止形が叙述の根幹を形成し、それに時間超越的な形容詞や存在詞が加わり、さらに様々な助動詞が陰影を加えて行く、これがこの作品の叙述の基調をなす文体なのである。そして、王朝の歴史叙述のこのような文体において、叙述の基調としての動詞終止形の機能の意義は深いものがあったといえよう。総じて、王朝の歴史叙述においても、動詞終止形の意義は物語の場合と差はないのであった。

さらに付け加えるならば、日記文学もまた、その文体の性格は基本的にはいま述べたような物語や歴史叙述のそれと変わりないものであった。かげろふ日記より一例を挙げてみよう。旅の文章であり、心理的陰影の濃いこの作品のなかでは比較的に淡々とした叙述の部分であり、作品の叙述の基調が明瞭に見て取れる部分である。

かくて年ごろ願あるを、いかで初瀬にと思ひ立つを、たたむ月にと思ふを、さすがに心にしまかせねば、からうじて九月に思ひ立つ。「たたむ月には大嘗会の御禊、これより女御代出で立たるべし。これ過ぐしてもろともにやは」とあれど、わがかたのことにしあらねば、忍びて思ひ立ちて、日悪しければ、門出ばかり法性寺の辺にして、あかつきより出で立ちて、午時ばかりに宇治の院にいたり着く。見やれば、木の間より水の面つややかにて、いとあはれなるここちす。忍びやかにと思ひて、人あまたもなうて出で立ちたるも、わが心のおこたりにはあれど、われならぬ人なりせば、いかにののしりてとおぼゆ。

これは、この作品でも極端な例ではあるが、一連の文章が、その文末を動詞終止形で終えているのである。

同じく日記文学の中より、更級日記を引いてみよう。源氏物語を手に入れたいと願う場面である。

かくのみ思ひくんじたるを、心もなぐさめむと、心苦しがりて、母、物語などもとめて見せたまふに、げにおのづからなぐさみゆく。紫のゆかりを見て、つづきの見まほしくおぼゆれど、人かたらひなどもえせず。たれもいまだ都なれぬほどにてえ見つけず。いみじく心もとなく、ゆかしくおぼゆるままに、「この源氏の物語、一の巻よりしてみな見せたまへ」と心のうちにいのる。親の太秦にこもりたまへるにも、ことごとなくこのことを申して、出でむままにこの物語見はてむと思へど見えず。

この場合も叙述は動詞終止形と助動詞「ず」の終止形で進められていて、過去をしめす表現はまったく使われていない。

これら日記作品は作者が自分の人生を回顧して記すのであるから、回想の助動詞「き」を基調として叙述してよさそうなのに、実際にはそのようなこともめったに見られないのである。現在との対比を際だたせつつ過去を回想するというのではなく、たとえ自分のものであっても、過去をそれ自体として定着させようとするときには、おのづから時空的に中立の表現を求めることになり、動詞終止形を基調とする文体をもとめることになるのである。ことにかげろふ日記の、動詞終止形を基調としつつも多彩な文末表現で生き生きとした思いを伝える文体は、漢文訓読の調子の強い竹取物語のごとき文章を源氏物語のような文章へと変化させる上で、その意義は大きい筈なのである。

近代日記の動詞終止形

一

近代語が過去の時空を、過去・完了の助動詞「た」によって捉えるのに対して、王朝語は過去の時空を、過去・完了の要素を添えない動詞終止形でとらえるのだった。勿論、近代語においても、ときにヨーロッパ言語になぞらえて歴史的現在といわれる現象もある。曾我松男のことばによれば、[18]「過去の事象を目前の事象とするため主筋的事象にも「る」が使われ得る」のである。しかし、物語文におけるこのような技法があくまでも「た」止めとの対比の上に成り立つ文体的技法であるのと違って、近代においても日記はその叙述の基調を動詞終止形においている。近代にあっても動詞の終止形が過去の時空を捉える文体が存在するのである。その文体は、確かに本来は文語文に由来するのであり、古典語の直系の子孫なのだが、近代にはいっても文体の革新にまきこまれず、近代口語文でも日記は動詞の終止形で叙述される。一例を挙げよう。有島武郎の大正十一年の日記。さきにあげた「或る女」の、「た」で一貫する文体との違いに注意したい。

八月卅一日（木曜日）

この頃又驟雨。十人程の人の需に応して字を書く二十八円某の潤筆料を得、是れを講演料の半額五十円に加へて露西亜の飢饉に寄附する。午に倶楽部といふ料理屋の同窓会に列す。折柄札幌から来た時任教授と共に集会者十四名を算する。笑談風発之有様。午後三時半頃四五人之同窓生に擁せられて公園に行つて見る。中〻規模之大きなものなり。太平山といふ山が上半霧にかくれて美しく眺められる。そこから旭が出る由なり。停車場に行つて四十分程待たねばならぬ。見送人十七八人になる。秋山西田の奥さんも見送つてくれる。

二つの名詞文を別にすれば、すべての文末は動詞または助動詞の終止形で一貫されている。しかも、その文章は口語と文語が微妙に入り交じり、漢文風の表記のところもあるなど、近代における日記文の史的展開が凝縮されたものだが、ここに過去を表す表現が見られないことに注意したい。小説ではあれほどに「た」を一貫させた有島でありながら、日記においてはこれほどに動詞の終止形で一貫させることもあったわけである。

次に志賀直哉の日記を挙げよう。いうまでもなく、志賀は近代口語文の模範ともされた作家だが、その日記も動詞終止形を基調としている。昭和二十六年七月。

○三十一日

朝、若山と一緒に野尻抱影を訪ねる、田鶴子裕を抱いて来る。

夕方から吉野に招かれて浜作に行く、里見　広津和郎　直吉も一緒、愉快に話す。田鶴子泊まる。

ただし、この例では見られないが、志賀の場合であってさえその日記の文章に文語の要素がしばしば混入することは言っておかねばならないだろう。

次に、中島敦の昭和十六年の日記。南洋諸島に赴任したときの様子を述べる。

九月二十五日（木）　クサイ

未明クサイ着。七時半レロ島上陸、警部補派出所に至り巡警の案内にて、公学校へ行く。西川校長と二時間会談後、独り往きて、レロ城趾を見る。熱帯樹下の蹊路。迂余曲折して続く。石の塁壁、古井戸。苔、羊葉類の密生。蜥蜴。蜘蛛の巣。椰子。巨大なる榕樹二本。塁々たる石ころの山。椰子の実の芽を出せるもの、腐敗せるもの。巨蟹。〔湿地〕水溜蝦。燕の倍位ある黒き鳥、木の実をついばむ。人を恐れず。静寂。葉洩陽点々。時に鳥共の奇声を聞く。再び闃として声なし。熱帯の白昼却つて妖気あり。

佇立久しうして、覚えず肌に粟を生ず。その故を知らず。

文章の語彙の選択に彼の育った環境も見てとれ、文章全体も口語の要素を含まない文語文である。口語ではなく文語を選択していることについては、彼の教養の質、そして文学の質も大いにかかわっている。志賀の文章とはその性格が（それぞれの文学をも反映して）ずいぶんと違うのだが、しかも叙述の基調はここでも動詞の終止形である。

このように、三人の作家の日記文を並べて見るとき、その文体は口語文であったり文語文であったり、あるいは両者が混淆したものであったりするのだが、しかもどの例においても叙述の基調は共通のものであった。日記文にあってはその文章が文語によるのか口語によるのかは重要な問題ではなく、その両者を通じて叙述の基調は動詞終止形であり、「た」で終わる形はあくまでも補足的なものなのである。そして、口語によるか文語によるかはその筆者の自由であり、ときに有島の例のように短い文章にその両者が分かちがたく混在することもおこるのである。

そして、日記文の、口語体と文語体とのあいだを揺れ動く文体的様相によって、日記文の文語より口語への移行がなだらかに行われたことも推測されよう。実際に、樋口一葉のような明治期の文語作家の日記文でも、本質的にはその文体は変わらないのである。明治二十七年一月。

十五日　平田君より状来る　寺住
日の寒さにおそれちかくの横川医院とかいへるに転じたるよし　そのうち訪ハんなどありき
今日ハあきなひいと忙し
十六日　はれ　一日あきなひせはしくして終日一寸の暇なし　坂本君より状来る　新発田区才判処之判事ニ成けるよし　今宵よし原にまゆ玉かふ
十七日　晴れ　つねの如し　須藤君来訪
十八日　晴れ

十九日　はれ　終日何事なし　今夜読書　暁にいたる

ここでも、やはり基調は動詞の終止形である。物語文がその文語から口語への移行に大きな断絶を経験したのに比べて、日記の文体は後々まで文語の要素を失わず、次第に口語の要素を取り入れるようになっても、その叙述の基調は文語文より引き継いだ動詞終止形の原則を失わなかったのである。だからこそ、近代日記の文体はその筆者によって口語に傾くことが強く、あるいは文語の要素を強く持つというような違いがあるとしても、動詞終止形が基調であることには変わりなかったのだ。

二

このように、近代日記においては動詞の終止形が叙述の基調となるのだが、そのような性格の強さは次の例にもあらわれている。これも有島武郎の、ただし英文の日記である。

① June 16th. Friday.

Rain, sunshine, wind.

Morning was spent in writing letters to Mr. Asau, of Woman's Univ., Aoba & Okumura, etc., and in persual of Whitman literature. Mother Kamio came in the morning and took lunch with us.

From after-noon studied French. By evening took Toshi to the Yotsuya Station. Night received a visit of Asuke.

June 17th. Saturday.

Rainy sometimes.

Began from this day on to collect the materials for the "Life of Walt Whitman." Perused the "Life" by Perry.

（観想録　第十七巻）

②　六月十六日　金曜。

雨、晴、風。

午前、女子大の麻生氏、青葉氏、奥村氏などに手紙を書き、ホイットマンの作品を読む。午前中、神尾の母上が来訪、昼食をともにする。

午後から仏語を勉強する。夕方、敏を四谷駅まで連れて行く。夜、足助が来る。

六月十七日　土曜。

ときどき雨。

今日から「ウォルト・ホイットマン伝」のための材料を集め始める。ペリーの『伝記』を熟読する。

今問題にしたいのは①の有島自身による日記ではない。筑摩書房版の「有島武郎全集」に収められた英文の日記には小玉晃一による訳文がそえられている。②はその文章である。有島の英文の文章は過去形で一貫されているのだが、これに対しての訳文は「た」による終止にはなっていない。訳文は、日記であることに注意し、日記としてふさわしい文章で訳されていて、その叙述の基調はやはり動詞の終止形になっているのである。通常、英文の過去形に対しては「た」で訳すことを期待したいのだが、それを終止形で訳してあるわけで、そこには、日記の文体の強い強制力を見ることができるだろう。英文ならば、描かれた世界が過去のものであるのが、言葉の上にも明瞭に刻印されるのに、日本語の場合にはそのような刻印を記そうとはしないのである。日記に描かれた世界は過去のものであるのに、動詞の終止形でえがかれているのである。近代日記においては助動詞「た」よりは動詞の終止形のほうが叙述の基調としては自然であるということが、この例からも見て取れるであろう。

また、二葉亭四迷の手帳「遊外紀行」（明治三十五年）についても、全く同じことが言える（〔　〕内は筑摩書房版「二葉亭四迷全集」の注記及び口語訳）。

①　九月十日〔以下九月十五日まで五月の書き誤り〕

午前九時過浜田氏訪問

Заплатил за Саппоро Пивов виде подарка 3.55〔贈物の札幌ビール、三円五十五銭支払う。〕

商業会議所ノ嘱託ヲ受ク

同十一時何分カノ汽車ニ乗車

同午后六時ころ敦賀着

具足屋ニ投ス

②　10／23　июня

Познакомился с А. А. Осиповым : он живет д. 62, ном. по Полицейской Улице.〔A・A・オシーポフと知り合う。彼の住所は、ポリツァイスカヤ通六十二の一。〕

「乗車」「着」と語尾を記さないものはともかくとして、「受ク」「投ス」と、ここでも文末は動詞終止形で終わっている。また、口語訳も日記の常法に従って、「支払う」「知り合う」と、動詞終止形で訳しているが、それぞれに対応する原文の動詞は、ともに完了体動詞である"заплатить""познакомиться"の過去形になっている。ここでも、ヨーロッパ言語の過去形が動詞終止形に対応しているのである（なお不完了体動詞"жить"「居住する」は現在形になっているが、これは過去・現在を通じての状態を指しているのだから、ここでは問題にならない）。

あるいは、大正七年の木下杢太郎の日記を見てみよう。

8．VIII．水

出院，朝紅谷君ノ Besuch ヲ受ク．
新著皮フ科雑誌 Refert ニ Pigment ニ関スルコトアリ．
中川ヨリ手紙，Saito-Ehepaar 等トノ会食ヲ報ズ．
　12．　August
Abend kamen Kuno und Yamashita, nachher 中沢澄男（陸軍教授）
　13．
Soirée pour Prof. Toda, Kyôto à Kynzoque.
　14．
Abend zu Tanigawa. Dort Nishio und ein ander.
　23．　Aug.
A soir Tanikhawa a me visité.
Ensuit j'ai visité Matoui, Ôno a eté aussi chez lui. Nous trois avont allé à la maison de plume. Cheval de rayon et autres deux.
　24．　土
Abend ich mit meiner Frau. Regen. Tanikawa u.seine Frau, Matui u.seine Frau, Frau Kudo, Nagai, ein Student und die Freundinnen meiner Frau, 2 Pflegerinnen kamen zu Station.

人を訪問したり、あるいはされたりという日々の生活を記録しているが、ここでは、日本語の動詞終止形に独語のあるいは仏語の複合過去が並立している。独りの日本人のなかで、日記的事実がそれぞれの言語でどのように捉えられていたのかが見て取れるだろう。そして叙述はヨーロッパ言語では明確に過去のものと規定される時制を用いながら、日本語の場合にははっきりと過去を規定する要素は添えられていないのである。

とはいっても、日記が必ずその基調を動詞終止形に置かなければならないというわけではない。そのことを意識しつつその作品を開かれているのが森鷗外の「独逸日記」である。その冒頭を引用してみよう。

三

明治十七年十月十二日。伯林に着きたる翌日なり。朝まだきに佐藤三吉わがシヤドオ街 Schadowstrasse の旅店 Hotel garni zum Deutschen Kaiser に音信れ来て、共にカル、スプラッツ Karlsplatz の旅店 Töpfer's Hotel に宿れる橋本氏綱常がるゆかんと勧めぬ。詣り着きて、拝をなしゝに、橋本氏手をうち振りて、頭地を搶くやうなる礼をばせぬものぞと、先づ戒められぬ。後に人々に聞けば、欧洲にては、教育を受けたりといふ限の少年は、舞踏の師に就きて、いかに立ち、いかに坐り、いかに拝み、いかに跪くが善しと、丁寧にをしへらるゝことなれば、久くこの地にありて、こゝの人とのみ交り居りて、忽ち郷人の粗野なる態度をなすさまを見るときは可笑さ堪へがたきものなりとぞ。橋本氏はわれを延きて、フオス街 Vossstrasse 七番地なる我公使館にゆき、公使に紹介せんとせしが、公使は在らざりき。又カイゼルホオフ Kaiser-hof にゆきて、陸軍卿に見えしめむとせしが、こも亦外に出で玉ひぬとの事なりき。扨おのが旅店に伴ひかへりて、午餐をすゝめ、われに告ぐるやう。政府の君に托したるは、衛生学を修むることと、独逸の陸軍衛生部の事を詢ふことゝの二つにぞある。されど、制度上の事を詢はんは、既に隻眼を具ふるものならでは、えなさぬ事なり。われ今陸軍卿に随ひて、国々を歴めぐれば、たとひ一処に駐ることは少きも、見得たるところ聊有りと覚ゆ。また詳に独逸のみの事を調べしめんためには、別に本国より派出すべき人あり。君は唯心を専にして衛生学を修めよ。若本国より制度上の事問はるゝことあらば、姑く一等軍医キヨルチング Koerting に結びおきて、相議りて答へば足りなむと諭されぬ。

橋本綱常の談話の部分を除けば、動詞の終止形で終えられる文はない。この文章の文体が、「うたかたの記」を始めとする初期小説や、「即興詩人」を最大の成果とする翻訳文の文体に近いものであるのは一目みてわかることであろう。鷗外の文語文は王朝助動詞の積極的な取り入れ方に特徴があるのだが[19]、ここでも王朝助動詞が活用されている。鷗外にとって重要な課題であった、清新な文語文体の試みがここでも意識的になされているといえよう。ところが、このような文体が続くのは、冒頭より僅かの部分であって、その後は文体はこのような王朝助動詞の活躍する文体ではなくなる。明治十九年十二月の記事であるが、ここに見られる文体は、近代日記の文体として標準的なものである。

十四日。朝レオニイ客舎に在りて夢醒む。同行者皆眠る。余珈琲一盞を喫し畢り、歩してロットマン丘の左なる小寺院に至る。避暑遊の時未だ見るに及ばざりしを以てなり。右辺亜爾伯山を望む。曙光と相映じ、其美言はん方なし。午時舟を命じて帰る。諸氏は猶午後の興を失はじとて留れり。丹波余を送りて馬頭に至る。舟の遠かるを見、手巾を振ひて別意を表す。忽ち足を失して水中に墜つ。幸にして水浅く、傷くこと無かりき。

十六日。中沢氏伯林より来る。応用化学を修む。撞球戯の妙手なり。

十七日。家書至る。

十八日。雪ふる。夜中中沢と「グリユウンワルド」客舘に会す。栗を喫す。栗は冬時盛に之を売る。売る者は皆伊太利人なり。栗を君 Maroni, Signore の声街に満つ。

二十一日。大尉カル、の家に午餐す。夜ヲルフ Wolf の旗亭に会す。原田直二郎を送るなり。愛妾マリイも亦た侍す。原田の遺子を妊めり。

たとえば、「栗を君の声」は「即興詩人」の世界を想起させるが、文体自体は動詞の終止形を基調としたものになっている。ただ、その中にあって、わざわざ助動詞がつかわれた「幸にして水浅く、傷くこと無かりき。」「原田の遺子を妊めり。」は、それぞれに、日記の主とする叙述からはみだした内容として副次的であり、しかもその助動詞にはそれぞれに事実だけを伝えようとするのではない感懐が込められているだろう。「き」における現在と過去の対比、「り」における状態の安定。王朝の「気分」は遺存し、機能している。

それにしても、鷗外においても日記の叙述の基調は動詞の終止形であったことがわかるだろう。そしてその文体は一貫して文語体だが、その文語のよって来たるところは、次の例によってはっきりと見ることができる。大正六年の日記冒頭。


大正六年丁巳一月一日（月）。晴。

参内拝賀。歴訪後藤内相、寺内首相、大嶋陸相、岡田文相、波多野宮相、垣内、石黒、山県、亀井、小金井諸家。午餐于明舟町荒木氏。

二日（火）。雪。桂五十郎の家を訪ふに、郷に還りて在らざりき。

三日（水）。晴。元始祭。候賢所。

　みやしろの雪のうはふき崩れては
　　ひはたを走る音のさやけき
荒木政子来。

四日（木）。晴。残雪。

五日（金）。晴。残雪。列于御宴。松田霞城来。

六日（土）。晴。在家。長谷文来。饗之。

七日（日）。晴。朝龍光寺に往いて余語氏の墓を討む。霜柱寸余。午後文行堂を訪ふ。是日茉莉の友のために骨牌会を催す。外姑来て、更に小金井氏を訪ふ。秋山力来る。聞山本鼎既自仏京還、今在信州也。

八日（月）。晴。渋江保来。共晩餐。

日本語文語文と、漢文つまり古典中国語の文章とが、日毎に入り交じっている。二日の「在らざりき」で王朝助動詞「き」が不在を残念に思う感情をよくあらわしているのは例外的である。また、七日の記事のように、一日の記事の中でも両者は交雑している。そして、この大正六年の日記は鷗外にとって文体の転換点となった。大正五年までの（「隊務日記」を別にして）日本語文語によってきた日記はこの年を通じて漢文へと移行し、十一月二十六日の「福知新治、宮芳平来訪す。夜始て三村清三郎を訪ふ。逢はず。」を最後として漢文日記へと移行する。そして翌年より最晩年までの「委蛇録」はまったくの漢文日記である。

しかし、鷗外におけるこの文体の移行は表面的なものに過ぎない。鷗外の日記においては、その日本語文語も漢文訓読語に基礎をおいていたのであり、その点では、鷗外の日記にとって常に知識人の最も基礎的な教養としての漢文が根底をなしていたのである。そして、漢文が文体の根底をなしていたのは、鷗外にとって日記の文章だけではないだろう。史伝の文体を見てもわかるとおり、鷗外の文体全体の根底にも漢文はある。だから、「委蛇録」は鷗外の言語の極北であり、最深部だったのである。

四

しかし、その文体の根底に漢文訓読語があるのは、鷗外だけの現象ではない。いままでに取り上げてきた例でも、その文体が文語に傾くとき、多かれ少なかれ漢文的な文体の様相を示すのであった。しかも、日記における漢文的文体の流れは、言うまでもなく近代に突如始まるものではない。漢文訓読という日本における古典中国語の受容を考えるならば、近世以前の漢文（変体漢文も含め）による日記がそのまま近代の日記に文体を引き継がれ、そのながれは現代にいたるまで切れることがなかったのである。その点で、物語文が近代において大きな変容を蒙ったのとは、その様相は大きく異なっている。たしかに、和文による日記も存在しなかったわけではないが、日記の文章は基本的に漢文であるというのが、日本言語の歴史を通じての主流であった。たとえば、国学者本居宣長の日記もその多くは漢文で書かれている。たとえ、漢文という形式によらなくとも、その文章には漢文訓読語として漢文の刻印を残すことになる。それは、実に土左日記にまで遡る流れなのである[20]。以上に見てきたように、近代においても、日記の文体は動詞終止形を基調にするのだが、この基調は漢文訓読語に由来するのである。

ところで、このように過去の出来事を動詞の終止形でとらえる現象の根底に漢文訓読語があるのだとしたら、王朝散文における動詞終止形の叙述も、その由来が漢文訓読語にあるのではないかと疑うことができるだろう。実際に、そのような指摘もあるわけである。竹取物語などの文末と、その全体の文体を考えてみると、そのような可能性は大いにあるとも思える。

しかし、動詞終止形の文末用法が漢文の影響を受けているかどうかということは、じつは重要な問題ではない。なぜならば、そのまえに、なぜ漢文の動詞が多くの場合、助動詞を添えることなく「裸の」動詞終止形で訓読されたのかということを説明しなければ、なんの解決にもならないからである。古典中国語の動詞が、訓読するときに文末にくる場合、その動詞が裸のままで訓まれるということは、王朝散文の文体にとって何の説明にもならない。なぜ、漢文の動詞が終止形で訓読され、なんらかの助動詞を添えることが不必要なのか、その理由をかんがえなければ、何も解決しないのである。そして、漢文動詞が動詞終止形で訓読されたのは、奇しくも時空に対しての無規定性という点が、古典中国語と古典日本語のそれぞれの動詞に共通していたからである。古典中国語書記言語も、それに対応した古典日本語も、ともにテンスやアスペクトの体系を持たず、時空に対して中立のまま文中で機能できるという共通の性格がこのような現象をもたらしたのである。

もし、古典日本語に（ヨーロッパ言語のように）テンスあるいはアスペクトの体系が存在し、時空に中立的な動詞の機能が許されていなかったら、おそらく訓読は過去あるいは完了の刻印を印して行われたであろう。現に、その後日本語が大きな改変を受けた結果、現在漢文が口語訳されるときには専ら「た」を補った形が用いられる。しかし、古典日本語はそのような言語ではなかったのである。

一方、古典中国語書記言語はどうか。漢文においては、過去のことを述べるときにも、その動詞に時間に関することを表現する言葉が添えられることはほとんどない。時間はもっぱら副詞によって表現され、動詞自体はテンスもアスペクトも体系としてもたないのである。だから、同じかたちの動詞が、それだけではるか過去の出来事も、また未来の出来事も記すことができるわけである。泉井久之助[21]は言う。「ここにおいて全く無規格的な古典支那語の動詞の「時称」体系が特別な意義を帯びて来る。そこには無限の気分がある。無限の気分があることが同時に高い論理性を構成してゐる。即ち「具体的直接的な論理」が却つてここから生れるからである。もちろんこれは支那語に特殊な性格である」。形態的にもっともシンプルな言語がもっとも表現力豊かであるということの典型例がわたしたちに与えられているのである。

そして、無規定の動詞形態が多様な「気分」を表現できるのは、現在の日本語でさえ見られる現象である。橋本四郎[22]は指摘する。「現在の話し言葉において「君行く?」「さつさと歩く!!」「私も行くウ!」その他、形は終止形でありながら、疑問・反問・命令・願望・意志等の主体的表現を示し得る場合がある」。古典語においては、その把握できる「気分」の領域は異なっていたのだが（助動詞の衰退、終止形と連体形の融合）、動詞の終止形がその文脈にしたがって一様な意味をあらわすわけではないのであり、古典語の場合には、過去あるいは完了もまたその領域だったのである。そして、本章に見てきたように、特定の領域においては、近代言語においてもこの現象は見られるのであった。

だから、王朝語の動詞終止形が過去をとらえるのは、けっして漢文の影響によるのではなく、ただせいぜいが文章語として定着するにあたって漢文訓読語がなにがしかの役割を果したたというに過ぎないのである。この現象の根本的由来は古典日本語の動詞の本性にあったのである。

和歌の動詞終止形

ところで、古典日本語の動詞の終止形について、これを現在形と明瞭に指摘する意見がある。本節においては、動詞終止形を現在形とするのを否定することを論の主眼としてきたのであるから、このような見解は検討しておかなければならないだろう。

例えば、万葉集について山口佳紀が、古今和歌集について加藤康秀[23]が、次のような和歌を引きながらそのように述べている。

湊風寒く吹くらし奈呉の江に妻呼びかはしたづさはに鳴く　（万葉集巻第十七・四〇一八）

雨降れば笠取り山のもみぢ葉はゆきかふ人の袖さへぞてる　（古今和歌集二六三）

そして、加藤は次のように言う。「『古今集』では、基本形は、現在の状態を叙述しているとできる例が多く、これが基本形の中心的な意味であるように思われる。この限られた用例で見る限り、古代語動詞の運動を意味する動詞の基本形は、はじめに示した現代語動詞の基本的なテンス・アスペクトの対立の表に対応させて言うなら、テンス的には「現在」を示している。そしてアスペクト的には「完成相」ではなく、むしろ「継続相」的なのではないかと推測される」。

もちろん、このように述べられた結論は誤っているのであって、にもかかわらずそのような結論が出てしまったのは、まったく「限られた用例」によって判断しようとした結果にほかならない。題材を古今和歌集という韻文作品に限定したところに問題点があったのだ。しかも、奇妙なことに加藤自身がことの真相を知っていたのであり、そのために、「それとも、これは翻訳した現代語にひかれた解釈であって、単に未分化なだけであって、基本的なアスペクト的な意味を持っていないということなのだろうか。」と述べているわけである。にもかかわらず、動詞終止形を現在形と認定する誤りを犯してしまった理由は、その散文における用法の複雑さを注意深く検討しなかったことにあるといえよう。

では、なぜ和歌の動詞終止形は、自然に口語訳を試みたときに、「……している」の形で訳されるのだろうか。――その原因は文脈であり、ひいてはその文脈を形成する作品世界の時空の構造なのである。物語の場合には、しばしば「今は昔」で語り始めるように、世界は過去に設定されるから、時間的に中立的な形式としての動詞の終止形もおのずから過去をとらえるのであった。ならば、和歌の時空の構造はどのようなものか？　それは、三谷邦明が指摘し、糸井通浩が指摘するように(24)、現在の時空だったのである。「いまここ」の時空だったのである。糸井は言う。「かくて、原理的に、和歌表現を、一人称視点による、その一人称者の現在の心を詠ずる表現であると規定する」と。また、三谷は和歌の時空を物語のそれと対比させつつ次のようにはっきりと規定している。「物語文学は、和歌と対照的に、過去形式の文学であると言える。和歌は、過去に詠まれた作品であっても、享受する際には、まるでその歌が、現在享受者自身によって実際に詠まれているような錯覚を与える、というより、そう錯覚して享受すべき機能を持っているのだが、物語は、それとは反対に、常に過去の出来事を伝達するものであって、過去の領域に属している」。

このような和歌と散文の時空のありかたの違いが、現代人から見た意味の違いに錯覚されるのは、実は動詞終止形の場合だけではない。「けり」もまた、散文と韻文との文脈の違いによって、その意味はことなったものと考えられている。散文では専ら（学校文法にいうところの）「過去」の意味として理解されるのに対して、和歌では「詠嘆」の意味とされるのだが、しかもこの「詠嘆」の意味は現在の時空のものであるわけなのだ。この現象は「けり」が完了の助動詞として現在と過去の時空を二重に把握することに基因しているのであり、この二重の時空が実際の文章の中で機能するときには、散文の過去の時空では「過去」を表すのだととらえられ、それに対して現在の時空による和歌の場合には、現在の時空に即した「詠嘆」の意味で機能するのである。だから、「けり」の場合にはその現象の所以は時空の二重性にあるのであり、動詞終止形の時空の本来的無規定性によるのではない。しかし、両者ともその時空を一元的に規定されたのではないという性格に基づいて、和歌と散文という異なった時空の性格が、二様の意味として現代人に表れてしまうという点では、動詞終止形と「けり」は共通しているのである。

ところで、和歌が現在の「いまここ」を表現する形式である以上、「いまここ」からはずれる時空はすべて助動詞などのことばによって相対化されねばならない。たとえば、和歌に用いられる「き」が、現在の時空と対比されつつ回想される過去の時空をとらえ、しかも常に「いまここ」の時空から相対化されてのみ機能しているのは、糸井の論が明らかにしたところである。和歌に「き」が用いられることは、一見和歌に過去の時空が有り得るかのように思わせるのだが、実はそれは現在からの回想の時空に過ぎず、かえって和歌の時空の現在性を証し立てているわけなのだ。

ところが、そのような相対化をされない動詞終止形は、和歌の中心の時空をそのまま反映する。物語や歴史叙述において動詞終止形が過去の時空を映し出したように、和歌においては現在の時空を映し出すのである。だから、和歌の動詞終止形は決して現在の意味を表すのではない。かえって、和歌において動詞終止形が現在の意味で訳せるのは、動詞終止形の無規定性・時間中立性のあかしだったのである。

注

（1）もっとも、叙述の基調が完了形であるのは能動態の場合で、受動態の場合には過去形が基調をなすようである。たとえば、コルネリウス・タキトゥスの「年代記」冒頭を見てみると、「所有する・支配する」habeo「設置する・創設する」instituo「力がある・有効である」valeo「所有になる」cedo「受け取る」accipio「欠ける」desum は、それぞれ能動態直接法完了の三人称の単数形 instituit, valuit, accepit または複数形 habuere, cessere, defuere となっているのに対して、「受け入れる」sumo「遠ざける」deterreo はそれぞれ受動態の過去形の三人称複数直接法 sumebantur、あるいは接続法 deterrerentur になっていて、完了形は使われていない。文章の叙述の基調という文体的問題は、必ずしも文法的レベルの問題と一致しないことがこれでわかる。

（2）塚原は王朝の散文の分類について諸処で触れているが、端的には「物語構成と日記構成」（「解釈」S五九・一〇）参照。また「源氏物語の表現構造」（『源氏物語講座6』勉誠社、一九九二）にも触れられている。

（3）竹取物語の文体については、阪倉篤義「日本古典文学大系竹取物語解説」・同「竹取物語における「文体」の問題」（「国語国文」S三一・一一）・片桐洋一「物語の世界と物語る世界―竹取物語を中心に―」（「言語と文芸」三三）参照。

（4）清水好子『源氏物語論』（塙書房　S四一）第五章参照。

（5）辻田昌三「「た止め」と「現在止め」」（「四天王寺女子大紀要」七）・曾我松男「日本語の談話における時制と相について」（「言語」S五九・四）参照。

（6）打消の助動詞「ず」は本来打消の語意のみを含んで時間に対して中立的であり、時間の位相に関わりをもたないことでは動詞終止形と近い。これは、また連体形の「ぬ」にも言えることであるが、この「ぬ」の時間中立性は同じ連体形である「ざる」と比べてみたときに明らかになる。「ぬ」はいかなる時間的規定もうけないのであり、だからかえってその文脈に従ってさまざまな時間的位相を示すことができる。しかし、特に文脈の規定がない場合には、時間に関して何も示されていないのである。これに対して、「ざる」は過去との関わりにおける現在の状況を示し、いわば完了のニュアンスを示す。つまり、過去における打消の帰結が現在に状況となって現前していることをしめすのである。これは「ず」と「あり」の結び付きより生ずる語意である。「あり」は本来時間超越的であり、変化を排除した、全ての時間的位相を通じて遍在できる状況をとらえる。そして、このような時間的位相の結果として、現在の状況をその「いまここ」の臨場性とともに示すこともできる。そして、「ず」という事象が「あり」に先立つときには、時間超越的な「あり」はその時間を現在へと、焦点をしぼりこむ。そのために、「ざる」は過去における「ず」の事象の結果が現在に現前していることを示すのである。このような結果としての現在の状況をしめす助動詞としては「たり」や「り」があり、これらの助動詞のいわゆる「存続」の意味とはまさにこのような過去の結果の現在における状況の提示にある。映画の標題として知られる「許されざる者」という表現を考えてみると、「許されざる」とは、過去において許されなかった、そしてそのために現在も許されていない、という意味を示している。過去を示しつつ現在の状況をとらえる表現なのである。存在詞の意味は響いているのである。これに対して「許されぬ」は時間的な規定を持たないのであり、両者の表現は一見同じものであるように見えながら、その時間的様相は大きく異なっていた。

(7) 注(5)参照。

(8) 泉井久之助『言語の構造』第一部の5(紀伊國屋書店　一九六七)

(9) 時枝誠記『国語学原論』第二篇第三章二のホ(岩波書店　S一六)

(10) 有標・無標の概念については、ロマーン・ヤコブソン「ロシア語動詞の構造について」(『ロマーン・ヤーコブソン選集1』大修館書店　一九八六)を参照。「2つの互いに対立する形態的カテゴリーを考察するにあたって研究者はしばしば次のような前提から出発しがちである。すなわち、その2つのカテゴリーは同等なものであって、それら各々がそれぞれ固有の積極的意味を有する。つまり、カテゴリーⅠはAを、カテゴリーⅡはBをそれぞれ表示する、あるいは少なくともⅠはAを表示し、ⅡはAの不在、否定を表示する、というものである。しかし実際には相関カテゴリー間での一般的意味 allgemeine Bedeutung の割り当てのやり方はそうではない。つまり、カテゴリーⅠがAの存在を表明するとすれば、カテゴリーⅡはAの存在については何も表明しない、すなわち、Aが有るのかそれとも無いのかについては何も述べない。有標カテゴリーⅠに対する無標カテゴリーⅡの一般的意味は「A信号化」の欠如ということのみにある。」

(11)　橋本四郎「動詞の終止形―辞書・注釈書を中心とする考察―」(『国語国文』S二八・一二)また、吉田茂晃「『大鏡』における時制表現の一特徴―時制助動詞のない場合について―」(『島大国文』二〇)も参照。

(12)　日本語のアスペクトについては論も多いが、言語類型論の視野よりの研究として橋本萬太郎の名著『現代博言学』第二章(大修館書店　S五六)参照。現代日本語の体系はしごく一般的・普遍的なものであるといえよう。たとえば印欧語においても、その動詞体系の根底はアスペクトの完了と非完了の対立だと言われている。実際、たとえばヨーロッパ言語においても、過去・現在・未来のテンスの体系が動詞の根幹であるようでいながら、なお古くは完了と非完了の対立、あるいはその近似形式としての過去―非過去の対立が本源的なものだったようである。ヒッタイト語(泉井久之助「印欧語の完了形とヒッタイト語の動詞体系」〈『言語』S五八・八〉)・ギリシア語(松本克己「ギリシャ語の「時称体系」について」〈『金沢大法文学部論集文学編』一二〉)・ラテン語(孫野義夫「フランス語動詞組織の成立」〈『人文科学研究』一七〉)・ゲルマン諸語(下宮忠雄「複合時制の発達」〈『文経論叢』八の一〉)などの例を参照。

(13)　現代語の「た」をアオリストとみなす見解が中村平治「アオリスト的視点」(『九州産業大教養部紀要』五の一)に示されている。

(14)　H・パウル『言語史原理』(福本喜之助訳　講談社学術文庫　一九九三)第十五章§一九〇。なお、小島伊三男「ドイツ語の現在時制について」(『金沢大法文学部論集文学編』六)参照。なお、H・ヴァインリヒ(『時制論―文学テクストの分析―』脇坂豊ほか訳　紀伊國屋書店　一九八二　第Ⅹ章の6)は、過去形が消失した南部ドイツ語において現在形が叙述の基調になるという興味深い現象に言及している。即ち、次のように述べている。「リントグレンの言語記述における研究成果は、少なくとも彼の史的考察に劣らず重要である。彼はつまり、基本的には時制のもつ時間としての性格に固執しながら、ドイツ語における過去形が単純に「過去についての時制」でなく、語りの時制であることを認めている。現在完了はそれにたいして語りの時制ではない。南ドイツの方言では過去形が他の過去についての時制、つまり現在完了形にとって代られたのだという、ベハーゲルがしばしば行っている確認は、したがってほとんど信用できない。語りの時制が、別の任意の時制によって簡単にとって代られることは不可能であり、リントグレンはそこで、南ドイツではどのようにして語られるのかと自問している。そして彼は、「ある物語の進行を現在完了形でずっと続けるのは、ある種の抵抗を覚えるものだ」と方言の使い手に証言させている。つまり多くの場合は現在完了形でなく現在形で語られているのである。」「南独方言の現在形は「ある―少なくともみせかけの―過去についての時制」と見做さねばならない、というリントグレンの結論は、やはり承認できない。リントグレン自身、南独方言の物語が始めから終りまで現在形で語られているのではないことに注意を払っている。フランス語の物語で認められるように、南独の方言物語はむしろ現在完了で始められている。それは物語の開始を告げるものである。その後物語は本来の物語部分とともに、また遅くとも本来の筋の始まりとともに現在形に移行し、その終りの部分では再び現在完了形の文がいくつか続くことになる。つまり現在形による物語が現在完了形で囲まれている。一つの物語には現在完了↓現在↓現在完了の順序が認められるのだが、これは物語の大構造が、導入↓物語の本体↓締めくくり、となっているからである。」

(15)　本書Iの2。

(16)　ヨーロッパ言語をはじめとする印欧語の完了については、泉井久之助の晩年の一連の論考が大変興味深い。「印欧語における英語の動詞 know と knew ―その形と意味―」(「言語」S五六・三)・「英語の準完了的表現と完了形」(同　S五七・七)・「上代インド語の完了形と非人称表現」(同　S五七・八)・「印欧語の完了形とヒッタイト語の動詞体系」(同　S五八・八)

(17)　高辻義胤「完了意識の断続とその形態―特に助動詞『つ・ぬ』をテーマとして―」(「愛媛国文研究」三三)

(18)　曾我松男「日本語の談話における時制と相について」(「言語」S五九・四)

(19)　岡本勲『明治諸作家の文体―明治文語の研究―』第一章(笠間書院　S五五)・同「森鷗外『舞姫』『うたかたの記』『文づかひ』の文章」(「国語と国文学」S六一・九)参照。

(20)　川口久雄『平安朝日本漢文学史の研究　上』(明治書院　S三四)・築島裕『平安時代の漢文訓読語につきての研究』第六章第三節(東京大学出版会　S三八)参照。

（21）泉井久之助『一般言語学と史的言語学』六「格と時称との一つの場合」（増進社　一九四七）
（22）注（11）橋本論文
（23）山口佳紀「万葉集における時制と文の構造」（「国文学」S六三・一）・加藤康秀「古今集のテンス・アスペクト」（「解釈と鑑賞」H五・七）
（24）糸井通浩「古代和歌における助動詞「き」の表現性」（「愛媛大学法文学部論集」一三）・三谷邦明『物語文学の方法Ⅰ』第一部第一章（有精堂出版　一九八九）

〔付記〕引用本文は以下の本によった。日本古典文学大系栄花物語・日本古典文学全集かげろふ日記・同更級日記・筑摩書房版二葉亭四迷全集・同樋口一葉全集・同有島武郎全集・同中島敦全集・岩波書店版森鷗外全集・同木下杢太郎日記・同志賀直哉全集。源氏物語の本文は阿部秋生校訂『完本源氏物語』によった。与謝野晶子訳は角川文庫版、谷崎潤一郎訳は中央公論社版全集、円地文子訳は新潮文庫版によった。

2　堀辰雄「不器用な天使」の文体における動詞終止形

口語文体における「た」の意義

かつて勤めていて、のちに廃校となった短期大学の会議室の大時計には「TEMPUS FUGIT」と書かれてあった。深く考えもせずに長い間、「時間は逃げ去って行く」なのだとなんとなく了解していたのだった。「テンプス　フギト、時は逃げ行く」、ああそうなのだと、その戒めが身に染みていたわけでもない。その後思い立って、辞書を引いてみて、これを「テンプス　フーギト」と読めばその意味も「時間は逃げ去ってしまった」となるのだと知った。同じ表記のことばが、その読み方に従って変化する皮肉の、その意味の深長に思わずため息をつく結果となってしまったのだ。

「FUGIT」の表記には異なった語幹「fūgi-」と「fŭg-」が隠されていて、それが人称語尾をともなって文字に記されるときには同じかたちになってしまう。長母音と短母音の区別が記されない表記法に由来し、単数三人称において現在と完了が同じ表記になってしまう。しかしこの表記の背後では、現在語幹と完了語幹が厳しく対立している。

このように、現在と完了または過去が語幹レベルで根底的に対立するのは、さまざまな言語でしばしば見られる現象であって、たとえば私たちに親しいドイツ語の場合でも、強変化動詞では、現在と過去は語幹レベルで対立する。ロシア語をはじめとするスラブ諸言語では、完了体と不完了体が語彙レベルで対立し、学習者を困惑させる。またたとえばアラビア語で非完了と完了が、我々のようにセム言語に親しみのない者には信じられないような語形の対立を示すのはよく知られていることである。このような現象を見ていると、動詞組織において、不完了と完了が普遍的な対立項なのだと思わせられる。

現代日本語においても、時称は現在と完了の二項対立によって組織されている。多様なムードの表現を持つ一方で、アスペクト組織は単純で、普遍的な構造となっているのである。したがって、現代日本語の物語叙述がその基調を選択するにあたっても、そこには選択の余地はなかった。文末について言えば、動詞終止形をとるか、動詞連用形に完了の助動詞「た」を添えた形をとるか、その二者の択一しかありえなかった。そしてこの二者から完了の表現を選び、それをアオリストとして純化して叙述の基調とするのは、物語言語の普遍的現象であったろう。だから、近代口語文体の初期において、すでに「た」を叙述の基調とする文体が確立していることも驚くべきことではない。しかし、近代以前、古く中世末期にあっても、口語文体の試みは「た」を基調として形成されている。「天草版伊曾保物語（ESOPONO FABVLAS）[1]」の冒頭は次のようになっている。

EVROPA no vchi Phrigiatoyŭ cunino Troia toyŭ jŏrino qinpennni Amoniato yŭ satoga vogiaru. Sono satoni nauoba Esopoto yŭte, yguiŏ fuxiguina jintaiga vogiattaga, sono jidai Europano tencani cono fitoni masatte minicui monomo vorinacattato qicoyeta. Mazzu côbeua togari, manacoua tçubô xicamo dete, fitomino saqiua tairacani, riôno fôua tare, cubiua yugami, taqeua ficŭ, yocobarini, xeua cugumi, faraua fare, taredete, cotobaua domoride vogiatta. Corerano sugata vomotte minicuicoto tenca busŏde atta gotoqu, chiyeno taqeta monomo cono fitoni narabu cotoua vorinacatta.

このような文体がそれ以前の時代の文章の文体とも、また同時代の文語文体とも異なったものであったことは言うまでもない。中世の国語の変革を経たのちには、テンス・アスペクトの様相は基本的に現代語に近いものとなっていた。中世末期においても既に口語では時制の表現は「た」に統一されていて、平安時代のような複雑な組織ではなくなっていたことがはっきり読みとれるのだが、その口語を基にして文章を書くときにも、「た」が基調とならざるを得なかった。「た」は口語文体の基調となるような重要な地位を、当時の話し言葉の体系において持っていたのである。ただ、このような口語文体は当時の書記言語にあって例外的なもので、ついに確立されたものとならなかった。そのために、「た」が書記言語で重要な役割を果たすのはずっと後の時代、近代になってからだった。

同様のことは近世の末期に書かれた、勝小吉の「夢酔独言」[2]にも見ることができる。文語文体にとらわれない(とらわれることのできる能力に欠けた?)文章はその自叙伝を「た」を基調として語って行くのである。

おれが五つの年、前町の仕ごと師の子の長吉といふやつと凧喧嘩をしたが、向ふは年もおれより三つばかりおふきいゆへ、おれが凧をとつて破り、糸も取りおつた故、むなぐらをとつて、切り石で長吉のつらをぶつた故、くちべろをぶちこはして、血が大そう流れてなきおつた。そのときおれの親父が、庭の垣ねから見ておつて、侍を迎によこしたから、内へかへつたら、親父がおこつて、「人の子に疵をつけてすむか、すまぬか。おのれのよふなやつはすておかれず」とて、縁のはしらにおれをくゝつて、庭下駄であたまをぶちやぶられた。いまにそのきづがはげて、くぼんでいるが、さかやきをする時は、いつにてもかみそりがひつかゝつて、血が出る。そのたび長吉の事をおもひ出す。

ここでは前半、作者五歳のときの回想は「た」によって叙述され、一方「いま」のことは動詞終止形によって記されている。ほぼ、「た」による文末と動詞終止形文末が、「過去」と「現在」に対応しているのだと言えよう。そしてこの文体も当時の話し言葉のアスペクト体系に依拠しているが、それは現代語の文体とほとんど変わるものではない。

中世以降の、完了の助動詞「た」のみをアスペクトの標識とする単純な国語時制体系にあっては、その話し言葉に依拠して書き言葉の文体を形成しようとするならば、「た」を基調とするものにならざるを得ない、その実際の例がこれらの文章だったのである。そして、近代になって文体の革新が行われ、口語文体が形作られるときにもやはり「た」がその叙述の基調となった。そして、近代文学の出発が口語文体によってのみ行われたのでないにしても、やがて口語文体は標準の文体となっていった。数百年にわたり国語のアスペクト標識として働き続けた「た」が物語言語の基調の標準として書記言語の表舞台に出てきたのだった。そして、それ以来現在に至るまで、「た」は物語言語に使われ続け、膨大な用例を蓄積し続けてきた。また、歴史叙述や報道等々、さまざまな場面で国語書記言語の文体の基調として、このうえもなく重要な機能を果たし続けてきたのである。

口語動詞終止形の感覚性

そのような歴史の中で、つぎのような文体は注目するに値する。

カフエ・シヤノアルは客で一ぱいだ。硝子戸を押して中へ入つても僕は友人たちをすぐ見つけることが出来ない。僕はすこし立止つてゐる。ジヤズが僕の感覚の上に生まの肉を投げつける。その時、僕の眼に笑つてゐる女の顔がうつる。僕はそれを見にくさうに見つめる。するとその女は白い手をあげる。その手の下に、僕はやつと僕の友人たちを発見する。僕はその方に近よつて行く。そしてその女とすれちがふ時、彼女と僕の二つの視線がぶつかり合はずに交錯する。

そこに一つのテイブルの周りを、三人の青年がオオケストラをうるささうに黙りながら、取りまいてゐる。彼等は僕を見ても眼でちよつと合図するだけである。そのテイブルの上には煙の中にウイスキイのグラスが冷く光つてゐる。僕はそこに坐りながら彼等の沈黙に加はる。
僕は毎晩、彼等と此処で落ち合つてゐた。

堀辰雄「不器用な天使」(3)の冒頭の段落である。ここで注目すべきなのは、いうまでもなく、各文末にほとんど「た」が用いられていないことであり、「た」で終わる文末は最後の一文だけである。他の文末の多くは動詞終止形で終えられていて、「た」が叙述の基調をなすことの一般的な近代の物語言語では異例の文体である。堀辰雄の小説の中でも異例の文体であって、作家がこのような文体によってなんらかの試みを行っていたことはまちがいないだろう。この作品では一方で「た」を用いた文体の箇所もあるのだが、他方で「た」を用いない叙述も行っていたわけである。どのような効果を目指してこのような文体が試みられたのか、その所以を考えてみなければならない。

作家はこの作品の発表後も助動詞「た」の有無に関して訂正を行っている。堀辰雄は作品の発表後もさまざまに作品の文章の訂正を行ったようであり、「不器用な天使」の場合もその例外ではないのだが、筑摩書房版全集に付された校異を見ることにより、その全貌を窺うことができる。全集の校異には、全集が底本とした改造社版の単行本の本文と、初出の「文芸春秋」誌の本文との異同が掲げられている。そこに見られる訂正は様々な語句にわたるのだが、そのなかには、助動詞「た」を用いた文末と、動詞終止形による文末の異同も少なからず含まれる。その様相は付表一を参照されたいが、その総数は三十四、これに「ない」と「なかつた」の異同の場合が一例加わり、三十五の箇所に初出発表後、手が加えられたことになる。このうち、「た」のなかった箇所に「た」を加えたのが十四、残りはその逆ということになり、この作業がどちらか一方の文体に統一しようとしたものでなかったことは明らかであろう。作家は二つの異なった文体、「た」に関する異なった表現に自覚的であり、その緻密な使い分けに従って表現の完成を目指したのだと考えたい。

また、「た」の使い分けに関してこの作家が相当に試行錯誤を行っていたと思える徴候もある。筑摩書房版全集(4)

章	節	「た」のない文末	「た」のある文末	体言止
1	1	一二	一	
	2	一	一四	
	3	二七	○	
2	1	七一	一二	二
3	1	二七	○	一
	2	○	九	
	3	○	七	
4	1	四	八	
	2	二三	○	二
	3	九	一	
	4	○	四	一(5)
	5	一	四	
	6	一	八	一
	7	一五	○	一
	8	○	九	
5	1	四二	○	
	2	二三	二	二
6	1	二	三五	一
	2	二	三六	
	3	○	一三	

には「不器用な天使」の初出発表時の原稿ファクシミリが収録されており、そこには多くの訂正のあとが見えるのだが、判読できるかぎりでも「た」の有無に関する抹消訂正は二十一例に及ぶ。しかもそのうち十一例は、その同一箇所が初出と単行本収録の間にふたたび訂正を加えられているのだから、それらの箇所は作家が「た」を用いるべきかどうか、相当に迷っていたのだと考えられるだろう。

では、この両者の使い分けには何らかの基準があったのだろうか。それを見るために、この作品の各章あるいは各段落での、「た」の有無の数を調べてみると、上のようになる。「不器用な天使」は1から6までの六章でなり、各章のなかはさらに一行ずつ空けた部分に分けられている。この部分を取り敢えず節と呼んでおこう。

「た」が節あるいは章ごとで集中的に使われたり、またその逆にほとんど使われない章や節があったりしていることがうかがえるだろう。「不器用な天使」は、「た」を基調とする部分と動詞終止形を基調とする部分との組み合わせで構成されていると見られる。動詞終止形文末を基調とする文体は「眠れる人」にも用いられているが、「不器用な天使」では伝統的な「た」による文体と組み合わせて、二元的な文体構造が形成されているのである。

例として第1章を見ると、その最初の節はその文章を引用したように、

「僕」がカフェ・シヤノアルに来て目にした情景が「た」を用いずに記され、第二節では「僕」がこの店に来るようになった事情から、「彼女」が「僕」の意識に止まることまでを「た」を用いて述べている。そして第三節では、ふたたび店内でのできごと、そして槇と彼女との関係を友人から聞く場面の描写が「た」を用いることなく描かれている。この三つの節での「た」の使用に関する区別は相当に徹底的であって、「た」の有無によって第1章には二つの文体が対照的に使われているのだと考えてよいだろう。第3・4章も同様の用いられ方をしている。そして、第5章と第6章は、それぞれ章全体が「た」に関してその方針を一貫させているとこの表から読みとれる。

　第2章の場合は、この表を見た限りでは、「た」を用いた少数の文末が、「た」を用いない多数の文末に混在して用いられているかに見える。しかし実際にその文章をみると、段落ごとで「た」の使い方に違いがあり、「た」は四つの段落でのみ使われているのであり、そのうち三つでは「た」を基調としているのだから、この章も「た」の使用に関して他の章と使われ方は基本的に変わらないのである。

　では、同じ作品の中で使い分けられているこの二つの文体にはどのような機能の違いがあるのだろうか。その違いを理解する手だてとなるのが、第2章の次の部分である。

　ある夜の明方、僕は一つの夢を見た。僕は槇と二人で、上野公園の中らしい芝生の上にあふむけになつて眠つてゐる。ふと僕は眼をさます。槇はまだよく眠つてゐる。僕は、芝生の向うから、いつのまにか彼女がもう一人のウエイトレスと現はれ、何か小声に話しながら、僕等に近づいてくるのを見る。彼女は相手の女に、彼女の愛してゐるのは実は僕であることを、そして槇が僕の手紙を渡してくれたのかと思つたら、それは槇自身の手紙であつたことを話してゐる。そして彼女等は、僕等に少しも気づかずに、僕等の前を通り過ぎる。僕は異常な幸福を感じる。僕は槇をそつと見る。槇はいつの間にか眼をあけてゐる。

「よく眠つてゐたね」僕が云ふ。

「僕がかい？」槙は変な顔をする。「眠つてゐたのは君ぢやないか」

僕はいつの間にか眼をつぶつてゐる。「そら、また眠つてしまふ」さういふ槙の声を聞きながら僕は再びぐんぐん眠つて行く。

それから僕はベッドの上で本当に眼をさました。そしてその夢ははつきりと僕に、自分でも気づかないでゐた奇蹟の期待を知らせた。その奇蹟の期待は、再び僕の中に苦痛を喚び起しながら、それによつて一そう強まる。そしてそれは夜の孤独の堪へがたさと協力して、無理に僕をカフエ・シヤノアルに引きずつて行つた。

ここでは「僕」の見た夢が語られているが、その夢は（その夢のなかの二人の女が語る手紙の話の部分を別にして）「た」を用いずに記されている。一方、その夢の内容を挟んで現実の出来事は「た」を用いて述べられている。「ある夜の明方、僕は一つの夢を見た。」と言って夢が始まり、「それから僕はベットの上で本当に眼をさました。」として夢は終わっている。ここでは「た」による小規模な枠構造が作られているのであり、その枠内で夢は「た」を用いずに展開されているわけである。そしてここで、現実の世界での出来事は「た」を用いて述べられ、夢幻の世界は「た」を用いずに述べられていることに注意したい。

ここでも「た」は現実の出来事をしっかりと捉えている。「た」は事象をしっかりと現実に根付かせ、確認している。「た」は完了の助動詞として、立脚点を現在に置いて過去を捉え、その現在と過去を強く結びつける。過去の事象と現在を関係づけるのである。そのために過去の事象は確実なものとしてしっかりと現在に提示される。そこには対象の把握の確実性が生まれるのである。物語言語の「た」はアオリストとして過去と現在の因果関係は断ち切られているとしても、過去と現在の関係付けを行っていることには変わりない。しかしこの過去と現在の関係付けはそのまま過去と現在の距離を測ることになって、対象の把握の間接性も際だつのである。古典語の完了の助動詞「けり」について言われる「あなたなる場」は、現代語の「た」についても似通ったことが言える。「た」は事象が現在とは離れた過去の時空にしっかりと定着したこととして記述するのである。

一方「た」を欠いた文末、動詞終止形による文末は「た」を欠くためにその事象の把握は直接的で、時間中立的であるが、それに伴い、「た」の確実性を持たないために事象は一つ一つがしっかりとした結びつきを持たず、その世界には曖昧性がつきまとう。だからこそ夢の描写にこの文体が用いられるのだが、この性格は夢の描写に止まらず、他の部分にも及んでいるのである。「いまここ」の視点より見た事象の把握に関して、「た」による文体が間接的・時間的で明確なのに対して、「た」によらない文体は直接的・時間中立的で曖昧なのである。そして感覚的である。[6]

その感覚性は、たとえばさきに引用した、この作品の冒頭部分を考えてみればわかるだろう。そこに描かれたのは薄暗く音楽と喧噪と紫煙とアルコールの香りに満ちた空間であり、そこに浮かび上がる「彼女」の顔が「僕」にあたえる印象である。もちろん、その空間は「た」を用いる文体でも描けないわけではない。しかし、「た」を用いればその感覚の直接性は減衰するだろう。「た」を用いれば一つ一つの事象の輪郭はくっきりとするだろうが、その一方で過去へと印象は遠ざかる。

実際、冒頭の一文は初出の原稿によれば当初「カツフエ・シヤノアールは客が一ぱいだつた。」と「た」を用いた形態で始められていたと思われるが、このかたちならば、そのあとに記される店内の様子も過去の想起として読みとられることになる。しかも、第二節にには「僕は二十だつた。」とあるのだから、この一文は冒頭部分を回想として定着する手がかりになる。この「つた」が抹消されることにより、冒頭の直接性・感覚性はより際だったものになっているのである。作品の世界をどのような時間の性格において開くのか、その決断がこの二文字の抹消にかかっていたのである。

またたとえば、次のような例もある。第3章の最初の節、「僕」が夏の夜の街を彷徨う情景のなかに次のような段落がある。まず、初出原稿ファクシミリから読みとれる当初のかたちを掲げよう。

或夜、黄色い帯をしめた若い女が僕を追ひこしながら、僕に微笑をして行つた。僕はその女の後を一種の快感を感じながら追つた。が、その女が或る店の中に入つてしまふと、僕は彼女を少しも待たうとしないで歩き去つた。僕はすぐにその女を忘れた。それからに三日して、僕は再び群衆の中に黄色い帯をしめた若い女が歩いてゐるのを認めた。僕は足を早めた。が、その女に追ひついて見ると、僕にはそれが二三日前の女であるかどうかわからなくなつてゐた。そしてそれほどぼんやりしてゐる自分自身を見出す事は、僕の悲しみに気に入つた。

これにたいし、初出発表の時には「追つた」が「追つて行つた」に、「歩き去つた。」が「歩き去る」に、「わからなくなつてゐた。」が「分からなくなつてゐる。」に改められたが、単行本になるときに（つまり全集本文の形態になるときに）さらに大きく、「た」が一掃されるかたちになった。その全集本文を次に引こう。

或夜、黄色い帯をしめた若い女が、僕を追ひこしながら、僕に微笑をして行く。僕はその女の後を、一種の快感をもつて追つて行く。が、その女が或る店の中に入つてしまふと、僕は彼女を少しも待たうとしないでそこを歩き去る。僕はすぐにその女を忘れる。それからに三日して、僕は再び群衆の中に黄色い帯をしめた若い女が歩いてゐるのを認める。僕は足を早める。が、その女に追ひついて見ても、僕にはもうそれが二三日前の女かどうか分からなくなつてゐる。そしてそれほどぼんやりしてゐる自分自身を見出すことは、僕の悲しみに気に入るのである。

この段落の前後は当初から「た」を用いないかたちで叙述されていたのだから、文体は一貫したものに統一されたのであるが、この変化でこの段落は「ぼんやりしてゐる自分自身」の目を通している感覚が増幅されただろう。そして黄色い帯の女の形象もより感覚的だが、だからこそ明確なものと確定せず、その輪郭はぼやけている。そしてそこには作品のヒロイン「彼女」の形象が滑り込ませてあるかもしれないのだ。

「彼女」を描く

この作品の叙述はこのように二つの性格の異なった文体によって構成されているのだが、槇と「彼女」の関係の展開、そして「僕」が「彼女」の愛情を確信するようになるまでの過程は「た」をもって記されている。第2章から第3章前半までは、「彼女」と槇の仲に苦しむ「僕」の感情が記されているが、その部分は「た」を用いない叙述が多くを占めている。ところが、第3章で槇が「彼女」に拒まれたことを述べる部分は「た」を用いて記されている。そして次の第4章は上の表のようになっている。

1	「た」を用いる	「彼女」への愛の確認と一人で店を訪れることへの決心
2	「た」を用いない	店内の様子と彼女の様子
3	「た」を用いない	「彼女」の顔の形象
4	「た」を用いる	「彼女」の「僕」への愛の確信
5	「た」を用いる	もう一人のウエイトレスのこと
6	「た」を用いる	「僕」の欲望と「彼女」へ伝える方法の模索
7	「た」を用いない	「僕」は「彼女」を誘い出す
8	「た」を用いる	帰宅

このように、各節の内容に従って物語を展開させる叙述には「た」を用い、「彼女」の形象に深く切り込む叙述には「た」が用いられていない。第4章で描かれた「彼女」の扱い方は二つに分かれる。このうち、「た」を用いて描かれた第4・6節では、「彼女」の描写とともに、その「彼女」との関係をどのようにするのかの「僕」の気持ちが行動に結びついて行く過程を描いている。そしてこの部分の「彼女」は「僕」の解釈を通しての「彼女」であって、「彼女」の登場する場面では例外的な部分であった。「彼女」の登場する部分の大部分は「僕」

の目に映った姿を、その印象を直接に記していて、そこでは「た」は使われないのである。

第5章は「彼女」と「僕」との二回のデートを描いていて、この作品の根幹となる部分であるが、そこでは叙述はほとんど「た」を用いない、動詞終止形文末を中心とした叙述となっている。「た」による文末は二箇所だが、それは、

六月の或日、槇と一しよに町を散歩してゐたときの事を思ひ出す。僕は彼が新聞を買つてゐるのを待ちながら、一人の女が僕等の前を通り過ぎるのを見てゐた。その女は僕を見ずに、槇の大きな肩をぢつと見上げながら、通り過ぎて行つた。……その思ひ出の中でいつかその見知らない女と彼女とが入れ代つてしまふ。

と、この場面を現在とした過去の回想であるのだから、叙述の基調と言うことでは除外しなければならない。描かれている感覚の幸福は「た」をもってしては描けないものなのである。

もっとも、この第5章は最初から現在のような統一された文体だったのではない。初出原稿ファクシミリによれば、その第2節の冒頭は次のようになっている。

翌日、僕は自動車の中から、公園の中を歩いてゐる彼女を認めた。僕の小さな叫びは自動車を急激に止めさせた。僕は前に倒されさうになりながら、彼女に合図をした。それから自動車は彼女を乗せて、半回転をしながら走り出し、一分後には、午後なので殆ど客の入つてゐない、そして見知つたウエイトレスの姿だけ見えるシヤノアールの前を通り過ぎた。その小さな冒険は臆病な僕等に気に入つた。

この段落は当初「た」を用いる文体で記されていたわけである。ところが、この段落も全集本文では、「認める」「止めさせる」「合図をする」「気に入る」と、動詞終止形に改められている。第5章は「た」を用いない形態へとより強く統一されたことになる。この作品のもっとも幸せな瞬間は過去と現在というような時間的な主体と対象の隔絶を入り込ませないように扱われたのであり、だから「彼女」の形象もより直接的で感覚的なものになっている。

そしてそれを追う「僕」の意識も時間による相対化を避けているわけなのだ。

第6章の場合は、第5章と逆にその全体がほぼ「た」を用いる形態で統一されている。第6章は「彼女」と別れたあとの「僕」が槇を含む友人たちとジジ・バアに行く話、そしてそこで出会う「彼女」に似たところのある女のことが記されている。そしてこの第6章のなかに、「た」を使うかたちと使わないかたちが推敲の過程で揺れ動いた部分がある。まず、初出原稿に手を加えられる前のかたちを示す。文末の多くが「た」によって終えられていたことがわかる。この部分は当初「た」を基調とした文体で記されていた。

僕の中にその槇の苦痛が少しづつ浸透した。そしてそ■て、僕と彼と彼女のそれぞれの苦痛が一しよに混り合は■としてゐる。僕は■の三つのものが僕の中に爆発性のある混合物を作り出す事を恐れた。

偶然、女の手と僕の手が触れあつた。

「まあ、冷たい手をしてゐる」

女は僕の手を握りしめた。僕はそれにプロフエッシヨナルな握り方しか感じなかつた。しかし僕の手は彼女の手によつて次第に汗ばんで行つた。

槇が僕のコップにウイスキイを注いだ。それが僕に機会を与へた。僕は女から無理に僕の手を離しながら、そのコップを受取つた。しかし僕はもうこれ以上酔ふことを恐れてゐる。僕は酔つて槇の前にわつと泣き出すかも知れない自分自身を恐れてゐる。そして僕はわざと僕のコップをテエブルの上に倒すのであつた。

（「■」は判読不能の箇所）

次に、初出原稿のかたち。「た」の多くが動詞終止形に改められている。完全にではないにしても、おおむね動詞終止形を基調とした文体に改められたわけで、単に一つひとつの語句が改められたにとどまらない。もちろん、文末形式以外の語句の改変が行われている。

その槇の苦痛が僕の中に少しづつ浸透する。そしてその中で、僕と彼と彼女のそれぞれの苦痛が一しよに混り合はふ。僕はこの三つのものが僕の中に爆発性のある混合物を作り出しはしないかと恐れる。

偶然、女の手と僕の手が触れ合ふ。

「まあ冷たい手をしてゐる」

女は僕の手を握りしめた。僕はそれにプロフエシヨナルな冷たさしか感じない。しかし僕の手は彼女の手によつてだんだん汗ばんで行つた。

槇が僕のグラスにウイスキイを注いだ。それが僕に機会を与へた。僕は女から無理に僕の手を離しながら、そのグラスを受取る。しかし僕はもうこれ以上酔ふことを恐れてゐる。僕は酔つて槇の前に急に泣き出すかも知れない自分自身を恐れてゐる。そして僕はわざと僕のグラスをテイブルの上に倒してしまふ。

最後に、全集本文を引用する。一度「た」による終止から動詞終止形に改められたものが、ふたたび「た」の終止に戻された例がいくつも見られる。結果として文体は原稿当初の形式に復帰したわけである。

その槇の苦痛が僕の中に少しづつ浸透してきた。そしてそこで、僕と彼と彼女のそれぞれの苦痛が一しよに混り合つた。僕はこの三つのものが僕自身の中で爆発性のある混合物を作り出しはしないかと恐れた。

偶然、女の手と僕の手が触れ合つた。

「まあ冷たい手をしてゐることね」

女は僕の手を握りしめた。僕はそれにプロフエシヨナルな冷たさしか感じなかつた。しかし僕の手は彼女の手によつて次第に汗ばんで行つた。

槇が僕のグラスにウイスキイを注いだ。それが僕によい機会を与へた。僕は女から無理に僕の手を離しながら、そのグラスを受取つた。しかし僕はもうこれ以上酔ふことを恐れてゐる。僕は酔つて槇の前に急に泣き出すかも知れない自分自身を恐れてゐる。そして僕はわざと僕のグラスをテイブルの上に倒してしまつた。

当初、この部分はその前後と同じように「た」を用いて述べられていた。このために第6章は「た」で一貫した文体だったわけである。ところが、初出のときにこの部分が「た」を用いないかたちに改められたのは、やはりこの場面を直接的に捉えたかったからなのであろう。この場面で「僕」は「彼女」に似たこの女が、その実「彼女」とは似ていないことをその手の感覚から確認する。そして槇の失恋の苦悩を確認する場面である。そこに作者はひとたび描写の直接性を与えようとした。しかし、「彼女」とジジ・バアの女はやはり同じ扱いを受けるべきではなかったのだろう。最終的にはこの「彼女」と似た女は直接性を奪われ、「た」で一貫された文体のなかに定着されたわけである。ここには、この作品の二つの文体を場面に応じてどう使い分けるかについての作者の試行錯誤が読みとれるわけなのだ。

実験の文体

「不器用な天使」はこのように試行錯誤的に二重の文体による作品構成を試みていた。作者はこの作品を、ゲーテに基づいた韜晦した表現で否定的に述べたりもしている(7)のであり、その理由はもちろん文体の問題だけではないのだろうが、作者がこの作品を失敗作と見なす一端に文体の問題もあったのだろう。この作品の二重の文体が「僕」の意識と感覚を精緻に描こうとしたための方法だったとすれば、作品の内容的な「失敗」と形式的な「失敗」は無関係であるはずがない。作者がこの作品で試みた世界と文体は、作者自身の評価にもかかわらず魅力的であり、大胆であった。しかし、その魅力は試行錯誤的な実験の大胆さに由来するのだとしたら、この作品の延長線上に安定した作品群が形成されることは不可能である。

実際、堀辰雄においても動詞終止形文末はついに安定した文体形式にはなりえなかった。それは個別の作品「不器用な天使」が作者にとって失敗作であったという事情もかかわっていようが、それ以上に、言語の問題として動詞終止形の機能の限界がかかわっていたと思える。

言語に複数の時制が存在するときにはよりアオリスト的な時制が物語叙述の基調となるというのが一般的である。王朝日本語の場合は、きわめて豊富なムードの表現を持ちながらも、純粋にアスペクトと言えるものは存在せず、アスペクト的な表現にもムードの側面が強く付きまとい、そのために体系内での無標形式としての動詞終止形が物語叙述のなかでもっとも重要な役割を果たしていた。その後、助動詞「けり」のムードの面が弱化したこともあり、「けり」を基調とする文体が中世に確立して行った。しかし現代日本語では「た」を標識としての有標と無標の対立がアスペクトを構成しているという、王朝言語とはまったく異なった体系に移行したために、物語言語の叙述の基調としては、標識「た」について有標の完了時制が圧倒的に優勢となった。その一端はすでに天草版伊曾保物語に見られたわけだが、近代に入って口語文体が確立してからもその事情は変わることなく現在に至っている。それは、物語言語が一つひとつの事象を確定したものとして積み上げて、物語を進行して行こうとするときには必然のことであった。「た」によって過去の時空に定着された事象の積み重ねは、そこに時間の展開を生み出して行く。しかし時間中立的な動詞終止形は、その捉える事象を積み重ねても安定した時間の流れは生み出せず、物語言語としては不安定さを免れない。もちろん、この弱点は一方でそのまま表現上の利点に結びつき、この作品はその効果を実験したのであろう。その試みが本当に失敗であったとも思えないのだが、それだからこそこの作品は動詞終止形が物語言語の基調とはなりえないことを立証してしまったのだとも言える。実験的な短編小説の文体とはなりえても、安定した普遍的文体とはなりえないことを確認することになってしまった。かえって「た」による終止の、物語言語における安定性を見出すことになったのだ。やはり、近代日本語の物語言語の基調は、「た」による文体なのだった。そのことは、堀辰雄のこの後の作品が例証しているのである。

注

（1）『天草版イソポ物語』（福島邦道解説　勉誠出版　一九七六初版）
（2）東洋文庫『夢酔独言』（平凡社　S四四）
（3）筑摩書房版『堀辰雄全集』第一巻（一九七七初版）
（4）筑摩書房版『堀辰雄全集』第六巻（一九七八初版）
（5）とりあえず体言止めに分類したが、「そして彼女は――」という形。
（6）古俣裕介「『不器用な天使』」（「解釈と鑑賞」一九九六・九）は「この作品の場面転換の手法は、現在終止形の文体も含めて、極めて映画的な手法に徹している。」と言っている。
（7）筑摩書房版『堀辰雄全集』第四巻（一九七八初版）「自作について」中の「（僕は僕自身の作品について……）」

付表一

筑摩書房版全集の校異により、初出本文と全集底本の間で「た」の有無の対立が確認できる用例の一覧

◎初出＝「文芸春秋」昭和四年二月号　底本＝昭和五年七月改造社版単行本

	初出	底本
九・9	重く感じた。	重く感じる。
	手すりの上に置いた。	手すりの上に置く。
	埃だらけにした。	埃だらけにする。
一〇・15	一つの夢を見る。	一つの夢を見た。
一一・2	眼をあけてゐた。	眼をあけてゐる。
一三・11	しかめるやうに微笑した。	しかめるやうに微笑をする。
一三・13	タクシーに乗つた。	タクシーに乗る。
一五・1	微笑をして行つた。	微笑をして行く。
一五・2	追つて行つた。	追つて行く。
一五・3	その女を忘れた。	その女を忘れる。
	歩いてゐるのを認めた。	歩いてゐるのを認める。
	僕は足を早めた。	僕は足を早める。
一八・3	愛の確実な徴候であつた。	愛の確実な徴候だ。
一八・7	店の中を見まはした。	カフエの中を見まはす。
一八・8	僕の眼を遮つた。	僕の眼を遮る。
一八・13	オケストラが起つた。	オオケストラが起る。
二〇・6	僕に言つた。	僕に言ふ。
二一・1	僕を迷信的にする。	僕を迷信的にした。
	僕は他の方法を探す。	僕は他の方法に探した。
	その中の一つを撰ぶ。	その中の一つを選んだ。
二四・12	彼女を認めた。	彼女を認める。
	急激に止めさせた。	急激に止めさせる。
	彼女に合図をした。	彼女に合図をする。
二四・14	通り過ぎた。	通り過ぎる。
	僕等に気に入つた。	僕等の気に入る。
二六・3	場所のやうに思ふ。	場所のやうに思つた。
	ずつと強く見出す。	ずつと強く見出した。
	気持を感じる。	気持になつた。
三〇・1	少しづゝ浸透する。	少しづつ浸透してきた。
	一しよに混り合ふ。	一しよに混り合つた。
	作り出しはしないかと恐れる。	作り出しはしないかと恐れた。
	僕の手が触れ合ふ。	僕の手が触れ合つた。
三〇・6	冷たさしか感じない。	冷たさしか感じなかつた。
三〇・8	そのグラスを受取る。	そのグラスを受取つた。
三〇・10	倒してしまふ。	倒してしまつた。

付表二

筑摩書房版全集収載の「不器用な天使」原稿ファクシミリにおいて、「た」の有無に関する字句訂正の認められる用例の一覧

◎参考のため、該当個所の全集本文の頁行数を掲げる。

＊を付した項目は付表一にも該当個所が取り上げられているもの。

なお、判読できない抹消跡は「■」で示す。

	抹消されたかたち	訂正後のかたち
七・2	客が一ぱいだつた。	客が一ぱいだ。
七・8	合図をしただけである。	合図をするだけである。
七・9	心地よい沈黙に加はつた。	快い沈黙に加はる。
一〇・11	僕はそれを知つてゐる。	僕はそれを知つてゐた。
一〇・12	しないでゐるのか。	しないでゐたのか。
＊一一・3	眼をあけてゐる。	眼をあけてゐた。
一一・8	本当に眼をさます。	本当に眼をさました。
＊一二・11	微笑する。	微笑した。
一七・1	僕の友人は続ける。	僕の友人が続けた。
＊一八・3	愛の確実な徴候である。	愛の確実な徴候であつた。
＊一八・13	オオケストラが起る。	オオケストラが起つた。
二〇・16	信じさせるのである。	信じさせるのであつた。
＊二一・2	僕を迷信的にした。	僕を迷信的にする。
二八・5	■■■さうにしてゐる	悲しさうにしてゐた
二八・9	中村が僕をふり向いた。	永井が僕をふり向く。
＊三〇・1	少しづつ浸透した。	少しづつ浸透する。
＊三〇・2	作り出す事を恐れた。	作り出しはしないかと恐れる。
＊三〇・4	僕の手が触れあつた。	僕の手が触れ合ふ。
＊三〇・6	■■■しか感じなかった。	冷たさしか感じない。
＊三〇・9	そのコツプを受取つた。	そのグラスを受取る。
＊三〇・11	倒すのであつた。	倒してしまふ。

人名索引

あ行

か行

さ行

た行

な行

書名索引

事項索引

欧文

あ行

か行

さ行

た行

は行

ま行

ら・わ行

初出一覧

緒言（書きおろし）

Ⅰ　助動詞「けり」とあなたなる場の時空

1　「けり」と「り」「たり」の完了性（「あなたなる場の近江―『栄花物語』の「けり」・補遺―」「研究と資料」第三二集　平成六年一一月）

2　栄花物語の周辺的記事における「けり」の多用（「『栄花物語』の「けり」―その多用される記事をめぐって―」「中古文学」第五二号　平成五年一一月）

3　あなたなる場の近江（「あなたなる場の近江―『栄花物語』の「けり」・補遺―」「研究と資料」第三二集　平成六年一一月）

4　完了時制の伝聞性―細江逸記の「き」と「けり」の論に寄せて―（「細江逸記「動詞時制の研究」第4章再読―完了時制の伝聞性―」「研究と資料」第六四集　平成二二年一二月）

Ⅱ　「き」「けり」と物語の枠構造

1　枠構造の「けり」と大和物語の文体（「大和物語の「けり」―その文法機能と文体表現―」「日本文学」第四五巻三号　平成七年三月）

2　「き」の情動性と枕草子における枠構造の萌芽（「「き」と情動」「国語と国文学」二〇〇九年一一月号〈「古典語のテンス・アスペクトを問いなおす」特集号〉平成二一年一一月）

3　今昔物語集の枠構造における「けり」（「『今昔物語集』の枠構造における「けり」の古代的特質とその変容」「富

士フェニックス論叢」中村博保教授追悼特別号　平成一〇年一一月）

4　今昔物語集の枠構造における「き」（「「き」の中世へ―『今昔物語集』の枠構造における「けり」の古代的特質とその変容・補遺―」「富士フェニックス論叢」第七号　平成一一年三月）

5　法華修法一百座聞書抄の「侍りけり」と「候ひき」（「香雲坊の語り口」「研究と資料」第四〇集　平成一〇年一二月）

Ⅲ　時空と心理の遠近法

1　源氏物語における臨場的場面の「つ」と「ぬ」（「臨場的場面の「つ」と「ぬ」―『源氏物語』における―」「富士フェニックス論叢」第一号　平成五年三月）

2　垣間見の「たり」と「り」―眼前の事物をとらえる―（「垣間見の「たり」と「り」」「富士フェニックス論叢」第五号　平成九年三月）

3　初期王朝散文の疑問表現と推量表現（「初期王朝散文の疑問表現と推量表現」「富士フェニックス論叢」第四号　平成八年三月）

4　源氏物語の疑問表現と推量表現（「源氏物語の疑問表現と推量表現」「富士フェニックス論叢」第六号　平成一〇年三月）

Ⅳ　作品の叙述の基調としての動詞終止形

1　王朝散文の動詞終止形（「王朝散文の動詞終止形」「富士フェニックス論叢」第二・三号　平成六年三月・平成七年三月）

2　堀辰雄「不器用な天使」の文体における動詞終止形（「堀辰雄「不器用な天使」の文体における動詞終止形」「富士フェニックス論叢」第八号　平成一二年三月）

あとがき

三十歳代の大半を筆者は学習塾や進学校の国語教師として過ごし、入試問題の解き方を教え、あるいは入試を意識して国語科の授業を行うことを生業としていた。現代文も漢文も作文も教えたが、もちろん古文も教えた。それは古典作品の文章を深く読むことにつながっていたと思う。受験生は曖昧な説明を容赦しない。古語辞典に述べられた語義と文法副読本に記された文法の範囲内で、なぜその古文の文章がこのような口語訳になるのかを納得させなければならない。そして、受験生自身が古語辞典と文法副読本を信頼して、みずから古文を解釈できるのだという自信を持たせるようにしなければならない。大学に合格したら古文と縁が切れる受験生に、いかに効率よく古文の読解力をつけるのかが目標である。そのためには教師にも、丹念に辞書を引き、手を抜かず品詞分解を行い、文法的理解を明確にし、受験生に解釈を提示することが求められる。教材は古典の文学作品であり、作品の文章を文法的に読むことは、一つひとつの語が文学的な表現のうえで機能するさまを学ぶことであった。また、受験生にはそんなことは話さないが、学校文法では処理できない現象に否応なく気づかされることになった。たとえば「夕顔」は教材として珍しいものではないが、「惟光の朝臣の来たりつらむは」の「つ」と「らむ」を説明するには苦労した。時間講師として勤めていた海城高校の国語科職員室で、授業準備のためにあれこれと思案をめぐらしていたことを、今でも鮮明に思い出す。なぜ「てけむ」ではないのか。

本書はこのような経験の延長線上にある。文法的な理解が古典の文章の文学的理解に直結するさまを考えようとした。文学作品の文章を名詞や動詞や形容詞や形容動詞によって理解するのが一般的であるかもしれないが、言語主体の世界把握や感情に結びついている助動詞から文学作品を読んだらどうなるのか。助動詞こそが国語のたましいなのではないか。これは、国語教師として受験生を教えることによって生じた疑問になんとか答えを見いだそうとした試みである。なお本書は、研究者でなくなった期間も含めた長期間にわたり、思考を重ねてきたものを基にしている。そのために様式や用語に整わないところもあるが、諒恕されたい。また、そもそも流行の学問には「助動詞」なるものを認めない考えもあることを知っているが、本書は学校文法の埒をなるべく越えないように努めている。筆者は渡部昇一の言う「秘術としての文法」の信奉者である。

まことに頼りない大学院生のころから、右往左往いっこうに人生の定まらない筆者を長年にわたり見捨てずに励まし続けてくださった野村精一先生には、どのように感謝してもし足りない。

また、粗雑な頭で書いた整わない原稿をこのような一書に編んでくださった、和泉書院の廣橋研三社長には深く謝意を表しなければならない。

平成二十五年七月三十一日

渡瀬　茂

■著者紹介

渡瀬　茂（わたせ　しげる）

昭和二六年七月に兵庫県尼崎市、いにしえの津の国は神崎の里のわたりに生まれる。戦後転勤族の子弟として関東に移り、東京都立石神井高等学校および東京都立大学人文学部に学ぶ。学習塾、中高等学校、看護学校、短期大学、大学などの教壇に立ち、国語や国文学を教えた。現在は近大姫路大学教育学部に勤務し、「基礎国語」「国語Ⅰ（国語）」「日本文学」「日本文化論」および「比較文化論」（看護学部）などを担当。近大姫路大学人文学・人権教育研究所兼任研究員。兵庫県姫路市大塩町および和歌山県橋本市に在住。

研究叢書 441

王朝助動詞機能論
あなたなる場・枠構造・遠近法

二〇一三年一一月三〇日初版第一刷発行
（検印省略）

著　者　渡　瀬　　茂
発行者　廣　橋　研　三
印刷所　亜　細　亜　印　刷
製本所　渋　谷　文　泉　閣
発行所　有限会社　和　泉　書　院

大阪市天王寺区上之宮町七－六
〒五四三－〇〇三七
電　話　〇六－六七七一－一四六七
振　替　〇〇九七〇－八－一五〇四三

ISBN978-4-7576-0681-4　C3381

研究叢書

431 八雲御抄の研究 名所部 用意部 本文篇・研究篇・索引篇 片桐洋一編 本体二〇〇〇〇円

432 源氏物語の享受 注釈・梗概・絵画・華道 岩坪健著 本体一六〇〇〇円

433 古代日本神話の物語論的研究 植田麦著 本体八五〇〇円

434 都市と周縁のことば 紀伊半島沿岸グロットグラム 岸江信介・太田有多子 中井精一・鳥谷善史 編著 本体九〇〇〇円

435 枕草子及び尾張国歌枕研究 榊原邦彦著 本体一二〇〇〇円

436 近世中期歌舞伎の諸相 佐藤知乃著 本体一二〇〇〇円

437 論集 文学と音楽史 詩歌管絃の世界 磯水絵編 本体一五〇〇〇円

438 中世歌謡評釈 閑吟集開花 真鍋昌弘著 本体一五〇〇〇円

439 鹿島家 鹿島 鍋島 陽和歌集 翻刻と解題 島津忠夫監修 松尾和義編著 本体一二〇〇〇円

440 形式語研究論集 藤田保幸編 本体一二〇〇〇円

（定価は本体＋税）